とある魔術の禁書目録外伝

エース御坂美琴 対 クイーン食蜂操祈!!

鎌池和馬　イラスト／乃木康仁
キャラクターデザイン／はいむらきよたか、乃木康仁

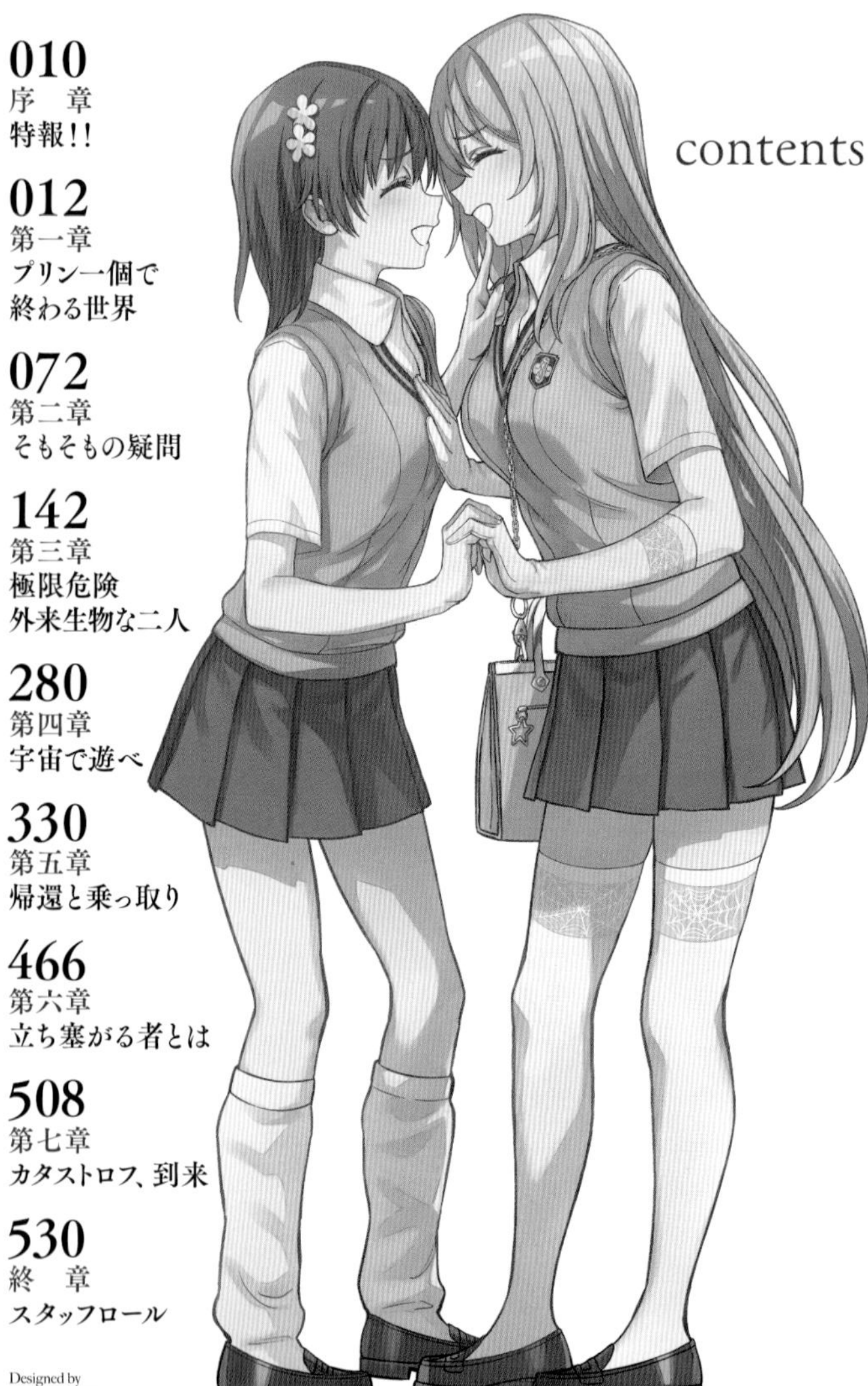

contents

Designed by
Hirokazu Watanabe (2725)

学園都市の名門、
常盤台中学の昼下がり。
お嬢様二人のいがみ合いはやがて――

パティシエット
何の因果か剣と魔法が全ての異世界にやってきた
美琴たちが出会った現地のエルフ。
奴隷を扱う商人から救い出された。

御坂美琴（みさか・みこと）
常盤台中学二年生。
学園都市第三位、電撃使いの能力者で
「超電磁砲（レールガン）」の異名をもつ常盤台中学のエース。

どうして超能力者(レベル5)の二人が
異世界に!?

食蜂操祈（しょくほう・みさき）
常盤台中学三年生。
学園都市第五位、精神系能力「心理掌握（メンタルアウト）」の使い手。
常盤台最大派閥に君臨するクイーン。

とある魔術の
禁書目録 外伝
エース
御坂美琴対
クイーン
食蜂操祈!!
鎌池和馬
イラスト／乃木康仁
キャラクターデザイン／はいむらきよたか、乃木康仁
デザイン／渡邊宏一（ニイナナニイゴオ）

序章　特報!!

いつかは起きると分かっていたカタストロフがついに勃発してしまった。

学園都市第三位『超電磁砲』御坂美琴。
学園都市第五位『心理掌握』食蜂操祈。

共に二三〇万人の中でも七人しかいない超能力者にして、名門常盤台中学のお嬢様の二大頂点とも言える特別な少女達。

理由なんか必要か？
ある意味でこの激突はそもそもの必然だったのかもしれない。
もはやここにはルールもマナーもモラルもタブーもない、超能力者と超能力者の本当に本気の正面衝突。

今ある世界の全てをぶっ壊してでも決着をつける。

周りの人がどうなろうが互いに超能力者としての全スペックを引きずり出す。

この学園都市において遠慮も容赦もなく第三位と第五位がその力を全力で振るった場合、果たして勝つのはどちらだろう？

やってみれば分かる。

お嬢とお嬢の死闘を制し、最後に立っている真のお嬢様は誰だ‼⁉⁇

……ちなみにこれ、ジャンル的には怪獣映画である。

第一章　プリン一個で終わる世界

1

ぶちっ、と。何かが切れる音が物理的に響き渡った。

それは実に一週間にも及ぶ常盤台の中間テストの合間にあった小さな息抜き期間のお話。

プリンの空き容器だった。

最後の一個だけどこれどうする？　からの悲劇であった。

何とも不穏なそいつを挟んで御坂美琴と食蜂操祈が爆発した。

「「テメこらどうせアンタが食ったんでしょうがコレ今すぐダッシュで買い直してこいやァあああ!!!!!!」」

学園都市第七学区。

それも複数のお嬢様学校が集まる特別エリア『学舎の園』内部。

ですのですわごきげんよう時空の中心も中心点、名門常盤台中学の平和で緑溢れる中庭にありえない絶叫が炸裂した。ベージュの袖なしニットに白の半袖ブラウス、濃い灰色のスカートは間違いなく常盤台の制服なのだが、美琴も食蜂もコスプレではない。正真正銘きちんとした本物お嬢のはずである。その二人がこんな事になっていた。

ツインテールの後輩女子、白井黒子（口元にカラメル系洋菓子の汚れあり）は苦笑いしながら割って入る。

「ま、まあまあお二人とも、その辺にしてくださいな。確かに行列のできる名店の激レア高級プリンではありますが、お昼休みとはいえそもそも学校の中でお菓子を食べている方が普通ではないのです。今この瞬間食べられない事を嘆くのではなく日々食べられる事に感謝をすれば怒りの矛も収まるというもn

そして食蜂操祈がテレビのリモコン一つで白井を洗脳し棒立ちになったところを御坂美琴が音速の三倍の『超電磁砲』で彼方へぶっ飛ばした。

まったくこれがヘンタイでなければ死んでいるところだ。

美琴と食蜂は真っ昼間から星座になった女と一緒になって止めに入ろうとしていた縦ロールの帆風潤子の方へぐりっと首を回す。二人とも、実はすっげえー仲良しさんなのでは？　といっそ疑いたくなるくらいのシンクロでダブルお嬢がゆった。

「「まだ何か？」」

「いっ、いえいえそんな……滅相もない……」

安定の縦ロールは賢明にも引き下がった。笑顔で。もし帆風潤子がここで発言を許されていれば吹っ飛んでいった白井黒子の口元に何があったかみんなで思い出しただろうに。

ただしプリンなんて氷山の一角である。

これまでの溜まりに溜まった鬱憤というものがあった。

ショートヘア派とロングヘア派。

カワイイ派とキレイ派。

短パン穿く派と穿かない派。

猫派と犬派。

夏休み派と冬休み派。

打ち上げ花火派と線香花火派。

すんなり逆上がりできる派と全くできずに両足ジタバタさせる派。

ビーフカレー派とシーフードカレー派。

ウルトラ解像度のプラステ派とカジュアル志向なスケッチ派。

そしてトドメに肩こり全くしない派といつもしている派。

すなわち貧乳と巨乳。

哀(かな)しいが人類は一つになどなれない。どれだけ言葉を積み重ねたところで、そもそもが生まれた時から決して相容(あいい)れない人間というのも確かに存在する。


つまりここが火蓋であった。

御坂美琴と食蜂操祈、ついに超能力者(レベル5)同士の正面衝突が始まった。

キン、という小さくも甲高い金属音が響き渡る。

御坂美琴の親指で軽く弾(はじ)いたゲームセンターのコインだった。学園都市(がくえんとし)第三位『超電磁砲(レールガン)』、開始一秒から容赦なしである。

手慣れた様子で一度真上に放ったコインを改めて親指の爪側で受け止めると、

「大ボス相手に実力をちょこちょこ小出しにするアホがいてたまるかァああ!!!!!!」

カッッッ!!!!!!　と。

音速の三倍で金属が空気を切り裂いた。あまりの摩擦でオレンジ色の軌跡を描き、五〇メートルも進めばコインの方が消滅してしまうほどの初速と破壊力。学園都市(がくえんとし)第三位、御坂美琴の真骨頂たる一撃必殺の力業である。ていうかまともに当たったら（良く鍛えられた重度のヘンタイ以外は）普通に死ぬ。

が、

「うふふ☆」

笑顔を浮かべたまま食蜂の胴体ど真ん中、おへその辺りに直撃し、渦を巻くようにねじれ、しかし不自然に霧が空気へ溶けるようにそのシルエットが消えていく。

食蜂操祈は着弾点から五メートル右に立っていた。

しくじった。

誘われた。

常盤台のクイーンはテレビのリモコンの先端を自分の唇に妖しく押し当てて、

「それはこちらの台詞力ってヤツよぉ？」

「っ？　アンタの陰湿洗脳パワーは私の脳にだけは一切通じないはず。無意識に展開する電磁気のバリアみたいなもので弾かれないとおかしいのに一体どうしてこんな幻が……っ？」

自分が間違っていないのであれば、周囲の景色全体がおかしな事になっている。

美琴が正しい解答を得るまで二秒もいらなかった。

「そうか今のは私の頭がどうにかなって生まれた幻覚じゃないわ。いきなり前提を覆したんじゃなくて、周りにいるお嬢様を片っ端から操って映像を表示する能力を無理矢理使わせたってだけだったのよ‼　（ガカァッ‼）」

「な、なんですってぇーっ⁉」と帆風潤子が陰影強めの驚愕顔で叫んでいた。

食蜂はリモコンをくるくる回して、

「大正解☆　御坂さぁん、さっきから聞いてもいない事を一人で勝手力にべらべらしゃべりまくって止まらなくなっているけどぉ、ひょっとしてこういう少年漫画のノリと解説がお好きな人なのかしらぁ。あと帆風さんあなたどっちの相方よオイ？」

常盤台のエースをナメてくれるな、こちとらコンビニの雑誌コーナーがあれば店員さんの強い視線にも負けず何時間でも立ち読みしていられる人種である。ページを留めてる立ち読み防止シール？　あっても普通に剝がすし（暴君）。

生徒総数は二〇〇人弱、ただしその全員が『最低でも』強能力者という名門校である。食蜂操祈はリモコン一つあれば（御坂美琴以外の）誰でも自由に洗脳できるというのだから、間接的に引きずり出せる能力の数と種類は文字通りケタが違う。

ザッ‼　と。

い、い、ひとまず三、四〇人ほど。虚ろな目をしたお嬢様方が遠巻きに御坂美琴を取り囲む。当然ながら、これでダメでも食蜂側はまだまだ洗脳して呼び出せる。

「小出し派め、やっぱりアンタとは相容れないわ……」

「今さらナニ当たり前の話をしているのぉ？　あと御坂さんってしれっと残酷力よねぇ、その小出しの中には大能力者の婚后さんも混じってるっつの」

ぱいん、といちいち大きなおっぱいを揺らしながら食蜂が応じた。

「ドスケベ悪女のくせにこつこつレベルアップしていく勇者サイドやっててんじゃないわよ！」

「そっちこそぉ」

ぱいんぱいんぽいんぽいん、と弾むのが止まらない。

これほんとにたゆたゆ同じ中学生かぱいん。

「熱血善人気取りならいきなり最大戦力を投入して主人公の故郷を焼き討ちする大魔王モードはやめてもらいたいところダゾ？」

「……、」

「まあ基本は一人で何でも解決しようとする他人を信用しない御坂さんにはパーティ組んで戦う仲良し勇者より悪の魔王の方が似合っているかもしれないけどぉ？」

ぱいんぱいんぽいんぽいん、ぱいんぽいんぱいんぽいんぱいんたゆたゆゆっさゆっさぱいんゆっさぽいんぽいん。ゆさゆさぱいんぽいん、ぱいんぱいんぽいんぱいんぱいん、ゆさぱいんゆさゆさたゆんぽいんぱいんぱいん？　ゆさゆっさたゆんぱいんぽいんぱいんぱいん！

「あーやっぱりムカつくなあもおーっっっ!!!!!!」

「なっなに号泣力しながらわし摑（づか）みしてんのよぉ!!!???」

さしもの精神系最強でも血の涙を流す貧乳の思考までは読み切れなかったのか。ワンテンポ遅れて慌てて振りほどき、顔を真っ赤にした第五位の少女が後ずさりする。

こんなのだから常盤台のクイーンとは絶対に相容れないのだ!!

御坂美琴の前髪から小さく紫電が散らばり、右手に磁力で砂鉄を集めて高速振動する黒い剣に作り替える。

大勢を操る『心理掌握』に対して、『超電磁砲』は単独で多機能に暴れる能力である。

とはいえ美琴が即座に弾き出した最適の答えはこうだった。

即時撤退、である。

(……チッ。誰を洗脳したってハズレなし、何回回してもレジェンド以上確定全方位高位能力者だらけの常盤台の中じゃ分が悪いか!!)

食蜂操祈が号令を出すのと、御坂美琴が磁力を使って一番近い校舎の壁までぶっ飛んで両足をつけるのはほぼ同時だった。

「圧殺なさぁい!!!!!!」

衝撃波に火炎放射、念動、氷塊、錆びて危険な鉄塊や重力まで。

校舎の壁が立て続けの攻撃で一気に叩き崩されていくが、逃げる美琴にまでは追い着かない。

彼女は校舎から校舎に飛び移り、そして敷地の外へと全力で走っていく。

2

「ふむ」

「女王？」

もうプリンがどうのという次元じゃねえ。食蜂操祈的にも決して相容(あいい)れる事のないヤツとは白黒つけなくちゃ気が済まないのはひとまず絶対に確定として。

（ＮＴＲ耐性の低い涙目ふくれっ面(つら)女王から洗脳されたおかげでやや視線がぼーっとした）帆風潤子からの質問には答えず、食蜂はくるくると手の中でテレビのリモコンを回す。

食蜂操祈の『心理掌握(メンタルアウト)』でも、御坂美琴の頭は直接洗脳できない。

試しにリモコンを足元に向けてみても、やはり何の反応もなかった。本来なら地面にある美琴の足跡から残留思念を読み取って獲物を追跡できるはずなのだが、何故(なぜ)か読み込みが拒否されてしまう。

（手紙なんかの個人情報を消し去るために、ランダムな英数字をびっしり並べたスタンプを本文の上から押しつけて読み取り不可にしてしまうアイデアグッズみたいにダゾ☆）

大雑把に予測し、続けて帆風にリモコンを向ける。

『『テメこらどうせアンタが食ったんでしょうがコレ今すぐダッシュで買い直してこいやァあ

あ、!!!!!!』

　先ほどのやり取りがそのまま食蜂の脳内で再生された。

　こちらでは、美琴の体や音声に変なノイズはかかっていない。

「つまり御坂さん本人については洗脳も読み込みもできないけどぉ、第三者が見たり聞いたりした御坂さんの目撃情報はそのまま残るって訳ねぇ」

「？」

　事情が分からずに首(くび)を傾(かし)げる帆風。

　単純なようだが、自分の能力で何ができて何ができないのか把握しておくのは一番の基本だ。いざという時になって致命的にしくじる前に線引きはしっかりしておきたい。逃げる美琴を追うよりこっちが優先だ。

　足で走るのはいつだってできる。できるってば。

（他には……）

　帆風はこうして洗脳したとして、今他に使える手駒は何か。同じ派閥の部下は山ほどいるが、素のままだと真っ当なモラルがあったり御坂美琴への根本的な恐怖心があったりすると普通に指示するだけでは手駒としては使いにくい。

　やっぱり元の関係は脇に置いて全員洗脳してしまった方が確実か。

食蜂はリモコンの先を自分のほっそりした顎に当てて、

「口囃子さぁん」

『お傍に』

声は脳内に直接響いた。

相手は食蜂派閥に何人かいる参謀の一人、『念話能力』を使う口囃子早鳥だ。

ただし、

「……何で顔を出してくれないのぉ?」

『交戦中で気が立っていそうですし、今正面に立ったら「念のため」で迷わずリモコン洗脳されそうなので。キホン性善説なんて全く信じない人ですからね、うちの女王は』

金髪お嬢が思わず舌打ちした。

バレてる。

『こちらは独自に御坂様の足取りを追い、判明すれば女王にお伝えいたします。一度「接続」してしまえば位置情報は常に辿れる状態になりますからね。軍事行動において重要なのはパワーよりもまずインテリジェンス。どれだけ火力が高くても当たらなくては意味がありません』

「りょーかいダゾ☆」

『それから必要なら、念話で接続したままだんまりを決め込んでいれば御坂様の心の声を盗み聞きする事もできます。彼女の行動パターンを先読みするのに役立つかと』

「そこまではしない方が良いわぁ。彼女、普通力に機械と会話できる二進法の住人だから。無理に心の声を深く聞こうとすると読み込み不能のデータ通信やノイズをもろに喰らって脳みそクラッシュするかもしれないわよぉ？」

黙ったという事は、口囃子早鳥もそれなりにビビったか。

基本ルールはこんな所だ。

御坂美琴に『心理掌握』は通じないが、第三者を挟めば目撃情報の収集はできる。

帆風潤子は会話に参加してくれるが洗脳状態なので何でもイエス。

仲間は基本的に全員洗脳。仲良しかどうかは関係ない。

「さぁて帆風さん、それじゃ改めて追いかけっこを始めましょうかぁ☆」

「了解しました女王」

3

手駒の動かし方を把握できた。

ではいよいよ第五位も盤の上で戦おう。

「さあいつまで逃げられるかしらぁ御坂さ、っ!!」

食蜂は先行する美琴を追いかけようとして、二歩目でずべしゃーっ!!　と派手に転んだ。

彼女は（絶対に認めないが）極度の運動音痴でもあるのだ。

常盤台のクイーンは前のめりに突っ伏したままふごふご叫んだ。

「帆風さん、イロイロおねがぁい!!」

そして洗脳済みの縦ロールは愛しの女王様の胴を肩で担ぐと電気自動車よりも派手に走り始めた。

「ちょ、あのっ、もうちょっと風情力を、これじゃただの山賊お持ち帰りコースになっちゃうんダゾ!?」

ロケット砲みたいに担がれたまま慌ててわたわた短いスカートの裾を掌で押さえる顔真っ赤の涙目女王様。自分で洗脳して自分で命令しているのにわがままな（お尻突き出し）お嬢である。

お嬢様学校集中エリア、『学舎の園』。

単純な脚力だけなら全身の筋肉を電気信号でブーストできる帆風の方が上だが、美琴は美琴で磁力を操って街灯の柱や路駐の自動車などに次々と吸いつく格好で派手に跳躍し、ありえない加速をつけている。

とはいえ万能でもない。

美琴の磁力張りつきは洋風なビルの壁に鉄骨や鉄筋が入っているから磁力で張りつく事ができるのだ。街灯の柱や路駐の自動車もそういう事。逆に、例えば2×4の板材や純粋な煉瓦積みの壁だとこういう移動方法は使えない。気楽なように見えても自分の命がかかっている。読みを間違えれば高所からいきなり墜落しかねないので注意が必要だ。

一方。

先を行く御坂美琴はどこかに寄り道したようだった。

電話ボックスくらいの小さな部屋（？）だ。

「叩き潰しなさぁい!!」

ていうか踏み潰した。

透明な水でできた三メートルくらいのでっかい足首だった。その巨大過ぎるおみ足でボックスを上から踏み潰したのだ。水は便利だ、何しろ比重一で計算すればどれほどの重量と殺傷力になるかは簡単に調整できるのだし。

「くそっ、水泳部の湾内さんも食蜂側に呑まれたかッ!!」

寸前で飛び出してきた美琴は舌打ちしつつさらに逃走。

湾内絹保、敵に回すと地味に厄介な相手だと第五位も思う。だから優先的に獲ったのだ。

食蜂の傍らを走る（やはり洗脳済みの）黒髪水泳部員・泡浮真彬が滑らかに説明してくる。

「外部との通信ケーブルがあります。どうやら警備員への緊急通報ラインのようですね」

「ふうん」

『学舎の園』の中で生活していても頭に入っていない事もあるものだ。女王的には用務員とかガードマンとかが普段何をしているのかあまり興味がないからかもしれないが。

例えば『外』の世界では駅、遊園地、スタジアムなど公共性の高い場所なら私有地であっても交番を設置する事ができる。それと同じく、『学舎の園』内部に警備員関係のインフラが置いてあってもまあ不思議ではない。もちろん女教師だけで固めているのだろうが。

（……ああいうのを設置するためにも、結構力なコネを使っているっぽいけどぉ）

「そうなると外の警備員にでも通報して助けてもらおうとしたのかしら。うふふ、あはははははは‼　まったく御坂さんったらそんな雑な対抗策で『心理掌握』の魔の手から逃れられるとでも思ってぇ⁉」

『自分で魔の手って言っちゃうのはどうかと思いますけど』

「口囃子さん☆」

帆風の力自慢っぷりといったら両手で掴んだ大型バイクをサッカーボールより小さく押し潰せるほどではあるが、反面、彼女は標的に近づいて取っ組み合いにならない限り破壊力を提供できない。

「でもこっちの手駒は帆風さん一人だけじゃないんダゾ。ほらほら御坂さぁん右からも左からもわらわら出てくるわよ高位能力者のお嬢の皆さんがぁ‼」

「っ、ええい暴動パニック映画かッ‼」

4

御坂美琴は総毛立って叫んでいた。

互いの声が聞こえる距離までは第五位に近づかれた訳だ。

（ったく、能力もその使い方もとことんまで馬が合わないわね‼）

美琴はトラックの屋根に飛び乗ったまま車内電子装置をまとめて乗っ取り、前進させて路地の出入口を封鎖。複数の能力を使ってゴリ押しでトラックをひっくり返される前に地面へ飛び降り、数秒の猶予を確保して美琴はさらに逃げる。磁力を使って壁に足をつけ、そのままビルの屋上まで逃げ切る。そういった小さなアクションを繰り返す事で群がる能力者に呑まれるのだけはギリギリで避けていく。

嘲笑う声が美琴の背中を追ってきた。

「ずーっと逃げているだけで私に勝てると思ってぇ？　誰だって個人の体力なんかいつか切れるんダゾ。御坂さんだけ永久機関を搭載力している訳じゃないものねぇ！」

「アンタがバテるの早すぎるだけなんじゃない運痴？」

「誰よ今アプリ無料ダウンロードくらいのお手軽感覚で私の尊厳を踏みにじった人ぉ‼」

先を走る美琴が磁力を使って大きく跳ぶ。

『学舎(まなびや)の園(その)』のゲートをそのまま越えた。

「チッ！　外に逃がしたかっ。できればお嬢様エリアの中で始末力をつけたかったんだけどお」

食蜂もまた洗脳済みの帆風潤子に米俵からお姫様抱っこに変えてもらいつつゲートを潜(くぐ)る。

その瞬間だった。

バラバララ!!　とヘリコプターのローターの騒音が響き渡った。走る美琴と上下で交差する格好で金属の塊がこちらに向かって鋭く飛んできた。

無人制御の攻撃ヘリ『六枚羽』の群れだ。

(外と繋(つな)がる緊急ホットラインを使ったのは警備員(アンチスキル)に助けを求めるため、じゃない？　御坂さんめ。またいきなり厄介力極まりないものをハッキングしてぇ……っ!!)

目の前の脅威に対して反射でリモコンを空に向けようとして、機械相手では役に立たない事に気づく食蜂。

精神系では最強。

ただし人間以外の動物や機械には全く通じない。

「やばっ!!」

慌てて物陰に逃げようとしてお姫様抱っこの状態なのに無駄にジタバタした運痴が自分を抱

えてくれる帆風ごと派手にコケ、洗脳済みの縦ロールがクイーンを小脇に抱えて自販機の陰に身を隠す。六本のアームが展開されたと思った直後にドドドガガ!!　と機銃の帯が雑居ビルの壁を一本道で抉り飛ばし、自販機をスクラップに変えて、そして食蜂側は何とか一斉射を凌ぐ。だが同じ盾が二回使えるとは思えない。今は銃だが、アームから『砲撃』されたらクレーターができる。一回終わって再び狙い直すまでの数秒。ここで食蜂側がリモコンをその辺の一般人に向けると、呼応した複数の能力者がその掌を青空に突きつける。

撃たれる前に落とせば良い。

「っ？」

そこで食蜂が眉をひそめた。

『まー美少女に支配されて戦え言われるんもまた本望かもしれへ、あはー☆』

『ちょっとアンタこの非常時にナニ妄想の世界に逃げ出してんの……ガッ!?』

青髪ピアスだの吹寄制理だの、一〇人くらいそこらの能力者をまとめて洗脳したのに炎や氷を使った反撃が発生しない。掌をかざし、眉間に力を込めているのは見れば分かるのだが、現実にそよ風一つ起きないのだ。

気づいて常盤台のクイーンは舌打ちした。

帆風に命令して手近なトラックの陰に身を隠しながら、

「無能力者、無能力者、こっちも無能力者？　たまにいるのは半端な能力者に、そもそも能力開発もしてない大人ですってぇ⁉　ええい何これ運が逃げているっていうのコモンにノーマルにまったくハズレばっかり連発するわねぇ‼」

「アンタそういうトコあるわよね、高位能力者ばかりで囲った最大派閥の女王なのだから仕方ないかもしれないけど。一言で言って外道」

　右を見ても左を見てもハイスペックお嬢だらけだった常盤台(ときわだい)や『学舎の園(まなびやのその)』の内部とは違うのだ。二三〇万人の八割が能力者であっても、しかしその六割が無能力者(レベル0)とも言われている。何回回してもレジェンド以上は確定だった頃とは単純に排出率が違うのだ。

（……となると顔写真で照合できる能力者のリストが欲しいんダゾ。ひとまず正規ルートで『書庫(バンク)』とアクセスできる警備員(アンチスキル)か風紀委員(ジャッジメント)を洗脳するのが手っ取り早いかしらぁ？）

「考えている事は大体分かるわ。だけどこっちにそのリストは必要ない、そんなリスクしかないもんいつまでもそのまま残すとでも思ったかッ‼」

　ばぢっ‼　と美琴の前髪から火花が散った。

　ここからでは見えないが、無線のネットワークを経由して『何か』が起きた。どこに本体があるか誰も知らない『書庫(バンク)』はおそらくもう使い物にはならない。

5

バタバタバタバタ!!　とローターから派手な音を鳴らす無人制御の攻撃ヘリ『六枚羽』が改めて食蜂操祈を狙う。

食蜂があらゆる人間(にんげん)を傅(かしず)かせる女王なら、美琴には街中に張り巡らせたネットワークとそこに繋(つな)がった機械が全部付き従ってくれる。

「人間とＡＩの戦争で肉の体が勝つとでも思ったかっ!!」

「そこらの兵器よりヤバい能力者の街で何を吼(ほ)えているのかしらぁ御坂さぁん!?」

ざっ!!　と靴底でアスファルトを擦(こす)る音が連鎖した。

ハズレ率が高かろうが、それでもここは能力者の街・学園都市(がくえんとし)。数十人まとめて操れば一人か二人は高位能力者が交じっているものだ。念動、空気、発火、重力……。砲弾やミサイルの弾道をねじ曲げ、空中を鋭く飛び回る攻撃ヘリを撃墜するに足る能力者さえ見繕えれば、こんな脅威は怖くない。

つまり金髪お嬢の結論はこうだ。

失敗を恐れず廃課金に挑めばいつか光り輝くレジェンドくらい出てきてくれる。いいやこの手で必ず出すッ!!

「どこへ逃げるっていうの。学園都市は都会よぉ？　つまり私の『武器』は無尽蔵に存在力するんダゾ☆　あなたは蜂と戦うつもりになって蜂の巣に頭から突っ込んだだけ。それで生き残れるとでも思ってぇ⁉」

にやにや笑う食蜂操祈。

通りかかった博士っぽいおじいちゃん（銀色の機械犬の散歩中）からいきなり長い金髪を掴まれた。

「なあっ⁉」

慌ててリモコンを振るい、洗脳して超攻撃型おじいちゃんを棒立ちにさせる食蜂操祈。良く見たら『暗部』の化け物と陰険ひきこもりのコンビじゃねえか。だがここで終わらない。ガードレールを乗り越え、歩道橋から飛び降りてでも、四方から次々と男も女も大人も子供もこちらに向かって突っ込んでくる。群がる集団にリモコンを突きつけるだけでは間に合わず、周囲の『駒』に口で命令して対応を急がせるしかなくなってきた。

「突っ込んでくる人は全部止めて‼　ちょっと、これ、一体どうなってんのよぉ⁉」

そしてドラム缶型の警備ロボットはゆった。

『全学区共通指名手配犯・食蜂操祈と九八・八％で一致。その場で止まって警備員の到着を待ってください、無断で立ち去れば公務執行妨害とみなされます』

「あっ、し、賞金首扱いですってぇ⁉」

「……人間操れるのはアンタだけだと思った？」

美琴はニヤリと笑うと指先から火花を小さく散らせる。

悪鬼がもう一人いた。

「懸賞金六〇〇万円☆　人間の欲望っておっかないわよねー？　そこらの警備ロボットを経由して警備員の詰め所の防犯検索マップを汚染させれば全く新しい討伐クエストなんか作りたい放題よ。防犯カメラの証拠映像くらいＡＩ使ったディープフェイクでいくらでも捏造できるわ、何ならアイコラで顔だけそっくり合成した素っ裸のドスケベダンス動画でもばら撒いてあげようかしらあ!!」

静かにキレた食蜂操祈が何故かリモコンではなく携帯電話を軽く操作する。

ブン!!　と空気を切る歪んだ音が響いたと思ったら、無人制御の攻撃ヘリ『六枚羽』がいきなり機首を振って美琴に狙いを定めた。

「ちょ……ッ!?」

「重要な指揮官や管制官をあらかじめ洗脳しておけば、この通りダゾ☆　……くっくっくっ機械力を操れるのは御坂さんだけだと思ったぁ!?」

「アンタのそれ今やってるケンカの話だけじゃなくなってるじゃん、あらかじめって事は何の罪もない人々を常日頃からヤっちゃってんじゃん!!」

ドガドガドガドガッ!!　と機銃が唸り、美琴は慌ててビルとビルの隙間みたいな路地に飛び込んで破壊の豪雨から逃れる。

　機械と人間。

　これで第三位と第五位のアドバンテージはそれぞれが食い潰す格好になった。互いの得意技、シェアの奪い合いで負ければ後は袋叩き（ふくろだた）コースで確定だ。

　バトルフリークの美琴は一人好戦的に笑って、

「なるほど、これで勝負は読めなくなってきたわね食蜂……」

「あっ初春（ういはる）さぁん。イイ所にいたわねぇあなた、ちょっとそのハッカーとしての力を私に貸してちょうだぁい☆」

「こいつ性懲りもなく私の友達に手を出しやがった!!　笑顔で!!!!!!」

　……他人の持ち物に魅力を感じるナイスバディな小悪魔でなければ良いのだが。

　こちらを狙ってくる『六枚羽』に『超電磁砲（レールガン）』を解き放って撃墜しつつ、美琴は路地の奥へと後退していく。実際、ハッカーとしての初春と正面衝突した場合の結果は未知数だ。単純な力比べなら美琴が負けるはずはないのだが、こちらが把握していない窓口・抜け道を使って『乗っ取られている事にも気づかせない』状況を作られたら、味方のはずの機械製品からいきなり脇腹を刺されかねない。

　そうなると、

「……機械関係を全部手放すか、残念だけど初春さんにはいったん眠ってもらうか」

これは初春一人に限った話ではない。

食蜂側としては、この学園都市(がくえんとし)では無能力者(レベル0)を一万人洗脳しても大した意味はない。それよりイレギュラーな力や技術を持った一人だ。例えば大能力者(レベル4)や超能力者(レベル5)を一人確保してしまった方が戦略的には意義がある。実際、七人しかいない超能力者(レベル5)なら単騎で無双ができてしまうからだ。洗脳状態だと後先考えないので大人達が作ったセーフティも役には立たないという怖さもあるし。

逆に言えば、美琴側は何としてもそれだけは阻止しなくてはならない。美琴と食蜂以外の五人がまとめて洗脳され、総出でこっちを集中攻撃してくるようになったら最悪も最悪だ。

黙って食蜂に洗脳を許すくらいなら、

「他の超能力者(レベル5)ってどこにいるのかしら？　……こっちで先回りして、話しても状況を理解しようとしないで味方につかないならバカに奪われる前にぶっ殺しておいた方が良(い)いかも……」

「御坂さんって追い詰められると血(ち)に餓(う)えた孤独な精鋭になるわよね。思考力が内側に向かっているのかしらぁ？」

声は真上から聞こえた。

美琴が『超電磁砲(レールガン)』で手近なコンクリの壁をぶち抜いて屋内に転がり込むのと、落雷みたいな勢いで帆風潤子が落下してきたのはほぼ同時だった。

近距離格闘限定だが、一回でも距離を詰められて摑(つか)まれたら美琴でも危ない。

食蜂はお姫様抱っこされたまま勝ち誇っていた。

「狭い雑居ビルの中じゃ磁力で跳んでも一度に稼げる距離は少なくなるわぁ。つまりこっちが捕まえる方が速いんダゾ☆　ベンチプレスで一トン超えちゃうウチの帆風さんに組みつかれたら何がどうなるかは分かっているわよねぇ？」

「……、」

「さあ帆風さん、あなたの両手で御坂さんなんか千切っては投げ千切っては投げほんとにやっちゃってやりなさ……あだだだだだっ⁉　ほかっ、ちょ、帆風さん？　ストップストップ何で私の背骨をギリギリ折り畳もうとしているの私は裏切り機能なんて高度力なものをあなたに搭載したつもりはないんだけどぉ‼⁉⁇」

自分自身お姫様抱っこされた状態で『両手を使って』目の前の美琴をねじ伏せろと命令したら何がどうなるか予測はできなかったのか。言ってみれば、クレーンの鉄球に抱き着いたまま今すぐこれでビルをぶっ壊せと金切り声を上げるような暴挙だ。何があっても与えられた命令に疑問を持たないよう洗脳したのも含めて端から端まで一〇〇％自業自得であった。

（……ほんとに困ったバカだけど、あいつあれでも常盤台の入試試験は乗り越えているのよね？　試験官や採点者を洗脳した上で全部白紙のまま提出して合格とかじゃなくて）

美琴はさっさと走って雑居ビルの外へ避難する。

6

腹黒クイーンが帆風潤子を操縦しているとなると、とにかく距離を離すより視界から消えるのが最優先。美琴的には開けた場所で延々追いかけっこはひとまず避けたい。

そんな風に第三位は考えていたが、

「？」

そこで足が止まる。

美琴は怪訝に思い、それからふと後ろを振り返って、

「……追って、こない？」

フィジカル最弱の食蜂一人なら勝手にこちらを見失って涙目で右往左往しても不思議ではないが、すでに大量の高位能力者が洗脳された後だ。下手すると直接的に未来を読む予知や念写の使い手すら配下として確保している可能性もある。手駒化された帆風達がそう簡単に美琴を逃してしまうとは思えない。

御坂美琴は自分の幸運を信じなかった。

だとすると、

（……どこかよそに標的を変えた？）

ならそれは具体的に何だ？　近くに強大な超能力者（レベル5）がいてそっちを洗脳・支配する方を優先したのか。あるいは美琴の個人的な知り合いに目をつけて洗脳し人質にでもするつもりか。

少し考えた時、ざわめきを耳にした。

群衆は食蜂に操られる側だけではない。警備員（アンチスキル）の防犯検索マップにイタズラした関係で食蜂は高額懸賞金扱いで登録してあるから、美琴側についている（？）集団もいるのだ。

そっちがうろたえていた。

遠目に観察してみれば、ケータイやスマホを見て戸惑っているようだった。

美琴も自分の携帯電話を取り出してみると、東京・大都市のど真ん中でありえない表示と出くわした。

圏外。

「チッ。あの野郎、送電や通信の中枢施設を潰しにかかる気かっ!!」

7

ぱぱーっ！　パパパぱぱパーッ!!　と。

車のクラクションが連発されていた。大きな通りが色とりどりの自動車で埋め尽くされている。我慢できずに愛車を乗り捨てて徒歩で移動するのは個人の自由だが、車は取り残されたままなので渋滞が渋滞を生む状況に発展している。

『ええー、車が前に進まないってどういう事なんですかーっ!? 先生それじゃ困りますー』

『おい浜面、これゲートも本当に開くのか？ 俺達、このまま学園都市の中に閉じ込められるんじゃや……』

『ひっ！ ありゃ「六枚羽」だぜ。あの攻撃ヘリがゲートの方に向かっていくっていう事は、無理に「外壁」を乗り越えようとした人達が襲われているって可能性もあんじゃねえのか。半蔵も郭もみんな下りろっ、逃げるんだ!!』

ドガッドガ!! と美琴が地上から『超電磁砲』を撃ち上げて攻撃ヘリを撃墜していくと、わっ、と渋滞中の車から一斉に人々が転がり出て逃げていった。

『ひいい！ 怪獣だ、怪獣がやってきたぞおーっ!!』

人を助けてもこの騒ぎだ。

ガラクタ兵器と超能力者、どっちが怖いかはご理解いただけているらしい。

「でも何でこんな見当違いの方向に車がたくさん……？」

美琴はちらっと携帯電話に目をやって、

(民間周波数なんて学園都市全域で圏外だし、GPS系の地図アプリやコンパスもダメなのか……。食蜂のヤツめ、ほんと所構わず迷惑を撒き散らしまくっているわね)

どうやら人間は自分の事が見えない生き物らしかった。

単身で広大な要塞を吹っ飛ばして攻略していく『超電磁砲（レールガン）』と万人を洗脳し捨て駒として突撃させる『心理掌握（メンタルアウト）』の正面衝突に、そろそろ一般市民の皆様もうっすら気づき始めているようだ。だからといって今さら事態を食い止められる人間などどこにもいないだろうが。

ややあって、信号機自体が光を失ってしまった。

もう車やバイクを使った移動手段は使い物にならない。

食蜂側は美琴が街中に張り巡らされた防犯カメラ網や無人兵器を使いこなすのを嫌って、インターネット回線全体の寸断に乗り出している。これもその弊害だろう。

とはいえそれも完璧ではない。

「ひとまずこんな感じかな、と」

例えばそこらを普通に走っているドラム缶型の警備ロボットや清掃ロボットは通信障害下でものんびり通常運転だった。強盗が建物の電源ケーブルや配電盤を破壊して防犯カメラを潰した時でも独立行動できるように、こう見えて独自の無線通信網を構築しているのだ。ドラム缶の一つ一つが無線ＬＡＮの小さなアンテナ基地と言っても良い。

つまり悪用すれば、ここから不正なデータ通信を行う事はできる。

（……独立回線は警備員（アンチスキル）や風紀委員（ジャッジメント）の緊急無線に、こっちは消防車や救急車関係かな。おっと、妙に暗号が堅い周波数を発見。逆に露骨でバレバレなのよね、これは無人兵器を操る軍用回線だわ、じゃあここから乗っ取りますか!!）

ひとまず『六枚羽』を始めとした無人兵器系をまとめて制圧できれば十分だ。

作業を終えると、美琴は傍らで起きている騒ぎに眉をひそめた。

（？　何でスーパーで騒ぎが？？？　食料品やミネラルウォーターの買い占めでも起きているのかしら）

だとしたら民衆の動きは思いっきり空回りだが、下手に核心を突いてもらうよりはマシか。

でもってスーパー裏手の路地では数人の学生やら中年やらがこそこそ何かやっている。

第三位と第五位、集団で元凶を止めに来る場合は直接対処しなくてはならなくなるのだし。

『しょう油だ、しょう油を飲め小僧！　塩の塊でも良い!!』

『うう、何でぼくは強能力者になんかなっちゃったんだ。あのキラキラ女王に目をつけられるよ。こんなので健康の数値を崩しての徴兵逃れなんてできるのかなあ……？』

『何言ってんだい、相手は人の心を読むっていう第五位よ。その余計な考えを読み取られて致命傷になるかもしれないのっ。いい、それそのボトル飲み終わったらこっちの麻酔銃をアタマにぶち込んで短期記憶をぶっ壊すから!!　ほら早く全部お腹に詰めて!!』

（……マジで悲惨な世の中だ……）

スーパーの店内で変な争奪戦が起きているのもこれか。

まあ命懸けでインチキしても良いから食蜂の手駒にだけは絶対なりたくない、というのは大賛成だが。

　食蜂側がこっちを追ってこない時点で、大体の思惑は推理できた。

学園都市の基本は風力発電だ。街中に三枚羽のプロペラがあるので多少の故障や破壊が発生したところで滅多な事では大停電までは起こらない。ただ一方で網の目のように走る送電網をきちんと管理・操作しないと各プロペラで発電した電気が一本の同じラインに集まり、規格の上限を超えた電流によって地下電線が焼損してしまうため、これを適正に分配するための専用の演算管制施設が存在するのだ。

　通常電源に非常電源、公共発電に個人発電、業務送電に一般送電。

学園都市に何ヶ所かある切り替え施設が、言ってしまえば電源中枢という事になる。

　こうした建物を壊すか乗っ取るかすれば学園都市の大停電は起こり得る。というか黙っていれば食蜂操祈がそうする。電気を操る御坂美琴から無人兵器やネットワークまわりのアドバンテージを奪い、有利に戦いを進めたいというだけで。

　機械系の力を借りる事ができなくなれば、美琴は独りぼっちで戦うしかなくなる。対して二三〇万人を自由に選んで洗脳できる食蜂側は、自分は顔を出さずに数の暴力でひたすら圧殺という選択肢すら選べるようになってしまう。

　その利点は分かるのだが……、

「……冗談じゃないわよまったく。バカは細かいトコまで検証ができてないっていうの？　大停電なんてほんとにやったらそこらじゅうの研究所で冷凍保存してあるヤバいウィルスやキメラクリーチャーなんかが街に溢れ返る羽目になるっつの」

食蜂操祈も美琴に勝つためなら何でもする覚悟くらいは決めているらしい。

悪女系おっぱい美人の怖いところは水面下で静かにキレるところにある。

「さて……」

食蜂側が防犯カメラ網や無人兵器を嫌って、美琴から戦力を削ぐために学園都市のインフラを襲うとしたらどこが最適か。

答えが分かる自分が美琴は恨めしかった。

（……この辺りだと、第七学区並列送配電総括非常電源ガスタービン発電所、か）

美琴は即座に答えを見抜く。

敷地地下などに大規模な非常電源を備えている施設もあるが、高額なので全部とはいかない。なので学園都市は研究所や病院を守るための非常電源をまとめた発電施設を用意している訳だ。とはいえ、並列式の送配電の調整をあらかじめ済ませないと電源切り替え時にミスして大停電を起こすリスクが確認されている。『実験』妨害時に軍用クローン製造施設をぶっ壊すために考案した手の一つだから美琴も良く覚えている。上からの命令で制度ができたので仕方なく建設したものの、そもそも現実に街中に張り巡らせた風力発電網がダウンする可能性など真剣に考慮していないのだ。ようは、典型的な黒いハコモノだった。

「でも食蜂側がこんなマッチョな施設の知識をどこで……？　いや、あいつもあいつで

『外装代脳(エクステリア)』まわりのデカい施設を世間から隠すために電力インフラについても一通り勉強くらいはしていたのかしら」

　ともあれ、この通常電源と非常電源の競合バグを悪用して大停電が起こされた場合、本当に街中の研究所が機能停止に陥ってしまう。

　そうなった場合、待っているのは冷凍保存されている凶悪なウィルスやキメラクリーチャーなんかの拡散祭りだ。ナントカハザードへようこそ。そもそも面白半分でそんなもん作ってるからトラブル一つで街全体が容易(たやす)く滅ぶんだとか言ってはいけない。

　短絡的な対応だと敵に動きを読まれそうで嫌だが、でもこの問題を野放しにもできない。

　美琴は分厚いコンクリートでできた、そこらの学校より大きな施設に足を運んだ。

　当然ながら電源施設の正面ゲートで大人に止められた。

「キミっ、ここは立入禁止だ!!　工場見学ブームだか何だか知らないが、無断で入ると補導もありえr

　ドゴンッッッ!!!!!!　と。

『超電磁砲(レールガン)』を一発。威嚇射撃一回でこの場を制圧した。

　ぱんぱん！　と美琴は両手(りょうて)を叩(たた)いて、

「さあー皆さん帰った帰った！　今からこの施設は理性をなくした数千単位の人の群れに襲われるから急いで退避して!!　職業意識も大切だけど、生きて帰って家族の顔をもう一回見るのとどっちが大切？　わずかでも躊躇があるなら迷わず家に帰りなさい。猶予は五分!!」

「……、」

「数千人規模の群衆に押し潰されるのと、音速の三倍で飛ぶ『超電磁砲』に直球で挑むの。どっちが死亡率高いと思う？」

「ひっ、ひぃぃーッ!!」

身も世もない感じで逃げていく大人達。

帰る場所や脳裏に浮かぶ家族がいるって素晴らしい。

（……あー、せめてバンダナで口元くらいは隠すべきだったかなー？　いやどっちみち常盤台の制服着たまま『超電磁砲』撃ったら身バレはするか）

バタドタバタ!!　と派手な足音や戸惑いの声が続いたが、どうやら職員達は退避する方向でまとまったらしい。

緊急事態を伝える作業サイレンだけが虚しく施設内に響き渡っている。

「さて」

磁力を使って垂直に一五メートル以上飛び、美琴はガスタービン発電機の排気を司る長い煙突側面、錆の浮いた作業ハシゴへ張りつく。

高い場所から観察すれば、もうあった。

ざわざわと。

生物的なウェーブが景色の向こうから大通りを埋め尽くしてくるのが分かった。食蜂操祈に洗脳された、数千人規模の群衆だ。

すでにネット回線は食蜂の手で寸断気味なので、美琴側は『六枚羽』などの無人兵器を十分な形では展開できない。

美琴が単独で迎撃に出ても、向かってくる全員を撃破できるかは未知数。一人でも施設の奥深くまで侵入させてしまえばガスタービン発電所はおしまいだ。

「チッ!!」

ここで『砂鉄の剣』や『雷撃の槍』を取り出しても大した戦果はない。点の標的を破壊する個人攻撃だけでは、風景を埋め尽くす大群衆は蹴散らせない。電流対策くらいしている可能性もあるし、点と点を攻撃している間に他から人が押し寄せてきて波に呑まれるだけだ。

そうなると、

（……こういうの、化学兵器を禁じるナントカ条約に反しそうだけど!!）

バチヂッ!!　と美琴は前髪から紫電を散らしたが、目的は直接攻撃ではなかった。

空気に異臭が混じる。

人間の生存に必須とされる酸素は、二つの酸素原子がくっついた酸素分子である。ただし強力な電気を浴びせる事でバラバラになった酸素原子は、三つ合わさってオゾンを作る事もある。

そして当然だが、オゾンを吸っても人間は呼吸できない。

同じ酸素原子だけなのに不思議な話だ。

「酸欠で一気にダウンを勝ち取る!!!!!!」

目には見えない気絶の壁を展開して美琴は施設防衛を実行する。

バタバタと最前列の男女が倒れていく。

しかし留まらない。

ぼひゅっ!! と異音が響いたと思ったら、炎や風が渦を巻いた。激しい爆発によって気体が押し流され、オゾンまみれの酸欠空気が引き裂かれていく。

こっちが能力者ならヤツらも能力者だ。

洗脳されていても問題なく能力が使えるのが食蜂軍団の厄介なところか。

そして安全さえ確保できれば数千人は一気に敷地のフェンスを越えてくる。

「やべっ!!」

群衆に呑み込まれる前に美琴は決断した。

広大な施設全体をコントロールする中央制御室は分厚いコンクリート壁と鉄扉で守られてい

る。ひとまずそこに立てこもる道を決めたが、ずんっ‼　という鈍い震動が建物全体を縦に揺さぶった。

数が膨大とはいえ、これが人間が素の体で作った破壊力なのか。

（まずいまずいまずい‼　厚さ五センチの鉄扉じゃ私の磁力で塞ぎにかかっても数の暴力でぶち破られる‼）

ごんっ、という鈍い音がドアの向こうから聞こえた。

施設全体に人が散らばっている。

その中の一人に過ぎない。

だがノブを回しても鉄扉が開かない事で怪しまれたらしい。ガチャガチャと執拗にノブが鳴り続け、それから雄叫びと共にドアが反対側から激しく蹴飛ばされた。

これくらいで破られる鉄扉ではないが、

（大声で人を呼ばれたら流石にまずい‼）

時間はない。

学園都市全体の大停電を狙ってくる食蜂操祈に対し、今現実に御坂美琴側にできる事は何だ⁉

足りない。

正直に認める。今の状態では食蜂操祈に追い着けない。

彼女の動きを止められない。

このままだと大停電からそこらの研究施設で冷凍保存してあるヤバいウィルスやキメラクリーチャーが街に解き放たれてしまう。そうなった場合、バトルの種類が全く別の大都市サバイバルに切り替わる。

(一応、ここには最後まで頼りたくなかったって理性はあったつもりなんだけど、こうなると仕方がないか……)

「もしもしー？」

『『『っ？』』』

特に携帯電話もスマホも使っていないのに、頭の中で息(いき)を呑(の)む音が聞こえた。

遺伝子レベルで全く同じ構造の脳みそを使っているとはいえ、普段から美琴と大量の軍用量産クローン『妹達(シスターズ)』は常時脳波のネットワークで繋(つな)がっている訳ではない。が、美琴の方から繊細にチューニングしていけば無理矢理接続する事もできなくはなかった。……双方の線引きというか、個としての記憶や人格があやふやになりそうなのであんまり触れたくないのだが。

今回だけは例外だ。

純粋に物理的にできる事なら何でもテーブルに広げる。

美琴お姉ちゃんは上から提案した。

「それなり以上に学園都市(がくえんとし)が大ピンチなの。アンタ達ちょっと力を貸しなさいよ。人の脳を並列で繋(つな)げたミサカネットワークだっけ？　その演算力をまとめて借りられれば同じ脳波使ってる私にできる事の幅も広がるから」

『何でミサカ達がそのような面倒ごとに巻き込まれなくてはならないのですか、とミサカはあくまでも冷静な視点からケンカっ早い姉を見てため息をつk

「アンタ達、あの贅肉(ぜいにく)の塊(かたまり)に吠(ほ)え面(づら)かかせたくない訳？」

『『……、』』

御坂美琴という少女を遺伝子的なベースにして製造されているため、『番外個体(ミサカワースト)』など一部の例外を除けば『妹達(シスターズ)』も基本的には全員薄くて貧しい。

そして食蜂操祈はわざわざ厳密な数値を確認するまでもなかった。

スリーサイズの先頭すなわちBを一言で表現するとこうだ。

どたゆユッサばいーん。

ミサカネットワークを形成している全員が同時に言った。

『『イエス。全力でぶっ飛ばしてやりましょう、とミサカは返答します』』

8

ガカッッッ‼‼‼　と学園都市に閃光が迸った。
御坂美琴嬢、少女の形を崩し絶対能力に最接近した雷神サマとして再降臨である。

9

食蜂操祈も、遠くから見ているだけで大体の顛末は推測できた。

何か鋭く光ったと思ったら、施設を襲っていた方々が一瞬で蹴散らされている。

「うげっ⁉　だ、『大覇星祭』の時にあれだけ散々あちこちに迷惑力をかけておきながら、躊躇なく自滅的な切り札を切ってきたっていうの。御坂さんのヤツう……」

ミサカネットワークで演算能力をブーストさせると、御坂美琴の『超電磁砲』は次の段階へ無理矢理押し上げられるらしい話は木原幻生の実験ですでに確認されている。ただしそれは彼女自身が時間経過と共に人としての形を失いながら、しかも自力ではモードを終了できないというハイリスク極まりないおまけ付きでだ。

それでも容赦なくやった。

一瞬だが確定で超能力者の次の段階を垣間見る何か。その中途の段階。こうなると、第五位の超能力者という安定したブランドだけで立ち向かうのは心許なくなってくる。

（でも確かあれぇ、学園都市の崩壊を望む心性が集団で絡みついてくるとかいう心底力ヤバい特徴があったような……）

『『『おおおおおお‼　滅べ世界っ、ソフトボールより大きな乳房の存在など我々は決して認めぬぞおおお‼‼‼』』』

「……豊かで幸せに恵まれた巨乳を憎む精神性が無尽蔵に御坂さんの背中を後押ししている。ていうか学園都市って平均以下の薄くて哀しい貧乳力ばっかりなのかしら、ちょっとがっかりねぇ」

ともあれのんびり観察している暇もなかった。

今あんな化け物に捕まったら莫大な電気的エネルギーで右と左の乳を一つずつ消し飛ばされかねない。こう、わし摑みからの大放電で。

さて。

そろそろ現実を見るか。

「……帆風さぁん、あなたの馬鹿力ならアレ倒せると思う？」

「女王のご命令さえあれば」

即答であった。

しかし食蜂はそっと息を吐く。完璧に洗脳できてしまうというのも善(よ)し悪(あ)しだ。今のは意気込みの話であって現実的なスペックは無視されていると見て良いだろう。

何しろ周囲の景色が軽く歪(ゆが)んで見えるほどの電気的エネルギーの塊だ。こう、ご近所でも有名な変人博士がきちんと使えばタイムマシンくらい作れちゃいそうな勢いの。

策もなく闇雲に突撃させたら多分帆風は蒸発する。

ビリビリビリ!!　と遠く離れたここからでも食蜂は肌を刺激する威圧を感じる。

成立の過程自体はどれだけ馬鹿馬鹿しくても、耐久力の限界に達して内側から起爆した場合、あれ単独で学園都市(がくえんとし)くらい丸ごと吹っ飛ばしかねない化け物だ。

第三位のフィジカル最強馬鹿が一個突き抜けやがった。

（それじゃこっちはどうしようかしらねぇ）

手持ちの秘密兵器を確認する食蜂。

『外装代脳(エクステリア)』は食蜂操祈の大脳皮質の一部を切り取って培養、際限なく肥大化させた代物だ。食蜂が自分自身に『心理掌握(メンタルアウト)』を使って接続窓口を開く事により、巨大な塊の力を借りて演算能力を飛躍的に向上させる事ができる。

つまり第五位の超能力(レベル5)のスペックを外から強引に底上げするオモチャだ。

とはいえ、最大効率で使っても美琴の雷神化のように人間辞めちゃう展開まではいかない。

できるのはせいぜい『数キロ四方にわたって数千人規模の人間を一瞬で同時に洗脳してしまう』といったくらいの話でしかない。

御坂美琴自身に『心理掌握(メンタルアウト)』は通じない、という前提がある以上、あの雷神と正面衝突した場合は『外装代脳(エクステリア)』アリでも食蜂側が押し負かされるだろう。

さてこの前提を踏まえた上で。

食蜂操祈側には今現実に何ができる？

「……あ、そうだ。面白いコト思いついちゃったんダゾ☆」

中枢非常電源施設に用はない。さっさと手放して、食蜂操祈は洗脳済みの帆風潤子を連れてよそに向かう。

『外装代脳(エクステリア)』があるならこっちだって大雑把極まりない作戦が使えるのだ。

「どうするのですか、女王？」

「そうねぇ。じゃあネズミ算作戦でいきましょうか」

「？」

首(くび)を傾(かし)げる（洗脳状態の）帆風は放っておいて、常盤台(ときわだい)の女王は早速行動開始。

『外装代脳(エクステリア)』を使っても、できるのは数千人をまとめて一度に洗脳するくらいだ。学園都市(がくえんとし)全体の人口が二三〇万人という事を考えると、これだけでは少々心許(こころもと)ない。

「なのでひとまず操る人間を選別するところから始めましょう。こっちのキャパは数千人。だけど例えばぁ、その数千人を全部同系統の精神系能力者に的を絞って洗脳したら？」

「なるほど」

「その数千人の部下達が、さらに普通の一般人に洗脳を広げていけばキャパは増える。能力者一人頭操れる人間が一〇人から一〇〇人くらいとしてぇ、数千人規模の精神系能力者が集まればざっと一〇万人単位の人間を直接的な洗脳状態にできるかしら。ねえ口囃子さぁん？」

『ええ。それに一定数を操ってしまえば群集心理が発生します。非洗脳状態の健康な皆様も、ついつい右向け右で似たような心理状態へと間接的に導かれて操られてしまうかもしれませんね』

「という訳でひとまずそーれ☆」

ぎゃあああ食蜂操祈ぃーっ!!　と怨嗟の叫びを放ったのは下位の精神系（で食蜂の事がとことんキライな）蜜蟻愛愉のようだが、能力スペックではこっちが上で、しかも今は大型施設でブーストまでかけている。『暗部』で火遊びしてるくらいが関の山の脇役なんぞに抗える状況ではない。さっさと将棋の駒を取ってしまう。

そして二三〇万人全員を洗脳する必要はない。

その半分、一〇〇万人の精神状態を直接間接問わず食蜂操祈の影響下に置ければおそらく『アレ』に手が届く。

雷神化美琴に対抗するに足る、学園都市の秘奥。

つまりは、

「ＡＩＭ拡散力場集合体。科学サイドの黄金に輝く天使風斬さんはいただきダゾ☆」


ガカッッッ‼‼‼　と。

恐るべき閃光第二弾が学園都市の一角で炸裂した。

『ああっ、……虚数学区からムリヤリ引きずり出されて、こんなのだめ……きゃああーっ⁉』

なんか途中、内気（で美琴や食蜂よりはよっぽど理性的）な少女の声が聞こえた気もしたが、それはさておいて。

なす術もなく莫大なエネルギーはコントロールされ、一人の少女の内部へ納まる。ビリビリビリ‼　と空気が細かく振動し、食蜂操祈の輪郭そのものが大きく変貌していく。第一印象は黄金に輝く美の女神といった感じ。背中から飛び出したのは光り輝く天使の翼、いいや巨大で鋭利な花の花弁か。

『ふはっ☆』

笑みだった。

風もないのにぶわりと長い金髪を左右に大きく広げた女王が凶悪な笑みを浮かべていた。

ギン‼　と。

硬質な音と共に、頭の上に黄金の輪が生じる。複数の花を絡めた花輪だ。

『ふはははははは!! 金色の長い髪に大きなおっぱい、そして名門校の制服装備! 前から親和性が高そうだと思っていたのよねぇーこの神秘力ッ!!』

パワーがみなぎってさらに大きくなっちゃった金髪爆乳が胸を張っていた。

……全体的にはうっすら光り輝いて背中から眩い花の翼とか生えているくせに、天使の輪っかの中に握り拳大の真っ黒なブラックホールが浮いてる辺りが食蜂操祈っぽくもあるが。

人間超えちゃった雷神サマは首を傾げて仰られた。

『腹黒ｗｗｗ』

『こらぁ!? こういう時だけしれっと文明力取り戻してんじゃないわよぉ!!』

調子を崩されてはならない。

金色に輝く女神様はものすげー人間臭く咳払いしてから、

『げふんっ、さあさあ御坂さぁんこれで科学の神の称号はもはやあなただけのものじゃなくなったわ。私は並び立ち、そして躊躇なく追い抜く!! 美の女神? 豊穣の女神? うふふそれとも勝利の女神ぃ? あなたがクソやかましくビカビカ光る乱暴マッチョな雷神なら美しく花で飾られた私は一体何の女神様として学園都市の皆に祀られるのかしらねぇ!!!!!!』

『……軍神か破壊神、いいえもっと直接的に死神とか?』

『口噺子さん? 身を隠していれば何を言っても安全だなんて神話はもう崩れたんダゾ?』

髪や衣装のあちこちで咲き誇る巨大な花が揺らめき、甘い香りが振(ふ)り撒(ま)かれる。細かい砂金に似た光り輝く花粉が風に流される。それだけだった。たったそれだけで、彼女を中心に直径五キロほどの全てが洗脳されていく。

花は自ら動かず、その香りや色彩に釣られて集まってきた虫や小動物を利用し花粉や種子を運ばせて繁栄していくばかりか、時に害虫の天敵を呼び寄せての間接攻撃すら実行する。

もはや食蜂操祈はリモコンを向けて相手を意識する必要さえない。

ただそこに立つだけで周囲の全てを問答無用で操る、精神系の巨大ハリケーン。

『これが女王の領域、私だけの聖域。さあさあ御坂さんあなたを踏み潰して決着力をつけるわよぉ!!』

ずんっ!!　と。

線が細くグラマラスな少女がたった一歩進んだだけで、世界が確実に震動した。

壁で囲まれて逃げ場のない学園都市(がくえんとし)にもう一つの怪獣が出現した瞬間であった。

10

『だぷんだぷんの無駄な贅肉(ぜいにく)のカタマリがァああ

ああああああああああああああああああああああああああああああああああああああ!!!!!!』
『撫(な)でても揉(も)んでも残念な鶏(とり)がらパサパサ女が知ったような口をォおお!!!!!!』

　そしてついに怪獣と怪獣が衝突した。

　あまりの電気的エネルギーに数万トンもある高層ビルが基部から引っこ抜けてぶわりと宙に浮かび、一〇〇万人規模のＡＩＭ拡散力場が作った巨大な光の翼が大気を引き裂いて襲いかかる。アスファルトの大地が軽々と吹き飛び、鉄橋が高温でねじれて破裂し、美琴が磁力で振り回した電波塔を食蜂の背中にある光り輝く巨大な花弁が空中であっけなく切断していく。

　もう誰にも止められなかった。

　無人制御の攻撃ヘリ『六枚羽』や最新の駆動鎧(パワードスーツ)など、常盤台中学(ときわだいちゅうがく)のエースとクイーンの前では羽虫のようにしか見えない。

『あ、あらあら。「最終信号(ラストオーダー)」やウィルスプログラムに頼らず、ミサカネットワークに一切触れないまま虚数学区や風斬氷華(かざきりひょうか)にアクセスする経路を生み出すだなんて前代未聞(ぜんだいみもん)だわ。ここで身の危険を感じるより観測機器の用意を怠った事に悔しがるのは研究者のサガかしら……』

『にゃー……。どうすんだあんなの、とりあえずとっととメイドの妹捕まえて地下に潜るぜよ!!』

芳川桔梗や土御門元春といった『暗部』に片足突っ込んでいる連中すら、その光景に圧倒されてしばし立ち尽くしているようだった。

学園都市は今日で終わるのかもしれない。

見ているだけで終末を予感させる光景だ。

雷神だか女神だか知らんがこういう特殊なモードだと数分もすれば肉体を保てずに自己崩壊を起こしてしまうはずだが、美琴も食蜂ももはやそういう前提など気にしてないらしい。

とにかく目の前のこいつぶん殴る。

それしかない。

名門常盤台中学の超絶お淑やかなお嬢様、なおかつ超能力者という規格外の天才的頭脳の持ち主。ついでにそっちの前提もまたすっぽ抜けているようだ。

パワーや応用技で順位が決まる辺り、やっぱりお嬢様学校としておかしい気がする。

11

膨大な電気的エネルギーと化した塊が時速五キロで遠くからゆっくりとこちらに接近してくる。ビルとビルの間を太い紫電が突き抜け、周囲の高層ビルをぐらんぐらんと揺らしながら。

人型だった。

二足歩行の雷神が降臨していた。

そして警備員(アンチスキル)の黄泉川愛穂(よみかわあいほ)は清々(すがすが)しい笑顔で言った。

「なーんだ怪獣怪獣ってまたパチンコのＣＭじゃんか」

「違います先輩!!　ちゃんと現実を見てーっ!!!!!!」

泣き叫びながら鉄装(てっそう)が遠い目をした黄泉川の肩(かた)を摑(つか)んでがくがく揺さぶる。

ド派手な演出を受け止められなくなっている場合ではない。現実に恐るべき脅威は着実にこちらへ接近を続けている。

ずん、とアスファルトが低く震動した。

ずずん!!　と。遠くから見ても高層ビルの群れが免震構造の限界を超える勢いでゆっくりと左右に揺れ、その下を何か見てはならないものがゆっくり進んでいるのが分かった。

雷神化した御坂美琴。

しかもなんかもう一人、それとは別に花で飾った女神が出現して勝手に激突している。

カタストロフはこっちに向かって少しずつ着実に近づいてきている。

多分連中は右往左往する人間なんかいちいち見てない。怪獣同士で互いに衝突し、どこか百合(ゆり)み溢(あふ)れる感じで絡(から)み合(あ)いながら全てを破壊していくだけだ。

黄泉川愛穂が現実に戻ってきた。

彼女がまず部下に指示を出したのはこれだった。

「ひとまず風紀委員（ジャッジメント）は全員下がらせろ!!　能力者かどうかなんて関係ない、彼らは守るべき学生じゃんよ！」

「そ、そんな事言われましても」

「うるせえーそっちのロケット砲を寄越せ鉄装。あんな子達を矢面に立たせて私だけ生き残るくらいなら自分の手で戦ってやるじゃんよ……」

「だからその行動許可が下りていないんですってえ先輩!!」

わたわたしたやり取りを耳にしつつ、バーコード頭にメガネの小柄な警備員（アンチスキル）、楽丘豊富（らくおかほうふ）は呆然（ぼうぜん）と立っているだけだった。

実際、食料の買い占めや鉄パイプを斜めに切っての即席武器を作るなどなど全く無駄な努力を続けて右往左往する一般人よりも、高度な銃器を支給された専門家である警備員（アンチスキル）の方がより早く正確に理解できてしまう事もある。

これでは絶対に勝てない、と。

「どうすんですかこれ、ほんと何すれば良いんだよう……」

「オイこらバリケードを作れっ。鉄装、武器を捨てても事態は変わらないじゃんよ!!」

震動のプレッシャーに耐えられず、砲弾でも待ち受けるように次々とその場で丸まっておまんじゅう化してしまう若い警備員(アンチスキル)を叱咤(しった)する声もあったが、もはや命令系統はズタズタだった。巨大かつ圧倒的な個の存在が、それだけで集団としての機能を奪っていく。

「それより攻撃許可は⁉　不調気味の防犯カメラや警備ロボットでは偵察もままならないじゃん。上からの許可がない事には装備があっても情報収集すらできないじゃんよ‼」

「それが役員クラスの人は皆さん応答ナシなんですぅー」

「現場に出るのを嫌う校長だの教頭だのはこれだから……。じゃあどうやって戦うじゃん⁉　もうでっかい台風が二つまとめてこっちに突っ込んでくるじゃんよお‼」

「ひぃい、そんなの私に聞かれましてもおー」

……実際にはネットワークに侵入した美琴が各種電子サインや暗号鍵にイタズラして必ずエラーが発生するように細工をしていたのと、件(くだん)の役員クラスとやらは軒並み『事前に』食蜂から洗脳されていたので役立たず状態になっていたからなのだが。

ボスボスボスボスボス‼　とビル街の根元で灰色の粉塵(ふんじん)がいくつも重なった。

ここから見れば小さいが、実際には一つ一つの粉塵(ふんじん)は軽く二〇メートルを超えている。まるで爆発する砲弾を連続で解き放つ速射砲か自動擲弾砲(じどうてきだんほう)の猛攻でも浴びたようだった。あの一発一発でそこらのコンビニくらいなら粉々に吹っ飛ぶはず。あんなに連射を浴びたらエリア一帯の空間など丸ごと制圧されてしまう。

おそらくだが、攻撃許可を待たず勝手に攻撃を始めた警備員(アンチスキル)の別動隊が雷神や花の女神からいる。
まともに反撃をもらった爆発だ。あの分だとコンクリの壁や車両といった遮蔽物ごとやられて

いくら装備があっても有志が散発的に攻撃するだけではダメなのだ。

陸と空で連携を取って大々的な反攻作戦を行うためには全員に号令をかけ、適切に人員を運用するための戦略が必須だ。行動許可のアリナシなどその最初のスタートに過ぎないというのに……。

黙っていたらアレがこっちに来る。

あの怪獣どもは完全に理性は焼き切れているようだし、武装した人間を見ただけで『敵性アリ』扱いされたら同僚の命も風前の灯だ。

そんな中、楽丘豊富は銀色の硬質な輝きを目にした。

ジュラルミンでできた四角いケースを同僚四人がかりで重たそうに運んでいる。

「何それついに出てきた対艦用の次世代兵器ですか⁉」

ハゲ頭の小さなおっさんがゴツい鍵つきのジュラルミンケースを慌ててひったくると、中からは厳重に封をした手紙がたくさん出てきた。

隊員達の遺書をまとめたボックスだった。

「もうやだ白旗揚げる‼　私は実家に帰りますう‼‼‼」

12

さて。

すっかり人間辞めちゃって雷神化し、体に重なる形でちょっぴり宇宙とか透けて見えちゃっている極限破壊お嬢御坂美琴ではあるが、実は思考は冷静だった。

これは前にも経験した事だが、雷神モードになるとむしろ心は内側に籠りがちになるのだ。

そしてそんな美琴にはこんな疑問があった。

まず美琴が雷神を自在に操縦できるのが実はもうおかしい。これはそんなに気軽な存在ではなかったはず。

さらにそもそも、だ。

(……これ、根本的にいつの時系列の話なの???)

一番分かりやすくておかしいのは食蜂操祈の『外装代脳(エクステリア)』だ。あれは『大覇星祭(だいはせいさい)』の事件の際に露見しかけた結果、これ以上隠蔽しながら管理するのが面倒臭くなった第五位の手で直接破壊・放棄されていたはず。

ならそれより前か?

ただ、そっちもそっちで帳尻が合わない。明らかに『大覇星祭(だいはせいさい)』の後に起きているコトやモノが混じり合っている。例えば風斬氷華なら辻褄(つじつま)は合(あ)ったかもしれない。だけど暴走状態のヒューズ＝カザキリや、そこからさらに超えたところにある金色の天使・風斬はもっと後、第三次世界大戦辺りの話だ。少なくとも常盤台(ときわだい)の夏服を着ている間に起きた事件ではない。

結論から言おう。

多分この学園都市、現実じゃない。

（……無難な線だとバーチャル辺りかなあ？　まあ学園都市(がくえんとし)は『外』と比べて科学技術が二、三〇年は進んでいるものね。そういう技術は普通にありえる。なんかどれだけ暴れて壊しても罪悪感ゼロだし、いくら食蜂でもあそこまでのド派手な暴走はしないでしょうし）

そうでもなければこんな人が死にかねない選択肢をバンバン選んでいられるか。白井黒子なんて食蜂が洗脳してから美琴が音速の三倍の『超電磁砲(レールガン)』でぶっ飛ばしてしまったし。

そして電子的な技術のみで再現しただけの世界なら、美琴には簡単に打破できる。

エラー誘発電気信号。

バーチャル空間はどれだけ精密であっても、結局は〇と一の群れだ。つまり、こちらからコードを書き込む事もできる。例えばコンピュータウィルスと全く同じ配列の〇と一を電気的なノイズで再現して全方位に放出した場合、バーチャルな世界を組み立てているスパコン側で自己防衛機能が働いてこれの再現を拒む。絵柄の形であれ音楽の形であれ『ウィルスコードと同じ数字を示す情報配列』を展開してしまったら最後、自分で自分の内部プログラムを破壊しかねないのだから当然だ。

　従って、条件はこうだ。

美琴が放射を命令しても発生しなければこれはバーチャル。

発生すればこれはリアルとなる。

『さあて、食蜂なんぞにいつまでも絡(から)まれててもつまんないし、こんなバーチャルさっさとログアウトしますか!!』

バヂッ!!　と雷神化第三位の額の辺りから小さな火花が散った。

散ってしまった。

つまり、普通にエラー誘発電気信号は放たれて……しまった……？

…………………………………………………………………

…………………………………………………………………

…………………………………………………………………。

『えーっと、つまり？』

13

疑問がある。

すでに散々ぶっ壊しちゃったけど、結論的には、この学園都市ってフツーにリアルなの⁉

第二章　そもそもの疑問

1

結局今何が起きてるの？

これが電子機器を使ったバーチャルじゃないなら学園都市がとんでもない勢いでぶっ壊れていくのは何とかしないといけないし、美琴自身だって雷神化（？）を早く解除しないとヤバい事になる。確かこれ、数分くらいで限界が来て内側から大爆発を起こし、学園都市全域を粉々に吹き飛ばしかねない代物ではなかったか。しかも困った事に、自力での解除はできない。

多分だが、対抗するようにドスケベを司る女神と化した食蜂操祈サイドも似たようなリスクを抱えているはず。

ていうか両目が光ってる人、この状況でも雄叫びを上げてこちらに突っ込んでくるけど⁉

『ちょっ、待った待て食蜂ちょっとタイム‼　ヤバいってこれ単なるバーチャルじゃないわ普通に現実の学園都市っぽい可能性あるんだけどいったん冷静になって今このコレ変な状況につ

いて二人で話し合って情報交換してみなi

『うるせえコラ今日という今日こそあなた本気力でぶち殺してhkrhhkrybmrif、ghslbndhmspvmehygbikigdbmdekgmdufkrmdhgldmvkrngldhdenhfiesnhr。mgjsnvgmpshfksnfzj!!!!!!』

天使さんを丸ごと吸収して発展した花と美の女神様、言語がバグっていて会話になりゃしねえ。

しかも美琴側が両手の掌（てのひら）を前に出して停戦の構えを見せているというのに、バカの女王は容赦なくビルを輪切りにできる威力の光り輝く巨大な花弁で斬りかかってきた。

もしここがただの現実世界だったらどうする？

リセットもコンティニューもない。一人でも一般人を死なせてしまったら取り返しがつかなくなるって状況をこのバカほんの少しでも理解してんのか⁉

ぶちっと雷神美琴のこめかみで嫌な音がした。

『いったん冷静になれッこの金色おっぱいモンスターがァ!!!!!!』

威力は凶悪でも（ベースが運動音痴だからか）大振りな攻撃をかわすと美琴は自分のモーションに振り回されてる食蜂の後ろに回り、両腕でその細い腰をがっちり捕らえてから後ろへ大きくブリッジ。そのまんまアスファルトの上に頭のてっぺんから落とす。落雷のようなバックドロップであった。ていうかついでにちょいと雷を誘発して天から一〇億ボルトの高圧電流も叩き込んでおいた。

具体的には溢れ出た太い紫電の枝があらぬ方向に伸び、あまりの高温で近くにあった公園の砂場がつるりとした塊に変化するくらいの勢いで。落雷が原因で生じる鉱物のフルグライトだ。とはいえ主成分は単なるケイ素なのでお値段はガラスの塊と似たり寄ったりだが。

しかしひっくり返って両足を天高く突き上げた食蜂操祈はまだ負けない。

ばぢんっ!! と内側から弾けるような音が炸裂した。がっちり腰に両腕は回していたはずだが、背中から飛び出した光り輝く花弁が隙間に潜り込んできて、内側から左右にぐいっと広げ、強引に美琴のホールドを外してしまったのだ。

(ヤバいッ)

『hriwhnbigtbs!!!!!!』

もう何言ってんだかヒントもないけど、とにかく血走った目でこっち見た食蜂が背中の巨大な花弁を膨らませる。死の斬撃が来る!?

美琴は思わず奥歯を噛み締めて、

『ツッッ!!!??? ……あっ?』

運動音痴が勝手にコケた。

食蜂と連動している数十メートル規模の鋭い花弁が一緒に振り回され、近くの高層ビルが斜めに切り飛ばされる。美琴が膨大な磁力を使って押し留めていなければ二人まとめてコンクリの土砂降りを浴びていたところだ。

『食蜂操祈っ。アルコールなんか一滴も呑まずに幻の拳法酔○を使いこなすとはタイヘン器用で健康的な真似を……ッ!!』

『違いますぅ!!』

　がばっと顔だけ上げた常盤台のクイーンは頬を真っ赤にして叫ぶ。

　恥で日本語が戻った。

『とにかくこれ神様モードって放っておくと私もアンタも何分もしない内に耐えられなくなって内側から大爆発を起こすんでしょ！　早く神様化を解除する方法を見つけないと!!』

『はいセルフ「心理掌握」ダゾ☆』

『食蜂てんめぇ一人だけェエええ!!!?⁇』

　美琴の恨めしい絶叫を後目に、食蜂操祈は自分のこめかみにテレビのリモコンを押しつけると一発で普通の人に戻ってしまう。

　食蜂側のブーストは、彼女自身の『心理掌握』→『外装代脳』→数千人の精神系能力者→洗脳された数十万の一般人→群集心理でゆるーく流される一〇〇万人の一般人……という形で大量のＡＩＭ拡散力場を集約し、金色の天使風斬を呼び出して合体していた。

つまり根っこに近い『外装代脳（エクステリア）』との接続さえ手動で遮断してしまえば即座に全員正気に戻り、簡単に女神様スイッチをオフにできる。

（……うーん。私もそれなり以上に『持ってる』方だとは思っていたんだけどぉ、でも爆から巨に戻るとやっぱりちょっと寂しさを感じるわねぇ）

自分のタイヘン豊かな胸元へ無遠慮に両手をやって、貧に聞かれたら一発で黒焦げにされそうなゼータク発言を思い浮かべるおっぱいセレブ食蜂。

　知らぬが仏な人が必死に叫んでいた。

『あっ、あうあう！　そうだその「心理掌握（メンタルアウト）」があるなら私の精神も操って化け物スイッチを強制的にオフに……』

「御坂（みさか）さんの頭にだけは通じないって前提力を忘れたのぉ？　『心理掌握（メンタルアウト）』を使っても雷神サマの解除は無理。自分の話だもん自分で解除しなさいよぉ」

『それができたら誰も苦労はしないっつーの!!』

「精神系なら何でもできる『心理掌握（メンタルアウト）』が全く効かないとか、やっぱり御坂さんって人間の枠から軽くはみ出たケダモノだったんじゃないの？　周りに迷惑力さえかけなければ怪物が吹っ飛ぶ分には私全く困らないしぃ。それにしても、なぁにぃ？　自分で勝手にブーストかけて自分で勝手に自爆コースへまっしぐらしちゃったワケ御坂さぁん。ぷっ、あははは!!　これならわざわざ私が手を下すまでもないじゃないっ。実に御坂さんらしいインテリジェンスが足りない末路だわ街で爆発すると周りに迷惑だから打ち上げ花火みたいに天高く舞い上がってから一人で孤独に吹っ飛んでもらえるとパーフェクトなんですけどぉ!!　ひっひ、もうだめっ、ブハはははははははははははははははははははははひゃっひゃっひゃっひゃ!!!!!!」

『(……決めた。私が私でいられる間にこいつ爆破しよう、オーストラリア辺りで起きる大木を縦に真っ二つにするすっげえー落雷レベルのヤツで)』

「御坂さんってそういうトコあるわよね」

追い詰められると死なばもろとも思考になる人から女王様は走って逃げて派手に転び、ミラクル回避(大変オトナなすけすけ下着パンチラあり)で高圧電流の嵐から間一髪スレスレのラインを潜り抜けていく。カミナリ馬鹿相手に開けた空間にいても良い事はなさそうなのでひとまず大通りから狭くて暗い路地の入口に身を隠しつつ、

「ヤバいヤバいヤバいヤバい……。そういえば帆風さんはどこやったっけぇ?」

その時だった。

そこで雷神は何かを見た。

街路樹の枝に引っかかったヘリウムで浮かぶゲコ太の風船であった。

スンと雷神美琴は理性を思い出し元の可憐な少女に戻った。

秒で。

食蜂操祈が反射でブチ切れた。

「あアっ⁉　人を殺すつもりで散々狙い撃っておいて、ナニ自分だけカワイイアピール振り撒いて女子力稼いでんのよ御坂さぁん‼」

2

ようやっと学園都市滅亡のカウントダウンから脱する事ができた。

美琴はひとまずその事に胸を撫で下ろす。具体的には少女らしい柔らかな起伏を。

でもまだだ。

根本的な事態は何も解決していない。今ここに広がっているこれが電子的なバーチャルではないとしたら、つまり一体何なのだろう？

（……しっかし他の可能性って言ったって。ひとまずどストレートにただの現実世界だった、以外の線で候補を並べるとしたら）

電子的なバーチャルではなかった。これは確定。

ただ一方で、バーチャルじゃないから美琴達はただ現実世界で暴れ回っているのだ、というのも多分違う。

美琴と食蜂がしれっと夏服を着ている時点である程度時系列が確定している。つまり衣替え以降に起きた出来事の情報には制限がかかるはずなのだが、その気配が見当たらないのは何故だ？

（誰かの幻覚能力とか、前提を覆して食蜂の『心理掌握』に頭を貫かれた？　あるいはインディアンポーカーなんかの夢を操る『機械』だと私も普通に有効だったわよね……）

食蜂の『外装代脳』が現役なのにインディアンポーカーの結末を美琴が覚えている、というのもやっぱり順番がおかしい。黄金に輝く天使風斬についても以下略。あれは確かロシアで猛吹雪にさらされた第三次世界大戦で出てきたはずだから、こんな常盤台の夏服とは噛み合わない。時系列に矛盾が発生しているのはどう説明する？

（何にしても、『確定』が得られない以上あんまり無茶はできないか。人の命はキホン一個でヘマしてもやり直しナシ、一般人は死なせられない、ってトコで行動のラインは引いておいた方が良さそうね）

一見博愛だけど（一般レベルじゃない）食蜂はカウントしていないのが美琴らしいか。

ゴァッ‼　と。

雪崩と雪崩が空中で大きくアーチを描き、美琴の頭上で激突していた。

片やビルの屋上から屋上へ跳ぶ能力者の群れ、片や同じく屋上から大ジャンプを繰り返して殺到する無人の自動車や建設重機だ。これでタンパク質やカルシウムでできた人間の方が押し切っているというのだから学園都市の能力者はヤバい。

ていうかぶっちゃけ機械を操る美琴側が力で押されている。

学園都市超おっかない!!

「やべっ!」

(……運動音痴のくせに思考がマッチョな野蛮人め、正直付き合っていられるか。こっちはケンカする前に『確定』を取っておきたいところがあるのよマジで)

美琴としては今この状況は何なのか、目の前に広がる学園都市の『正体』はつまり何なのか、世界の真実とやらが知りたい。ただの現実なのか、幻覚能力か、インディアンポーカーのように夢を見せる機械でも使っているのか、それ次第でやれる事できる事の幅は大きく変わってくるのだから。

そうなると、

(……街の秘密を知りたいなら、中心じゃなくてむしろ外に注目するべきね)

もし何かしらの方法で幻を見せられているとしたら、一定エリア内は完全再現されていると考えた方が良い。つまり隙はない。でも逆に言えば、完璧で精密に騙そうとするほど大きなパワーを使うはず。美琴と食蜂がぶつかるであろうエリアと直接関係ない場所まで全部面倒を見ている余裕はなくなるのではないか。そもそも関係あるなしの定義とは何がどこまでを指すのか、という問題も発生するし。本当に厳密に言えば世界とは地球一個だけを示す言葉とも限らないのだ。

つまり手っ取り早い確認方法はこれだ。

「宇宙っ」

美琴は近くの駅ビルに入って適当なインテリアショップで天体望遠鏡を手に入れる。クセでそのまま持ち出そうとしてから、ハッと気づいてお金も払っておいた。何のひねりもなくここがただの現実『かもしれない』可能性が残る以上、山賊モードが板につくのはまずい。

開けた場所が良い。最寄りの公園に向かう。

今は昼間だから満天の星空が見える訳ではないが、それでも昼間だって月や金星の観察くらいはできる。ここから眺める事はできるが、どう考えたって美琴と食蜂のバトルとは関係のないモノ。これを調べて実際の天体とは違いがあった場合、ここはバーチャルではないもののやっぱり現実世界でもない、という結論が出る。

「どれどれ……」

太陽の位置だけは注意しつつ、美琴は天体望遠鏡を覗き込んでみた。

見えたのは月でも金星でもなかった。

学園都市製の巨大な人工衛星だ。

「？」

眉をひそめている場合ではなかった。

3

天埜郭夜(あまのかぐや)の手により。

超高圧縮された大量の水を使った衛星軌道上空爆『S5』が一本まっすぐに射出された。

4

光を使ったレーザー系の爆撃でなかったのはせめてもの救いだった。

「ぶはっ‼　じゃなけりゃ回避の暇もなく即死だわ！　おおお相変わらずのゲテモノテクノロジーを未認可無警告で思う存分使ってくれちゃって学園都市(がくえんとし)めぇッ‼」

美琴はとっさに磁力を使って自分の体を真横に吹っ飛ばし、遠く離れたビルの壁に張りついてギリギリで難を逃れたが、制服も前髪も大量の水蒸気でびしょ濡(ぬ)れだ。威力は絞っているだろうが、学校の校庭より広い自然公園なんか丸ごと消滅している。

あれは食蜂が洗脳した衛星管制官を使って攻撃させたのか、シンプルに学園都市(がくえんとし)の残存勢力が抵抗してきたのかは不明。どっちみち美琴を狙ってくる以上、のんびり天体観測するのは難しくなってきた。迂闊に五秒立ち止まったら衛星軌道上から爆撃されると考えた方が良い。

（結局、宇宙の星がどうなってるか調べる前に攻撃されちゃったから結論出ないし……）

逃げるついでだ。

もう一回望遠鏡を手に入れても立ち止まってじっくり覗き込むのは難しそうだし、宇宙開発関係のサイトで公開されている衛星からのライブ配信動画くらいではあてにならない。今は絶対に加工される恐れのない生のソース、自分の目で見た体験が必要だ。

とにかく学園都市のエリア外であれば確認方法に使えるのだ。

こうなると無理に上下方向の宇宙にはこだわらず、学園都市をまっすぐ横断して『外壁』の向こう側がどうなっているか調べた方が邪魔は少なそうだ。

「となると今一番欲しいのは衛星除けっ。とにかくいったん地下に潜るか‼」

親指でいったんコインを弾いてから『超電磁砲』を足元に解き放つ。

アスファルトを大きく抉り飛ばした先に待っているのは、おそらく大きな駅と連動して店舗を広げている巨大な駅地下ショッピングエリアだ。ケータイで『雨に濡れないで進める徒歩ルートは？』と検索すると大抵ここを経由する事になる。

美琴は躊躇なく大穴から地下に飛び降りつつ、

「おっ、何よイベントスペースに期間限定のゲコ太アンテナショップができてるじゃない！　頭にメモメモ、世界が平和になったら遊びにこよう」

これが得体の知れない幻やバーチャルだったらあてにはならないかもしれないが。

ゴッ!! と。

いきなり真横のコンクリ壁がぶち抜かれたと思ったら、鋼鉄の履帯と油圧シリンダーを練り固めたような塊が顔を出した。

先端に巨大な松ぼっくりみたいなドリルをつけた作業アームを振り回しているのは、警備員(アンチスキル)装備の坑道掘削装置か。戦車みたいな履帯で走るリアル地下秘密基地製造マシンである。

「また効率ガン無視のロマン車両を⁉」

「うふふはは御坂さぁん☆ 学園都市(がくえんとし)の科学力はケタが違うのよぉおおおおおおおおおおおおおおおおおお!!」

頭上の大穴から謎の叫びがあった。

あれで意外とアドリブに弱いのか、食蜂がどんどんおかしくなってる。

とはいえパワーはあっても速度は出ない重機だ。美琴はさっさと徒歩で距離を取って広大な駅の地下を走り抜けていく。

当然ながら防犯カメラの類は美琴の能力で全て無効化できる。

(つまり地下にいる限り、宇宙からこっちを睨(にら)んでる何者かは私を見失うはず!)

これだけ広い地下空間だ。出入口の階段だって一〇や二〇では利(き)かない。いつかは衛星軌道上から再捕捉されるだろうが、わずかでもタイムラグが生じるならめっけもの。ヤツ(具体的に誰なんだか……）の予想を裏切る出口から外に出て束の間の自由を手に入れてしまおう。

運動音痴のくせに無理してあの大穴から飛び降りてきたのか。特に足首をひねる事もなく食蜂もこちらを追ってくる。

駅の地下から表の地上への階段を駆け上がりながら、美琴はこう考える。

結局は、だ。

（一万人の無能力者よりも超能力者一人の奪い合いになりそうだけど……。食蜂の危険性を正しく説明した上で、こっちの味方になってくれる超能力者って一体誰よ？　どいつもこいつもクセモノ過ぎて全く想像がつかないし……）

そこで見かけた。

本当にたまたまだった。

それは学園都市でも七人しかいない超能力者とは最もかけ離れた人材だった。

どこにでもいる平凡な高校生だった。

ツンツン頭の少年であった。

「何だオイさっきから何が起きてるんだこの街は……？」

もう理屈ではない。

あいつ一人を味方につけられた方の勝ちだ。絶対に。

「おっ、おい。お前達大丈夫か？　なんか街のあちこちで派手なトラブルが起きているみたいだけど」

まさか元凶二人が目の前にいるとは思っていないのだろう。

ツンツン頭の少年は純粋にこちらを心配していた。

この状況でそれができる人だった。

「とにかく今は一緒に行動しよう、バラバラに逃げて迷子になっても仕方ないからな。大丈夫だって、みんなで力を合わせればどんなトラブルだって乗り越えられるから！」

美琴も食蜂も。

ここまで心配してくれる相手がいるのだ。

こいつの顔に免じて。

二人揃(そろ)っていったん立ち止まってみるべきか、と思った時だった。

落ちた。

衛星軌道上にある巨大人工衛星から一発、謎の水系空爆が垂直に落ちた。

ズボァ!!!!!!　という轟音(ごうおん)が炸裂(さくれつ)した。

　上条当麻は蒸発した。

「「うわァあああん‼⁉⁇」」

　御坂美琴と食蜂操祈は同時に絶叫する。

　そして最後のブレーキは永遠に失われた。

5

　美琴も食蜂も、後はもう最後の最後まで戦うだけだ。それ以外の選択肢は目の前で奪われた。

　わあっ‼　と。

　映画に出てくる合戦シーンみたいな大音声がコンクリとアスファルトの街を揺さぶる。

　なんか騒ぎの中心でお神輿みたいに担がれている人がいた。

「ふふふへへへもう希望なんかどこにもないわ、最後にせめて御坂さんそろそろ決着をつけましょう？　正々堂々と勝負するんダゾ☆」

「コソコソ（……おまわりさんあいつですあのヘンタイ欲求不満おっぱいモンスターが全ての元凶）」

「だから真面目に勝負しなさいよぉ!!」

キホン策士のくせに煽り耐性が極端に低いアンバランスな女王サマが割と本気の涙目で（実はケンカっ早い美琴と似たり寄ったりに）叫ぶのと、

『美偉！　そっち回り込んで封殺して!!』

『あなたもサボり魔のくせして何だかんだで勤勉な風紀委員よね……』

固法美偉や柳迫碧美といった付近のセンパイ系風紀委員が（多分無許可の集会を取り締まるとかいう理由で）食蜂操祈へ殺到していくのはほぼ同時だった。

食蜂が操れる限界は数キロ四方で数千人くらい、らしい。

つまり第五位は自分を中心に直径数キロのテリトリーを構築し、台風のように移動しながら美琴を襲っている訳だ。エリアから外れた人間は適宜洗脳を解いていく事で常に空きストックを確保していく。

足で走って逃げている美琴からすれば感覚的には街の全部が雪崩みたいに動いて襲いかかってきているのと大して変わらない。

しかし見た目と本質のズレは見逃せない。

そう、食蜂操祈は二三〇万人を一度に全部洗脳できる訳じゃない。見せかけているだけだ。

（ネットサーバーの保守点検要員、交通管制、警備員のお偉いさん、下手したら一二人しかいない統括理事まで……。食蜂側だって、操っていた方が得だから手放したくない人材はいるはず。そういう連中はエリアから抜けたから解除しますとはならない。つまり必要不可欠な人間が増えればその分だけ食蜂の洗脳空きストックは減っていく!)

それだけなら美琴にとって不利な条件が積み重なる羽目になる、とも言える。何しろインフラや権力を握る人間が食蜂側の手に落ちれば、防犯カメラから無人兵器まで学園都市の機能を奪われて美琴に牙を剥いてくるからだ。

だけど、

(なら、例えば厄介な敵をかち合わせて食蜂にイヤイヤ洗脳させれば? 大した役に立たないしいらない駒なんだけど洗脳を解くと怒って襲ってくるから解除もできない。そういうお邪魔虫をたくさん押しつける事でもヤツの空きストックを埋めてパンクさせられる。二三〇万人もいるんだもの。必要最低限の危険を回避するつもりでも、数千くらいのストックなんかパズルゲームのブロックみたいにあっという間に埋まっちゃうはず!!)

正義感に溢れ、暴走能力者込みで犯罪者を捕まえる警備員など美味しい捨て駒だ。

食蜂には『心理掌握』がある。

大人の警備員をいくら差し向けても遅かれ早かれ洗脳されてしまうだろう。ならばできるだけ美琴側にとって有益な『遅かれ』をこっちから組み立てるまでだ。具体的には、美琴が一定以上の距離まで逃げ切るための時間稼ぎをしてくれれば十分。よほど特殊な能力者でない限り、人数は一線を越えたところで『群衆』という一つの塊になって無個性化してしまうし。

そんな風に考えていた美琴だったが、ここで予想外が発生した。

運動音痴の女王食蜂操祈が、すらりとした手を正面にかざした。

遠くから走ってくる警備員(アンチスキル)に対して掌(てのひら)を向けると、

「はーっ‼」


ぶっ飛んだ。

気合い一発で触ってないのに重装備の警備員(アンチスキル)が真後ろへ五メートル以上飛んでいったのだ。

流石(さすが)の御坂美琴も思わず目を白黒させて立ち止まった。

「なっ、え、なにそれ仙人ッ⁉　バカがなんか面白いコトやってる‼」

「精神系最強の能力を使えば『本人の力で真後ろに吹っ飛んでもらう』くらいは訳ないのよぉ御坂さぁん。……あと今なんつった誰が誰を指差してバカだと？」

洗脳して一瞬でダウンを獲(と)り、一瞬で解除してしまえば空きストックは埋まらない。

第五位がパチンと指を鳴らすと、改めて大群衆が一斉に美琴側へ襲いかかってくる。まるで人間で作った高波だ。接触されたらそのまま頭の先まで呑(の)み込(こ)まれる。

そんな風に第三位が思った時だった。

まったく別の流れがあった。

ずしん!!　と。

何か出てきた。

カマキリにも似た特殊な構造の駆動鎧(パワードスーツ)。折り畳んだ前脚の代わりに装着されているのはガトリングレールガン。

FIVE_Over.

Modelcase_"RAILGUN."

(ほんとにいつの時系列なんだこれ!!!???)

音が消えた。

さしもの美琴もとっさにビルの角に身を隠し、直後にコンクリの分厚い壁が豆腐みたいに崩された。第三位を模してそれ以上の現象を起こす駆動鎧(パワードスーツ)、ファイブオーバー。オレンジ色の帯を形作るあの一発一発がレールガンとか完全にどうかしている。

ここが幻か夢か現実かバーチャルかもはっきりしない内からあんなの喰(く)らいたくない。

運動音痴の食蜂もビビって物陰に転げているという事は、多分彼女の洗脳ではなく『まともな』学園都市陣営(がくえんとしじんえい)だ。もっとも基本はハイスペックなのに根っこがポンコツなあの女の場合、洗脳した人へ声高らかに命令して自爆、というコマンドミスの線も完全には否定できないが。

ヴん!!　と。

巨大な羽音みたいなのが聞こえたと思ったら、人工物でできたヒメバチっぽいのが空中を飛んでいた。小型ヘリサイズのあれもファイブオーバー？　だけど美琴は見た事がない。何となくウチのカマキリと同系のシリーズだとは予測がつくのだが、では具体的に第何位のだ⁉

「あっ、私のファイブオーバーだわぁ」

「『この』世界の嫌な事の元凶は大体全部アンタなのかデカパイ疫病神(やくびょうがみ)……」

「あっちのタコみたいなヤツも」

いい加減にムカついた美琴は電気の力でファイブオーバーＯＳを操って常盤台(ときわだい)のクイーンに押しつけた。強めに。

「どぶっ？　ちょ、べたべた巻きつくな甘えん坊マシン！　アウトサイダーとはいえあなたは第五位のファイブオーバーシリーズなんだから私の側につきなさいよぉ‼」

「にゅるにゅる触腕系はアンタの担当だろドスケベおっぱいボディ」

「今なんつったこらぁ‼」

いちいち相手にしてらんないのでさっさと逃げる美琴。

しかしいよいよ超能力者(レベル5)を直球の力業で殺しかねない次世代兵器が顔を出してきた。

余裕なんか一個もない。

（ていうか今まであそこまで強力な兵器は投入されてこなかったはず。何か、学園都市(がくえんとし)での情勢みたいなものが変わった⁉）

6

警備員の黄泉川愛穂が取った行動はシンプルだった。

今のままでは権限や許可の関係でまともな出動もできない。ただ電子サインがエラー連発するのであれば、ネットワークなんか使わなければ良いのだ。紙の書類を書いて自分の足で走って届ければ良い。

「手書きの用紙なんて扱い方分かりませんよ！　マニュアルどこでしたっけ……」

「はいこれ着てじゃん」

「？」

「脳波、心電図、眼球運動なんかを測定するセンサー類に、バッテリーと通信機器を繋いだモニタリングベストです。ハンドメイドですけど。……やっぱり反応が鈍い。オイ鉄装、こいつも精神系の能力を使った洗脳済みだ。脇にどけとけじゃん!!」

人が洗脳されているか否かはその時その時で変わってくるが、常に全警備員のバイタルを計測し続けていれば微細な変化は読み取れる。そして目に見える形で洗脳と非洗脳を仕分けし危険人物の隔離さえできれば、組織としての体質はすぐに回復できる。

「代理の花木です。申請を確認、受理しました。防具、電子、通信、そして火器。警備員に登録された全隊員について、全兵装の携行及び使用を即時許可します!!」

「了解。これが無人兵器を動かすためのフラッシュメモリ、こっちは得体の知れない格納庫の鍵か。街で暴れてるもんの正体は知らんが、全員、フル装備を整えたら行動開始じゃんよ!! 有人機も無人機もあるだけ全部かき集めるじゃん。例の怪獣どもと戦い、その正体を見極める!! !! !!」

7

女王的には細い手首にまで太いので巻きつかれたから相当心配だったが、リモコンを使って周辺の能力者に命令を出す。胴体に巻きついてほっぺたにべちべち当たってくる甘えん坊なにゅるにゅるタコさんファイブオーバーOSの触腕をどうにかしてみんなで引き剝がし、一人物陰に隠れると、食蜂操祈はうんざりした調子で重たい息を吐いた。

見た事ない電気コードだらけのベストが見えた。

医療機器の代わりか。

「ええっ? なぁにい警備員(アンチスキル)の皆さんが活き活き(いい)と動き出しているじゃない。しかも機械の力でチームワークを固めてくるとか……まぁた御坂さんのオモチャが増えそうダゾ」

機械を使って洗脳と非洗脳を仕分けされてしまう時点で食蜂側にとっては大きなマイナスだ

し、しかも測定結果は電気を操る美琴のさじ加減一つで好きなようにいじられてしまう。食蜂が特に何も洗脳していなくても、『状況の沈静化に邪魔』と美琴が判断した場合あいつ洗脳されていい事にしてしまえ作戦がいくらでも通じてしまう訳だ。

（……まるで私の名を騙(かた)って勝手力に魔女狩り独裁政治を始めるようなもんよねぇ）

フィジカルバカにこういうえげつない作戦を考えつくだけの頭がない事を祈るばかりだ。

8

「チッ!!」

ファイブオーバー含む次世代兵器を振り回す警備員(アンチスキル)に食蜂の手で洗脳された集団。何にしても呑(の)み込(こ)まれて良い事はなさそうだ。

美琴は舌打ちし、磁力を操作。

そのまま手近なビルの壁面、一〇階くらいの高さへ足をつける。

さらにそのまま別のビルに大きく跳躍。

磁力を使ってビルからビルへ飛び移れば、それだけで地上の洗脳軍団には何もできなくなる。

飛び道具系の能力や次世代兵器があるから一〇〇%の安全はないが、それでも高さの壁は時に人数差を凌駕(りょうが)する事もあるのだ。

地上から両手でメガホンを作って叫ぶ人がいた。

「目立ちたがりめぇ!!　御坂さんってぇ、あれなのよねぇーッ!!」

「何よ?」

「デリカシーがないのよ。自分が一番力、人気が欲しいあまりコンビニや回転寿司のお店でスマホを構えていきなりダンスとかしそうな人っていうかぁ!!」

「ひとまずケンカ売ってんのは良く分かった」

「ただ、ずーっと高所跳躍を続けているとスタミナ切れのリスクも出てくるのよねぇ!　うふふ私が特別何かをする必要はないんダゾ☆　そうやって無茶力を続ける御坂さんがへばって落ちてくるのをただ待っていれば……って、ちょっとは人の話を聞きなさいよぉ!!」

「おっと!!」

何度目かの跳躍時、ビル壁に着地する瞬間を狙っていきなり内側から強化ガラスの窓を椅子で叩き割られた。ぼーっとした顔の少女は操歯涼子っぽい。

(ていうか臓器をいくつかメカ系に置き換えたサイボーグ相手でも誤作動もなくそのまま通じるのか『心理掌握』、まったく便利な能力を厄介極まりない人格の持ち主に与えたもんね神様ってのは!!)

高さの壁が機能していない。テレビのリモコンを向けてボタン一つで誰でも洗脳できてしまうのだから、地べたからビル高層階の窓辺にいる一般人もそのまま狙えてしまう訳か。

『心理掌握(メンタルアウト)』、つくづく有用で与える相手を間違えた超能力(レベル5)だ。

(あの分だと、私を追い抜いて前方にいる一般人を洗脳される危険も……。前後で挟み撃ちされると結構ヤバいわよね。っ、？)

ふと怪訝(けげん)に思って地上の道路に目をやると、なんか肩で息をしている女王がいた。

美琴の能力スタミナ切れを狙っている人もまた、そういえば随分あっちこっちで『心理掌握(メンタルアウト)』を乱発しまくってきたようだが？

「ぜっ、ぜひゅ、ぜえぜえはあはあ。うっぷ、何が起きてるのこれぇ……？」

「レアだわ。リアルに策士が策に溺れてる瞬間なんか初めて見た」

ともあれ、第三位と第五位が揃(そろ)って能力使い過ぎのスタミナ切れで地べたに平伏(ひれふ)し、小刻みにケイレンしながらイモムシみたいに摑(つか)み合(あ)う結末というのはいただけない。ていうかそんなになるまで運動音痴のバカに付き合っていられるか。

(しかし面倒な話になってきたわね……)

美琴にとっての脅威は、もはや食蜂操祈が操る洗脳人間の群衆だけではない。

ようやく本格的に動き始めた警備員(アンチスキル)の組織的な反攻作戦もまた鬱陶しくなってきた。

そして食蜂は笑って矛先を変えた。

一秒も躊躇(ちゅうちょ)なく。

「うふふ、完全武装かぁ。エリア内のルールを支配する捜査機関を洗脳さえできれば独裁方式を使って愚かな民衆なんて法と正義と殺傷力でムリヤリ従えられるわよねぇ？」

「あいつマジでボンデージが似合う方のドSな女王様だッ!!」

「あらあら困った御坂さんねぇそれじゃ悪口として成立していないわよ丸っきりお褒めの言葉にしかなっていませんけどぉ？」

「ダメだヘンタイがヘンタイって言われて喜んでやがる」

そして。

決して大きな光や音はなかった。

唐突であり、しかし必然でもあった。

常盤台中学の生徒がやり過ぎれば彼女が出てくるのは道理というもの。

パンプスで硬いアスファルトの上を歩いているはずなのに、足音らしい足音など一つもなかった。逆にそれが怖かった。相手は幽霊でもお化けでもない。質量を持った人間が何をどうやったらあんな動きになるのだ？

来た。

こういう時、最後に始末をつける切り札が投入された。

ギラリとメガネが光った。

常盤台中学外部学生寮を担当する寮監サマがついに動き出したのだ。

意識が飛んでいた。

御坂美琴には、実際に数秒、己の記憶を思い出せないところができていた。

真っ白に飛んだ世界で何か叫んでいたかもしれない。

そしてすでに御坂美琴は背を向けて逃げ出していた。何故かビルの壁から飛び降りて地上を全速力で走っていた。どうやったって記憶はここからしかなかった。学園都市第三位はカチカチと歯の根が合わず、目尻には涙まで浮かべていた。

ようやっと世界に色がつき、ぐわんとこもった音が戻って、現実が追い着いてきた。

とにかく全力で走り続ける。

「「やっ、やべぇーッ!!!?!??」」

食蜂の声がすぐ隣からシンクロした。運動音痴の第五位でさえあまりの恐怖で頭のリミッターが切れているようだった。いつでもアキレス腱切って膝をぶっ壊し前に向かって転がれますといった顔のまま、だけど今この瞬間だけは御坂美琴の速度に喰らいついてきている。時に恐怖は怒りに勝る原動力となり得るのだ。

真後ろで気配が揺らぐ。

まるで透明な分厚い壁が迫ってくるかのよう。

これぱっかりはスペックの数字ではない。あらゆる人間を洗脳して支配する食蜂操祈すらテレビのリモコンを向けずに迷わず逃げ出していた。もしも余計なアクションを一つでも挟めば、音もなく懐に深く踏み込まれて手首を極められると本能で理解したからだろう。

全速力で逃げながら、だ。

二人はこういう時だけ仲良く罵り合っていた。

「ばるばバララバみさ御坂さんアレあなたフィジカル系なんだから自覚と責任を持って何とか地獄の寮監と戦いなさいよぉ!!」

「冗談言ってんじゃねえ何でも踏み潰して焼き払い敵国を一方的に蹂躙していくマリホ兄弟だって穴に落ちたら一発で死ぬの、そういう即死系の大穴そのものとどう戦えって言うのよアンターッッッ!?」

へばってダウンなんて絶対に許されない。

相手は地獄の寮監。肩に手を置かれたら死だ。

何が何でも逃げてやる。

「どおすんのよっ、ぶべは、御坂さぁん!?」

「よっと」

大都市の御多分に洩れず、学園都市でも広い表通りの歩道沿いには大量の自転車やスクーターが違法駐輪してあった。美琴は次々と物色し、その中から特に速度が出そうなものをピックアップして防犯用の太い鎖を『砂鉄の剣』で破壊する。

電動、やたらとタイヤが太くてT字ハンドルのついた一輪車だった。

事態に気づいて第五位の蜂蜜少女が急に慌てた。

「あのうーっ⁉」

「こんなの公道走らせちゃって良い訳？　学園都市ってやっぱり交通ルールゆるいわー」

刑法に違反しちゃってる窃盗犯の小娘に言われたくはないだろうが、みゅいーん、というガソリンエンジンとは違う軽いモーター音と共に美琴は難なくスタート。時速六〇キロ超で車道をかっ飛ばしていく。そして当然ながら一輪車は一人乗りだ。

そう。

別に理性をなくした集団から逃れるだけならビルの壁を使った縦の高低差は必須でもない。地獄の寮監がエレベーターでこっそり同じ階に来たら窓辺から一撃もらっておしまいだし。なのでよりシンプルに、速度を稼いで横の距離を取ってしまう事で安全を確保した方が確実だ。

食蜂側は基本的に徒歩。

車両やバイクを使おうにも、後方集団は仲間達が車道に大きく広がってしまっているため、味方に邪魔されて車両を動かせない状態に陥っているのだ。笑える事に個人としては最強の寮監まで群れに呑み込まれてしまっている。フレメア、アズミ、加納神華など小さな子達に雪崩れ込まれたのが運の尽きだ。基本的にハメを外した常盤台生以外は攻撃しない、という自分ルールがあって良かったほんとに良かった。

(アホなハチミツ女王め。見た目の派手さって効率を犠牲にするもんよねー)

「……御坂さ、ちょお、待って置いていかな、☆、おねがっ、げほっ、ぶごお……っ」

なんか後ろから割と本気の泣き言が聞こえてきた気がしないでもないが、いちいち後ろを振り返る御坂美琴ではない。ああ、風を切るって気持ち良い。

(それにしてもここどこよ……？)

食蜂勢力はもちろん、洗脳されない状態でも普通に襲いかかってくる警備員(アンチスキル)や地獄の寮監なんかに次々追い立てられる形で無計画に逃げてしまった。美琴的には『この世界はつまり何なのか』を知るためにも『壁』の外がどうなっているか知りたいので、同じ所をぐるぐるだけは絶対に避けたい。ひとまず東西南北どっちに進んでいるかだけでも把握しておきたいところだが……。

その時、歩道橋の側面にくっついている青い案内板が頭上を流れていった。

「第一八学区っ？」

(じゃあ外周に面した第一一学区のゲートから東京(とうきょう)・新宿方面(しんじゅくほうめん)に突き抜けるのが外に向かう最短コースか！　ようやく一本のラインがゴールまで繋(つな)がったわ!!)

しかしまた厄介な。

第一八学区は霧(きり)ヶ丘女学院(おかじょがくいん)や長点上機学園(ながてんじょうきがくえん)などを中心に、数多くのエリート校が集まる特別な学区だ。常盤台中学(ときわだいちゅうがく)含む『学舎の園(まなびやのその)』をライバルとして公然と名指ししてくるところからもその特殊性は明らかだろう。時代錯誤で極限お嬢様時空な『学舎の園』と違って、こちらの第一八学区は冷たく、硬質、非人間的な効率を極めたハイテク剥き出しな印象があるが。そして当然、守るべき研究機密の多いエリート校ほど分厚い防衛体制を築いているもの。

ばじゅわっ!!!!!!　と。

いきなり美琴の右手側のアスファルトが、真っ黒に溶けた。

明らかに侵入者を見咎めての、無警告の一撃だった。

あるいはトラブルメーカーの侵入者が常盤台中学の夏服を着ていた事が『彼ら』の神経を逆撫でしたのかもしれないが。

電気を操る能力者の頂点、第三位の『超電磁砲』だからこそ、御坂美琴には目には見えない攻撃の正体を一瞬で看破できた。

元凶ははるか遠く、第一八学区の中心にある巨大な鉄塔だ。

「殺傷破壊レベルのマイクロ波集束兵器……。なんつーゲテモノを実用化してんのよ学園都市⁉」

美琴的にはもちろん初めて見るので、あれだけ観察してもここが『どんな世界』か判断する材料にはなりそうにないが。

とっさに全身から電磁波を大量放出して電波兵器塔の照準情報をかき乱そうとしたが、そこでぐらりと美琴の頭が重たく揺れた。

（ま、ず。スタミナが……）

悲鳴を上げる暇もなかった。

ジュブじゅわっっっ!!!!!! と、見えざる電磁波の壁が御坂美琴をまともに叩(たた)いた。

9

「うえええええええええええいッ!?」

思わず変な声を出したのは（電動一輪車に置いていかれて）遠巻きに眺める食蜂だった。

こっちもこっちで『心理掌握(メンタルアウト)』を連発しまくってスタミナが切れかかっていたのだが、不快な眠気に似た感覚が脳から一気に吹っ飛んだ。

化学系の食品添加物をとことん嫌って天然食材ばかりこだわる彼女としては、あんな溶けたアスファルトと混ざり合って蒸発するなんて死に様だけは絶対に避けたい。

（えぇー？ これで終わり？？？ バカだバカだとは思っていたけどぉ……。御坂さん、なにあっさり死んでいるのよぉ。一人で勝手力にヘイトを稼ぎまくった救いようのないクソ馬鹿野郎は、せめて創意工夫に溢(あふ)れた処刑方法でたっぷり苦しんで死ぬ事で因果応報感を出さなきゃダメーっていう基本ルールすら理解していなかったのぉ？）

食蜂操祈がそんな風に考えてしまったのはきっと間違いだった。

ライバルの生存など一ミリでも祈るべきではなかったのだ。

ドガッ!!　と。

第一八学区のどこかで超電磁砲（レールガン）が放たれた。みなぎっていた。なんかフルパワー状態になったショートヘアのフィジカルバカが仁王立ちになっている。

「おおおおお!!　マイクロ波といえば無線送電、無線送電といえば電源……。すっかり充電完了で私は元気いっぱいだぞおお!!!!!!」

「うげえっ!?　なに非接触の無線充電とかエコで意識高い夢の発電衛星みたいな真似事（まねごと）してんのよ御坂さぁん!!」

こっちは消耗したまんまなのだ。

これで『超電磁砲（レールガン）』側だけ一〇〇％充電でお肌ツヤツヤになってしまうとかなりまずい。

「で、電子レンジのマイクロ波を直接食べるとかどこまで怪生物なのぉ……？　何か弱点一つくらいない訳？　過充電なんかでお腹（なか）が膨らんで爆発してはくれないものかしらぁ!!」

10

「っと!!」

電波兵器塔からの莫大(ばくだい)なマイクロ波照射を受けて一〇〇%充電できたのはありがたいが、美琴が乗っていた電動一輪車は耐えられずに壊れてしまった。

(……スタミナ減ったらわざと殺傷マイクロ波を浴びれば良い訳だから、能力使ってバシバシ跳躍したって問題ないんだけど)

そこで、だ。

なんか変な光景と出くわした。

道端で輪を作ってバレーボールの作戦会議みたいに円陣を組んでいる集団がある。名門霧(きり)ヶ丘女学院(おかじょがくいん)のエリート女子高生達だ。何でここで？　プライド高めのインテリ女子の動きはなかなかに奇妙で風景から浮いており、威圧感のある光景だ。

輪の真ん中には安っぽいカエルの人形がちょこんと置いてあった。

ゲコ太であった。

『御坂大名神諸国救済完全教団のご威光よここにあれ』

『おお神よ我らを救いたまえ』

『ゲコ太様がいれば大丈夫、これを持っていればあの破壊神は攻撃を躊躇うから……』

「ええええええ!? わ、私の存在が知らないトコでカルト宗教に変貌しつつある!!」

ゲコ太がいれば攻撃してこない。

これが『神話』に組み込まれているという事は、雷神化解除の流れが半端な形で目撃され、伝言ゲームのように変化しながら広まっていったっぽい。

それにしたって科学全盛の学園都市でいきなりカルト宗教なんぞ生まれるものだろうか。

考えて、美琴は頭を抱えそうになった。

(食蜂っ!! あいつがネット回線の遮断に乗り出したせいで、みんな情報的に孤立されているんだわ……。振り込め詐欺で被害者を追い詰めるのにしょっちゅう使われているって話は耳にするけど、情報の客観性が崩れれば人の心は脆いっていうのはマジだったのね。……にしても、混乱発生からたった三時間でここまで空気が歪むかよう……)

甚大な災害下では得体の知れないデマや流言が爆発的に拡散しやすい、だったか。いつもの風景が壊れて常識が揺さぶられると自分で自分の経験や判断能力を信用できなくなり、今ならどんな事でも起きるかもしれない、に変化してしまう訳だ。

これは幽霊の目撃談にも言える事だが、人は頭にある知識と照らし合わせて理解と処理ができない光景を目撃すると心が抵抗をやめてしまう悪癖がある。幽霊の正体見たり枯れ尾花。自分の目で見たものしか信じない、から始まる誤認だって、そんな虚像に振り回されて胡散臭い除霊業者だの開運グッズだのにすがりつく『迷走』へと繋がる展開すらも普通にありえる話なのだ。

『食蜂大名神諸国救済完全教団の暗闇よここに拮抗せよ』

「あ、ヤツのカルトも存在するのか……」

『聖と邪、二つの激突こそが世界を回す。永遠に終わりのない闘争によってじゃんじゃん現世を壊して人類を導きたまえーっ!!』

「そして怖い教義が拡大中!?　何でも肯定すんな甘やかしかよ!!」

ともあれ、ここで美琴が下手に駆け寄って『やめやめ!』と叫んだところでどれだけ効果がある事やら。『ゲコ太を拝めば拝むほど伝説の美琴神が訪ねてきてくれる』なんてねじれた事を言われたら目も当てられなくなる。

あっちを刺激するのはひとまずやめよう。

ていうか見たくない。

と。

「なっ!?」

何かに気づいた美琴がこれまでの流れを無視していきなり後ろに跳び下がる。

これまでになかった、真剣のように肌を切る空気の変化があった。

「？」

追いすがる運動音痴の食蜂が（ぜえぜえ言いながらも）眉をひそめた時だった。

ガカッ!!!!!!　と。

いきなり真横の壁をぶち抜いて、極太の閃光が空気を焼き切っていった。


「よお、よお」

オレンジ色に焼けた鉄筋コンクリートのトンネルの向こうで、何かがゆらりと蠢いていた。

空虚な蜃気楼ではない。ビリビリと肌に突き刺さるほどの存在感を放っている。それは栗色の髪をウェーブした美女だった。彼女の掌の中では凝縮された閃光が野球ボールくらいのサイズで留まっていた。

学園都市第四位の超能力者『原子崩し』。

麦野沈利。

「楽しそうな事ヤってんじゃねえか……。最強決定戦なら私も呼んでくれよぉッ!!」

絶叫した時にはもう放たれていた。

美琴は磁力を使って大通りをまたぐように真横へ一〇メートル以上ぶっ飛び、食蜂は食蜂でその場でカエルみたいに這いつくばって空気を引き裂く複数の閃光を何とか回避していく。

第五位はテレビのリモコンを意識するが、

「っ」

(洗脳すれば黙らせる事はできるかもしれないけど……かもしれない、い、ない、い？　何のソースもないそんな不確かなものに自分の命を丸ごと預けちゃう訳ぇ？　一回しくじって洗脳失敗すればクロスカウンターでスリーサイズのBとWとHのどれか一つくらいはなくなっちゃいそうな相手力にぃ!!)

「こらぁ御坂さん一人で逃げるなぁ!!　あなたはああいう路地裏徘徊モンスターと戦った事くらいあるんでしょ。経験あるならそっちで対処力しなさいよぉ！」

「運動音痴のチキンに命令されて犬死になんて死んでもイヤ!!」

さっさと見捨てて逃げる美琴は角を曲がってビルの並びそのものを盾にする。

ぞくり、と背筋に何か走った。

頭で考えていたらきっと第三位は即死していた。

「ちいっ!!!?!??」

天空から光の天罰が落ちた。

太古の人間ならきっとそんな風に表現してしまっただろう。

実際には上空に向けて放たれた『原子崩し』が高層ビルの上で不自然に折れ曲がり、逆Uの字を描いて正確に御坂美琴へ襲いかかってきたのだ。

完全に不意を突かれ、回避が追い着かない。両手を真上に突きつけるしかなかった。

(『ここ』が幻か夢か現実かバーチャルかは知らないけど、アレ浴びるのはマズ過ぎるっ⁉)

莫大(ばくだい)な磁力で強引にねじ曲げて命を救う。

とはいえ。

たった一撃防いだだけで、ガリガリとスタミナを削り殺された。それが分かる。

こんなの何度もはできない。

(曲射っ？　でもどうやって‼)

「そうか、リニアモーターカー用の実験用鉄道磁力高架橋……っ。磁性公害の力を逆手にとって電子ビームを曲げてきたのね‼」

『ゴラァ‼　いつまで逃げてんだこっちにおあずけ耐性全くねえの分かっててやってるよなあコロス‼‼‼』

ビルの向こうから、何度も反響してややくぐもった感じの怒号が飛んでくる。

もう曲射なんてものじゃなかった。

古い紙の写真を裏からライターで炙(あぶ)るように景色が壊れていく。高層ビルがオレンジ色に溶けて大穴が空き、次々と『原子崩し(メルトダウナー)』が襲いかかってきた。威力は最強だが照準は超テキトー、はっきり言って世界で一番はた迷惑な強敵だ‼

ガカかっ!!　とさらに閃光が迸った。

「うわちょ、待った!!」

美琴が慌てて叫んだが遅かった。

通行人に極太ビームがまともに直撃した。

いいや違う、通行人はおでこで『原子崩し』を弾き飛ばしたりはしない。

ただの頭突きで第四位の一撃を押し切ったバカがいる!?

「かっかっかっ!!　なーんだ何だ揃いも揃って超能力者がケンカなんて根性ねえな。仕方がねえ、この削板軍覇が一つ、根性の正しい使い道ってヤツを教えてやるぜぇ!!」

美琴は額に手をやった。

もっと面倒臭い相手がやってきたのだ。

確かあの第七位、特に変身ナシで素のまんま雷神化美琴とぶつかっても死なずに済んでいたような……?

と、なんか別の角度からおかしな声があった。

超能力者という怪獣達が三人も四人も集まって一ヶ所で暴れている中、腰が抜けたという訳でもないのに逃げる気配を見せないのは、

『みっ御坂大名神サマぁ!!』

『聖も邪もない無秩序こそが世界を正しく運行する。どうぞ二柱ともに思う存分争いください

ませ、それが世界を回すエナジーとなり未来は明るくなるのですうーっ!!』

一方、だ。

……あれか例のカルトは、と食蜂もまた遠い目になっていた。

何か特別な修行を積めば自分達だけは生き延びられる、というならともかく、一〇〇%滅びていく自分達に意味を持たせようとしている辺りはいよいよ財産廃棄や集団自殺に突っ走る自己破滅型カルトっぽいが。

『奉納いたしますゲコ太を！　神に愛されし造形が我らをお救いなさる!!!!!!』

「あ、一応力は救済の抜け道はあるのねぇ」

(教祖クラスをまとめて洗脳しちゃえば教団丸ごと乗っ取って手足にもできるんだけどぉ、どうしようかしら。このねっとり加減だと流石(さすが)にねぇ……)

そして食蜂操祈は削板軍覇の左斜め後方からこそっとテレビのリモコンを突きつけた。

第四位とは逆に、第七位については不自然なくらい躊躇(ちゅうちょ)しなかった。

小さく舌を出してクイーンは言った。

「そっ、ちのバ、カは洗、脳経、験済み、でー、す、☆」

「くそっっっ!!!!!!」

洗脳完了。

びくんっ、と肩が震えた直後、根性バカが美琴へ突っ込んできた。

削板軍覇。実は過去の片隅で衝突した経験があるにはあるのだが、ぶつかっても何をしているのか全く理解できなかった。学園都市の能力バトル的には相当まずい展開とも言える。敵の能力を知る事は勝利への組み立ての第一歩なのに、根性根性叫ぶバカからは何も掴めないのだ。

一方、食蜂は食蜂でそこらの雑居ビルくらいなら普通に貫通してくる特大の閃光にびくびく何度もよそへ振り返りながら、

「後はあっちが問題力ダゾ……。まったく、第七位の洗脳もそのうち力業で破られちゃうから、早いトコ御坂さんを潰してもらわないと面倒臭い事になっちゃうけどぉ」

「っ、短期間限定ならさっさと邪魔な第四位にぶつけろこれ!!　今この瞬間だけでも第七位は問題なく操れるんでしょ!!」

「御坂さんって時々私より黒い時あるわよね？」

片目を瞑ってリモコンの先に口づけし、食蜂操祈はよそを指した。

ちょうど麦野沈利が通りの角からゆらりと現れた瞬間だった。

「がァああああ!!　根っ性ォおおおおおおおおおおおおおおおおおおおお!!!?」

「おっ、何だよ面白れぇ!!　テメエも超能力者か殺し合おうぜえええええええええ!!!!!」

麦野沈利の掌からまっすぐ『原子崩し』が飛び、削板軍覇は右手を水平に振るうだけで虹色

の爆発が巻き起こって直線的な閃光を光の粒子として消し飛ばす。

　間髪入れず両者は同時に駆け出し、額と額をかち合わせる。

　轟音が炸裂し、血の赤が散った。

　研究所の壁を焼き切る極悪ビームより素手の方がバイオレンスとかどうなってんだ⁉

　その時だった。

　横の脇道から誰か出てきた。

「えっえっ？　うわ何これ災害避難所ってこっちだったんじゃ、きゃあああ⁉」

　佐天涙子であった。

　脈絡がない事に疑問など持ってはならない。

　むしろあの無能力者の場合はこういうミラクルの方が正しい。

（あいつほんとに本気で巻き込まれ王かっ‼⁉⁇）

　目を剥いてとっさに磁力で盾になる大型バイクや軽自動車や黒夜海鳥などを吸い寄せて巨大な塊にする美琴だが、果たして極悪ビームや根性相手にどこまで友人を守る遮蔽物として通じるか。

　第三位がそう思った時だった。

「やめろーっ‼」

　叫びがあった。

ただしソプラノボイスだった。

多分未だにごく短い回想の中でしか存在が確認されていない小学生、佐天の弟ちゃんであった。

「は、初？　私さくっと遭遇しちゃったけど大丈夫なの？　何で学園都市にこの子いるのほんとにこれいつの時系列だここ⁉」

無能力者、どころではない。

そもそも学園都市外の人物なのだから、能力開発自体を受けてはいないはずだ。

おそらくたまたまこの街に来ていたであろうその小さな男の子は、何の力もない拳をぎゅっと握り締めていた。両目を瞑り、それでも後ろに下がる事なく、歯を食いしばって目の前の脅威へ一歩踏み出したのだ。

大切な姉を守るために。

「姉ちゃんは、俺がこの手で守るんだ。お前達が誰だか知らないけど、世界でたった一人しかいない姉ちゃんに手を出すなァああ‼‼‼」

そして、だ。

削板軍覇はぶわりと眼前に風が流れるのを感じていた。

彼は世界の全てを根性で測る稀有な人物である。たとえ食蜂の洗脳状態であったとしても、行動決定の根幹の部分までは変わらない。

その第七位が確かに感じた。

（……無能力者ですらないただの一般人、小さなガキ、家族を守るためなら命でも賭ける。それだけで、本当にたったそれだけの理由で、逃げも隠れもしないで学園都市第七位の超能力者に正面から迷わず拳を向ける、だと？　ぶ、武器も小細工もトリックもマジで何にもねえっ……）

「か」

呆然と、だった。

超能力者は立ち尽くし、ただこう呟いていたのだ。

「勝てるかよ、そんな根性……」

ドゴグシャア!!!!!!　という凄まじい音が炸裂した。

削板軍覇の体が斜め上に吹っ飛ばされ、高層ビルを二つ三つぶち抜いて青空に消えていった。

「……、あれ？」

殴り飛ばした佐天の弟自身がきょとんとしていた。

どうも、小さな彼の実力というよりは第七位自身の超能力で後ろに吹っ飛んでいったように見えなくもないが、今ここで重要なのはそっちではない。

　バカが一人消えたという事はもう片方のバカが解放されるという意味だ。

「おおおおオオ!!　強敵はっ、学園都市(がくえんとし)第四位たるこの私を満足させる次なるエネミーはどこだぁああ!!!?⁇」

　麦野沈利なんぞといちいち戦ってたまるか。

　良(い)い感じに強敵を求めているし、多分あれなら佐天涙子やその弟は素通りされるはず。

「そんな訳で早く逃げろ!!　どうせ超能力者(レベル5)の運動音痴が遅れて捕まって勝手に犠牲になってくれるに決まってるわ!　何故(なぜ)なら根っこがドジだから!!!!!!」

「一回一回否定するのメンドイからその言い草もう禁止にしてもらえますぅ!?」

　涙目の食蜂を置いていこうと思ったら、なんと麦野の方が反応してしまった。

「第三位に第五位か。テメェらそれだけの力を持っていながらコソコソ逃げ回ってんじゃねえええぞぉ!!!!!!」

　ビルが傾いてガラスが砕け、自販機がぐらぐら揺さぶられた。

　そんな中、御坂美琴は見かけたのだ。

　腰くらいの高さの店頭ゲコ太マスコットが衝撃波に負けて道路に倒れたのを。

爆発が起こり、シルエットがねじ曲げられた。

そのまま光の中へと溶けていった。

永遠に失われたのだ。

一瞬、だ。

御坂美琴は全ての感情をなくした無の表情になってから、そして動いた。

「あぎゃろばるば#$%&，～ー，{+*}＜＞？＿@「；：」・¥☆、仝£▮‼‼‼」


血の涙と共に雷撃と砂鉄とコインが飛んでいった。

愛を受け止めきれなかった第四位は景色と一緒に消えていった。

第三位と呼ばれるだけの事はあった。

「……これじゃカルトの言ってる事もあながち間違っていないんダゾ」

「ハッ⁉　わ、私は今何を……？」

正気を取り戻した美琴は見失いかけていた目的を再確認する。

やっぱりこの世界の謎を解き明かし、食蜂操祈との決着を一刻も早くつけてしまうのが事態鎮静化への最短コースっぽい。

美琴は一人アスファルトの上を走り出し、何人かの（もちろんまだカルトに染まっていない）通行人とすれ違う。

「私はなんて無駄な回り道を……。これ以上おっぱいモンスターなんかに構ってる暇はない！」

「訂正力って話は散々しましたよねぇ⁉」

怒って後ろから食蜂が追いすがってくる以上、いずれ通行人と接触して洗脳されてしまう。

ただ、あらかじめ末路が分かっているなら利用価値はある。特に食蜂が優先して身の回りに侍らせようとするであろう高位能力者を美琴側がピックアップしておくだけでもかなり変わる。

11

部外者、それもライバル認定している『学舎の園』関係者が特大のトラブル抱えて無許可で第一八学区に踏み込めば、無警告の問答無用でアスファルトを溶かすほどのマイクロ波兵器が飛んでくる。

ただし、食蜂の顔に恐怖はなかった。

名門エリートの長点上機学園や霧ヶ丘女学院、つまりこの学区は常盤台に負けず劣らずの高位能力者の宝庫だ。そして使えるものなら何でも使わせてもらうのが『心理掌握』の正しい使用方法である。

激レアの出てくる確率が上がってきた。

多数のエリート能力者に庇われる格好で女王は笑っていた。

「あっはっは結局学園都市は能力者の街なんダゾ☆　電波兵器塔？　マイクロ波兵器？　そんなオモチャでこの私の行く手を阻めるとでも思ってぇ!?　……んぅ？」

そこで第五位は何かに気づいた。

洗脳して侍らせた能力者の少女、その背中にイタズラみたいに何か貼ってあった。

ノートパソコンなどに使う、結構デカい棒状のリチウムイオンバッテリーだった。

そしてもちろん爆発した。

「どふぁーッッッ!!!???」

ありえない叫びと共に食蜂操祈が真後ろにひっくり返った。

洗脳されたみんなが盾になって食蜂を庇うからこそ、その背中は全部食蜂の方を向く。

背中に薄い鉄板を貼りつけてからバッテリーをつけているため洗脳された能力者本人に大した怪我はないようだが、こっちは違う。リチウムイオンバッテリー、身近に溢れている割にちょっと悪用しただけで結構な爆発力を生み出してくれるものなのだ。

そう。

あらかじめ洗脳される末路が分かっているなら、美琴側が先にトラップを仕込んでおく事だってできるのだ。特に電気や電磁波でリモート起動できるものだと一番良い。食蜂が洗脳せず放っておくケースでも全く無関係な赤の他人が間違って引っかかる心配をなくせるのだし。

御坂美琴とて、これだけで第五位を完全に倒せるとは思っていないだろう。

だが『どこの誰にトラップが仕掛けてあるか分からない』という不安さえ食蜂側に植えつける事ができれば、確実に食蜂側の戦力増強の手は止まる。

「ふ、フィジカルバカのくせして精神系最強の私に地雷を使った神経戦を挑んでくるとは生意気なぁ……っ!!」

こうなると食蜂側に取れる選択肢は限られてくる。

つまりは、

(いつも通り、出自のはっきりした私の派閥のメンバーだけで身辺力を固める。まあもちろん、洗脳くらいはして裏切ったり諫めにきたりはできないようにはするけれどぉ!!)

12

磁力でビルからビルに跳び移り、第一八学区の端まで到着してしまうと美琴はやや名残惜しさすら感じていた。

(ああもう。ここ抜けたら遠慮が発生しちゃう、電波兵器塔の無線充電作戦はもう使えなくなるか……)

第一八学区から第一一学区へ。

陸路・物流の玄関口とも言える特殊な学区だ。つまり『外壁』と直接接する学区でもある。

「あと少しっ!!」

『外』の様子はどうなっているのか。

普通に東京・新宿辺りの街並みが広がっていればこの世界はただのリアル。

電子機材を使ったバーチャル説は否定されたものの、もし学園都市外が『エリア外』という扱いで街や背景の造りが甘くなっていれば……この世界は映画の撮影で使う作り物の街や幻覚能力など何かしらの方法で捏造されたフィールドという事になる。

街をぶっ壊す勢いで暴れても良いか否か、確定が取れるというのはデカい。

それ次第で食蜂との殴り合いのスケールが変わってくるからだ。

「チッ！」

ざざっ!!　といくつもの影が美琴を追ってきた。

単に地上から、後ろから追いすがってくる集団とは違う。美琴と同じ高層階の目線。ビルの屋上から屋上へと跳ぶ少女の形をした影がいくつも確認できた。

食蜂派閥。

やはり基本こそが最強の戦力か。

（そういえば、派閥の子達は『大覇星祭』の時も走ってる列車に難なく追い着いたっけ？　あとちょっとだっていうのに、これじゃ囲まれて封殺されるッ!!)

　しかも食蜂派閥の能力者はフィジカルバカだけとは限らない。

　耳というより頭の中心点から、自分以外の少女の声がいきなり聞こえた。

『うふふ、お久しぶりです御坂様』

「うっ。この感じは念話能力(テレパス)……口囃子(こばやし)先輩!?」

『きちんと覚えてもらえて何より。女王の「心理掌握(メンタルアウト)」は弾(はじ)かれるのに、レベルの低いわたくしの念話があっさり繋(つな)がってしまうというのも不思議な話ではありますけれど』

　それだけでも十分に脅威だ。

　口囃子早鳥(さとり)。彼女が一方的に念話(ねんわ)で繋(つな)がった状態でだんまりを決め込めばこちらの心の声を延々と盗み聞き、行動を先読みする事だってできるだろう。

　しかも彼女の念話は『接続した状態』だと大雑把に相手の位置を特定するおまけまでついている。戦争において一番怖いのはやっぱり『確実な情報』だ。口囃子は野放しにしておくと他派閥メンバーの殺到を許す羽目になる。

　よって、

(早い内に情報担当を潰さないと!!)

『物騒な物言いですわね。それに、わたくしがただの無害な情報支援係で終わるとでも?』

(っ？　念話を使った直接攻撃……？　例えば、人の脳では理解のできない崩れた文字や言葉のイメージを叩き込んできて言語野をバグらせにかかるとか……？？？）

身構えても意味はない。

念話能力は耳を塞いでも『声』を遮断できる訳ではないのだ。

そして恐怖の攻撃がきた。

『こかん』

「……？」

『ほと、にょいん、おまた、いんぶ、あそこ。へえー、そけいぶですって。こんな言い回しもあったんですね。日本語って不思議です』

何の事か察するのに三秒は必要だった。

それから美琴の顔が赤一色で埋まった。

ありえない。

そんな事が許されてはならない!!

(ま、ま、まままままさか、このセンパイっ。いやそんな、いくら何でも花も恥じらう常盤台のお嬢様がそんな神をも恐れぬ所業に手を染めるはずが……）

『いやぁー、辞書に載っている卑猥な単語にカラフルなペンでラインを引くだなんて。お恥ずかしい趣味をさらしてしまったものですわー☆』

「あうあーッッッ!!!???」

がカかッッッ!!!!!!　と。

御坂美琴を中心に、無駄に一〇億ボルトが全方位へ放電された。

精神攻撃に負けた。

13

ボン!!　ドゴッ!?　とあちこちで電気的な爆発が巻き起こった。

ピラミッドみたいに山積みされた金属コンテナを吊り上げるための巨大なガントリークレーンや無人でコンテナを出し入れする平べったい自動搬送台車から次々とオレンジ色の火花が撒き散らされ、小規模の火災すら発生する始末。

食蜂操祈は涙目になって自分の頭のてっぺんを両手で押さえていた。

「ひぃ!?　ちょ、口囃子さぁん!!　あなた一体どんな煽り方をしたのよぉ!?」

『うふふ。説明したら女王もあんな風に爆発してしまうと思いますけれど？』

「確認するけど私一応この派閥の長ダゾ？」

ともあれ、美琴が全く無意味な大放電を撒き散らしてくれたのなら、チャンスはチャンスか。

能力の乱発はスタミナ消耗に繋がる。

美琴の勢いが弱まったタイミングで食蜂派閥の精鋭を惜しげもなく投入して包囲殲滅してしまうのが一番確実。

（ここでトドメ刺すわよぉっ）

「みんなぁーっ!!　容赦なく囲んで封殺力しちゃってちょうだい!!!!!!」

14

足りない。

もう『外壁』まではあと一キロ、一〇〇〇メートルもないはずだが、美琴はその距離をどうしても詰められない。食蜂派閥の包囲が閉じる方がわずかに速い。かい潜れない。『ここ』がどんな世界か、答えは壁の向こうにあるはずなのに！

美琴はまずその事実を認めて奥歯を噛み締め。

即座に方針を変えた。

「それならっ!!」

残された力を両足に注いで大きく跳ぶ。

第一一学区でも一番大きなビルが近くにあったのも助かった。磁力で吸いつく。

「くひひうふふ!!　上に上がっても逃げ場がなくなるだけよぉ!!」

「ドＳバカは放っておくとして」

「お願いおんなじテンションで相手力してぇ!?」

水平に進んで『壁』に近づくだけがゴールではない。

上に。

目線の高さが上がれば、地平線までの距離だって自然と伸びてくれる。学園都市の『外壁』を乗り越えなくても、高ささえ稼げば、外の世界がどうなっているか目視で確認できる！

「おおおおオオオッ!!」

超高層ビルの壁に足をつけ、都合五〇〇メートルほどを一気に駆け上がる。

そのまま屋上まで辿り着く。

果たして。

御坂美琴の目に飛び込んできた光景は……。

15

見渡す限りの青だった。

うねるような景色の正体は、海だった。

東京だの新宿だのなんかどこにもなかった。

学園都市の外には海しかなかった。

だけどこれは、温暖化の影響で水没してしまった、という訳でもなかった。

陸地はあった。

大空に。

おそらく世界全体では、まるで割れた卵の殻のように、青しかない球体状の海の周囲を取り囲む格好で大小無数の大地が様々な高度をゆったりと移動しているのだろう。風に流される雲のように、それでいて陸地同士での衝突もないから何かしら規則性はあるらしかった。

今まで気づかなかったが、各階層の浮遊大地を合わせた全体の話で言ったら、ひょっとして青い星の半分、いや三分の二くらいはあるかもしれない。今までの学園都市は、ちょうど『たまたま雲のない青空の日』状態でしかなかったのだ。

「なに、これ……？」

空飛ぶ陸地のあちこちに、建物と思しきシルエットがあった。

ただし灰色のビルではない。

真っ白でつるりとした大理石の城壁や、鋭く尖った鐘楼などなど。

つまり絵本みたいなお城の一部だった。

「一体何なのよ」

ぎゃあぎゃあという鳴き声があった。

太く低く威圧するような声の持ち主は、翼を広げれば大型旅客機以上、優に一二〇メートルを超える巨大なドラゴンだった。

ドラゴン？

そんな生物の存在がごく普通に許されているのか、この『世界』は？

それは。

それはつまり。

16

「……まさかの剣と魔法が当たり前の異世界、なの……？」

17

なんか、思い出した。

蓋をしていた記憶が一気に飛び出てきたというか。

（……そうよ）

美琴は思い出す。

本当はあの時、一体何が起きていたのか。

（そもそも一番初め、中庭であのプリンのケンカやってる最中に私の高圧電流がカフェで使ってるでっかいプロパンガスのタンクに直撃して爆発を起こして……）

「そうだ私達二人揃って死んでるじゃん‼」

行間　一　ターニングポイントにして、そもそもの始点

そう。

全ての前提として、確かこんな会話があったはずなのだ。

「転生の神域へようこそ！　ボクは輪廻女神(りんねめがみ)サリナガリティーナ。さあ特別な功績を残して死んでしまわれた何事かな『超電磁砲(レールガン)』と『心理掌握(メンタルアウト)』のお二人さん、今度はどんな異世界で二度目の生を満喫し・た・い、かなー？」

春みたいなテンションについていけなかった。

御坂美琴(みさかみこと)は肩を落として、

「これはなに？」

「あ。普通ならここで女神様から道端で雑に配ってる無料のエナドリ感覚で最強パラメータとか万能スキルとかイロイロ授けちゃうんだけどー、キミ達の場合は今ある神バランス崩すと不利益の方が大きくなっちゃうもん。なのでデフォルトそのままでよろしいよねっ？」

「だから足りてないわよ全体的な説明が」

そもそも目の前でにこにこ微笑んでいるこの子は一体何なのだ。輪廻女神サリナガリティーナとか名乗っている誰かさんなのだがそういう話ではなく、もっと本質的なトコで。

外見だけなら一三歳くらいの小さな女の子。

……まあ美琴達も美琴達で一四歳なのだが、女子中学生にとって一年分の差はあまりに大きい。そんな訳で絶対的に小さな子にしか映らない。

長い銀の髪を大きな平べったい三つ編みでエビフライみたいにした少女だ。白い肌、しかし小柄な背丈に反しておっぱいは不自然なくらい大きい。巨を超えた爆である。それが純白ベースのすけすけ踊り子衣装を纏っていた。でも細い鎖や留め具などは銀。ただしそれらとは別に羽衣風の装飾リボンは赤青緑と結構派手派手だ。

しかし反してでもただしの多い外見だった。

全体のカラーは神聖っぽいけど露出が多くて冒瀆的。敢えてわざとアンバランスに調整しているのだろうか。だとしたら、それは一体何を狙っての極端なピーキー配分なのか。

……あるいは背が小さくて爆乳、というのもまた？

「ま、何にせよこれは食蜂向けの衣装だわ。ドスケベだし」

「死んでまでケンカ売ってんの御坂さぁん？」

めらっと暗く燃えながら隣の食蜂がそんな風に言ってきた。

そう。ていうか。

自分達って二人揃って死んでいなかったっけ？

「……つまり何これ？」

「お昼休みにプロパンガスのタンクが爆発してそのまま死んだって事ぉ？」

食蜂操祈の『心理掌握』が前提を無視して美琴の脳を貫いてきたのでなければ、記憶に間違いはないはず。むしろあれだけの大事故があって、無事でいられるという方が変だ。

しかしこうして立っている美琴達には目立った怪我はないし、こんなドーム球場より広いナントカ神域？　とやらにも心当たりはない。

そうなのだ。

今立っているのはとりあえず『重たそうな石でできた大昔の巨大建築物』。

ただそもそも色彩がおかしい。白の上からほんのり黄の輝きが浮いて見える、スパークリングワインみたいな色。ただカルサイト、ストロベリークォーツ、インペリアルトパーズなどでもないっぽい。とにかくつるりとした謎の鉱石だった。現実に存在する物質なんだろうか？

ぶっちゃけ形は荘厳な大聖堂だけどカラーは高級なスマホっぽい。

（チグハグでアンバランス、か……）

そして建築様式の方も（それなり以上にセレブお嬢知識を詰め込まれた）美琴や食蜂には見覚えがない。少なくとも古代ギリシャやローマではないはず。広大な空間の外周は騙し絵みたいな四角い螺旋階段で囲まれ、上から段々に清らかな水が下りてきている。カスケードの一種なのかもしれないが、装飾としてどういう神話的な意味を持っているのかまでは読み解けない。

そして一方で、だ。

輪廻女神サリナガリティーナとかいうのも何かに気づいて目を丸くした。

時間が来たので舞台の幕を上げたのに、共演者がノーメイクで私服のまんまぼーっと突っ立っているのを見てしまった、といった表情。

「あれあれ？　ヤバいー、まだ残ってるじゃん細い糸が。ああもう前世との関連や未練はきっちり断ち切って消去してからここに連れてこいってあれだけ教育しているのにどうしてこういう半端な仕事をしてくれるかね」

一体誰を教育してどんな命令をしているかは謎だが、知りたいのはそこではない。

つまり、だ。

美琴は何か気づいた。

「んえ？　なんかトラブってる？　ひょっとしてあの大事故でも私達って死んでない訳？　まだギリギリ幽体離脱状態で生きてるならここから戻しなさいよ！」

「残念それはできんかなー」

期間限定オプションのコーヒーゼリーはハンバーガーのお買い得セットには入らないよ、くらいの気軽なテンションで生還を否定された。

「言っておくけどここで地獄難易度の無茶なボス戦に突入してボクを倒したってわがままは通らないから。なーんか最近増えたのよね最初のチュートリアルでハメ外した行動しようとするアブない人達。とはいえこれ一方通行なのよシステム的に。ボクは手前から奥に送る係であって、奥から手前に戻すのは別の女神を頼っていただかないと」

「一方通行で死別の専門家とかヤな組み合わせだわ……」

「？」

輪廻女神(りんねめがみ)とやらはきょとんとしているがいちいち説明したくない。

食蜂は腰に片手をやって、

「言われるまま奥に行ったら得体力の知れない川を渡っちゃうとかじゃなくてぇ？　そんなのイヤよ、例えばこの激甘チュートリアル時空にずっと留(とど)まったらどうなるのぉ」

「ボク以外の魂は時間経過で勝手に摩耗して消滅すると思うけど。消えて滅する感じで。そ・う・な・る・と最強転生コースも楽しめなくなるよ、何しろ本当に消えて完全に滅するから」

「「……、」」

とりあえず無理に逆らっても面白い展開にはならなそうだ。

輪廻女神(りんねめがみ)サリナガリティーナ、チュートリアルで大暴れする破天荒な人対策はしっかりアップデートされてる次世代女神様っぽい。そもそも基本となる女神やこれは一体何のチュートリアルなのかなどを説明してから応用編に進んでもらいたいものなのだが。

「そういう訳で回り道でも良いから別の順路を通って元の地球で意識回復、無事退院を成し遂げたいにしても無理にここから逆流は考えないで、いったんテキトーな異世界に旅立つのがオススメ☆　こう、大きくぐるーっとUターンを描いていくイメージでっ！」

「具体的に何があんのよ異世界っつったって……」

「基本はソムリエをイメージしてもらえると。ボクの方からキミ達にメニューを差し出しちゃうと、ほら、鑑定スキルが最強とか、人間以外の物体に生まれ変わるとか、聖なるパーティから一人だけ追放されるとか、失われた青春を取り戻すとか、深い森を開拓して畑を耕すとか、三〇歳まで我慢して魔法使いになるとか、地球の家庭料理がやたらと尊ばれるとか、まあ枠や方向性がきっちりハマって逆に動きにくい異世界ばっかりになるのよう……。だからお客さんからご意見ご要望を聞いてリクエストに応える形が一番だと思うよ！」

「えぇー？　何回か続けてイエスノーの選択肢をパンパン選んでいくとオススメ異世界コースが出てくるとか、少しは最初力の取っかかりってないのぉ？　何でもできますぅーって言われるのが一番前に進みにくいんダゾ」

「全部お客さんのためなんだからチュートリアルを面倒臭がらないでよ！　大体、異世界にも相性ってものがあるの向き不向きが。ほらー、例えばキミ達二人みたいな極限武闘派怪獣を肉じゃが一皿が同じサイズの財宝袋よりもありがたがられる異世界に放り込んだって何も起こらないじゃん？　何一つ」

「「りっ料理くらいできるわ制服とエプロンが似合う女子中学生をナメんなッ‼」」

見栄なのか本気なのか二人同時に叫び返していた。顔を真っ赤にして。

しかし、自分達は『客』というくくりなのか？

なら一体何を払って？？？

疑問がないでもなかったが、美琴と食蜂は互いの腕を交差してそれぞれの顔を指差した。

そして同時に叫んだ。

一番の希望といえばこれに決まってる。

「「こいつがいない異世界ならどこでも良いッッッ‼‼‼」」

「りょうかーい☆」

通った。

通ってしまった……？

「ただしボク、輪廻女神サリナガリティーナが司るのは人生の始点、生まれ変わりであって結末じゃないのよ。『そうなる可能性が、か、か、か、最も大きな』異世界ならご案内できるかなあ？」

「「ならそれで」」

「……うふふ。お二人とも実は超仲良しよね？」

食蜂はテレビのリモコンで女神を洗脳し美琴が『超電磁砲（レールガン）』で彼方（かなた）へぶっ飛ばした。

そうだ忘れていた。

こうして転生の旅がスタートしたのだ。

第三章　極限危険外来生物な二人

1

この世界セレスアクフィアに神様はいない。世界とそこで暮らすあらゆる命をお創りになられるのと引き替えに、元々おられた神様は立ち去ってしまわれたから。

だけど大丈夫。

もし本当に困った事があれば、見えない壁を破って二柱の女神様が助けに来てくれる。

2

目をつけられた。

誰からと言われたら、大空を舞う全長一二〇メートル級の巨大なドラゴンからだ。

「やべっこっち来る‼」

ゴッッッ!!!!!!　と。

大型の輸送機や爆撃機とは明らかに違う鋭角な挙動で大質量が突っ込んできた。

とっさに美琴がビルの屋上から跳んだ直後、高層ビルの上三階分くらいがおろし金やノコギリみたいな鱗でびっしり覆われた巨竜の体で削り取られた。人間なんか掠めただけで消し飛ばされる。磁力を操って次の着地先をどこのビルの壁に決めるにせよ、相手は生物。こちらの動きを先読みされて着地のタイミングを狙ってきたらまずすぎる!!

(残ってる高層ビルの数と分布は？　何にしたって、磁力でビルの壁にくっつけるからって翼持った相手に空中で長期戦を挑むのは相性が悪い!!)

美琴の『超電磁砲』なら撃墜は可能かもしれないが、射程は五〇メートル。路上のケンカならこれでも十分なアドバンテージだが、高速で飛び回る空中戦の間合いで考えると『肉薄』レベルでしかない。闇雲に撃っても当たる確率はゼロと見るべき。何か考える必要がある。

一方地上では、

「……ゲート普通力に開きっ放しじゃない。一体何がどうなっているのかしらぁ」

気軽にとことこ食蜂操祈は学園都市の外に出ていた。

うねるような青があった。

すぐそこで崖のように大地が崩れていて、あとははるか下方に一面南国っぽい海が広がっているだけだったのだ。陸地がないとは言わない。砕けた卵の殻のような大地が頭の上をゆったりと移動していた。風に流れる雲みたいな速度だが規則性はあるようで、宙に浮いてる陸地と陸地が激突する様子はない。サイズは小さな島くらいもあれば巨大な大陸みたいなものもあって、そこからドバドバと大小無数の滝が高度〇メートルの海に注がれているのが分かる。

一言で言えばありえない異世界が展開中だ。

砕けた卵の殻の表面からにょきにょき突き出ているのは、磨き上げられた大理石でできた尖塔か。つまりお城や教会堂の一部分。中世ヨーロッパっぽい、とざっくり言うのは簡単だが、少なくとも食蜂の頭にある世界史の知識と照らし合わせてもあんな意匠に心当たりはない。

どうもほんとに剣と魔法が蔓延した異世界っぽい。

すぐそこで馬鹿デカいドラゴンとか普通に飛んでるし。

(……海しかない星と砕けて浮かぶ大地に囲まれた異世界、かぁ。この学園都市も地面にあるんじゃない。比較的下層にあるだけでここも含めて全部浮かんでるのね。青いコアの上に)

疑問がある。

だが確かめるためには食蜂だけだと力不足だ。

(一番近い小島でも高さは五〇メートル以上。浮いてる以上は徒歩では渡れないし、御坂さんの磁石パワーがないと縦にも横にも跳躍できそうにないんダゾ。あっちのドラゴンは人間じゃないから『心理掌握』は通じない、そういう力で手懐けて大空を飛べそうにもないしぃ)

第五位もここが何なのか気になってきた。

そうなると例のビリビリ少女とは一時休戦か。

(それじゃあ、隙を見て背中を刺すためにバカから信頼力を勝ち取るって方向で☆)

食蜂操祈は小さく息を吐いて気持ちを切り替えると、ギリギリ崖っぷちに残っていたやたらとカクカクした古代文字だらけのデカい石板へテレビのリモコンを向ける。

謎の文字ではなく、残留思念を読み取る。

イカれた大自然のビジュアルと不思議な魔法がその辺に転がってる異世界だからといって、能力者にはできる事が全くないとは限らない。

「御坂さぁん。そこの伝説のドラゴンの倒し方っぽいのが出てきたんだけどぉ」

「アンタは‼　絶対！　わざと間違った方法を教えて‼　二枚舌な自分だけ楽して！　私をぶっ殺そうとするから！　超却下ッッッ‼‼‼」

……その手があったか。

腹黒お嬢としてちょっぴり感心してしまったのは内緒である。

そして向こうはいちいち食蜂のリアクションなど待たなかった。右に左にと高層ビルの間を磁力で跳び移った挙げ句、業を煮やして体ごと突っ込んできた一二〇メートルのドラゴンの背中へ逆に飛び乗るビーストハンター美琴。

信じてもらえるか不明だが、両手で(かわゆく)メガホン作って地上から食蜂は叫ぶ。

(えっとお……？)

「まずブレインエッジドラゴンを斬殺するには勇気の剣が必要なんだけど、そのためには異世界セレスアクフィアの西方オリオン大陸の洞窟最深部にある『赤錆の剣』を手に入れてブランド山脈で暮らすドワーフ達に鍛え直してもらう必要があってぇ、でもドワーフはエルフと部族単位で対立していて今外部からの仕事を請け負っている暇はないって話なのでこの一〇〇〇年来の確執を解きほぐして終戦宣言する必要があって、契約の書に使う羊皮紙として南のブティック大陸にしかいない万年契約山羊を捕獲しなくちゃならなくて、そのためには銀の投網を先に用意しておいた方が便利力だから海底王国の人魚達と話をつけておくべきであって、人魚は人見知りだからコミュニケーション能力を鍛えるために話術スキルを磨かなくちゃならないのでアーバン大陸最大のカジノ街バーメントにある役者養成所で勉強して、そのためには五人から推薦状をもらう必要があって、まともに交渉していても埒が明かないからお金の力でゴリ押ししてしまうのが一番でぇ、手っ取り早く確実に大金を稼ぐには勝ち負けをプロのディーラーにコントロールされてしまうカジノのギャンブルよりも郊外に出て賞金稼ぎとして活躍した方が確実でぇ、大物賞金のモンスターが闊歩しているっていったら北にあるスノウドーム大陸で決まりだから、ひとまず船でそこまで行って現地のギルドに登録して、ああ待って船に乗るには旅行許可証を自力で勝手に手に入れてぇ、そしてギルドの登録が終わったら立入禁止のホワイト雪原に繰り出してランク5級のビッグマンモスやパラダイスウェンディゴを大体二〇匹ずつ狩っていけば目標金額に達するんだけどそこまでの大口取引は一見さんだと受け付けてくれないからギルドで細かい仕事をこなして☆の数を増やしておく必要力があるからそこも気をつけて、ここまでは覚えているわよねぇお金を稼いだらアーバン大陸最大のカジノ街バーメントに引き返すのよ、だけど一度に大金を船に乗せて運ぼうとすると一〇〇％海賊に狙われるから用心棒を雇っておく必要があるわ、スノウドーム大陸で一番の護衛は『暁に輝く勇気団』だから彼らに声をかけておく事はひとまず必須、ただし足元見られると依頼料を吹っかけられて全額持っていかれるからここにも注意しなくちゃいけないんダゾ、団でも一番強いリーダーと一騎打ちを申し込んでストレート勝ちできればその後はこういうトラブルは発生しないから安心よ、さてバーメントにある役者の養成所に無事入ったら演技指導をしてもらう訳だけどターゲットは人見知りな人魚達だからコメディ学科を選ぶのよ、本来なら卒業まで三年かかるけどそこまで付き合う必要ないから最初の一週間で基本を学んだらさっさと離脱、ただし全寮制の学校から脱走するにはそれなりのテクが必要で、実行に移す前に落第決定グループと接触して逃走ルートについての情報を仕入れておく事をオススメするわぁ、ただ彼らと一緒に脱走するとその後も延々と付きまとってくるから協力するふりして途中で切り捨てるのもお忘れなく、さて無事に役者の養成所から抜け出したら海底王国に向かうけどそのためにはくじらのお腹に入る必要があるの、もちろんお腹の中で死んだら意味はないから生存カプセルを用意しなくちゃダメよ、港街ベルザーの職人ギルドに話を通せば何とかなるから盗み出そうとは思わない事、生存カプセルを手に入れたら中に潜って、くじらに丸呑みしてもらうために巨大餌をドゴンッッッ!!!!!!　という爆音が炸裂した。

浮遊大地をいくつもまたいでの大冒険はウルトラ面倒臭いらしく、御坂美琴が『超電磁砲』を距離〇ミリから巨大ドラゴンの背中に放ち、一二〇メートルのモンスターを一撃で撃破したようだった。

失速し、大質量が翼の力でゆっくりと地上へ落下してきて、

（あれ？　こっちに向かって、墜落してくる……？）

「まったくこういう時まで御坂さんってヤツはほんとにぃ!!」

「一二〇メートルの巨体ですり潰されろッ腹黒お嬢おおおおおおおおおおおおおおおお!!」

爆撃機の胴体着陸と隕石の衝突を足して二で割ったエフェクトだった。

ド派手な音と共に学園都市のゲートが消滅した。

そして食蜂操祈はとっさに逃げようとして自分の右足を自分の左足で引っかけ、派手に転び、二回三回と連続パンチラでんぐり返しを繰り出して大質量攻撃をギリギリ回避した。

御坂美琴が怒っていた。

「ミラクルを計画的な戦術に組み込むのやめろっ!!　アンフェアすぎるわそんなの！」

「いきなり容赦なく地形力ごと人の命を消し飛ばそうとした人にフェアプレイの精神がどうこうなんて話はされたくないわねぇ!!」

短いスカートのままでんぐり返ったサービス精神満点の女王様も顔を真っ赤にして叫び返し

ていた。サービス精神が高すぎるのか、お一人様のエアーでバックドロップを喰らっているように見えなくもない。

マジか、と美琴は自分で思う。ちょっと感覚が遅れるくらい衝撃的だ。

美琴達の頭上を気ままに大きく旋回しているのは鳥じゃねえ。翼の生えた半裸の女の子だ。多分ハーピーとかセイレーンとかそっち系が二、三人（？）ほど群れて飛んでいる。

『ぎゃあぎゃあー、魂摑んで持ってくぞー』

『ららら―、呪いの歌に必要とはいえノドのお手入れってめんどいよねー』

美琴が大地から手を振っても素知らぬ顔なので多分コンタクトはできない。

どこぞの輪廻女神もそうだけど、何であの子達日本語でしゃべっているんだろう？

「……学園都市に似合わない変なカルトが発生したのも、極端な緊張下でスマホやケータイを遮断されて情報的に孤立したから、だけじゃなかった？」

「じゃあ、そもそも神話や宗教が日用品感覚で力を発揮する異世界の中に街ごと取り込まれたから、カルトが発生力するのも自然な流れになっちゃったって訳ぇ？」

そして、だ。

死んだら異世界に転生する、というふざけた前提を肯定すると、今まで不可解だった諸々が少しだけ見えてくる。

そう。

正直、ガス爆発くらいで超能力者が二人揃ってストレートに死んだとは考えにくいのだ。

多分だが御坂美琴と食蜂操祈は昼休みのケンカの真っ最中に高圧電流のせいでプロパンガスのタンクが爆発し、そのまま死にかけてはいる。科学的になんて呼ぶのかは知らんが、俗な言い方だととにかく今はいっても幽体離脱状態に近いくらいのはずだ。意識不明だか昏睡状態だか、ようはまだ生きているのに先走ったバカ女神のせいで死んで異世界転生コースが中途半端なまま実行されてしまったのだ。早いトコ目を覚まして元の世界に戻らないと色々ヤバい。

となると、今まで暴れていた学園都市も『そういう性質』を持った何か、とみなすべきか。

物質的に存在する東京西部の学園都市が転移してきたのではなく、何かしら、『幽霊のような街並み』が美琴達と一緒に異世界サイドに流れてきた、と。

(……非物質の街、ねえ)

美琴は細い顎に手をやってしばし考える。

知る者がいれば『虚数学区』という言葉が頭に浮かんだかもしれない。

ここにあるのはそのものではないかもしれないとしても、いったん候補に並べてみるくらいには。

ただ生憎、どこぞの家政婦さん並に行く先々であれこれ巻き込まれて滅法ヤバいものを目撃しまくってしまうツンツン頭と違って美琴や食蜂にはそこまでの知識や経験はない。黄金に輝く天使モードの風斬には接触しているだけに惜しい。色々とニアミスである。

「そうなるとぉ……」

食蜂はちょっと頭上を見上げて思案した。

つまり今まで見てきた白井黒子、帆風潤子、口囃子早鳥、そして上条当麻なども本物ではなく、『変な街』の一部に過ぎなかったのだろうか？

もしそうなら（本当に）久しぶりの安心材料だ。

白井黒子や上条当麻が目の前で吹っ飛ばされた時も妙に扱いが軽かったというか、現実の厚みがなかったし。

美琴もまた暗い顔をして何か呟いていた。

「……そうよね、本物の口囃子さんには分厚い辞書にあるえっちな単語にカラフルなペンで片っ端から印をつける超ド級の趣味なんかないわよね……」

「？」

脳筋バカの独り言は意味不明だが、ひとまず今後は地球に帰還するまで帆風や口囃子を操縦するのは控えておこう、と食蜂は方針を決めた。姿形がそっくりで扱う能力まで同じだったとしても、あれは本人ではない。という事は、つまり一〇〇・〇％は信用できない訳だし。

そもそも口囃子からの念話は途切れていた。

まだ細かい検証はしていないが、おそらく『変な街』にいる連中は外壁を越える事ができないのだろう。良くも悪くもあれは文字通り、街の住人でしかない。

『あの』学園都市についてはひとまず放置で良い。

今は外に広がる異世界の方が重要だ。

「あとこれ」

食蜂は地面に腰を下ろしたまま、その辺にあった小石を美琴の方に軽く放り投げた。

手で拾うまでもなかった。

美琴にぶつかる手前で、ぶわりっ、と威力を殺してその場で浮遊する。

「やっぱりねぇ……。錆び色の砂が多いから鉄分多めの土地なのかなとは思っていたけど、御坂さんの磁力に反応して浮かび上がるくらいなら結構な含有率っぽいんダゾ☆」

「ふうん」

もちろん東京の地質は砂鉄があるとはいってもここまで多くの鉄分を含まない。

異世界。

街でどつき合っている時はてっきり食蜂が広範囲に及ぶネット遮断を実行したから地図アプリやコンパスが使えなくなっているのかと思ったが、そういう訳でもないらしい。

美琴は頭上に目をやり、

「……学園都市の衛星は健在みたいなのよね。実際に天高くから垂直に爆撃受けたし」

「ならGPS計測自体は実行されているけどぉ、計測結果があまりにもプリセットの世界地図とは違うからコンピュータの方がエラー判断を下しちゃって自動でサービス止めてるのかも？」

「ふむ」

別の世界。つまり地磁気の分布そのものが違う可能性まである訳だ。

電撃使い（エレクトロマスター）の御坂美琴が今まで訳もなくイライラしたり殴りかかったりしていたのは、ひょっとしたらこれが原因かもしれない。

「そうだそうに決まってるわ!!　全部磁場異常が原因なんだからこれまで数々のやらかしは私のせいじゃないッ！　一人で勝手に暴走しまくったこいつと違って私は全然何一つ!!」

「こらぁ!!　なに自分だけ都合良く取り繕ってんのよぉ!?」

ルールがまた一個『確定』を得た。

『割れた卵の殻』みたいな謎の浮遊大地がどういう理屈で重力を無視しているかは不明だが、鉄分の含有率が非常に高い。美琴の磁力操作があれば浮遊大地から浮遊大地への大ジャンプくらいは十分に可能である。

「それにしても……妙に受け入れんの早いけど、食蜂って何でそんなに異世界知識がある訳？やっぱスマホ文化のせい？　ほらあの縦に読んでいく……」

「なぁーんか研究者とか技術者とかってこういうネーミングセンスやたらと好きじゃない？新プロジェクトにテキトーな神話の名前つけて正体を隠したがるっていうかぁ」

「……、」

「ふふっ、御坂さんはどう考えたって漫画知識よね？」

ともあれ、学園都市の外は崖っぷちと随分下に果てしない海が広がっているだけだ。水面であっても落ちたらフツーに衝撃で死ぬ高さである。

近くの地面には古くてデカい石板が突き刺さっているものの、残留思念はすでに食蜂が読み取っているのでこれ以上やれる事もなさそうだ。

「御坂さん、とりあえず一番近い浮遊大地まで連れてってもらえるぅ？」

「何で私がアンタの手伝いなんて……」

「御坂さん一人で何か調べられるの？　聞き込みするにしたって最初の一人目に出会うまで何日かかる計算なの？　その点、人の記憶も物体の残留思念も全部力読めちゃう私がいた方が異世界の謎を解くのは早いと思いますけどぉ？」

チッ、と目を逸らしたまま美琴は舌打ちした。

そのままハグを求めるように両手を緩く広げてくる。

交渉成立だ。

3

「よっと」

「ぎゃあああああああ⁉」

ぶわり、と当たり前の重力を忘れた。

腰の横に食蜂操祈をひっつけたまま、美琴は足元基準で三〇メートルくらいの高さまで一気に跳躍する。縦方向の移動。自分で頼んでおいて食蜂は突然の浮遊感に顔を真っ青にして絶叫しているが。

……しかしこの異世界、他に人は住んでいるんだろうか？　だとしたらどうやって浮遊大地から浮遊大地に移動しているのだろう。磁力で跳躍、なんて離れ業ができないとなるとかなり不便そうな異世界ではある。それともまさか、人はみんな生まれ育った浮遊大地でずっと暮らし、地元からよそへの無断移動は罰せられるような世界観なのか。

「ぜひっ、はふう！　あっ、あそこに何かあるんダゾ‼」

美琴の腰にしがみついたまま、お荷物食蜂が結構本気の涙目でどこかよそを指差した。

途中で磁力を切って空中で一瞬だけ速度停止。

そこから水平方向に改めて磁力で体を引っ張り、美琴は無理に新たな足場へ着地していく。

島というより大きな岩の塊だった。『卵の殻』の中ではおそらく一番小さな破片だ、それでも教室くらいはありそうだが。植物のないその岩の塊の上に何かへばりついていた。ぺしゃんこに潰れているから分かりにくいが、気球とはちょっと違うようだ。本来ならラグビーボール型の飛行船かもしれない。

「……ただあれ、きちんと膨らませても一〇メートルくらいよね？　飛行船って超大型化させないと効率悪いと思うんだけど」

「私達の世界の事情力は通じないんじゃない？　使ってる原子分子やテクノロジー自体が地球とは全く違うかもしれないんだから、とんでもなく軽くて安定した不燃性のガスがあってもおかしくないしぃ？」

ともあれ、きちんと着陸しているようには見えない。

さっきの馬鹿デカいドラゴンとの戦闘に巻き込んでしまったとしたら無関係ではいられない。美琴達は潰れて平べったくなった飛行船を調べてみる事に。

やっぱり誰かいた。

「痛たたたたた……」

二〇歳くらいのお姉さんが気嚢(きのう)の分厚い布の隙間から這(は)って出(で)てきた。中学生の二人からすると高校三年分を丸ごと飛び越えちゃうなんてかなりのお姉さんっぷりだ。……おっぱいが年下の食蜂に負けている辺りは微妙に哀(かな)しいお姉さんだが。

「アンタほんとに中学生なの？」

「今ここで持ち出しますぅその話？」

そして初遭遇の異世界お姉さんは真っ赤なお姫様ドレスを着ていた。髪型なんか紫色のロングヘアを豪快な縦ロールにしていた。

何にしたって髪も服もド派手なカラーリングで目がチカチカするお姉さんだ。

手足を地面についてのろのろ這い出たお姉さんはろくに立ち上がる事もできず、涙目で腰の後ろをとんとん叩いて、

「ま、まさか『大陸刃』の直撃を受けるとは。せっかくの長旅だというのに幸先悪いですわね……。飛行船は当然弁償の話も出てくるでしょうし、違約金も上乗せされますわ。こんな事になるならレンタルではなく大枚はたいてでも自分で購入しておくべきだったかもしれません」

むしろ、浮世離れしたお嬢トークにホッとしてしまう美琴と食蜂。

こう見えて二人とも名門常盤台中学のお嬢様なのだ。なんというか、こういう分かりやすいセレブ感を目の当たりにすると外国を旅している最中に地元のお味噌汁の味と遭遇したような気分にさせられる。

美琴は手を差し伸べて、

「大丈夫？　『大陸刃』っていうのは？」

「かたじけないでありますわ。アレです、複数の浮遊大地が大空を渡る時に風を切り裂く事で不規則に現れる真空の刃でしてよ。大抵は力を失って勝手に霧散するんですけれど、仮に空中で激突したらどうなると思います？」

……年中その辺を巨大なギロチンが飛び交ってんのかこの異世界は。

ド派手カラーお嬢の話によると浮遊大地が縦に何層も連なっている異世界では飛行船や模型

飛行機っぽい有翼自転車なんかが重要な乗り物らしいのだが、自然現象の『大陸刃』が直撃しただけでこの騒ぎだった。飛行船は穴が空いて墜落し、ぺしゃんこに潰れてしまっている。

「ドラゴンに魔法、空飛ぶ大地ばかりの異世界。だけど楽しいだけじゃないのね……」

「でもわたくしは満足しておりますわ。こんな不便で面白い世界で生まれた事に」

その笑みには嘘がなく、率直に言って羨ましかった。

美琴なんか自分が育った学園都市に唾を吐いてばっかりだ。

しかしまあ、何でそんな危険な旅をしているのだろう？

「わたくしも二〇歳ですもの。魔法については一通り学び終えましたし、そろそろ独立して自分の商売を始めなくては」

「へえー、そういうものなんだ。空飛ぶ大地に魔法の学校か。ほんとにそんなのあるなら私も通ってみたいなあ」

「？」

美琴の言い方に年上お嬢様はちょっと首を傾げつつ。

「じゃあこれから一人暮らしなんだ？　寮監がいないのは羨ましいけど、仕送りなし、完全に自分で稼いで自給自足ってのは結構緊張するんじゃない？」

「ええ。まだまだ新米ですけれど、手軽にビジネスを学ぶならやっぱり奴隷貿易ですわよね！」

んうっ？

何か。

こう、聞き捨てならない歪みのようなものがあったような。

「あの」

「はい？」

「今、ええと、なんて？　手軽にビジネスを学ぶならやっぱり」

今日はお金のお勉強をするために、パソコンを使って株について触れてみましょう。これくらいのあっさりめでお嬢様がゆった。

「奴隷貿易ですけれど？」

ワルい笑みではなく、なんかきょとんとしている。

「うーん。商家たる者いずれは大部隊を率いてエルフを狩り、奴隷運搬用の大型飛行船を買えるくらいになって、自分の手で大きな市場を主催するくらいの大物になりたいものですわね。ビッグな夢を描いた者だけがビッグな成功を摑み取れるものなのですわっ」

「うう……」

潰れた飛行船からまた誰かが這い出てきた。

一〇歳くらいの、長い金髪の女の子だった。尖った耳がぴこぴこ揺れていたが、それ以上に目を引くのはすっかりボロボロになった緑色のワンピースだった。本来なら愛らしいデザインを一瞬見失うほどにまで汚れている。事故でこうなった、ではない。もっと年季を感じさせる汚れ方だった。じゃらり、という音も聞こえる。細い首には分厚い鋼鉄の首輪。痩せ細った右と左の足首を結ぶ格好で太い鎖が緩く取りつけられている。

奴隷。

何かの隠語や方言じゃない。まんま人が商品にされている……？

「あらあら」

お嬢様はとっさに隠す素振りすら見せなかった。

これが普通で当たり前。

異世界が広がっていた。

「まったく困った奴隷ちゃんですわね」

「……す、すみません……」

小さな子供には似合わない、重たい謝罪。

その割に動きが緩慢なのは極度の疲労で体が思ったように動かせないのかもしれない。

彼女の小さな手が摑んだのは、分厚い革でできた大きなトランクだった。

それを二つも三つも重ねて両手で持ち上げようとするが、土台無理な話だ。美琴が慌てて手を差し伸べるより早く少女は重さに負けて前のめりに転び、ガラガラと音を立ててトランクを地面に落としてしまう。

ため息があった。

豪華なお嬢様からだった。

「貴重な衣装カバンを汚れた土につけたら懲罰、最初に取り決めてあったでしょう？　やる方も大変なんです、こんなくだらない事でわたくしの時間を盗まないでくださいな」

「……、ぁう。────」

「三回までなら鞭打ち、ですが四回目は耳削ぎとなりますわ。これは奴隷エルフを扱う上での基本ルール、商品価値がなく市場にも出せなかったワケアリ品のあなたでも十分に理解しているものとは思いますが」

お嬢様はピコピコ動く長い耳を無理に摑んで、引っ張る。

もう片方の手には、いつの間にか理容師さん仕様の大きなカミソリがあった。

怒っているのではない。

さも当然のように、インターフォンが鳴ったので玄関のドアに向かうような顔つきでお嬢様は耳の付け根に刃を押し当てていた。

抵抗はなかった。

エルフと呼ばれた小さな少女。

その無気力な瞳には、体が壊れていった先で死ねばそこで手放してもらえる、という諦念が見て取れた。

そんなのは慈悲でも優しさでもない。冷たい雪の中にずっとずっと自分の手を埋めていると何故か温かく感じてくるのと同じなのに。

「……、」

御坂美琴は、この異世界について知らない。

どんな歴史があって、どんな文化が育って、どういう価値観が決められていったのか。その辺りの事情を何も知らない。

それでも。

光のない瞳を見ていられなかった。

眼前の全てが御坂美琴の記憶を刺激する。忌々しい『実験』のために使い捨ての道具にされ、それでも文句一つ言わずに従って、次々と惨殺されていった……。

軍用量産クローン『妹達』。

この手で救えなかった一万人以上の少女達を思い出すから。

「……ねえ。他にも仕事は色々あるんでしょ、何でわざわざ奴隷貿易なんか選んだの？」

「楽ですから」

即答。

であった。

「何しろ始めるにあたって特に資格や免許もいりませんし。何か大きな事業を始めたいなら手っ取り早く軍資金が必要でしょう？　誰にでも始められる簡単なビジネスは、成功者を目指すあらゆる人間が行う最初の一歩に過ぎませんわ」

「理不尽に自由を奪われて、やりたくもない仕事を押しつけられて、こんなボロボロになるまですり減らして……。一度くらいは申し訳ないって思った事はないの？」

「何を馬鹿な。奴隷の疲弊は運用の基本ですわ。頑丈で長持ちしてしまう奴隷はこちらから潰して口と胃を減らさないと雇っている側が赤字になってしまうではありませんの！　まだ使える奴隷をいつまでも元気にしておいたらこちらが破産してしまいますわ‼」

古いエアコンは燃費が悪いんだから短期間でさっさと捨てて買い換えた方が結果的にはお得なんだよ、といった顔だった。

その程度の認識しかなかった。

……これは彼女一人の罪ではない。ここはそういう異なる世界、名前も知らない年上お嬢個人をそんな風に育ててしまった環境そのものこそが最も間違っている。

それは頭で分かっているけれど。

そろそろ限界だった。

色々と。

「なるほど……」

御坂美琴は口の中で小さく呟いた。

本筋から外れている。

おそらくこの異世界転生は手違いで発動している。だから幽体離脱が幽体離脱で済んでいる間に異世界について色々調べて元の地球へ帰還する方法を見つけ出すのが最優先。ここで奴隷エルフとやらをどうこうするのは、そんなゴールとは全く関係のない話でしかない。

全部分かっている。

なのに、何故か効率優先性悪説万歳の食蜂操祈も特に止めなかった。

無言でいるのは反対なのではない。

食蜂操祈はぼんやりしている小さな奴隷エルフちゃんをそっと胸元に抱き寄せた。大型のカミソリを手にした主人とやらが思わず流してしまうくらい滑らかに。だがさり気なく人質を手放してしまったお嬢様は気づいてもいないだろう。それは万に一つも流れ弾の犠牲にならないように、という明確な意図があった。

後は好きにしろと、第五位から黙認の視線があった。

「……人と同じような形で、人と同じように考え、人と同じように話す相手を『人間じゃない』ってだけで首輪と鎖で繋いで容赦なく売買して使い倒すか。それも手に入れたら手に入れたでご主人様の側から手早く死なせる方向で自分の利益だけを守る、と。ほうほうなるほどねー」

「？」

人身売買お嬢は首を傾げていた。

敵意や警戒とは違った。純粋に、どこに引っかかっているのか見えないといった疑問の表情だった。

ちなみに。

御坂美琴は、この手の非道が死ぬほど嫌いである。

がカかッッッ!!!!!!　と。

咲き乱れた。

太い紫電が撒き散らされ、高速振動する砂鉄が鞭のように空気を引き裂いて唸り、そして音速の三倍で『超電磁砲』が大気を焼いた。

戦闘開始だ。

4

爆音と閃光。

おそらく異世界側から見れば絶対にありえない超常現象の数々。

「大丈夫ダゾ」

くるくるとテレビのリモコンを回し、そして食蜂は腕の中にいる奴隷エルフのおでこに押し当てた。

「辛い記憶を全部まとめて消してあげる事もできるけど、それはあなたが本当に望んだ時にだけ実行するわぁ。ひとまず、今はそうね……。胸の奥に溜まった辛い気持ちや苦しい感情だけを霧散させてアゲル☆」

ボタンを一回。

それだけで、光を失っていた奴隷の瞳の中で何かが復活した。それは多分、色も形もない命を守って未来を摑み取ろうとする自然な力だ。

本来エルフの少女の中にあったはずの光。

「あの」

食蜂操祈の豊かな胸元で優しく抱き締められながら、だ。

奴隷の女の子の唇が動いた。

ズタボロに傷ついて体の芯まで折れかかったエルフの少女はこう言ったのだ。

「どうして、あなた達は私を助けてくれるんですか？　私なんか、人間でもない弱小エルフなのに……」

純粋に不思議そうな声だった。

太い首輪に両足の間に渡された鎖。そんなものを普通に受け入れてしまっている奴隷エルフは、自分が助けてもらえる可能性を頭の中から完全に放棄してしまっているらしい。

食蜂操祈は御坂美琴ではない。

だがこういうのを見ていられないというのは同感だ。

かつて。

この手で助けられなかった少女がいるのは何も第三位だけとは限らない。

たとえ本人が無抵抗に死を受け入れようが、残された人がそれを流せる訳でもない。

決して。

「そうねぇ」

（……こういう腐った仕組みを見ているとドリーを思い出す、って答えは、この子にもあの子にも失礼な言い回しになっちゃうか）

くるくるとテレビのリモコンを手の中で回し、食蜂操祈は気軽に答えた。

学園都市(がくえんとし)第五位の超能力者(レベル5)は断言した。

「なんか、じゃないからかしら」

「？」

「だってぇ、『心理掌握(メンタルアウト)』が通じてしまうんだもの。あなたの正体力が何であれ、私と同じ心を持った存在だと認めるしかないんダゾ☆」

にっこり笑顔で告げる蜂蜜色の少女。

効かない美琴についてはしっかり人権を剝奪している辺りが常盤台の腹黒クイーンか。

5

「ぐおおアッ!!!!!!」

粉塵の中から人身売買お嬢の叫びが聞こえた。

美琴は逆に緊張をみなぎらせた。

第三位があれだけの猛攻を繰り出してもヤツには叫ぶだけの余裕がある。具体的には、人身売買お嬢はかざした掌の先で分厚い圧縮空気の盾を何重にも展開し、美琴の『超電磁砲』をわずかに逸らしたのだ。もちろん盾自体はいくつあってもぶち抜けるが、盾を一つ貫くごとに弾道は微細にズレ、それを重ねる事で誤差が広がり、やがては肩幅一個分以上も横に逸らす結果に繫げた。

学園都市の能力開発とは全く異なる技術体系。

異世界の魔法。

「Sウィンド!!」

胴体よりも太い突風の槍がねじれて飛んできた。

一発では終わらない。人身売買お嬢は手首のスナップを利かせて、

「スプレッドウィンド!!　ですわ!!」

パシィン!!　という空気が割れるような音があった。

どういう仕組みなのか、真空でできた鞭がしなやかに力を蓄え、生物的な曲線を描いてお嬢様の足元の地面を凶悪に削り取る。オレンジ色の火花が飛び散り鞭の輪郭を露わにしていく。

「風属性魔法の使い手たる中級発展職業《ボディティマー》、トルネード=キャンディフロスに唾を吐くとは面白いコトをしてくれますわね……」

しかし美琴の違和感の正体は風や真空の凶器ではなかった。

目の前の全てを当たり前に受け入れている自分に第三位の少女は軽く驚いていた。

御坂美琴は科学サイド、学園都市の住人だ。普通だったら魔法なんてオカルトな単語を聞いたらそれだけで眉をひそめて反発してしまいそうなものなのに。知識面での拒否感を貫いてすっと頭の奥に入ってきてしまうのだ。

『ここ』なら普通にありえる。

むしろ特別な理由を用意できない限りは疑う起点すら生じない、と。

（……第五位の力だって私にだけは及ばないっていうのに、何なのよこれ……？）

好戦的に笑って人身売買お嬢が吼える。

この異世界で、当たり前に魔法を用いる脅威が。

「……ええ、ええ。奴隷はわたくしの財産、わたくしの貫録、わたくしの私物。外からどうこう言われる筋合いなどありませんわ。使ってあげない奴隷など錆びてしまって可哀想でしょう、ですからこのわたくしが資金を投じて現場に立たせて『差し上げて』いるのですわ！　ましてそんな心優しいいいわたくしの肌に傷をつけるなど言語道断ッ!!」

「……、」

「幼い頃、煉瓦の街道を走る馬車の窓からエルフ達を見かけた事がありました」

ギラギラと輝く瞳があった。

人を蔑むのとはまた違った、義務と使命感に満ちた病的な瞳。

「首輪がなく、ご主人様もおらず、誰の屋根の下にも入れない、ああなんて可哀想なエルフ達。わたくしはあの時思ったのです。わたくしがいつの日か独り立ちするほどの力を蓄えたその時は、彼らを薄汚れた野宿生活から慈悲と博愛をもって拾い上げてやるのだとッ!!」

純粋な、商品。

慣れていない人がウサギを抱き上げるとそのまま細い骨を折ってしまうらしい、という話を美琴は思い出した。あるいは見た目最優先で極端に小さく品種改良した小型犬は必要以上に散歩をさせるとそれだけで脚をダメにしてしまう、という話も。

そしてそれしか幸せはないとのたまう人間が目の前にいる。

こいつにとってはエルフが森の中で暮らしている方が異常事態であって、ちゃんと人間が飼い慣らさないと何があっても絶対に幸せにはなれないと本気で信じているらしい。

一種類のものの見方しか知らない愚か者がニタニタと嗤う。

「さあさあどうします？　貴族にいきなりケンカを売ってこられた以上はそれなりの覚悟はしているんですわよね。あなたはもう奴隷などにはしない、わたくしにも選ぶ権利がありますもの。真空の鞭があれば人間の骨から肉を剝がすくらい楽勝ですわ。わたくしの鞭は!!　あなたの肌をめくって肉を剝がし、骨まで露出させてあげまッぎゃんッッッ!!⁉⁇」

途中でお嬢様が真上に飛び跳ねる。

片目を瞑る美琴は前髪から紫電を散らして、

「ああそうどうやって風を操るかは知らんけど剣とか鞭とかいちいち形を整えなくちゃ振り回せないんでしょ。真空中でも放電はできるわ。空気を圧縮すれば絶縁抵抗を少しは上げられるかもしれないけど、それだってきちんとかち合わせられないとガードはできないわ。そんな棒切れ程度の狭い範囲しか守れない武器で超高速の電撃を弾けるとでも思ってんの？」

そしてこんなものでは終わらせない。

キン、と第三位の少女が親指で弾いたのはゲームセンターのコインだ。

感電によって身動き取れない人身売買お嬢の目尻からじわりと涙があった。

問答無用であった。

「ぶっ飛べ悲劇の元凶‼　あればあるだけ命を呑み込むくそったれの大渦が‼‼‼」

音速の三倍で空気がオレンジ色に焼かれた。

人身売買お嬢はスピンしながら宙を舞って地面に叩きつけられた。直撃ではなく余波を使って薙ぎ倒したのだ。

直撃なら普通に体を爆砕していたところだ。

「御坂さぁん」

奴隷エルフちゃんを抱き寄せたまま、食蜂操祈がため息をついた。

やりすぎ、ではなく。

「あっさり瞬殺力じゃダメでしょう？　救いようのない外道には、せめて因果応報的にひどい死に方をしてもらわないと爽快感ってものがないんダゾ☆」

「うるさい。てかアンタ、最初の一発目で私の頭に向かってリモコン向けたでしょ。『雷撃の槍』や『砂鉄の剣』と一緒に、きちんと『超電磁砲』も撃ったのよ。あの変な頭痛さえなければ秒殺で終わっていたのに‼」

「秒でほんとに人生終わらせてどうすんのよ人殺し。御坂さん、あなた自分で言ってる言葉の意味力分かって噛みついてきてんでしょうねぇ？」

あれ？　と美琴は首を傾げた。

数秒遅れて、背筋に冷たいものが這い上がってくる。

……あの時、食蜂がリモコンで邪魔してこなかったら。全てが順当に進んでいたら、今頃人身売買お嬢はどうなっていたのだ？

この異世界、どうにも命に対する扱いが『軽い』。敵を倒してお金と経験値を稼ぐのが流れ作業のルーチンになっている、とでもいうか。

（まずいわね。強く意識してブレーキかけないといつかほんとに殺しちゃいそう……）

「御坂さん的にはコレどうするのぉ？　ほんとに死ぬまでサンドバッグの刑かしら」

「わ、私はアンタほど粘着じゃないわ」

「ならそういう汚れ役は私がしてあげる☆」

よりにもよってテレビのリモコンを向けた。

びくんっ！　と人身売買お嬢の体が感電の痙攣とは明らかに違った震え方をした。

ワルい縦ロールは目を白黒させて、

「これは……なっ何ですの？　立ち上がれない⁉」

「何ってぇ、これからあなたは一生犬のように這って生きるしかないのよ？　はーいお尻を高く上げてぇ☆」

「うっ！」

屈辱お嬢様の顔が汗でいっぱいになった。

ポーズについては正確な言及を避けておくのがせめてもの優しさか。

「そして死ぬまでこの子にずーっと付き従うの。重たい荷物があれば背中に乗せてぇ、貴重力なトランクが土についたら懲罰だっけ？　この子が疲れた時はあなたが椅子の代わりになっても良いわねぇ。うふふ☆　どう、何をどうやったって逆らえないでしょう？」

「食蜂、小さな子が困ってる」

奴隷エルフちゃんの方を怖がらせてどうするのだ間抜け。

呆れたように美琴が言うと、第五位の少女はため息をついてリモコンのボタンを押した。

人身売買お嬢はそれこそスイッチが切れたように地面に崩れ落ちて気絶した。

「じゃあ平和的に。商売に関する技術や知識『だけ』丸ごと削除しておいたから、これからどんなビジネスに手を出そうがやればやるほど失敗続きで奴隷エルフなんて扱う余裕はなくなるんダゾ☆」

「鬼よねアンタ」

6

ともあれこれで一応は決着か。

諸々ショックで白目剝いて気絶している人身売買お嬢はさておいて、

「これ鍵よぉ」

「はいよ」

トランクから首輪まで全部まとめてあったのだろう。

(運動音痴があらぬ方向へ)投げてきた鍵束を磁力で吸い寄せると片手でキャッチして、美琴が奴隷エルフちゃんに向かう。

そう、鋼鉄の首輪に両足に渡してある太い鎖。

見ているだけでムカムカしてくるものを外してあげようとしたのだが、

「ひゃっ!」

何故か小さな奴隷エルフちゃんが後ずさりした。

「んえ？　何で？」

「あ、えと……。こっちの方が慣れているので、無理に外してもらっても不安になって困ると言いますか……」

違和感としては、靴下を片方だけ履いて出かけるようなものか。

それにしても『無理に外して』。

まったく伝統や風習というのは恐ろしいが、いきなり無理強いしても負担をかけてしまう。

美琴は食蜂と目を合わせたが、クイーンは首を横に振っただけだった。

鍵は拾っておくとして、今は保留か。

「あの、それよりも」

「うん？」

そして新しい仲間になった（見た目は）一〇歳くらいの奴隷エルフちゃんは美琴にこう言った。いやほんとに漫画やアニメに出てくるあのエルフだったら実年齢何百歳かは知らんけど。奴隷として殺される事すら普通に受け入れていた女の子だ。助かった、という実感を覚える事も難しくなっているのかもしれない。

とにかく。

おずおずと、であった。

「あの、えっと……ありがとうございます。《女戦争士》さんっ！」

……。

今なんと？

「えっ？　でもだって、ステータスの方だとそういう風に出ていますけど」

出ている。顔つきや手相を見れば二次元コードでも読み込むように何か分かるのか？　人間ではないエルフが今一体美琴のどこから何を読み取ってんだかは正直謎すぎるが、とにかく小さな少女に悪気はないようだ。

顔つきはきょとんである。

学園都市第五位は体をくの字に折り曲げて何かに耐えていた。

「ぷっぷぷ……。《女戦争士》。よりにもよって腹筋力の割れたビキニ鎧でデカい剣振り回すだけの《女戦争士》ですってぇ。モンスター側で言ったら棍棒持ってる巨人系？　もうだめっ、わはははははは!!　ひいっひい!!　お腹痛いっ、まったくインテリジェンスの足りない御坂さんらしい話じゃない!?　ゲタゲタゲタゲタゲタゲタ!!!!!!」

「あっ、ドスケベ《踊り子》さんもありがとうございました!!」

胸の真ん中を強めにエグられた食蜂操祈が膝から崩れ落ちた。

あと多分だけどドスケベの部分はステータスとやらに出てない。奴隷エルフちゃんの主観がそのままサクッと付け足してある。

ともあれこっちの異世界では御坂美琴は《女戦争士》で食蜂操祈は《踊り子》らしい。丸っきり身に覚えはないが、そういう風に割り振られてしまっている。

それって何ができて何ができなくなるのだろうか？

「ええと。レベルアップによって覚える魔法を含む各種スキルに違いがあるのと、装備できる武器や防具の種類が変わってくるって感じでしょうか？　あと関連して、一部の専門店へ出入りするには特定の職業じゃないとダメって事もありますけど……」

「レベル？」

聞き慣れた単語に思わず美琴が食いついた。

奴隷エルフちゃんは長い耳をぺたりと下に下げて、恥じ入るように言った。

確かにゆった。

「はい。私なんかたかがレベル11だから、偉そうな事なんて何も言えませんけど」

固まった。

御坂美琴と食蜂操祈は平静なふりを装っていたけど、やっぱりダメだった。

「えっ、レベル11!?」

「はい……。たった11しかありませんから大した魔法も覚えていませんし、こんな無能なら奴隷になっても仕方ないと思います。私なんかほんと何の役にも立ちませんし」

俯いて暗い顔をしている奴隷エルフちゃんだが、美琴と食蜂は驚愕していた。

なに？

これはもう学園都市でも七人しかいない超能力者なんて次元の話じゃあねえ。

いつでも自信満々だったお嬢二人は急に背中を丸めて話し合いを始めた。

卑屈のカタマリであった。

「(11って何だ11って⁉　二ケタありの世界観だったの⁉　それじゃ私達なんかすげー弱いじゃん‼　これじゃ丸っきり雑魚だわ！　中ボスにもならないんじゃないの⁉)」

「(私に聞かないでよぉ！　御坂さんだって雷神化したって一瞬力だけでも絶対能力に届くかどうかって話だったでしょう……。能力開発ってどれだけヤバい謎を抱えてる訳ぇ⁉)」

「あのうー。そんなに不思議な事ですか？　そこらの村にいる人間さんでもレベル20くらいはあると思いますけど。王様クラスだとレベル9999でカンストしてたかな……」

「何なのこの異世界‼⁉⁇　文字通りケタが違うっていうか正直怖すぎてもう東西南北どこにも次の一歩を踏み出せないんだけど‼‼‼」

抱き合ってガタガタ震える美琴と食蜂だったが、そこで奴隷エルフちゃんが重要な一言を言った。

無様に這いつくばって白目を剝いてる人身売買お嬢を指差してこう教えてくれたのだ。

瞬殺ザコを示して、

「？　ちなみにそこの人はスーパーやスプレッド系の中級魔法を使い始めたところなので、多分レベル35くらいですよ。セレスアクフィアなら普通です」

「「……何ですと？？？」」

7

忘れていた。

ここはそもそも剣と魔法が幅を利かせるセレスアクフィアとかいう異世界、学園都市のレベル制度がそのまま通じるはずがない。どうも計算方法が全然違うようだ。

「……それを言ったら日本語で話して一〇進法がそのまま通じている方が不思議な話ではあるんだけどぉ」

理屈が分からないところはひとまず保留だ。

目の前の奴隷エルフちゃんが全部の答えを知っているとも思えないし。

ちょっとデリケートな問題かもなので、美琴と食蜂はこそこそ。

「(……でも、この見た目でおそらく何百年とか生きてるエルフがレベル11で、二〇歳くらいの人身売買お嬢がレベル35っていうのはアンバランスじゃない？　経験の量でレベルが上がるなら、むしろ長寿な種族の方がケタ外れになって世界のてっぺんに君臨しそうだけど)」

「(そもそもレベル上げに興味がない種族なんじゃない？　バトルまわりの管理は職業ってくくりらしいでしょ。戦闘を含む仕事に従事して継続的に敵を倒さないと経験値は増えない、とかだったらぁ、森の奥で果実を取ってのんびり暮らしているだけならレベルは上がらないかもしれないしぃ)」

「一〇〇年日向ぼっこしているだけじゃ何のプロにもなれない？」

「そゆことぉ」

戦う力を全く必要と感じずに一〇〇年間のんびり生きていられるのは、むしろそっちの方が精神的には人間なんかよりもはるかに高度で優れた生き物っぽい気もするが。

「ああそうそう」

思い出したように美琴は腰を折って、目の高さを合わせてこう尋ねた。

御坂美琴は自分よりも胸の小さな女の子には優しいのだ。

「自己紹介がまだだったわね。私は御坂美琴、そっちは無駄肉おっぱい女よ」

食蜂操祈よぉ!!　とぷんすかしている女王様は放っておいて。

「アンタの名前は？」

「？　別にただの奴隷で良いですよ。私みたいな奴隷が自分の名前を使っているところなんか見られたら警邏の皆さんに懲罰されてしまいますし」

「いいから」

ちょっと強めに言ってから、しまったと美琴は思った。

理不尽に虐げられているエルフの口からしれっと『これ』が出てしまうと、死んでいった『妹達』と重なってどうしても反発が先立ってしまう。この子を脅えさせても何の解決にもならないというのに。

が、この異世界で『自然な流れ』に乗っかると奴隷貿易を認める流れに呑まれてしまう。多少強引であってもレールから脱線させないとこの子のためにならない。

びっくりしながらも、ややあって奴隷エルフちゃんはこう答えてくれた。

「ぱ、パティシエット、です」

「ハロー、パティシエット。……でもって何で？」

「？」

パティシエットと名乗った小さな奴隷エルフちゃんは首を傾げていた。

……どう考えたってパティシエの細部をいじった造語にしか聞こえない。エルフ語で特別な意味のある字面なんだろうかとも美琴は思ったが、通訳を介さずにそのまま会話ができてしまう時点でそういう線もなさそうだ。

食蜂も頬に片手をやって、

「石板の方にもあったけどぉ、ブランド山脈とかスノウドーム大陸とか、人の名前以外もテキトーっぽいんダゾ。異世界セレスアクフィア。これだって、セレスティアル、アクア、スフィア辺りの英単語を短縮して繋げただけっぽいしぃ？　ここで暮らす人達には申し訳ない言い方だけどぉ」

「……地球の言葉をランダムで引っこ抜いているって事？」

「だとしてもどうやってぇ？」

占いなり降臨なり、二つの世界の間で何かしら情報や物質をやり取りできる手段があるのかもしれない。これは地球への『帰還』に関して有益なヒントと言えるだろう。

（……ていうか、サリナガリティーナだっけ？　あの女神だけはテキトールールでもないな？）

輪廻女神だったか。ヤツは『この異世界』由来の存在ではなく、あらゆる異世界を『外から』束ねるより上級の何か、という話なんだろうか？

とはいえ。

これからこの異世界をどう旅するにしても、欲しいモノがいくつかある。

当面の軍資金とコンパクトにまとめた生活用品だ。

「盗賊ってちょっとだけ憧れちゃうわよねー、アウトドアでサバイバルしながら仲間をたくさん集めて。せっかくの異世界なんだから一つの街に留まるよりも思いっきり冒険したいし」

「……せめて夜の街を自由自在に飛び回る怪盗さんとかじゃなくてぇ？」

第五位も一緒になって人身売買お嬢の荷物を狙っているくせに優等生な事を言う。

美琴は奴隷エルフちゃんが地面にばら撒いていたトランクを拾い集めつつ、他にも聞いてみたい事を頭の中でまとめてみた。

聞ける時に聞いておいた方が良い事なんかいくらでもありそうだった。

「魔法ってナニ？　学園都市の能力開発とは何が違うのかしら」

まずこれだった。

これが地球だったら石油や火薬や電気なんかと同じくらいには知っておきたい知識だろう。軍事転用もありえるテクノロジーの基盤。自分が使うか否かに関係なく無知のままでは危ない、そんな予感がする。

「うーん……。能力というのはちょっと分かりませんけど」

奴隷エルフちゃんは困ったように言った。

「魔法というのは、そうですね、魔法だから、それじゃあええと」

当たり前すぎてかえって答えるのが難しいのか。こっちの異世界の人達にとっては九九みたいなものかもしれないが、美琴達は魔法魔法とだけ言われてもピンとこない。

「今から改めてきちんと最初から説明しますと魔法の属性は火・水・風・土の魔的四属性とこれとは別に物理の方は斬撃・貫通・殴打・絞扼の物理四属性があります絞扼難しいですか締め上げるって事です剣や斧の他に飛び道具もこの法則に縛られていて例えば大岩を投げれば殴打属性ですし弓で射れば貫通属性がつきます攻撃魔法というのは魔的四属性と物理四属性の組み合わせで成立しているのがほとんどです爆発魔法なら火と殴打で鞭の魔法なら殴打と絞扼ですねそう物理と物理を組み合わせた攻撃魔法もあるので応用技には気をつけてください相性については前は後に強く最後尾は先頭に強いですが魔的は火・水・風・土ではなく火・風・水・土

の順に有利不利の並びが変わる点に注意してくださいねまた各属性へダイレクトに特化した防具や防御魔法があれば敵の攻撃魔法は減衰や無効化だってできますよそれから攻撃魔法も回復魔法も上位魔法というのがあって例えば水属性変則攻撃魔法のアイスなら上位にＳアイスＵアイスＬアイスなどがあって威力が増加していきますＳＵＬはスーパー・ウルトラ・レジェンドの略称ですね魔法によってはやや変則的なＳＳや敢えて威力を下げたＣのコモンなどもあるようですがそっちはおいおいですそれから範囲攻撃に応用したい場合はスプレッド二回攻撃したい場合はラピッドなどの冠も確認されていますがこれは熟練者向けでしてＳアイスのＳはスーパーのＳだからスプレッドの方と混同しないようくれぐれも……」

「申し訳ないけどいったん実演してもらえるとものすごく助かるわ」

思った以上に長々と来てしまって美琴は切り返しに苦労した。

パティシエットは目の前で五指を広げ、ぷにぷにした掌を軽く上に向けると、

「例えば、ええとこうやって……ブレイズ！」

ぼんっ!!　と。

可愛らしいモーションに反して馬鹿デカい音がした。

近くで見ていた食蜂操祈が驚いて（ハの字でかわゆく）尻餅をつく。フツーに腰が抜けてる

っぽい。エルフの小さな掌から真上にメートル単位の火球が放たれて空中で破裂したからだ。側面からまともに直撃させたら軽自動車くらい横にゴロゴロ転がりそうな勢いだった。

（なかなか……）

それが美琴の正直な感想だった。

一番下、キホンのブレイズとやらでこの威力だ。ぶっちゃけ肩に担いで使う対戦車ロケット砲くらいはありそう。

さらにスーパーやウルトラが頭についたらどうなるんだろう？

こんなのが学ぶなり鍛えるなりすれば誰でも平等に使えるようになる超常現象だとしたら、少なくとも下限については学園都市の能力開発より殺傷力の高い技術という事になってしまう。

……だとしたら上限は？

「魔法の基本は呪文です」

奴隷エルフちゃんが言った。

「魔法陣や魔法の杖なんかもあるんですけど、それらは呪文を絵画や立体物に置き換えただけですので。歌や曲を楽譜に書き起こしたようなものですね。どんな属性にせよまずは呪文があり、そこから無数の応用が広がっているって考えてください。これが大前提です」

「ふうん。属性か。魔法は一人につき一系統だけ、って訳でもなさそうね……」

「あと、魔法は体の中にあるＳＰを消費して超常現象を放つ力なんです。だから、できる事には人それぞれ限りがありますし、レベルを上げて新しい魔法を覚えないとSPだけあっても大した現象は起こせないんですけど」

「えすぴー？」

「スピリチュアルパワーリソーシス、略してSPです」

何の略かは分かったが、そもそも何で異世界にいるのに日本語や英語がそのまま通じているのかが謎のままだ。地球と異世界で同じ言語を使っているのか、美琴の口から日本語を出すとエルフの耳には異世界語に聞こえるのか。正直いったん保留が多すぎる。

「SP自体は珍しい力ではありません。特別なお薬など使わなくても、一晩寝れば普通に全部回復するものですし」

「うーん」

（……攻撃魔法はキホン火・水・風・土、斬撃・貫通・殴打（おうだ）・絞扼（こうやく）。でもってSULがスーパー・ウルトラ・レジェンドだから）

実感がいまいち持てないまま、美琴は掌（てのひら）をよそに向けた。

首をひねったまま、

「Sウィンド‼」

「ぶはあーっ‼⁉⁇」

クレーンの鉄球みたいなカタマリの圧縮空気が前方にぶっ飛び、そして危うくヒットしかけた食蜂操祈がギリギリでひっくり返って回避、短いスカートが突風の余波でド派手に煽られてすけすけオトナぱんつが全開になっていた。こう、台風の日の傘みたいに。

（うわテキトーにやったらほんとに出た……）

実行した美琴自身が結構本気で引いていた。

当然ながら何の訓練も積んでいない。やっぱり異世界、自分達の知らないルールででっかい世の中が回っている。

……それにしたって危ない。ブレイズだのウィンドだの扱う単語がゆるすぎて、ちょっとした世間話やお昼寝中の寝言でもついうっかりで飛び出してしまいそうだ。スーパーをつけただけで威力が激増する理由もまんま不明だし。何しろ人が死ぬほどの威力が出るのだ。便利というよりも、安全装置もついてない実銃をポンと渡されたような不安しかなかった。

（ブレイズやウィンドはまあともかくとして……危ないな。正直ウォーターとかアイスとかはついうっかり発生率高そうでメチャクチャ危ない気がするんだけど!?）

ミネラルウォーターとアイスクリームちょうだい、で死人が発生しかねない異世界だ。

ただかっきの説明の中で奴隷エルフちゃんはＳアイスＵアイスと口に出しても大丈夫だった気がする。何かへイＳｅｒｉやオッケージャングル的な発動のトリガーでもあるのか？　あるいはパティシエットはレベル11だからまだ使えないだけか？？？　その辺も丸ごと謎だ。

　そして涙目の食蜂ががばっと身を起こした。

　こっちも結構本気で赤面している人が抗議してきた。

「ちょぶばナニしてんのよこの野蛮じn
「すっすごいあまりにもすごすぎます‼」

　瞳をキラキラさせてずずいと前のめりになった奴隷エルフちゃんが誰かさんの文句を封殺してしまった。あの食蜂が強く出られずハの字座りを横に崩したままハンカチを噛むとは珍しい。

「魔法呪文と超常現象の共通規則性をこんなにも早く習得してしまうだなんて‼　御坂サマはもしかして図書館魔女サマの魂を持つ生まれ変わりサマなのですか⁉」

「……バカしかいない異世界なのここは？」

美琴が呆れたように呟いた。

　パティシエットは難しい顔をして、

「うーん、それにしても不思議です。本来《女戦争士》は筋肉ムキムキで重たい剣を振るだけの、魔法は一切使えない物理パワー型の職業のはずなのに」

「ねえそれまだ継続だったの⁉　どこ行ったら職業チェンジできるか教えてもらえる⁉」

「？」

「うわあ現地人からきょとんで首を傾げられたってコトはもしかして存在しないのか職業のチ

エンジとかリセットとかのサービスはあーっっっ!!!!!!」

しかしそうなると生まれた時から職業はずっと固定なのか。これは初期設定を組んだ輪廻女神(りんねめがみ)サリナガリティーナとかいうのに抗議するべきかもしれない。グーで。

(でもあいつもあいつで、私達の場合は下手に最強パラメータやスキルを渡していじるとバランスが崩れるって言っていたわよね。うそ、じゃあ私の魂に元々直接刻まれているって訳? 魔法を一切使わん脳筋一直線の《女戦争士》カラーが……)

割とどんよりする事実であった。

とはいえ、魔法。

これについては使用を禁止する、くらいの気持ちでいた方が良(い)いだろう。

便利だが、ちょっとした会話でいきなり攻撃魔法が飛びかねない怖さがあるのもそう。

《女戦争士》なのに魔法が使えるのは何かのバグっぽいし。

しかもSP?　とやらが使った後でも実感を持てなかった。お腹(なか)が減るとか眠たくなるとか、何かを吸われている感じがしない。これも痛みがなくてラッキーというよりは、沈黙の臓器が不気味に蠢(うごめ)いているっぽくて逆に怖かった。例えば知らない内に脳細胞とか運勢とかが少しずつ減っていたら最悪も最悪だ。

あとさっきから気になる事があった。

(ええと、属性は魔的の火・水・風・土、後は物理の斬撃・貫通・殴打(おうだ)・絞扼(こうやく)だから……)

「あれ？　ひょっとして……雷属性の魔法は存在しない？」

ぱちっと前髪から小さく紫電を散らすと、奴隷エルフちゃんは目を丸くしていた。

魔法とやらが当たり前の異世界でも珍しい現象を見た反応っぽい。

つまり、

（……魔法は属性防御で減衰や無効化できるって話だったけど、雷属性が存在しないって事は、この異世界には私の攻撃に対して有利な属性とか、完全ガードしちゃう魔法や防具も存在しないって意味でもあるの？　たったの一つも？？？）

気づいて、にんまり笑ってしまう。

何だ？　この御坂美琴のために存在するような異世界は。

8

「これからどうする？」

「『あの』学園都市に戻るっていうのもねぇ」

何となく違う気がする、くらいは食蜂も考えていたのか。

時々忘れそうになるが美琴と食蜂は今、（多分バカ女神の手違いで）幽体離脱に近い状態で半端に異世界転生をやらかしてる。『本体』はおそらく地球の病院にでも搬送されているのだろう。いつまでもこのまんまはいくら何でもおっかなすぎるので一刻も早く帰還したいのだが……何となくだけど、そのための秘密は『あの』学園都市には存在しない。

異世界セレスアクフィアの中心は街の外にある。

そんな気がする。

（そもそも異世界の『不思議な事』は全部魔法って定義を軸に回っているんだとしたら、断然調べるべきは街の外に広がる異世界よね。帰還魔法、なんて未知のテクノロジーがもしほんとにあるとしたら、そいつは少なくとも科学全盛の学園都市の中には眠ってないと思うし……）

「よっと」

という訳で。

食蜂とパティシエットの二人をひっつけて、だ。

美琴は磁力を使って大きく跳躍し、空中に浮かぶ岩の塊から塊へと跳躍する。斜め前へ上がって高度を稼ぐ感覚で、目標の岩の上を軽く追い越しそうになってから磁力を切って着地、を意識して。軌道としては平地から一段高い丘にゴルフボールを打ち上げ、ピタリと止めるのが近いか。

「すごいですっ。普通は飛行船や有翼自転車、ドラゴンさん達に頼って移動するものなのに」

「きゃあっ！　ぎゃあああああ!?」

「？　風属性に空飛ぶ魔法はないの？」

「ありませんよーそんな便利な魔法」

「わーっ！　御坂さんもっとゆっくく、ぎいいいいいいいいいいいいいいい!?」

「移動にコストのかかる異世界なのね。あとおっぱい女王さっきからうるさい」

　こんなのでも一回のジャンプごとに高度一〇メートル、三階分くらい気軽に上がっていく。奴隷エルフちゃんは慣れない速度と軌道に目を丸くしていたが、食蜂は恐怖で顔を真っ青にしてしがみついていた。単純に高い所が怖いのか、もっと単純にこっちの能力を信用していないのか。ぎゅっとやられるから、おかげで巨大なおっぱいがクソ鬱陶しい。

「……つまり本来ならお金なりエサなり、燃料代わりの数字を常に確保するためにあちこち奔走させられたのね」

「ギルドで仕事の依頼を受けたり、野山で採取や採掘をしたりですねっ」

「へー、やっぱそういうのあるんだ？　ま、何にしても仕事しないとどこかしらの浮遊大地で足止め喰らって立ち往生しちゃう、と。あー電撃使いでほんと良かったわどんな長旅だろうが旅費も燃費も基本無料で国境や入国許可なんかも全部フリーパスだもん何よここどれだけ御坂美琴にとって都合が良い異世界なのよー」

「御坂サマすごーい」

屈託なく笑うエルフちゃんは尊敬する人に注目していて恐怖で半分白目を剝きかけている食蜂の方を見ていない。

「ねえ」

美琴は気軽に言った。

……内心では慎重に細い糸を手繰り寄せて『確定』の感覚を必死に探りながら。

「この異世界の不思議が全部魔法絡みだとしたら、元の地球に帰る方法もやっぱり魔法っていうシステムやテクノロジーの中に組み込まれているものなのかしら。こう、誰も知らない門外不出の大規模魔法があるとか」

「ふうん。特別な魔法を探しているんですか？」

目的地は特に決まっていないが、とにかく岩の塊ではなくきちんとした陸地（？）に行って一休みしたい。水や食べ物や文明があってついうっかりで足を踏み外さないような、安定していて緑に溢れた島や大陸といった空飛ぶ『大地』に。

大変セレブな人身売買お嬢をぶっ倒して手荷物と商品を持ち去ったのだ。いつ追っ手が現れるか分かったものではないので、あまり墜落現場の近くに留まっていたくない。

「あっ、そういえば……聞いた事ありますよ。古い伝承ではありますけど、陸海空、世界の全てを総べる三大魔王を倒して重宝を手に入れれば世界と世界を渡る『関門』が開くだとか」

「かんもん？」

ふわりと、だった。

野球の遠投のように弧を描いて比較的大きな浮遊大地の端に着地しつつ、美琴が尋ねる。

そう、大地だ。

見渡す限りの緑の草原に、地平線まである。勝手なイメージだと牛乳やバターのCMというか、アメリカ辺りの馬鹿デカい牧場っぽい。家畜が逃げて野生化でもしているのか、ヒツジかヤギらしき白っぽい群れが遠くの方をのんびり移動しているのも分かる。一面に植物があるのなら真水も豊富にある訳だ。地平線が見えるなら今度の大地は最低でも奥行き五キロ以上は……いやこれは星のサイズが地球と同じ場合に限る計算方法か。ともあれかなり広そうだ。まだまだ上にも浮遊大地の階層はあるようだが、今はそこまで跳ぶ必要はないだろう。とにかく文明的なものが見てみたい、という気持ちはあった。

つまり一番近くの村なり街なり。

食蜂とパティシエットがひとまず美琴の腰から離れる。

「しっかし、何なのよぉこの重たいトランクっ。まったく着替えの多い商家サマねぇ!!」

「思いっきり盗んでおいてナニ文句言ってんのよ猛々(たけだけ)しい。……着替えがないよりマシじゃない？　サイズは合わないかもだけど、裁縫で縫い目をほどいて微調整で対応はできそうだし」

「……、」

「下着も替えられないまま汗だくサバイバル、なんて私は絶対イヤだしね」

「御坂さんって女の子が気づいていても黙っていた事をわざわざ口に出してくれるわよね？」

　さて、ここからは徒歩だ。

　まだ見ぬ異世界、どんなトラブルが突発的に発生するかも全くの未知数なのだ。いつでも磁力ジャンプが使えるように美琴的にはスタミナをある程度温存しておきたいし。

　奴隷エルフちゃんがおでこの辺りに掌でひさしを作って遠くを見ながら言った。

「五大陸。

　四王国。

　三魔王。

　二女神。

　一関門。

　さっき言った関門っていうのは、こういう文脈で登場する単語なんです。古ぼけた石板にある、旅の詩に出てくるものですけど。確か、三大魔王というのを倒して重宝を三つ手に入れると、特別な『関門を開く』魔法の儀式ができたような」

　……見た目と違っておそらくウルトラ長寿であろう奴隷エルフちゃんの言う『古ぼけた』というのは、一体どれくらい昔の話なのだろうか？

　ともあれ情報源があったのは助かった。一応、食蜂の『心理掌握』で他人の記憶や石板などの残留思念を読み取る手も残っているが、この腹黒第五位お嬢が手に入れた情報をきちんと開示してくれるとは限らないし。冒険や謎解きのヒントに嘘(うそ)が混ざるなんて最悪も最悪だ。

「(……考えている事は分かるんダゾ?)」

「(へー『心理掌握(メンタルアウト)』効かないはずなのに不思議)」

ばぢっ!! とお嬢二人は(すぐ近くで無邪気ににこにこしている小さなパティシエットには絶対気づかれないよう)無駄な火花を散らしつつ。

ひとまず異世界の事は異世界の人に尋ねるのが一番だ。

「じゃあひとまず三大魔王とかいうのとバトルかー。ねえパティシエット、そいつらどこにいるの?」

「?」

何故(なぜ)かきょとんとしたまま首(くび)を傾(かし)げられてしまった。

かわゆい。

が、嫌な予感がする。

「あ、あの。三大魔王だっけ、連中の顔とか名前とかはー……?」

「さあ? 何しろ古い伝承ですから」

困った。

しれっと出てきた新情報によると、どうやら剣と魔法が全ての異世界は浮遊大地……いや大陸、陸? が五つもあるほど広大らしい。異世界で言う大陸のサイズ感はまだ不明だが、例えば地球のユーラシア大陸でシルクロードを歩いて横断するのにどれだけの期間が必要だっけ？　しかも魔王と言うからには人間ではない。人型なのか巨大生物なのか、あるいは普段は黙っているけど実はしゃべる肥大化したカボチャや米粒みたいに小さな虫の可能性まであるのだ。草の根分けて探すにしても候補の数が膨大過ぎるし、海の底にいる馬鹿デカい二枚貝とか顕微鏡サイズのプランクトンとかだったら草と草の間を覗いて調べる方法では一〇〇年経っても見つからない。

となると、

「まず必要なのはより確度の高い情報ね。最低でも名前とビジュアルくらいは絶対ほしいわ」

「異世界のキホンであちこち聞き込みするって言ったってぇ、年齢不詳で何百年も生きてる可能性アリなエルフちゃんでもうろ覚えなレベルの伝説力なのよね？　その辺の村人が知ってる話とは思えないんですけどぉ？」

ならば人間よりも、狙うべきは石板や魔道書などの滅法古い記憶媒体か？

主に残留思念を読み取れる第五位を馬車馬のように働かせる方向で情報収集していくしかなさそうだ。（もちろん腹黒女王が三度の飯よりお好きな嘘には注意するとして）こっちはせいぜい楽をさせてもらおうと美琴は心に決めたのだが、

「私より詳しい話だと、長老に聞くのが一番だと思います。石板や古い魔道書にも心当たりがあるかもしれませんよ」

「それってエルフの長老？」

「はい」

と、パティシエットが言った。

続ける言葉の物騒さには、しれっと言ってる小さなエルフ本人は多分気づいていない。

「でもそれなら早くした方が良いかもしれませんね。奴隷は短命な方が黒字になります。私と一緒に捕まって『仕分け』の際に離れ離れになっちゃいましたけど、買い上げられてから働き始めたタイミングまで同じなら、彼女もまた使い潰しの時期に入っているでしょうし」

ほんとにイヤな異世界だ。

エルフの長老とやらが売り飛ばされたというのは、ちょうど近くの村らしい。

帰還方法に関する情報、特に儀式に使うとかいう三つの重宝を守る三大魔王の詳細については是非とも欲しいし、何より奴隷貿易というのは話を聞くだけでムカつく。

奴隷エルフちゃんのパティシエットはきょとんとしていた。

何で怒っているのか心当たりがない、といった顔。

「まあ……」

その村、行ってみて損はないか。

9

しかしまあ、勢い込んではみたものの思ったよりも距離がある。

歩いても歩いても景色が変わらない。

大自然で生きるエルフの習性なのか何なのか、パティシエットは煉瓦（れんが）の街道を目印にしつつも、その脇にあるくさむらを歩きたがっている。アスファルトに慣れている美琴としては緑色の草原に赤い煉瓦（れんが）の道がまっすぐ引いてあるのはちょっと目が疲れるくらい相当目立つが、これは多分道を外れて遭難しかかった時にもすぐ復帰できるようにという配慮だろう。そう、ちょっと歩けばフツーに死にかけるかもしれないのだ、大自然丸出しの異世界は。

歩き慣れているのか、一歩前をちょこちょこ歩くパティシエットがこんな風に言ってきた。

「疲れてきた時が危ないんです。浮遊大地を歩く時は気をつけてくださいね」

「？　見渡す限り何にもない草原でしょ。凶暴な熊さんが徘徊（はいかい）している感じもしないけど」

『大陸刃』とかいう真空の刃がいつどこで発生するか分からんアブない異世界らしいが、気象変化は美琴のマイクロ波を使った反射波レーダーで察知できるので『いきなり死角から分厚い真空の刃が襲いかかってきて即死』もない。

が、

「一面背の高いくさむらだと、足元に穴が空いていても気づきにくいですから。足を踏み外したらそのまんま一番下の海まで真っ逆さまもありえます。叩きつけられたらたとえ海面でも普通に死んじゃう高さです」

「うっ」

今さらのように美琴は呻いた。

こんなだだっ広い草原でいきなり転落死とか、やっぱり地球ルールなんか通じない。広大で安定した浮遊大地を歩いているからといって、落下の危険はゼロではなかったのだ。例えばドーナツ状の浮遊大地だったら、内陸部を歩いて足を踏み外す、も普通に起きかねない。

美琴には磁力で浮遊大地にくっつく選択肢はあるが、それでもいきなりのパニックで操作が遅れればゴツゴツした崖の壁面に体をぶつけて手足くらい持っていかれかねないのだし。

「穴が空いている場所は空気の流れが違いますから、スカートの端に気を配れば危険は分かるんですけどね。いきなり下から風が吹いてきたら立ち止まって要注意です」

今まで一歩前を歩いていたのもそのためか。ため息を吐くと、誰も頼んでいないのに勝手に自分の命を使って毒見役を買って出る奴隷エルフちゃんの細い肩を摑んで後ろに下げる美琴。今までは頭上や周囲ばかり集中的に気をつけていたが、反射波レーダーについては背の高い草のせいで足元が見えにくい場合は地面にもぶつけておいた方が良さそうだ。

パティシエットの言動に悪意はないのだが、彼女のお作法や気遣いを鵜呑みにするのもそれはそれで危うい。被害者側なのに奴隷制度に慣れすぎていて、自分の命を軽く見る傾向があるのだ。美琴的には一刻も早く地球に帰りたいのは事実だが、それまでにこの強固なねじれを何とかできないものだろうか？

（『実験』当時、あの馬鹿は『妹達』相手にどうしていたのかしら……？）

「しっかし、世界共通の言語や貨幣があるっていうのはすごいわね。見た目は牧歌的なのに、グローバル化の話で言ったら私達の世界を超えているんじゃない？」

「……道具の解呪と武器に一時的な対アンデッド魔法をつけてくれる教会堂だっけぇ？　神話や思想が異世界全体でたった一つしかないのは地味におっかない話でもあると思うんダゾ」

科学万能の学園都市で暮らしていながら食蜂がそんな事を言う。

精神系の能力者だから、心理学とも密接に関わる神様関係についても思うところがあるのかもしれない。もちろんカリスマ性や群集心理の研究の極みとして。

「御坂さんってアレよね、神様はちっとも信じないくせにハロウィンやクリスマスは惜しげもなくはしゃぎまくる困った人よねぇ？」

「アンタみたいな極限洗脳腹黒悪女が今さら神様信じてるなんて真顔で言い出しても私は認めないわよ？　その気になれば、聖職者と顔認識をすり替えて自分を拝むように仕向ける事さえできるくせに」

「これだけのパーフェクトな美貌がただの偶然で生まれるとでも思って？　美の女神や勝利の

女神にでもちやほやされない限りこんな奇跡のバランスにはならないんダゾ☆」

「ヤオヨロズの神様とやらには脂肪の神ってのもいるんだ、へぇすごーい」

ちなみに異世界セレスアクフィアには科学という考え方はないようだ。学問＝自然環境に対する経験的な積み重ねと魔法の理屈に関するお勉強、らしい。

「科学がないって心が不安定にならないのかしら？　思考や理屈の土台がない気がするけど」

「？　女神様がいれば大丈夫ですよ」

にこにこしながら答える奴隷エルフちゃんのパティシエット。答えとして嚙み合っていない、と思ってしまうのは美琴が科学全盛の学園都市で暮らしてきたからか？

それにしても……。

いつまで経っても緑の地平線はそのまんまで、人工物らしきものは外灯すらない煉瓦の街道くらいしか見当たらない。見た目の変化がないので巨大なベルトコンベアを歩かされているような錯覚すら感じてしまう。

最初に人身売買お嬢と戦ったのが教室くらいの岩の上だったからか。近場なら浮遊大地だって小さいだろう、という先入観があったのは良くなかった。

普通にいきなり日本列島より大きな陸地とかち合ってもおかしくない訳か。

近隣の村に向かうという話だったが、アメリカやオーストラリアの内陸部など、世の中には『ちょっとそこまで』が数十キロまで延びる場所もある。広い草原を見て牛乳のＣＭっぽいと第一印象で感じたのは美琴自身ではないか。

元々異世界に住んでるはずのパティシエットが一番に諦めた。

「これ、今日はもう辿り着けないかもしれません。念のため野営についても検討してみるべきかと……」

「えっ、じゃあつまり今日はキャンプで一泊？　何それ楽しそう‼」

「絶対にイヤよぉ虫だらけの大自然で土の上に寝転がって野宿なんて！　剣と魔法が全ての異世界にも宿屋くらいあるでしょ。清潔力なシャワーとベッドがないと眠れないんダゾ‼」

第三位と第五位が真っ二つに分かれた。

キホンこの二人が一致して同じ目的地を見る方が珍しいが。

「あ、あはは。私は奴隷だから縁がありませんけど、冒険者向けの宿屋さんも宿屋さんでノミやダニがひどくて眠れないって話は聞きますよ？」

食蜂操祈がその場でうずくまり、両手で顔を覆ってめそめそし始めた。（見た目は）幼女な奴隷エルフちゃんに気を遣わせるとはアンタほんとに中学生か？

まあ中世ヨーロッパベースだとしたらゴミ処理インフラなどは乏しくポイ捨ても珍しくない。そんな表を歩き回って泥のついた土足でそのまま客室を歩き回るような衛生環境だろう。そして化学工場で作った虫除けスプレーや殺虫剤などもない。不特定多数の人が出入りする部屋なら布団や絨毯からなんか湧いて出ない方が生物学的にはむしろ不思議なくらいではある。

「暮れてきましたね。空飛ぶハーピーが甲高い声で鳴いたらすぐ暗くなりますよ」

夕方のオレンジが見えてからは早かった。

ぐっと光が落ちる。あっという間に街灯のない真っ暗闇がやってくる。

異世界冒険ツアー一日目にして立ち往生の香りが漂ってきた。

「ヤバいヤバいヤバい！　キャンプにしても準備ってもんがあるでしょうよ‼」

「うそっ、本当力にこのまま村に辿り着けない……。という事は今夜はこのまま原っぱで野宿コースになっちゃうのぉ⁉」

呆然と立ち尽くして何もしないインドア文明人なんぞに構っている暇はない。

陽の陰りに比例して視程がどんどん短くなっていく。草原にまっすぐ引いてある街道がド派手な赤い煉瓦じゃなかったらすぐさま目印を見失い、美琴達はパニックのままあらぬ方向へ突き進んで遭難していたかもしれない。

「どっ道路。とにかく街道はどこ⁉」

街道は集落と集落を最短で結びつつ、一番歩きやすい地形を選んで通してある。そして途中の道でも、水辺や焚き火用のスポットなどをいちいち拾う形にしてあるはずだ。

赤い直線をなぞるように歩いて美琴達は何とか大きな湖まで辿り着いた。ただテントも毛布もない。太陽の光が完全に消える前に革のトランクの錠前を開け、使えそうなものを探る。

服と服と化粧品と服と現金らしき金貨だけだった。

「マジかよう」

呆然と美琴は呟いてしまう。

火を熾すだけなら電撃少女御坂美琴がいれば何とでもなるが、

「これって夜冷え込んだら豪華なドレスの山を燃やして暖を取る羽目になるの？　一気に文明レベルが落ちたんだけど……」

大量の札束抱えて雪山で遭難した銀行強盗の気分だ。

ていうか最低限の干し肉や瓶詰の漬物といった異世界保存食すらない。

お菓子くらい持ってないのかお嬢様のくせに!!

「ああもうっ、『あの』学園都市でカップ麺かチョコバーくらい買えば良かった……ッ!!」

美琴は嘆くが、今から引き返すのも難しい。

シンプルに暗いのもそうだが、とにかく目印になるものがない。何しろ二四時間コンビニや牛丼屋が開いていて、そこらに大きなランドマークが乱立している大都会の夜とは違うのだ。しかも基本的に浮遊大地。真っ暗闇の中を手探りで進んだ結果、いきなり足を踏み外して陸地の端から真っ逆さま、だけは絶対に避けたい。陸と陸は常に動いてて距離感も分からんし。

数十メートルくらいの開きであれば、浮遊大地から浮遊大地へは美琴の磁力を使って跳躍できる。マイクロ波の反射波レーダーがあればある程度は暗闇の中でも地形は把握できる。それでも美琴の能力は『空を飛ぶ』ではなく『磁力で吸いつく』だ。目測を誤って本当に何もない虚空に身を投げてしまった場合、そのまんまリカバリーできず一番下の海まで真っ逆さまも起こり得る。つまり下手すりゃたった一回のミスで即死だ。

(……ひとまず水はあるし、最悪ご飯は我慢かなー。それより寝床を作る方が正解よね)

ふと美琴が振り返ると食蜂操祈が消えていた。

「？」

野宿確定に心が折れて闇雲に走り出したのだとしたら見殺しにしよう、と心に決めた美琴だったが、どうやらそういう訳ではないらしい。

水辺。

具体的には広大な湖らしき水面からばしゃばしゃという変な音が聞こえた。

第五位の女王だった。

「あぼぼッがふ⁉　ちょぶ、これ、どうなってんの御坂さ、あぶあ‼」

「……あのドスケベおっぱいは何やってんの。イロイロ耐えられなくなって入水自殺とか？」

「違いますよ引きずり込まれているんです。ほっほら、水面からいっぱい飛び出していますよにゅるにゅるしたのが。あれ多分クラーケンさんの触腕です‼」

見れば確かに人間の腕より太いにゅるにゅるしたのがたくさん出ていた。側面にびっしり吸盤がついているし、イメージ的にはタコさんとかイカさん系。あんなの体に巻きつけられたら取り外すのは相当苦労させられそうだ。あの運動音痴、精神系最強だろうが物理で攻撃されれば一発だし。

バカの巻き添えで一緒に捕食されたくないのか、寝ぼけ眼のシルフ？　ウンディーネ？　とにかく半裸で半透明な女の子達が騒ぎを嫌って湖から陸の上に逃げていく。

「ふーむ」

どうも総合するに、お色気担当が足首摑まれて太い触腕で水辺に持っていかれたらしい。がんばれ食蜂操祈。

浜辺に打ち上げられた水死体にびっしりエビやカニなんかの海洋生物がへばりついているところからもお分かりの通り、ほんとにガチの巨大生物なら身動きが取れずに抵抗もできないお肉の塊なんぞ情け容赦なくガツガツ貪り喰らいにくるだろうが、せいぜい自分で努力して流血スプラッタは回避しておくれ。ヒント・丸呑みならそんなにグロくないぞ☆

「あうあう。はっはやく何とかして食蜂サマを救出してあげないと……」

「ねーエルフちゃん？　どこぞのバカ女王はもう諦めるとして、誰か新しいお友達を作った方が手っ取り早いとは思わないかなー？」

「わああ――――――――――――――――――――――――ん!!!!!!」

にっこり笑顔の提案に心優しいパティシエットが大泣きしてしまった。

美琴的には食蜂が藻屑となる分には一向に構わないスタンスなのだが、まあ、それで小さな奴隷エルフちゃんを困らせてしまうのはアレか。

（さてどうしたもんかしらね……）

水辺の巨大水棲生物に『雷撃の槍』をぶつけると捕まっている食蜂まで感電しそうだ。水浸しで高圧電流をお見舞いすると多分フツーに死ぬと思う。

「うーん、考えるのがメンドイ。ていうか馬鹿馬鹿しいわ。やっぱりやるだけやって感電死しちゃったらその時はパティシエットに謝るのが最短かなー……」

「ぶえっ、聞こえてんのよぉ！　げほごほっ!!」

スパンッ!!　と。

直後に食蜂操祈の胴体に巻きついていた吸盤だらけの触腕が鋭く切断された。

砂鉄の剣。

高速振動する砂鉄の塊を鞭のように分解して振るったのだ。それはチェーンソーに似た切り口であらゆるものを切り裂いていく。

クラーケン？　とやらの触腕は一本ではない。

痛みで暴れて大きな湖全体が蠢いた。

「邪魔よ」

何かされる前に、であった。

黒が翻って縦横無尽に全ての触腕を切断する美琴。暴れ回るクラーケン本体が水面を突き破って顔を出した。ほんとにデカいイカだ、淡水にイカが棲んでるとは流石異世界。正直美琴にはイカさんのどこが頭でどっちが胴かいまいち自信ないが。

トドメに親指でコインを弾き、『超電磁砲』でクラーケン本体をバラバラに吹き飛ばす。

ぶぴゅう!!　と闇の中でも蛍光黄緑に輝く謎の粘液が爆発的に飛び散った。

（なにあれっ、毒!?）

「うわあっ!?」

とっさに近くにいたパティシエットに覆い被さって庇う美琴。

じゅう、と蒸気に似た音があった。

どっちかというと酸の方に近いのか。

見ればようやっと吸盤触腕から解放された食蜂操祈の夏服があちこち虫食い状態になっていた。妙なグラビアっぽくなっている、のではなく、服だけ選んで溶かしているのだ。

「なにそんな徹底してお色気しなくちゃ気が済まないのかアンタ!?　裸ハンドバッグとか新感覚すぎてどこも隠れていませんけど！」

「いやいや御坂さんこそ背中一面制服だけ溶けているんダゾ！　なにそれ裸エプロン状態!?」

手遅れだった。

ぼろっと何かが外れるような感触がしたと思ったら、支えを失った衣類の残骸が全部剝がれ落ちた。下着まで全部。

これで髪にも肌にも一切影響が出ないとは逆に不思議だ。

「とっとことん女の敵かあのにゅるにゅる!!」

顔を真っ赤にして叫ぶ美琴。

一応は第三位が体全体で庇(かば)ったのもあって、パティシエットだけは無事だったのがせめてもの救いか。

事情通の奴隷エルフちゃんは言った。

「えっと、人身売買の人はちょっと隣街に行くだけでも服五着は欲しいって話をされていましたけど。何かと破けたり溶けたりするので」

「いくら何でも女の子の服だけ壊れすぎでしょおドスケベ異世界ッ!?」

奴隷エルフちゃんのワンピースがボロボロだったのはこういう理由もあったのか？　トランクの中が服ばっかりだったのだって、何も年上お嬢様の贅沢趣味(ぜいたくしゅみ)『だけ』でもなかったのかも。

夏服どころか下着や靴下までやられてしまった地球産全裸少女二名としてはたまったものではない。

これが異世界の洗礼か。

10

学校の夏服がなくなってしまった以上、頼りになるのは例のトランクだけ。

とりあえず湖で全身に絡みつく蛍光黄緑の粘液だけ水で落とすと、素っ裸のまま奪った手荷物と向き合う美琴と食蜂。確認するが夜の草原、お外である。

のだが、

「んぅ？　あれ。なんか様子力がおかしい。ドレスのファスナー、開かないんだけどぉ？」

「壊れてんのかしら。こっちのボタンもキツくて外せないわよ……」

えっと、とパティシエットが申し訳なさそうに呟いた。

何かあるらしい。

「装備適性ロックじゃないですか？　前にもお伝えしたと思うんですけど、職業とレベルによって装備できる武器や防具は変わるんです。なので、御坂サマは《女戦争士》の、食蜂サマは《踊り子》の範囲内にある装備しか身に着けられない仕組みになっています。セレスアクフィア的に」

「「……、」」

なのでこうなった。

御坂美琴は防御力ゼロ。カミナリカラーの青いビキニ型装甲を纏うだけになった。

「……あれ、幻覚かしら。いたたたた、頭が痛い。ずっ、と、前にもこんなの着た事あるような？」

食蜂操祈は黄色と黒をベースにしたミツバチ系踊り子さん衣装を着るしかなかった。

「く、屈辱だわ……。へそ出し、ビキニ、さらには腰の前垂れ……。何でこの私がこんな宝石だらけのひらんひらんですけすけ祭りにならなくちゃならない訳ぇ⁉」


ぱちぱちという拍手があった。

奴隷エルフちゃんのパティシエットだった。

反応が無邪気であった。

「わあっ、とってもお似合いですよお二人とも！」

「「やめて全然嬉しくない‼」」

涙目で叫ぶ美琴と食蜂だが、パティシエットはきょとんとしていた。どうも美的感覚が地球と全く違うらしい。肌面積が多いほどお洒落でスタイリッシュ（笑）とでも言うつもりか？

ちなみにそのパティシエットは新しく着替えをするのは辞退していた。ボロボロのワンピースなのに。一瞬、また変な遠慮があるのかと思った美琴だったがそういう訳ではないようで、

「うーん。人間サマの作った衣服だと肌がチクチクして着心地悪いんですよね……」

「？」

恥の意味では死にたいレベルだが、少なくとも着心地が悪いといった感触はしない。（胸し

か覆わない）鎧の内側にはきっちりシルクで内張りしてあるほどだ。流石は金持ちが拵えた衣類というか、サイズは合っていないはずなのに裁縫いらず、魔法とやらの力でひとりでにフィットする高機能装束。そうなると、これはエルフ特有の感覚という話になるのだろう。

ちなみに人身売買お嬢、戦力についてはほぼ完全に魔法に頼り切りだったようだ。護身用の武器っぽいものは六〇センチくらいの『杉のぼうきれ』しかない。そこはせめてケチらずに檜にしてほしかった。まあ鍵のかかるトランクの中に突っ込んでしまっている時点で、いざ盗賊に襲われた時すぐ取り出せないのだから全く信用していないのだろうが。

「水辺は注意しないといけませんよ。うっかり川や湖に落ちると『全ての河川は一番下の海まで繋がる』ですからね、浮遊大地の端まで流されたら後は滝から真っ逆さま確定です」

「うっ」

必ず死ぬときたか。

水辺は元々溺死の危険を孕むものだが、地球とは死の密度が全く違う。

「それに、滝に打たれて修行するーなんて言っていた人に、上から流されてきた落とし物が直撃して頭がパッカリなんて話もあるみたいです。割と頻繁に。怖いのは水棲生物だけじゃないって訳ですね。めっ！」

そんなお言葉を聞きながら食事の準備を進めていく事に。

ビキニ鎧の美琴は切り飛ばされて陸地に落ちていた太い触腕を掴んで引きずり、

「じゃあこれイカ焼きにしちゃおうか。貴重なタンパク源」

「うおおおおい服だけ溶かす謎のドスケベ毒生物を胃袋力に収めちゃうつもりぃ？」

「アンタの大好きな化学薬品不使用天然素材じゃない。ケダモノ系と違って火を通すだけでそのまま食べられるんだもの、私は絶対こいつにトライするわ。まあ、嫌ならその辺の雑草でも選り分けてお好きなようにディナーを作ったら？」

ちなみに雑草の定義ははっきりしていないが、一般的には食用、鑑賞、動物飼料用など有益な使い道がなくて繁殖力の強い植物全般、という事になる。

食べても胃や腸では吸収しにくいくらいならカワイイもので、普通に毒を持つ草花も珍しくない。まして異世界サイドで初めて見る植物の性質なんぞ予測のつけようもない。

「あ、あっちにヒツジさんやヤギさん系の群れがいなかったっけぇ？」

「アウトドア〇点。皮を剝いで内臓取って血抜きして熟成まで挟んだら美味しく食べられるようになるまで何日もかかるわよ。きちんと製品化された食用肉だって牛や豚と比べてクセが強くて人を選ぶっていうのに、捕まえてその場で調理なんて絶対ムリ。口いっぱいに広がる鉄錆びの味と肉の臭みを我慢できるって言うなら止めないけど」

パティシエットがどこかを指差した。

二本の脚で太い木の枝に留まって屈み、器用に居眠りしているのは、おそらく巨大な鳥の翼を持つ半裸の女の子だ。イメージ的には天使系というよりはセイレーン系。

「アレは食べないんですか？」

「……ああうん、食べる食べないの線引きって良く考えたら結構傲慢だけど、でもアレは絶対ムリ許してお願い」

デカいイカに集中しよう。構造は不明だが、元々髪や肌には一切影響がない粘液だ。そういう意味ではクラーケン、今のところ人の体には問題ない事が証明された唯一の異世界食材とも言える。

ばちんっ！　と。

高圧電流を使い、集めた枯草に着火してデカ触腕を炙り焼きにする美琴。この太さだと中まで火は通らないかもだが、表面に噛みつくだけでも十分お腹に溜まりそうだ。

と、何やら奴隷エルフちゃんが慌て始めた。

小さな両手をわたわたさせながら、

「わっわわ私は奴隷ですっ、そんな衣食住で皆様のお手を煩わせてしまってはイライラ回数に応じてこちらの歯を大きなペンチで引っこ抜かれてしまいます！」

「大丈夫よ!!　全体的にハードすぎるわこの異世界！」

しかしここまで恐縮していると、いきなり奴隷エルフちゃんに食べさせると目を回して後ろにぶっ倒れそうだ。

一応、美琴としても元々ちょっとした考えがあったので矛先を変えた。

「ほれくたびれ女王。アンタが一番疲れてんだからさっさと栄養補給しなさいよ。多分ここが美味しいトコ」

「ううー」

「ヘビ毒ハチ毒サソリ毒。こういうタンパク質由来の動物毒は熱を加える事で構造が変化して無害化されるって例は少なくないわ。見た目がグロい珍味を食べても病院に担ぎ込まれないのはつまりそういう事でしょ？」

「まあ、確かに、そうだけどぉ」

がぶり、と最初の一口に挑む《踊り子》食蜂。

そのまま口をもぐもぐ動かして、

「んーう。悪くない、っていうか普通にイカ焼きだけど、これ調味料が欲しいところよねぇ。そのまんまだとちょっとは甘味はあるけど、それでも味が平坦で感情なくなっていくんダゾ。お醤油とバターがあれば縁日テイストにできそうなのにぃ」

「？　なんか偏った経験値ね。ラーメンまともに食べた事もないアンタが何で屋台のイカ焼きなんて知ってるの？」

「とある男の子との思い出から☆」

「……そして食蜂が食べてちょっと経っても泡噴いて倒れないって事はひとまず毒ナシね。フグの何十倍も強いソウシハギの毒素やコブラの一〇〇倍以上ヤバいイルカンジクラゲの毒針みたいに加熱くらいじゃ消えない頑丈な猛毒とかなくてほんと良かった。ほーらーパティシエット、大してあてにならない理屈に食蜂が乗っかってデカいイカの安全は証明してくれたからあいつが口つけてないこっち側からがぶーっとやっちゃおーう♪」

ちょっとぉ!!　と涙目で第五位が叫んだが後の祭りである。

美琴も同じ一本の触腕にかぶりついてみた。

確かに食蜂の言った通り、調味料が欲しくなる。特別不味いという訳ではないが、こう、味の薄いガムをひたすら噛み続けてムリヤリ喉の奥へ呑み込んでいくような苦行に思えてくるのだ。それでも飢餓と疲労で苦しんで旅先で急に座り込んで動けなくなるハンガーノックに陥るよりはマシだろうが。

「美味しいですこれ。あむあむ、こんなの食べた事がありません」

奴隷エルフちゃんは満面の笑みだった。バースデーケーキ級の。

褒められても美琴はあんまり嬉しくなかった。

パティシエットに裏表はないのだろうが、こいつが『美味しい』ときたもんだ。だとすると、むしろ助ける前は一体どんな食生活を強いられてきたのかの部分が不安になってくる。

そしてお泊まりだと自然とこういう話になっていくのか。

「学園都市？　の話をお願いしますっ。御坂サマや食蜂サマの地元の話が聞いてみたいです」

「うーん……」

話自体はいくらでもできるのだが、あっちもあっちで別に褒められた世界ではない。さて、奴隷エルフちゃんに話しても楽しんでもらえるのやら、だ。

焚き火で体を温めながら頭上を見上げると、夜空には月と無数の星々が広がっていた。中途半端に星空が黒く欠けているのは、大きな浮遊大地が頭上に差しかかっているからだろうが、それにしたって星の数が多い。

そして気づいた。

「やっぱり星座が全然違うわ……。ここって地球じゃないのね。方位磁石を作っても北を向くとは限らない、異世界かぁ」

「それよりこれからどうすんのよぉ。我が家にはテントも毛布もありませんけど」

「今夜は思ったより寒くならないみたいだから別に風邪なんか引かないでしょ。トランクの中にドレスが色々あるから丸めて枕でも作ったら？」

風邪。

……異世界特有の目には見えない風土病とかなければ良いのだが。あるいは逆に、こっちから異世界サイドに感染症を持ち込むなんて話になるのもイヤ過ぎる。

剣と魔法がものを言う異世界がもし虫歯の存在しないパーフェクト時空だったら申し訳ない事この上ないが、こっちもさっさと帰還するために努力するのだ。黙っていても帰れない以上は行動あるのみ。最低限のリスクには目を瞑ってもらうしかない。

むしろ、病原菌うんぬんならこの地でうっかり死んで屍をさらす方が格段に危ないのだし。

「ちくちく……」

すぐ近くだった。

ドレスを丸めて枕にしてるパティシエットから、初めて愚痴のようなものが聞こえてきた。

そういえば人間の衣類は肌に合わないのだったか。

11

ぎゃっぎゃー、という半裸の有翼少女ハーピーの鳴き声で美琴は目を覚ました。

朝起きるとなんか生臭かった。

御坂美琴は知らない毛皮にくるまっていた。ちょっと離れた場所で生皮を剥がれて絶命した巨大モンスターが転がっている。ライオン、山羊、蛇などの特徴が混ざり合った、一〇メートル以上の巨体。キメラさんですよあれ、と奴隷エルフちゃんが目を丸くしていた。

「これなに？」

寝ぼけた頭でビキニ鎧の美琴は考える。

どうやらキメラ？　は夜中、夜行性のケモノっぽく音もなくこちらへ接近していたようだが、美琴は美琴で眠りこけたまま夜に肌寒さを感じるままに『砂鉄の剣』を使ってもこもこした毛皮を剝ぎ、そのまんま毛布のようにくるまってしまったらしい。学園都市の奥にいるキメラクリーチャーの語源ってコレだったのか。

もはや意識のあるなしなんて関係なかった。

抱き枕感覚で美琴に巻き込まれ、同じ毛皮に包まれていた奴隷エルフちゃんはちょっと呆然とした感じで呟いていた。

「……ね、寝ぼけの矛先がちょっと変わっていたら耳を削がれて生皮剝がされていたのは私の方だったんじゃあ……？？？」

声が寝起きな感じではないので、大自然で暮らすエルフは全体的にショートスリーパーなのかもしれない。こう、何かあればすぐ気づいて飛び起きる草食の小動物っぽく。そして美琴は容赦なく寝返り一つでそんなパティシエットに抱き着いたのか。

「食蜂起きろっ、朝ご飯の時間よ。言っておくけど私アンタの食事まで作るつもりないから自分の分は勝手に調達しなさいよー」

返事がやってこない。

生き物としての本能がゼロになってまだ寝てんのかと思ったが、そういう訳ではないらしい。

どこにもいなかった。

（あいつ一体どこに

「きゃあああああああああああああーっ‼」

なんか離れた場所から聞こえた。

あの女は断末魔の叫びまでドスケベ系なのか？　あれだけ水辺は危ないってゆってんのに。

奇麗好きでお風呂(ふろ)好きらしい食蜂操祈が、またもや水辺で奇襲を受けていた。しかも今度は自分から踊り子衣装を脱ぎ捨てて素っ裸(すっぱだか)だ。今は威嚇する猫みたいにモンスターとじりじり睨(にら)み合(あ)っているが、片方が清々しい朝の陽光を浴びて素っ裸(すっぱだか)だとものすごく間抜けであった。

半透明で粘液状の丸い謎生物。

蛍光黄緑はドスケベのサインなんだろうか異世界セレスアクフィアでは。ピンクじゃなくて。

サイズは大体コタツよりちょっと大きいくらい。

見た目はコミカルだけど、アメーバに似た原始的な生き物の香りがする。つまり半透明ゼリー状の体の中へ取り込まれたら最後、そのまんま肉や骨ごと消化にきそうでちょっと怖い。

「何なのよこれ何で私だけ……。内部力の確率壊れてんじゃないのこの異世界ぃ⁉」

(さーてどうしよっかな。一応は助けるか、それともこいつオトリにしてさっさと逃げるか)

「『心理掌握(メンタルアウト)』使ってないのに御坂さんの心の声が聞こえる」

「……まあ今後もスケベなエサ役としてキープしておけば、その分、私とパティシエットはイロイロなハプニングを器用に回避できそうだから助けておこうかしら。活(い)きの良(い)い捨て駒として」

「こらぁ‼　あなたも中学二年生なんだから顔で笑って心で泣くくらいの協調性は覚えた方が

良いと思うわよ御坂さぁん！」

特に誰も頼んでいないのに自分から勝手にお外で素っ裸になる方が悪い。もうお天道様出てんだぞ。

この極限ドジはある意味で貴重なチャフやフレアだと考えよう。

美琴は『砂鉄の剣』を鞭状に展開して、食蜂へじりじりと距離を詰めようとしていた粘液どもをぶった斬って始末する。

カラフルなでろでろ粘液だけど、一応は弱点みたいなものはあるっぽい。半透明ボディの中にもう一個、色の濃い小さな塊が見えるのだ。

（……一応生き物のはずなんだけど、このあっさり感は一体何なんだろ？）

戦っている時は気にならないが、冷静になると後からぞっとする。

あるいはエルフとだって戦えば『こう』なるのか？　と。

ひょっとすると異世界の人間が奴隷を躊躇なく売り買いしている元凶みたいなものが、ここにあるのかもしれない。

「これ野良のプライムさんじゃないですね……。昨日のクラーケンさんの体液が時間を置いて別の生命体に転じたのかもしれません」

「えっ。私達、触腕ごと焼いて食べちゃってない⁉」

「普通にお腹の中で消化されていると思いますよ。というか動き出している粘液は陸地に跳ねたわずかな血痕だけで、湖の中にあった大多数はそのまま希釈されて消滅しているみたいですし。ある程度の塊が陸地で風を浴びて、乾いてベタついてくると危ないんだと思います」

「……それにしても、死んでもひたすらドスケベの道を突き進むなんてはた迷惑の極みね」

ちなみにでろでろも死んでしまえば食物連鎖の中に組み込まれるらしい。エサを求めて小魚達が岸の近くまで群がってきた。

今日の朝食には苦労しなさそうだ。

12

さて、今日こそ近隣の村までは辿り着きたい。

キャンプ生活に明け暮れてると時々目的を忘れそうになるが、美琴と食蜂は今現在死にかけ幽体離脱で（バカ女神の手違いで）半端な異世界転生の真っ最中であり、その目的は地球への帰還となる。特別な帰還魔法の儀式には三大魔王を見つけて倒す必要があるっぽいが、連中の詳細は不明。とにかくパティシエットより詳しい情報を知っているであろうエルフの長老さんを見つけて助けないと話を聞けない。なので長老が売り飛ばされた村に向かっているのだ。

「くそー、時間があれば干物にしてやるのに」

名残惜しいがここで小魚は焼いて全部平らげるしかないようだった。

「……でもそうか、科学技術が未発達って事は冷蔵庫も合成の添加物もないのか。せいぜい網かけて井戸や川の水で冷やすくらい？　地味にヤバいじゃない。食の安全どうなってんの」

「全世界的に化学薬品不使用なんて健康的で良い異世界じゃなぁい？　やっと一個だけでも良いトコ見つかってホッとしてるんダゾ☆」

そんな訳あるか。

輸送時間が長くて殺菌技術が甘い異世界だとしたら、いよいよ食中毒が心配だ。食品ロスの話をしたら、コンビニやスーパーで毎日ドカドカ期限切れ食品を捨てている学園都市より牧歌的な異世界の方がロスは多いんじゃないだろうか？　少なくとも学園都市では『お店へ到着する前に全部ダメになって大量廃棄』はないんだし。しかも『こんなにたくさんの人が一度に倒れるなんて、これはきっとたたりや呪いが原因だ』なんて話になったら、ろくに原因究明もしないで延々と同じ間違いが繰り返されてしまう。

魔法とやらが誰でも普通に使える異世界も善し悪しだ。目には見えない事実の誤認や、もっと言えばインチキを見破って周囲に納得させるのもそれだけ難しくなってくる。

地味に今後が心配になってくるが、とにかく出発進行だ。

パティシエットの話では、この浮遊大地のどこかに『近隣の村』があるらしいのだが、

「ううー」

なんかきた。

美琴はできるだけそっち見たくないが、トラブルメーカーの存在はもう確定だ。

そもそも食蜂は本格的なアウトドアどころか基本的なお散歩すら慣れていない都市型ハイパーインドア人間である。

（エルフの子が煉瓦の街道を歩きたがらないのも含め）こんな舗装もされていない、木の根や石ころでうねうね盛り上がった森や草原を歩くのは地味に堪える。（本来なら激しくステップを踏むはずの）《踊り子》さんなのに何故か足回りはハイヒールだし。筋肉痛は翌日にクる、というのもある。そして汗だくでくたっとしてる食蜂操祈は手近な獲物へゾンビのように覆い被さった。

御坂美琴の背中だ。

「ねえ御坂さん疲れたお願いおんぶぅー……」

「っ？　やめろこの妖怪おっぱいおんぶお化けが‼　重くて疲れる⁉」

「ご褒美をいただいて幸せだと言いなさいよぉ。これぞ青春だと」

「……この私がキサマの脂肪に一体何を期待すると？　むしろ火に油を注いでるわこの無駄な贅肉のカタマリ二つ‼‼‼」

そして弱肉強食のこの異世界では、弱い方から順番に狙われていくルールがある。

草原の中でも背の高いくさむらをがさごそかき分けて、モンスターが顔を出した。

たくさん頭のついた大蛇だ。頭部を上げると三メートルくらいの高さから見下ろされる。三メートルっていったらほとんどこっちの身長の二倍くらいはありそうだ。

大蛇については婚后光子のペットでちょっと慣れてる美琴にはある程度の耐性があった。

食蜂操祈は見上げたまま結構マジで硬直しているっぽいが。

「なにこれヤマタノオロチ？」

「ヒュドラですよヒュドラさん!!」

「うーん、大量のヘビさんに全身絡みつかれて超締め上げられる女の子はなかなかニッチなシチュエーションだと思うけど、ほら任せたドスケベ担当。オトリオトリ生き餌生き餌」

「ちょっとぉ！　人間以外に『心理掌握』は効かないって分かっててパーフェクトな美の女神に押しつけてるわよねぇ⁉」

恐怖に駆られた食蜂が本気で美琴の背中にしがみついてきた。

異世界だとほんといつも以上にポンコツな人はただただおっぱいが鬱陶しい。

「このままでは食蜂サマが……。やっ、やーっ!!　あっちに行ってくださいヒュドラさんっ」

パティシエットがその辺の木の枝を折ってダーツみたいに投げていたが、ダメージは多分皆無だろう。というか倒すのではなく、追い払って双方生き残りたいだけかもしれない。ただ凶暴なケダモノを下手につついたらどんな反応が返ってくるかは言うに及ばずなのだが。

（あーあ、やっぱ私がやるしかないか……）

パティシエットによるとウワサのヒュドラさんについては半端に首を落としても頭が二つ生

えてくるらしいので、『超電磁砲(レールガン)』を使って、枝分かれする前の蛇さんの根っこの部分を粉々に吹っ飛ばす。

爆音と衝撃波に慣れてきたのか、もうなんかパティシエットが呆(あき)れていた。

「うええ。今ので一気にレベル10くらい上がっても不思議じゃない経験値ですよあれ」

「いらないわよ。絶対能力(レベル6)以上なんてむしろ怖いわ爆発しそうで」

赤い煉瓦(れんが)の街道を目印にしつつも何もない草原をさらに歩きながら、だ。

手持無沙汰になった美琴がこう尋ねた。

「前に、神話や宗教が異世界で一個しかないって言っていたけど、具体的にどういう話なの？」

パティシエットはにこにこ笑いながら言った。

「女神様ですよ。二つの女神様がとにかく人気が高いんですっ」

その女神様が奴隷エルフを助けてくれる事はなかっただろうに、それでも構わず。

「二つの女神様は永遠に争っているんです。でもこの世界セレスアクフィアは女神達の戦いが生み出す膨大なパワーによって正常に回す力を得ている、だから女神様が戦うのを止めてはいけないんですよ。普通の人が不遜にも女神のレベル上げに手を出すと天罰で体が爆発して身を滅ぼすって伝承もあるくらいですし。そして本当にこの世界が危ない時は、見えない壁を突き破って女神達が助けに来てくれるんです。もちろんお互いにいがみ合いながらね」

「ふうん。大女神信仰ってヤツかしらぁ」

「なにそれ？」

「一つの神話の中にたくさんの神様を抱えた多神教神話でも、女神様が一番偉いって考え方。太陽の女神だったり、生産の女神だったりダゾ☆　実はそんなに珍しくもないわ、日本の神社もこの系統だしぃ。一番てっぺんは太陽神アマテラスオオカミ様でしょ？」

「はあ」

だから一体何なのだ。

胡散臭そうな視線で先を促すビキニ鎧の美琴に、踊り子衣装の食蜂もまた肩をすくめて、

「つまり元々、こっちの異世界じゃ特殊な力を持った二柱の女神がぶつかり合う話があったって事よぉ。それも、見えない壁をブチ破って、どこかよその世界からやってきた女神達がね」

「おい……」

「がっつり当てはまっちゃっているわよねぇ、私達。自分で言うのはともかく人様から本気力で女神サマ扱いされるのは流石にくすぐったいけど」

奴隷エルフちゃんはにこにこしていた。

……これまで結構な勢いで暴れてきたはずだが、そういえば小さなパティシエットが美琴や食蜂に脅えて逃げ出す素振りはない。女神達が戦うのを止めてはならない、だったか。だけどあんな怪獣バトルをやってやってとせがまれてもそれはそれで困ってしまうが。

「学園都市にあったっていうカルト宗教、どういう構造力の教義なのかもうちょっと詳しく調べておいても良かったんじゃない？　下手したらそのまんまかもしれないしぃ」

つまり科学全盛の中で生まれたカルトではなく、そうとは知らずに大きな異世界側の神話や宗教に小さな学園都市側が染まっていた可能性もある訳か。

これ自体も結構ぞっとする話だが、でも美琴的には別に気になる事がある。

「えっと、い、いそれだけ？」

「？」

「いや、異世界セレスアクフィア独自の神話なんて言うからてっきり魔法だっけ？　アレの根っこに関わるテクノロジーの由来とか説明くらいは当然あると思っていたんだけど……」

少なくとも、誰かが授けたやら属性ごとの神がいるやら、魔法がどういう理屈で動いているか説明するくだりはなかった。火・水・風・土、斬撃・貫通・殴打・絞扼とかスーパー・ウルトラ・レジェンドとか、ああいう話の『根拠』はどこ行った？

「ちょっと待って。じゃあ仕組みってないの？」

一番嫌な可能性がこれだった。

「少なくともこの異世界じゃ魔法って名前のテクノロジーは確かにあって、そいつは使い方次第では人を殺せる力なのよ。しかも資格も免許もいらない、手順さえ踏めば誰でも自由に使えるザルっぷり。これで実は中身がありませんってマジか!?　どれだけ危ないもので溢れ返った異世界なのよ‼」

「……ぶっちゃけ、嫌な予感はしているんだけどねぇ」

食蜂は食蜂で慎重そうな口振りだった。

自分では認めたくないが、でも不安は他人と共有してほしい、とでも言うか。

「すっごくテレビゲームっぽいのよ、この魔法。言語や一〇進法がそのまんま共有されている、んだもの。まさかとは思うけどぉ、地球製のエンタメが歪んだ形で輸入されてきたって話はないわよねぇ？」

ただのゲームなら実際に発動してたまるか、そんなヤケクソ魔法。

と言い切れるのは、あくまでも地球での話だ。

何しろここは大地の殻が丸ごと浮かんで海しかない異世界。基本的な自然法則や物理ルールすら違う以上、剣と魔法が全ての異世界セレスアクフィアでは地球の当たり前なんぞ一個も通じない。

たまたま何かの歯車が噛み合ってしまって、経験則からの発動を許してしまったら？

例えば微生物や細菌の存在を何も知らなかった中世ヨーロッパの人々が、それでも全く気にせずワインやチーズを自由自在に作っていたのと同じように。

本当の法則は、誰も知らない。

だけど毎日神に祈って愛を注げば美味しいパンが焼けると考えるだけで、イースト菌の知識なんてすっ飛ばして実際にハイテク工場よりもふんわり美味しく作れてしまう職人もいる。

「んぅ？」

そこで美琴は呻く。遠くの方に誰かが見えた。

こちらに向かってくる。

同じ煉瓦の街道を歩く旅人だろうか？　美琴は気にせず先に進もうとしたが、

「わっ」

奴隷エルフちゃんが慌てて自分の長い耳を両手で掴んで隠そうとした。

ただの通行人ではない。

遠くから、明確に、人に狙いを定めてゆらりと歩いてくる男達を見て脅えている。

血の気の多い男達はすでに獲物をいたぶる気分なのか、にやにや笑いを抑えられずにいる。

「け、警邏の皆様ですっ。彼らは人間とエルフが並んで歩く事も認めませんっ」

「認めないから何なのよ」

ざっと一〇億ボルトで吹っ飛ばして黙らせる。

唖然とする奴隷エルフちゃんに、美琴は人差し指を立てて片目を瞑る。

「どう見たって武器持ったアブないヒマ人じゃない、あんなのが喚き散らすだけのルールなんぞいちいち従う必要ナシ。決まり事ってのは誰がどんな風に作っていったかまでいったん考えてみないとね。言う事聞くのはそれからでも遅くはないわ」

クソ野郎を倒せばおしまいではない。

もっと難しい戦いは、きっと小さなエルフが自分で乗り越えるべきなのだ。

13

そこからもう少し歩いて、だ。

お昼になるまでには到着した。

「ひい、はあ……。あ、甘いお菓子と冷たいお茶はどこぉ？」

「運動した分だけ食って肥え太る気？」

小さな村だ。これまでと違って人工物がある。

集落を見つけてもいきなり近づこうとせず、二キロくらい手前でゆっくりと屈む美琴と食蜂。

まだ村まで距離はあるが、それでも辺りにいるハーピーやミノタウロス達が美琴達を避けてぎゃあぎゃあ動き回ると異変を察知されるリスクがあるので警戒を怠ってはならない。

奴隷エルフちゃんだけ突っ立ったまま首を傾げていた。

これくらい小さければあんまり問題にはならないが。

「あの？」

「しっ」

……何しろこっちは脱走扱いの奴隷を連れ歩いている身の上だ。異世界サイドの住人から歓迎されないのは確実。どういう情報伝達手段があるかは不明だが、例えば事故現場にいた人身売買お嬢から近隣の村へ伝書鳩や念写の魔法（？）なんかでメッセージでも飛んでいれば、美琴達の人相書きが伝わっているリスクすらある。

なので、まずは遠くから観察だ。

あそこに売り飛ばされたエルフの長老が本当にいるかどうかの確定は最初に取っておきたい。その上で、村人達の様子を見て正面から笑顔で近づくか裏からこっそり忍び込むかを考えよう。

普通の一般人だから安全、というシンプル極まりない地球上の判断基準は奴隷エルフを是とするこちらの異世界セレスアクフィアでは全く通じないみたいだし。

「これがあったかなーと」

ビキニ鎧の美琴がごそごそ取り出したのは双眼鏡だった。人身売買お嬢から奪ったトランクの隅にあったものだ。学園都市製と比べれば造りは大分甘いし電子的な補整は何もないが、文明的な小道具を手にすると心が安らぐ。

そして意外にもパティシエットが喰いついてきた。

双眼鏡の存在は知っているものの、触ってみるのは初めてらしい。何十年だか何百年だかをどうやって生きてきたのやら。

「わっ、大きい!!　すごいっ……これがあれば世界の裏側まで覗き込めそうです」

「ま、楽しそうなら何でも良いけどぉ」

「太陽はどうなっているのかな……」

「待って何でも良くないそれはダメよぉ!!」

慌てた感じで食蜂が踊り子衣装のひらひらでレンズを塞ぎ、奴隷エルフちゃんから双眼鏡を取り上げていた。

……これは意外だが、わがまま女王から面倒見の良さがチラチラ見えている。何だろう？美琴には疑問だった。まるで小さな子の世話でもした事があるような気配りだが。

「えと、隠し子？」

「ドリーよぉ。ここまで言っても通じないならバカの極みはじっとしてなさい」

肉眼でも見える範囲だと、だ。

緑の草原には不釣り合いな色がいくつもあった。家屋や商店は丸太を組んだログハウスではなく、煉瓦を積み上げたものらしい。他には小規模だが大理石と青い縁取りで彩られた教会堂らしきものも見える。建物関連はざっくりヨーロッパっぽいけど、なんていうかアンバランスだった。例えば民家に使っている煉瓦はこんな小さな村で全部焼いたのか、それともよそからわざわざ運んできたのか？

が、パティシエットは特に気にした素振りもなかった。

きょとんとしたまま答えてくれる。

「え？　でもだって、植物でおうちなんか建ててもすぐ腐っちゃうじゃないですか」

「……、」

防腐剤の知識が乏しい異世界らしい。

確かに、畑の脇には住居とは思えない簡素な木製の小屋もあるにはあった。おそらくは農具の保管庫だろう。ただ斜めに崩れて半ば草原の緑と一体化してしまっているが。

開拓時にわざわざよその浮遊大地から重たい煉瓦を山ほど運んできた可能性もある訳か。日本と違ってヨーロッパのアパートは普通に築三〇〇年モノとかもあるし、いったん建ててしまえば長持ちするから何度も建て替えるよりお買い得、と考えたのかもしれない。

（……何とも物持ちの良い事で。ムリヤリ奴隷にされたエルフ達は頑丈過ぎるとか難癖つけて使い潰すくせに）

黒い側面を知っているとエコの精神すら何かの皮肉にしか見えなくなってくる。

そして食蜂から双眼鏡を預かって美琴が村の詳細を覗き込んでみれば、だ。

「うげ」

思わず呻いた。

鈍い銀色の輝きがあった。

あれは人間の村人だろう。質素な衣類の青年やおばさんが見えるのだが、結構普通に片手用の剣を持っている。常盤台のフェンシング部にいる洋風お嬢様方が使っているフルーレよりゴツい両刃の剣だ。大きな弓を手にした人も珍しくない。武器にもなる農具を流用している訳じゃない。特に剣は戦って殺す以外の使い道がない道具だ。それがたくさん。

「それにしても、そこらの村人が物騒な剣とか槍とかフツーに持ってるわね……。ここはなに？　山賊の戦利品を仕分けして現金化に勤しむロンダリング基地とか？？？」

「？　刃物くらいなら武器屋さんで買えば良いじゃないですか」

きょとんだった。

奴隷エルフちゃんの言葉に美琴は目を丸くして、

「えっ。武器ってその辺で簡単に買えちゃうの⁉」

「はい。あの、だってそうしないと冒険者の皆様が困ってしまうでしょう？　誰でも合成できる訳じゃありませんし」

一体どこまでどんぶり勘定の異世界なのだ。

奴隷エルフちゃんは疑問すら持っていないようだ。

「ただ、何でも装備できる訳じゃありませんよ。魔法を込めた武器や防具には適性値が割り振ってありますから、職業とレベルが条件を満たしていないと身につける事はできないんです。だからそのためにみんなギルドに行ってお仕事して、経験値を『稼いで』いるんですけど」

つまりギルド？　とにかくレベル制度を管理している組織の手で書類か何かを操作して逃亡犯のレベルを剥奪してしまえば適性値を満たせなくなり、武器や防具からの恩恵も消え去る訳だ。一応は、登録番号削った旧式銃どころか3Dプリンタで密造した樹脂製拳銃まで気軽に溢れ返った深夜のロサンゼルスよりはまとも、なのか？

「あっ、あれですよ。いました、私達の長老です！」

パティシエットが遠くを指差して言った。

「？」

長老。ビキニ鎧の美琴も双眼鏡で確認してみるが、どこだ？　老人らしき人影はない。そっちにいるのはせいぜい三〇歳に届くかくらいのしっとり淑女なのだが、まさかあれで『長老』なのか？　水着に着替えたらそのまんま大学の文化祭のミスコンに飛び入り参加できてしまいそうな肌年齢なのだが。

「(でもこの小さなパティシエットが私達よりずっと年上って世界観だからなあ……)」

「？」

こちらの目を見てきょとんとしている奴隷エルフちゃん。見た目は丸っきり幼女だ。エルフの外見と寿命の関係がいよいよ読めなくなってきた。ひょっとしてだが、エルフって縁側と日向ぼっこが似合うおばあさんになる頃には軽く一〇世紀くらい経過しているんじゃないだろうか？

……ただあれは、何をしているんだろう。

小さなエルフと同じ、耳の尖った人達が村の広場に集められている。重たい煉瓦をたくさん使ったキツい建築とかならともかく、特に仕事を任せている訳でもない。強いて挙げるなら、エルフという種族を屋外の一ヶ所に集める事自体が目的化しているような？　でも一体何のために？？？

食蜂は難しい顔して片手で目の上にひさしを作りつつ、

「……ここから見ているだけだと分かんないわねぇ」

「なら情報収集よ」

剣と魔法が幅を利かせる異世界の基本に従おう。

美琴と食蜂は腰を低く落としたまま、ゆっくりと移動再開。村の外周部をうろうろしている村人に的を絞って背後から近づく。

「おはよう！　ここはジェムピックの村だよ」

ちょうど良いのが一人いた。

「おはよう！　ここはジェムピックの村だよ」

一五、六歳程度の少年が村の入口辺りをうろうろしている。

「おはよう！　ここはジェムピむぐっ⁉」

一日中それしか言っていないような暇人の口を塞いでさっさと村の外へ連れ去った。

初心者への説明したがりならその欲求は満たしてやる。

「エルフの長老はあそこよね？　奴隷達を集めて何やってんの」

「さあ？　奴隷は奴隷でしかないのでいちいち出自や経歴なんて知らないよ。そんな事よりここはジェムピックの村だってば」

　普通だった。

　さくっとぶっ殺して経験値に変換してやろうかと反射で思った美琴だったが、ギリギリで踏(ふ)み止(とど)まる。それでは普通に殺人事件だ。

　やっぱりこの異世界、命については色々と軽い。

　思えば学園都市(がくえんとし)で怪獣みたいに暴れていた時からそうだったが、『ここ』だと普段は考えない事でもするっと実行してしまいそうな怖さがある。

　危機感が全くない（一応は年上の）少年はこう付け足した。

「でも徴税の課税額を決める計上の時期だから、それのせいじゃないかな？」

「？」

「詳しく話してちょうだぁい」

「だから、雇っている奴隷の数で一年の税金が決まるんだよ。だったら計上される直前、ギリギリのタイミングで全員潰してカウントゼロにしてしまった方が色々お得でしょ？」

　……何ですと？

14

話し合って決めた。

美琴と食蜂は、奴隷エルフちゃんのパティシエットを連れて正面から村に入る。

「やっとの宿屋ダゾ……。こっちもこっちで汚いって話だけど。でもギルドに行けば職業っていうのを変えられるかも？」

「職業チェンジは多分ないと思うけどなー、あんまり期待し過ぎない方が良い（い）わよすけすけドスケベ《踊り子》」

「昼間、明るい光の下で改めて見たくもないのはそっちも同じだと思うけどねぇ脳筋ビキニ鎧（よろい）の《女戦争士》さぁん!!」

こういう時、食蜂の『心理掌握（メンタルアウト）』はやっぱり強い。

連れ去った少年の心の中を読んで、美琴や食蜂に関する手配書が出ていない事を一発で確認できたからだ。元々嘘（うそ）をつくつもりはなかったようだが、『確定』をもらえるのは大きい。

あの人身売買お嬢は伝書鳩（でんしょばと）や信号弾魔法（？）なんかの通信手段を持っていなかったんだろうか。

「パティシエットの話だと、どうも清らかな《プリースト》とかぁ、インテリな《ダークウィッチ》とかもあるらしいわねぇ。楽しみ☆」

「？　どっちも知性や精神の値が高くないと縁がない職業のはずですけど」

「……あれ、今しれっと刺された？」

悪気が全くないのも考え物だ。そもそも職業チェンジがあるのかどうかも分からん内から天然でダメージを受けるとは難儀なヤツめ。

実際に村の中に入ってみて分かる事もあった。

畑の様子だ。

特殊な器具を引きずってのんびり畑を耕しているのは（それでも牛くらいはある）小柄なグリフォンだった。村の中にもモンスターはいるが、首輪や鎖つきの足枷がついたものばかりだ。つまり野良ではない。

多分あれが、最初期の形なのだろう。

罪なき状態。

強靭だが気性は優しく手懐けやすい魔獣に、人間が餌や寝床を与え飼い慣らす。そして身近な畑や輸送などの力仕事を手伝わせ、より多くの食糧を得てモンスター達にもたくさん分配できるようになる。つまり共同生活。最初はそんな素朴な関係でしかなかったのかもしれない。

だけどいつの頃からか、そういった考えが拡大解釈されるようになった。

人と同じ、あるいはそれ以上に賢明なエルフやドワーフ達であっても、あれは人間とは違うモンスターだからという理由を免罪符に掲げるようになってしまった。組織的かつ大規模に捕獲して売買し、ありとあらゆる仕事を押しつける形に歪(ゆが)んでいった。

人間は働きたくないから。それだけで。

「……ムカつく話だわ」

想像し、吐き捨てるように美琴は言った。

だけど二万人の軍用量産クローンを作って身勝手な目的のために殺し続けていった学園都市(がくえんとし)だって、似たようなものかもしれない。二つの世界に優劣も高低もないのだ。使っているテクノロジーは違っていても、同じような残酷さが見え隠れしている。それこそ人間共通の醜さを浮き彫りにしているようで、美琴は嫌な唾を呑(の)み込(こ)む羽目になった。

自分の中にもあるのだろうか？

黒い種が。

「さぁて、それじゃどうするぅ？」

「そうね」

何だかんだで昼前なのだ、今すぐ慌てて宿を取る必要はないだろう。正直、宿屋よりも先にギルドとやらに顔を出しておきたい。

村人に話を聞いて、美琴達は煉瓦(れんが)でできた建物の一つに入る。

15

ギルドの一階は簡単な食堂も兼ねているようだった。

結構な人で溢れている。

チャイナドレスよりも派手派手なスリットの入った《プリースト》に、競泳水着の上から分厚いマントを羽織ったような《ダークウィッチ》。ほんとにあの露出度で村の外に出て刃物みたいに硬い草が生い茂った草原とかガサゴソ横断する文化らしい。最初はバカにされていると思ったビキニ鎧だが、御坂美琴のこの格好が特に目立たないというのだから異世界すごい。

ただ、

「ふむ……」

美琴は呟く。不思議な違和感があった。

武器や戦術など戦闘・非常時の備えについてはきちんと充実している割に、日々の生活の進歩は乏しい印象があるのだ。

具体的には趣味とか娯楽とか。

堅いパン、焼いた肉、何かのスープ。

料理は味を楽しむ余裕がなく、しかもそれを作るための調理法や器具は結構地域や年代がチグハグだ。手回し式のパスタ製造機がないのに何故か均一に細長いスパゲッティが普通に流通していたり、サラダは生野菜ばかりで誰も茹でる事を思いつかなかったり。もちろん異世界だから何と何が発明された順番がズレている、なんて事態になってもおかしくはないのだが。

「……御坂さん、覚えてるぅ？」

「？」

「前に見た人身売買お嬢、ドレスは派手派手だったけどあれって着付けはどうしていたのかしらぁ。コルセットの構造とか割とメチャクチャだったように見えていたけど」

言われてみれば。

そもそもコルセットは中世ヨーロッパではなく一九世紀辺りに流行ったファッションだ。しかもカバンの金属留め具や紐の蝶結びみたいなものは見かけたが、本当に本気のコルセットはあんなものではない。下女の手を借りてお嬢様の腰の紐を綱引きみたいに引っ張って無理矢理腰を細く絞るようなものも珍しくなかったはず。

その辺歩いている冒険者（？）だって当たり前にド派手な色した軽装の鎧を身につけているが、そもそも金属の染色はどうしているのだ？　あちこち小さな傷ができても地金は出てきていない。つまり上から赤い塗料を塗っているというよりは、『赤い金属』をそのまま溶かして型に流し込んでいるように見えるのだが、その方式は？　全部便利な魔法で対応しているんですと言われればそれまでだが、どうにも目には見えない表に出てこない仕組みや製法に対する理解が浅いというか、なんというか……。

総じて言えば。

そう、

（文明……というか知識が一面的なのよね。誰か一人が今持ってる雑学だけで組み立てた風景っぽいっていうか）

だから何なのだと聞かれたら、それ以上答えようがない違和感ではあるが。

カウンターには二〇歳くらいのお姉さんがいた。

脇に置かれたでっかい瓶を片手で撫でながら、お姉さんはにこやかに言った。

「職業管理ギルド・ジェムピック支部へようこそ！　見かけない顔ですけど、こちらのギルド支部をご利用いただくのは初めてですか？」

「何ができんのここ」

ビキニ鎧の美琴が尋ねるとお姉さんの笑顔がやや固まった。

怪訝、と出さないように苦労している感じだ。

「職業管理ギルドはその名の通り、皆様のお仕事を斡旋するための施設です。モンスター討伐、貴族の護衛、洞窟探検、稀少トレジャー回収などなど、職業とレベルに応じて最適なお仕事をご案内させていただいております」

これ以外にどうやって仕事を探しているんだ、とお姉さんの笑顔に書いてある。

「皆様のお仕事を斡旋する」

「はい」

「つまり村にいる全員？　いいや、村の外から来た冒険者、とやらも含めて」

「それ以外にありますか？」

お姉さんどころか奴隷エルフちゃんのパティシエットまで一緒に首を傾げていた。

美琴と食蜂はお互いの顔を見合わせる。

「……なら職業選択の自由なんかどこにもないんダゾ。あなたは農家が似合っているから案内できる仕事はこれです、あなたは揉め事に向いているから平和を望んでいようができる仕事はこちらのリストに決まっています。これだけ？　指を差して選択する自由力があったって、三択の内三つとも人殺しって書いてあったら拒否なんかできないでしょお……？　かといって、お金がなければ餓えて死ぬのが人間なんだしぃ」

「……ていうか、実際にそれで虐げられているのがつまり奴隷か」

うんざりしたように美琴は呟いた。

奴隷にはどうせこんな仕事しかできない。

お前達にはリストにある仕事がお似合いだ。

そんな風に追い詰めておいて、ご主人様の傘に入れて守ってやっているとは片腹痛い。見た目は便利な施設でも、実際には異世界差別の元凶に近いブラック施設ではないか！

戦慄している間にも、カウンターでは様々なやり取りが行われている。

お姉さんも冒険者も特に疑問は抱いていないようだ。

「はーいこちらが今回の報酬になりまーす」

「さんきゅ」

こちらのお金は紙幣ではなく金銀銅などの金属貨幣のようだ。一枚ずつ数えるのが大変らしく、枚数を数えるのではなく秤を使って重さで計上している。

「ほらほら、エルフのあなたはこっちの秤です」

「あ、はい……」

「エルフはみんな広場に集められているんですから、これ終わったらさっさとそっちに合流してくださいねー」

ざらざらと安っぽい銅貨を秤に流し込みながら受付のお姉さんは笑顔で言っていた。

すでに疑問があった。

(……人間とエルフでは使っている秤が、違う？　何でいちいち？？？)

人間と奴隷エルフが同じ道具を使うはずがないだろう、ではない気がする。そういう差別意識ならそもそもカウンター自体を分けてしまうはずだ。

小さな所でもいちいち引っかかるようになったのは、果たして良い事なのか。

ようは、バネやオモリに細工をすれば報酬の支払いなんかインチキし放題なのでは？

《踊り子》食蜂は軽く手を挙げて、

「質問。貴族とか王様とかって偉い人のお仕事もギルドのリストから選ぶ訳ぇ？」

「何を馬鹿げた事を言っているんですか。領地を持つ主様とはつまりギルドの経営者でもあります。私達は土地を領有する王侯貴族の皆様のために支部を開き、エリアやフィールドをお借りし、ギルドを利用する民衆の皆様から手数料として給金と取得経験値から一部を徴収して、それを税として王侯貴族の皆様に納めているのですよ。基本です」

普通だった。

まさかと思うが、その手数料とやらも気分次第で％が変わるんだろうか？　九八％でも、九九％でも。だとしたら中抜きし放題だ。

確か、王様の中にはレベル９９９でカンストしている人もいる、とパティシエットが前に言っていたか。

ここはどれだけ働いたり修業したりしても、ギルドの偉い人が許可しないとレベルアップできない最悪異世界。しかも一方で、王侯貴族は上納の形で他人の経験値を巻き上げているため、楽してくつろいでいるだけで延々レベルアップしていくらしい。

それは、自分では全く働かない王様がぶくぶく肥え太って困る訳だ。

それは、奴隷エルフがやつれるまで働いても幸せにはなれない訳だ。

「……、」

学園都市にだって残酷なヒエラルキーはある。それでも能力開発でレベル上げしている美琴達としては、自分の才能や努力を他人が平然と搾取していく構図なんて信じられない。またその搾取には、大量の量産クローンを使った『実験』を思い起こさせる。大勢の犠牲を是とする特定の個人の進化。

平たく言えば。

そいつは、第三位と第五位の逆鱗を強く刺激する。

……いったん深呼吸して、気持ちを鎮める必要がありそうだ。美琴的には聞きたい事が他にもまだあるのだし。

「しっかし、田舎の村にしては人の数が多いわね。ていうか村人の数より外からやってきた冒険者の方が多いくらいなんじゃない？」

「それはそうだよお嬢ちゃん」

後ろから声をかけてきたのは剣や盾で武装したムキムキのおっさんだ。

ひとまずビキニ型の鎧は着ていないようで何より。

「ジェムピック村の周辺一帯は良質な宝石が拾える名所だからな」

「宝石？」

「知らねえって事はいよいよルーキーの家出少女か？　まあ広大な草原から狙って宝石を手に入れるのはかなり難しいが、一粒でも採取できれば家が買える大金に化ける。一攫千金(いっかくせんきん)を狙ってみるならジェムピックだぜ」

笑っておっさんはよそに逸(そ)れた。カウンターに用があるのではなく、壁に取りつけられた掲示板の方に興味があるらしい。

ぴりっ、と美琴の肌が何かを知覚した。

そういえば、おっさんだけでなくカウンターの方からも。あれはお姉さんが水晶球みたいに掌(てのひら)をかざしたり撫(な)でたりしているでっかい瓶からか？

「？」

「どうしたのぉ？」

いや……と第三位の少女は言葉を濁す。

だが、疑いようはなかった。ギルド内を行き来している屈強な冒険者とすれ違うたびに、ピリピリとした感触が肌を伝ってくる。それは、御坂美琴でなければ知覚できないものかもしれない。電気と磁力を自由に操り電磁波の反射波を利用してレーダーまで実装する第三位の超能力者(レベル5)でなければ。

「経験値をたくさん稼いだレベルの高い冒険者ほど反応が強い……」

答えはもう目の前にあった。

そもそも美琴が何の能力者なのかを考えれば自ずと理解できるはず。

「つまり経験値って、電気の事だった？　そうよ、体の中を流れる特殊な生体電気を異世界では経験値って呼んでいたんだわ‼　ギルドで経験値やレベルアップを管理するっていうのは、コンデンサでも用意して人間から瓶に、瓶から人間にってこの場でやり取りするための小道具があるからだった！」

何かに気づいた。

美琴の中で、爆発的に世界を見る視野の広がりが増していく。

（例えば全身の筋肉を効率良く育てるには微弱な電気を使って刺激を与え続けるのが手っ取り早い。不遜にも女神のレベル上げに手を出すと天罰で体爆発して身を滅ぼす、って伝承もまた、落雷が直撃したってだけの話なんだ）

異世界の魔法とやらの仕組みは未だに詳細不明だが、きっと、その『成長』を物理的ではない部分にまで発展させる技術を確立しているのだろう。

何だ。

つまり、御坂美琴一人いれば全人類の経験値を支配できるって訳か？

だとしたら、それは、なんて『超電磁砲』にとって都合が良い異世界なんだろう‼

「どうされました？」

カウンターのお姉さんが首を傾げていた。

たった一人の少女のこの『気づき』によってギルドは完全に意味を失った訳だが、哀しい事にお姉さんはまだパラダイムシフトの瞬間に自覚がないようだ。

異世界はこの手の中にある。

ギルドの外でざわりと何かが蠢いた。

広場には何故かエルフ達が集められているのだ。

あれが本当の本題。

散々話は聞いてみたし、そろそろ核心を突いても良いだろう。

「あれはなに？」

「はい？」

「ほら、広場にエルフ達が集められているじゃない。首輪ついているみたいだし、どうせ全員奴隷扱いなんでしょ？」

「ああはい、もうすぐ税金計上の時期ですからね。奴隷は○人の方が都合は良いんですけど、でも一軒一軒の家で奴隷エルフを潰していくのも手間ですから。村では毎年一回広場でまとめて殺す行事を作っているんですよ」

「ふうん」

決まりだ。

つまりこいつら、年末の道路工事みたいな感覚で奴隷エルフ達の命を奪ってきたのか。毎年毎年、勝手に捕まえて大量に売買して散々虐(しいた)げておきながら。時期がきたら年齢や体力、健康状態などに関係なく一律で邪魔だと罵って。

エルフが何百年、何千年生きる生き物かは知らない。だけど捕まえてたった一年だ。それだけでここまで心をねじ曲げてしまうほど酷使を続けて、最後は全て殺して捨てる。

「なるほど、なるほど、そうかなるほどねー」

一年間？　ふざけるな、もうこれ以上は一秒だって待ってやる余裕はない。

というよりこっちが限界だ。

横目で見れば食蜂操祈もまた奴隷エルフちゃんを流れ弾に巻き込まないよう豊かな胸元に抱き寄せつつ、斜めがけハンドバッグの中からテレビのリモコンを取り出していた。

準備オーケーと顔に書いてある。

学園都市(がくえんとし)第三位の超能力者(レベル5)、『超電磁砲(レールガン)』はにっこり笑ってカウンターのお姉さんに言った。

宣戦布告だ。

「**ちなみに私が奴隷反対派だってコトは分かってる？**」

「**えっあ？**」

16

ガカッッツ。

ドォおおおおおおおおおおおおおおおおおおおおおおおおおおおおおおおおおおおン!!!!!!

17

焦げるとか、痺れるとか。

そんな次元ではなかった。御坂美琴が感情を爆発させた瞬間、煉瓦を積んだはずの堅牢なギルドの建物そのものが内側から粉々に吹き飛ばされたのだ。

慈悲？

こういう異世界で生まれ育ったから疑問を持つ事ができなかった？

正論で何とか呑み込める事態なんかとっくに超えているだろう、こんなものッ!!

(ええい!!　税金計上の時期に合わせて一斉に潰すって言っていたわね。じゃあパティシエットもうすぐ自分が殺される事を知ってて、それでも黙々と人身売買お嬢に従っていたって訳!?　まったくどいつもこいつも!!)

多分これ、目に見える元凶を叩けば全部解決するほど甘い話じゃない。

それでも今は直近、奪われようとしている命を助け出すのが最優先だ。

目標を設定。

エルフ達は、人間なんかに捕まった己を恥じているのかもしれない。死を受け入れればズタボロの重労働から解放されると考えてしまっている可能性もある。だけど、許せるか。たとえ生きるのに疲れた奴隷エルフ達が望んでいなくても、それでも右から左へ流せるものか!!

「っ!!」

ギルドに立ち寄っていた屈強な冒険者達は今の高圧電流でダウンを獲った。

だけど村の戦力はそれだけではない。

「行けっ、やれ！　誰だか知らんし何で暴れているかも分からんがとにかく賊だ!!　村を守るために一丸となって戦うのだ!!」

偉そうに叫んでいる老人がいた。

ストレートに考えるなら人間側の村長といったところか。

ザッ!!　と遠巻きに足音がこちらを取り囲む。数は五〇人から一〇〇人前後。何しろ美琴は村の真ん中にあるギルドを吹っ飛ばして宣戦布告したのだ。普通に考えれば全方向から同時に攻撃を受け、数の暴力で押し流される自殺行為の選択と言えるだろう。

だが違う。

学園都市第三位、御坂美琴に限って言えばそんな定石は通じない！

「毎年毎年のルーチンでこれだけやっておいて、軽々しくお説教する側に立ってんじゃないわよ。クソ野郎がア!!!!!!」

ズバヂィ!!!!!! と。

紫電の蛇がうねった。

一発一発が吹き飛ばすのは個人ではない。塊。まるでたっぷり火薬を詰めた砲弾が着弾したかのように、着弾点を中心に直径一〇メートルくらい群衆がまとめてごっそりと宙を舞う。連中が高圧電流に慣れていないのも大きかった。派手に跳ねて数メートルも飛んでいった村人達は起き上がる事もできず闇雲に手足を振り回して痙攣(けいれん)を続けている。

「おおおおアッ!!」

ゲームセンターのコインを親指(おやゆび)で弾(はじ)いて『超電磁砲(レールガン)』を容赦なく解き放つ。

そもそも最初にぶっ壊したギルドの建物が村で一番頑丈そうに見える。つまり、他のあらゆる遮蔽物は同じように貫通するから盾にはできないというデモンストレーションは実証済み。この時点で、かなりの冒険者達の心が折れているみたいだった。足がすくみ、尻餅をついて、剣や槍(やり)を落としてしまう人間も少なくない。

たった一人が包囲網をズタズタに引き裂いていく。

ありえない戦果に村長が震える。

その時だった。

「とっ、特別依頼です!!」

這(は)いつくばって瓦礫(がれき)の山から体を出したギルドのお姉さんが大声を出した。

まだ無事な、おそらく村で唯一の外来者向けの宿屋に向けて、だ。

「期間限定で賞金首捕縛の三倍出します!!　今すぐこの騒ぎを鎮圧する事。冒険者の皆様、よろしくお願いします!!!!!!」

にやり、と視界の端で村長の老人が醜く笑うのが見えた。

おそらく実戦経験が違うのだろう。パティシエットが使っていた魔法とやらを振りかざす者も出てくるかもしれない。

だがそんなものが致命傷になるものか。

そもそも、だ。

「騒ぎの元凶である村長を捕縛してください!!　賞金は相場の三倍、ただし早い者勝ちとします!!」

村長の動きが止まった。

踊り子衣装に斜めがけハンドバッグの食蜂操祈は片目(かため)を瞑(つむ)って、テレビのリモコンの先端にイタズラっぽい顔で唇をつけていた。

精神系最強。

学園都市第五位の『心理掌握』があればこれくらいは朝飯前だ。

人間の心の醜さをシンプルに拒絶する第三位と違い、己の利益や武器に転化してエルフ達の命を助ける。そこまで人の悪意を探求してこその腹黒女王である。

「ちょ、ま、あッ」

村長に何か言う暇はなかった。

金に目が眩んだプロ集団が一斉に襲いかかった。

18

村長の老人はかつて中年で、中年はかつて青年で、青年はかつて少年だった。

そして彼は当たり前にエルフを使ってきた。

そのありがたみも分からずに。

まだ幼い頃の話だ。ある日エルフにしかかからない流行り病が蔓延し、人間だけで村という小さな社会をやりくりしなくてはならなくなった。

全くダメだった。

畑仕事や機織りどころか最低限の水汲みすらもままならず、危うく村ごと干からびて全滅するところだった。

その時気づいた。

無力な誰かは思い知らされたのだ。

エルフは生命線だ。手放したら人間は間違いなく死ぬと。認めよう。エルフは自分達人間よりも強く美しく優れた生命だ。だから奴隷にして寄りかかっても問題ないはずだ。いくらでもすねにかじりついて甘えたって許されるはずだ。そうではないか。

そんなはずないか。

最後の瞬間、自嘲気味に村長の老人は思った。

かつて、奴隷エルフが使えず死に瀕したのは事実だ。だけどあの時、エルフに頼り切りでは危ないと考えを改めていたら？　人間が自分の手で畑を耕して食糧を確保し自給自足のサイクルを回す方法を、エルフ達に頭を下げてでも真剣に学ぶ気概を見せていたら？

これまで日々の暮らしを支えてくれたエルフ達に感謝して、今度はこちらが恩を返すと思うようになっていたら、今頃何がどうなっていた？

分岐のきっかけなんてどこにでもあったのだ。

それでも老人は変わろうとしなかった。

「……天罰、だったのかのう」

呟いた。

直後に化け物の群れのようになった冒険者達が一斉に村長へ覆い被さってきた。

19

完勝。

であった。

単純火力の御坂美琴が引っ掻き回したのはもちろん、敵同士をぶつけ合って集団全体に致命的なダメージを与えた食蜂操祈の功績も大きかっただろう。

奴隷エルフ達に被害がなかったのは何よりだ。

窮地の中で下手に武器を持たせてもエルフ達に集団で反乱を起こされると勝手に脅えた可能性もあるし、奴隷ごときに身を守られては沽券にかかわるなどと馬鹿げた事を考えたのかもしれない。

美琴はエルフの集団に向けて、

「エルフの長老さんっていうのは？　後で話があるんだけど」

「私だけど……」

「そのまま。後でって言ったでしょ？　今は温かいもの食べてベッドで休んでおいて」

（近所のセクシーなお姉さんくらいの温度感の）長老とパティシエットは顔を見合わせていた。

「一体何がどうなっているんだ？」

「それがひとまず助かったみたいなんですよ私達」

奴隷エルフちゃん達はメチャクチャ他人事のテンションで言い合っている。ただ言葉に合わせて長い耳がピコピコ動いているのは普通にカワイイ。

ともあれ、だ。

額の汗を拭い、良い汗かいたって顔でパティシエットが言った。

「御坂サマ、食蜂サマ。それじゃ捕まえた人間達はみんな奴隷にしちゃいましょ。ねっ？」

「「あれぇーッ!!⁉⁇」」


小さなエルフのパティシエットちゃんから邪気のない笑顔で出た。

美琴はわたわた両手を振って、

「ちょ、待っ、冷静に話をしよう？　お嬢ちゃん一体何言い出してんの⁉」

「え、だって。負けて捕まった人は奴隷になる決まりでしょう？　まあこの人達はモンスターじゃありませんけど、でも負けは負けですし」

　きょとんとしていた。

　私のグーに対してチョキを出したんだからそっちの負けですよね？　くらいのあっさりした確認行為だった。

　自分が誰からもそういう扱いを受けてきたから、奴隷制度という言葉に対して疑問がなくなっているのだ。

『あの』食蜂まで若干引きながら、それでも笑顔で話しかけた。

「えーっとぉ……。自分の嫌がる事を他人にしちゃダメ理論って言って分かるぅ？」

「？」

　分かっていなかった。

　理論が理解できないのではなく、奴隷という立場に当てはめて考える事ができないのだ。

　そもそも奴隷であるのが普通の状態。

　そこに嫌がるもダメもない。

　だから、他人が奴隷になると言っても忌避感を抱かない。春になったら学校に行くんだ、くらいの感覚で右から左へ流してしまう。

　ある意味、これは異世界セレスアクフィアの人間達が招いた自業自得ではあるのだが、

（いやいやいやいやいやいや‼　ダメでしょそれだと虐げる側と虐げられる側が逆転するだけ

で根本的に奴隷制度がなくならないっ。確かにパティシエット達は助けないといけないけど、でもこの子達を加害者にするつもりだってないんだから!!)

考えろ。

ストレートではダメだ。地球の常識を押しつけるだけではエルフに届かない。何か、言い回しを考えないとパティシエット達が異世界セレスアクフィアの濁流に呑まれていく。

美琴は考えをまとめた。

「パティシエット!」

「っ？ は、はい。何でしょう？」

「わっ私は奴隷とお友達になるけど、奴隷を使う人とはお友達になれない!」

えっ……、と絶句があった。

そこは普通に傷ついてくれるのね、と美琴は逆に遠い目になってしまう。

人の心は超複雑すぎる。相手はエルフだけど。

目尻に涙まで浮かべて小さなパティシエットが叫んだ。

「じゃ、じゃあやめます! 奴隷手に入れるのナシ!! だって御坂サマや食蜂サマと一緒にいたいですもん!!」

(……ひとまずセぇぇぇぇぇぇぇぇーフ!!)

美琴と食蜂は同時に胸を撫で下ろしていた。

ただこれは言い回しの問題だ。

根本的なところでは解決になっていない。今じゃなくても良い。奴隷という言葉そのものに問題があると本人が肌で感じないと、やがては大変な事になってしまう。被害者が加害者にひっくり返るなんて最悪も最悪だ。

奴隷エルフちゃんは首を傾げていた。かわゆく。

「でも人身売買の人だけ除け者にするって、そんなのは職業差別なんじゃないですか？」

「違いますっ!!」

20

村は美琴達のものになった。

パティシエットは足元の地面に視線を落としている。

何をしているんだろうと思った美琴だったが、そこで彼女は身を屈め、小さな指先で何か摘み上げた。

「どうしたの？」

「ふっ、フルグライトですよ……。プラチナやダイヤモンドよりもお高い最強鉱物！　嘘だと思っていたのにこれほんとに本物ですっ‼」

興奮したように叫ぶ奴隷エルフちゃんだが、美琴も食蜂も首を傾げるばかりだ。
フ、フ、フ、フルグライト？
だから何なのだ？

砂を高温で熱すればガラスになる。つまりこれが『落雷でできる宝石』フルグライトの正体だ。成り立ちこそ特殊だけどあくまでも主成分はケイ素でしかないので、本来、そこまでお高い代物ではないはず。

そもそも普通に砂や土を焼き固めたガラスや煉瓦には特に付加価値はないのに。

「……電気自体が珍しい異世界だと、価値力が全く変わってくるのかもねぇ？」

「というかそれ以前に、経験値＝微弱な生体電気な訳でしょ。物質としての稀少性じゃなくて、こっちの世界の神話やオカルトに基づいた変な価値がついてんじゃ……」

広い草原で宝石が見つかる、という話には違和感があったのだ。

坑内掘りにせよ露天掘りにせよ、本来だったら鉱山を深く掘り進めるべきだろう。

なのにギルドの冒険者達は採掘ではなく採取……つまり『拾う』と言っていたし。

あれは天気が崩れやすく大規模な落雷が頻発する地方だから、フルグライトも発見しやすいという意味だったのか。辺境にある小さな村にしては頑丈で豪華な煉瓦積みの建物が揃っているのも、こういう収入源があったからなのだ。

ともあれ。

プラチナやダイヤモンドより高い、というのは耳寄りな情報だ。つまり剣と魔法が全ての異世界ではこのフルグライトが財産や通貨に関する最も安定した基本単位であり、国家の経済すらもこいつの値段によって丸ごと増減してしまうという訳なのだし。

平たく言えば、

「奴隷制度を勧めて巨万の富を築いているくそったれの王侯貴族は、とっても貴重なフルグライトを金庫に溜め込む事で自分自身の財産を守っているって話になるのよね？」

「つまり御坂さんがその辺でバチバチ光ってフルグライトをバカスカ量産させちゃえばぁ、値崩れが起きる。軍事大国だってお金がなければ戦争も国家経営も成り立たない以上、御坂さん一人いればどんな国のどんな王様や貴族だって即座にハイパーインフレに巻き込んで破産に追い込めるんダゾ☆」

やはりどう考えても、だ。

この異世界は御坂美琴のために存在する。

21

ひとまず宿を取る事になった。

というか村に一つしかない宿屋は自動的に美琴と食蜂の根城として生まれ変わった。

「うえっ、想像以上……」

狭い板張りの部屋を見て、ドアの辺りでビキニ鎧(よろい)の美琴は立ち止まっていた。

ぶっちゃけ中に入るのがちょっと怖い。

もう遠目に見てもベッドの辺りでピョンピョン何か飛び跳ねていた。こう、米粒くらいの大きさの血を吸うアレが。

確かにこれなら野宿の方が安心して眠れそうな話ではある。

戦場で戦う兵士や冒険者向けの安宿なんてこんなものか。あんまり居心地を良くしても、ならず者にいつまでも長居されてトラブルの素になるから、という事情もあるのだろうが。

(……最初のお仕事はノミ取りとお布団(ふとん)の虫干しかなー?)

うんざりしても始まらない。近くにクスノキとか生えていないだろうか、木材を乾留すれば防虫剤を抽出できるはずだが。それくらいなら剣と魔法ばっかりの異世界でも作れるだろう。

「……、ぁー」

隣の部屋から踊り子衣装の食蜂が死にそうな顔で出てきた。

天然素材ウェルカム娘がこの状況でもケミカルな殺虫剤に頼らず生きていけるかどうか、結構本気で悩んでいる顔だ。部屋の中で多少の混乱と絶叫でもあったのか長い金髪はくしゃくしゃにはね、小さなハンドバッグの鎖が変な格好で首(くび)に絡(から)みついている。

どうでも良いので美琴は気軽に尋ねた。

「そういえばパティシエットは？」

「うちの部屋にいるわよぉ。まあベッドは最悪力だけど、それでも久しぶりに温かいお風呂があるんダゾ。先にパティシエットに入ってもらっt

きゃああーっ!!　という甲高い叫び声があった。

と思ったら、バスタオル一枚の小さな影が部屋の外まで転がり出てくる。

顔を真っ赤にして目を回しているのはパティシエットだった。

「なに、ネズミでも出たのぉ？」

「……あぷっ、あちゅい、にゃ、熱湯、なんにゃんですかあのお風呂はあ……？」

秒でユデダコになっていた。

顔っていうか全身がほんのり赤くなっている。

「食蜂ってメチャクチャ熱いお風呂にしちゃう頑固オヤジ系だったの？」

「そんな訳ないでしょお!!　これ、キホンが冷水の泉で沐浴のエルフちゃんは四〇度のお風呂に入るって考え方自体がないのかしらぁ？」

とにかくこんないたいけな幼女（？）をバスタオル一枚で廊下に出しておく訳にもいかないので、いったん食蜂の部屋に戻す。やっぱり美琴側と似たり寄ったりの部屋だった。いきなりベッドに腰かけるのには勇気がいる感じ、とでも言うか。

とはいえ、それ以外にも椅子やソファだってあるのだが、

「はー、風通し（かぜとお）の良（い）い場所は清々（すがすが）しいですー」

奴隷エルフちゃん的にはとにかく体を冷やしたいのだろう、それは分かる。

が、

「……ねえパティシエット、アンタ何で縦長クローゼットの上で丸まってんの？」

「え？　だって高い場所にいれば怖い敵さんに狙われませんし、危険な獣が近づいてきてもすぐ分かるじゃないですか」

森で暮らすエルフって樹上生活でもしているんだろうか？

ＤＩＹでキャットタワーとか作ったら喜びそうな小娘ちゃんである。

美琴はそっと息を吐いて、

「そういえば村長どうする？　私的にはいい加減に話をつけに行きたいんだけど」

「えー？　私にはほら『心理掌握（メンタルアウト）』があるんだからぁ、自分の足で動きたくないし、面倒なお使いクエストなんてその辺にいる人を洗脳してぜーんぶお任せしちゃえば良いんじゃない？」

「だからそれを奴隷制度っつーんだよ自堕落女王!!」

強引に腕（うで）を掴（つか）んで部屋から引っ張り出す美琴。

《踊り子》食蜂はまだうだうだ言っていた。

「……自分でこつこつレベル上げなんて時代じゃないのよぉ。私はほら放置系なんだけど」

「アレは内部の登場人物自体は常に忙しく動き回っているわよバカ」

今まで奴隷エルフに働かせて甘い汁を吸っていたのだ。村長とやらにはきっちり還元してもらわなければ。

第五位は明らかに疲れてイライラをぶつける相手を求めているっぽいが、まあエルフ達をあれだけ酷使してきた村長どもに気を遣う義理はないか。

一番大きな村長宅に向かうなり、美琴はこう宣告した。

「エルフ達が稼いだ分だけ還元して。全額、今すぐに」

「うっ！」

逆らえる状況でないのは誰よりも理解しているのだろう。

青くなった村長は舌を震わせてこれだけ言った。

「……す、好きに、しろ」

「当然力よぉ」

と食蜂は言ったものの、実は内心では軽い驚きがあった。

もっと醜くしがみついてでも村の財産を死守したがるものだと思っていたのに。

「それじゃひとまず最優先は武器と食糧かしらぁ？」

「？　金は持っていかんのか？」

「そっちは良いわ。じきに意味がなくなるでしょうしね。あと餓えて干からびたくなければ、純金や宝石なんかは手元に残しておく事をオススメするわ。アンタみたいなのでも勝手にくたばってミイラ化したら寝覚めが悪いからね。私じゃなくて、パティシエットの顔を曇らせるのは避けたいし」

？　と村長は怪訝な目になったが、まあいちいち説明する義務はないだろう。

……こっちはプラチナやダイヤより高価なフルグライトをいくらでも量産できるのだ。お金の価値なんぞ明日には砂粒以下にまで暴落している可能性だって普通にありえる。

22

食べれば元気になった。

精神状態が極限まで悪化すると食べ物が喉を通らなくなるが、その心配さえなければ体の欲求を満たす事でエルフ達の精神衛生を向上させられる。消化器官が萎縮している様子もないので食事自体はしていたのだろう。何しろ職業は奴隷、力仕事をさせるためにも、質はトコトン劣悪として量については無理にでもたくさん食べさせていたのかもしれないきなりだった。

立ったまま、映画のフィルムが抜け落ちたように移動していた。美琴や食蜂がどこかに連れ去られたのではなく風景全体の方が切り替わったと思ってしまうほどだった。滑らかで、違和感はなく、しかしいくら思い返しても記憶の整合性を保てない。

「？　？？？」

一番近い現象は、白井黒子の『空間移動（テレポート）』か。例えば対象に手も触れず一度に数万キロくらい転移させる能力があれば、こんな現象を起こせるかもしれない。

第三位と第五位は目を白黒させる。

スパークリングワインみたいな色した高級スマホ感溢（あふ）れる神域だか大聖堂だかだった。最初に来た場所だ。という事は異世界セレスアクフィアですら……ない？

「ちょ、待って……」

ビキニ鎧（よろい）の美琴は慌てたように言う。

この広い空間には誰もいない。あの小柄で爆乳なナゾの女神サマはどこ行った⁉

「いきなり何なのこれ⁉　一体どこに飛ばされた？　ダメよ、まだ奴隷エルフのパティシエット達を助けてないッ!!」

　ようやく村で理不尽に処刑されそうになっていたエルフ達は助けたが、宙ぶらりんだ。美琴と食蜂という絶大な戦力がいきなり脱落したら、せっかく助けた彼らはどうなる？　奴隷エルフのパティシエットだってまたすぐ人間に捕まってひどい目に逆戻りじゃないか!!

「キミ達はや・り・す・ぎ、よー」

　声があった。

　聞き覚えがあった。

　そして純白の踊り子は真正面にいた。隠れるようなものなどどこにもないだだっ広い空間で。ぽつんと一人。今まで気づかなかった方が不思議だった。またもや、とも言えた。本当に空間移動説だけで説明はできるか。あるいは女神自身がそう望むまで物理的な肉体なんて存在しなかったんだろうか？

（以前見たＡＩＭ拡散力場の塊じゃあるまいし、まさかそんな……）

（輪廻女神。……そもそもどういう定義の存在なのかしら？　例えば女神って存在は分類や強さランク的に天使と比べてどこがどう違うのか、とかぁ）

　数々の疑問と不審を軽々と蹴散らして。

　確かに今ここにいる小さな神は笑顔で言った。

「このままだと異世界セレスアクフィアの許容を超えて無双しちゃうかなー、だ・か・ら、緊

急処置だけどキミ達二人を次の異世界に連れていくよ☆」

「……輪廻女神サリナガリティーナ。あなたには地球から異世界に運ぶ事はできても、その逆はできないって話だったと思うけどぉ」

「うんっ。だから古い異世界から新しい異世界へ魂を移すだけよ、そーれーなーらー他の女神の領分を侵さず、輪廻女神としてのルールにも反していないし」

ここまでできる女神にも守るべきルールがあるのか。

破れば絶大な罰を与える何者かがいるのか。

サリナガリティーナはそのルールの中で異世界の地図を歩いて完成させるとか何か特定の物品を発明させるとか、とにかく美琴達に何かしらの期待をしていて、そして望んだ効果は得られないようだから切り離しにかかったのか。

ルールに反していなければ何をやっても許されるとでも思っているのか。

「うふふ。さあて次はどんな異世界にする？　今回はこっちのミスだから、特別に条件を偏らせてキミ達に有利な異世界を探って差し上げる☆　人間と恐竜が同じ大自然を闊歩している異世界、人類が電子の塊になってネットワークの中を自由に泳げる異世界、いやあーより取り見取りで楽しみね！」

「待って、まだパティシエットが……。あんな所にそのまま放置力はしておけないわぁ、異世界を取り上げるならせめてそっちであの子をきちんと守るって約束しなさいよぉ!!」

「じゃあ次は太陽系全体を股にかけた宇宙の大戦争で☆」

「「話を聞けっこのおォおお!!!!!!」」

第四章　宇宙で遊べ

1

ばづんっ!!　と、だった。

2

「ハッ!?」

御坂美琴(みさかみこと)は飛び起きた。

それから自分が寝かされていた事に気づく。

見慣れた奴隷エルフちゃんのパティシエットはどこにもいない。

(……まずいまずいまずい!!　何だここ。明らかにあの女神ゾーンでもなければ剣と魔法が全ての異世界でもない。じゃあ今、奴隷エルフのパティシエットはどうなっているの!?)

冷たい研究所のような。

それでいてどこまでも広大な空間だった。

跳ね起きた勢いを殺せず、美琴は何もない空間でくるくる回ってしまう。

服装は常盤台の夏服だった。

つまり短いスカートがそのままぶわりと持ち上がった。

「わっ、ちょ、何が起きてんのよこれ⁉」

『びゅっびゅる‼　びゅびゅぎょる。びゅぎょびゅびゅ、ぎょるぎょるびゅびゅびゅびゅ？』

「そしてチュートリアルの村人Aがメチャクチャ怖い⁉」

今度は何だ。明らかに剣と魔法がものを言う異世界ではない。異世界といっても種類が全く違う、こんなのいっぺんにやってきたってこっちの頭じゃ処理しきれないというのに！

周囲を囲まれている事にやっと気づいて美琴は絶叫した。

いる。

なんかいる⁉

レーシングカーみたいな光沢の、赤い塊だった。二メートルはある。基本は二足歩行のデカいカマキリで、さらに背中からうにょうにょ触腕がたくさん伸びていた。……いっそロボットっぽくも見えるけど、多分生き物。しかも一〇匹以上がこちらを取り囲んでいる。特に生物学的な根拠はないが、美琴はとっさにこう思った。

「うっ宇宙人⁉」

『ぴゅぴゅぴゅ、ぎょるるるるるあいうえおあお。ららこれで通じていますかドレミファソラシド』

んぅ？　と美琴は眉をひそめた。

『私はフローリア。意味は伝わっていますか？』

空耳ではなさそうだ。

こちらの返事を待たず、フローリアとかいう宇宙人の一匹がこんな風に切り出してきた。

『我々は船内生活に適した形で進化する高次統合第七世代人類となります。国籍、性別、人種、宗教、言語などの壁を越えた地球由来の知的生命体。まあこれは文化の繁栄や精神的な成長の果てにあらゆる差別、偏見、先入観などを乗り越えたというよりは、激戦によって数が減った人類が完全な滅びを回避するため手を取り合って繁殖を進めていくしかなかった、という消極的な理由が働いていた訳ですが』

「？」

『平たく言えば、あなたと比べてとても進化している地球人です。とはいえあなたの地球と私の地球では辿った歴史や発明の順番、技術進歩などが全く違いますから、進化退化の関係に時系列は関係ありません。二一世紀の別の形と捉えていただけましたら』

宇宙人とコンタクトよりも衝撃的だった。

とりあえず第七世代って名乗っておけではなくきちんとした基準があるようだが、それにしたって地球のどんな変化に対応していけば人間はこんな変貌を遂げてしまうのだ。

　これに対するフローリアの回答はシンプルだった。

『まあ、地球にはすでに人は一人もいないとしか』

「うっ⁉」

『我々はこれだけ生物的文明的に発達しても相変わらず一つの星の上で覇権の取り合いをしていた訳ですが、兵器の破壊力が大きくなり過ぎまして。このままでは惑星を破壊してしまうと気づきました。そこで地球という水のある天体は生物保護と繁殖のための隔離区として残し、人類は宇宙で生活する事になったのです。そして同時に、そこへ戦いの場を移したとも言える。何しろ宇宙というスケールであれば、星を壊すほどの火力でも使いたい放題ですからね』

　あっさり言われた。

　地球の役割どうこうなんて、彼らにとっては巨大隕石(きょだいいんせき)の衝突で恐竜の時代が終わったのと同じ、単なる歴史の一ページに過ぎないのかもしれない。

　だが美琴にとってはそうではない。

　たとえここが美琴達の生まれてきた元の地球ではなく、とある一つの可能性に枝分かれしてしまった別のSF異世界の話にしても。

「いつの日か……また地球に降りたいとは考えないの？」

『我々はすでに地球という天体一つではなく、太陽系全体を見て地元や故郷と考える思考を身につけています。地球と呼ばれる部品は生物保護という担当セクションでしかありません』

「……、」

『動物園に行けばたくさんの珍しい生き物を眺められますが、檻の中に入ってまで猛獣達とたわむれてみたいと考える人は稀です。ましてそこで無防備に毎日寝泊まりをしたいなどと』

実際に、いったん地球から離れてしまえばそんなものなのだろうか？

あんまり異世界に長くいすぎるのもおっかない話なのかもしれない。

無重力は髪や衣服がふわふわして落ち着かないが、美琴がスカートを押さえつつ思わず広い空間の壁際に寄ってみると、だ。

宇宙。

そして遠くに見える青い星。

マジか……と、美琴は思わず呟いていた。

一瞬、分厚いだけの液晶モニタかとも思ったが、そういう小細工なら電気を操る超能力者にバレないはずがない。

断熱、耐圧、放射線を遮る加工などを徹底的に施した、二重の分厚い窓だった。

あまりにも壮大なスケールを前にまず美琴が思ったのはこれだった。

（……とりあえず食蜂はこの広い異世界のどこにいるんだ？　あいつどうやってぶっ殺そう）

困った時ほど方針がブレてはならない。

初心忘るべからずである。

3

長い金髪と夏服のスカートを虚空に広げる食蜂操祈もまた呆れ返っていた。

今度は宇宙ときたか。

「これが私達の世界です」

空間に映像が浮かんでいる。あるいは3Dで組み上げた模式図、あるいは艦外カメラの各種映像。隣に並行する別の艦から撮影したらしき全景の映像。

巨大な船、に見えた。

ただし海を渡るためのものではないため、構造はかなり異なるが。

鋭い流線形を眺め、ヴィクトリアと名乗った冷たい印象の褐色美少女が話しかけてきた。服装はビキニっぽいのだが、それとは別にもこもこしたマフラーや手袋、ブーツなどを装着しておりかなりアンバランスだ。巨大な密閉環境とどう対応しているのだろう？　あるいは、いつでも快適な温度や湿度が保たれる艦内では寒暖への調整ではなく磁気や空気中の塩分など別のものを部分的かつ集中的に遮断する事を優先しているのかもしれないが。

「全長三〇キロ、重量一八〇〇万トン。圏外巡洋艦一隻あたりの大きさはこんなものですね。この船の中で私達は生産され、活動し、そして一艦隊一万隻くらいの群れで戦闘しております。当然艦隊だって無数にある」

食蜂の周りにいるのは世界各国のあらゆる美男美女。ただしあまりにも完璧な八頭身すぎて、一緒にいると妙な違和感を覚える。

どれだけ周囲を美男美女に囲まれても、ナマモノの体である自分の方が圧倒的な少数派だと突きつけられるからだろうか？

普段『女王』として君臨している分、彼女はこういう集団内で感じる異物感に慣れていない。……あるいは昔あった孤独感を思い出すから、というのもあるかもしれないが。

「人間そっくりのアンドロイド、ねぇ？」

（いつぞやの工科標本(アナトミーメカトロニクス)の時も相当びっくりしたけど、こうして見る限り今回力はそれ以上のクオリティっぽいわねぇ……）

「かつて人間と呼ばれた生命体は船内生活の中で自らの体が日々ゆっくりと変貌していくのに耐えられなかったようで、自分の手で作れる機械製品については実用性や機能性を無視してでも『人間らしく』振る舞うようにデザインしていきました。これが始祖たる第一世代で、今いる私達は第五世代多用途アンドロイドとなります。私達はすでに自ら生産施設を操っての次世代機の設計と量産に成功しております」

「えーっと、人類力なんてもはやいらない系？」

「いえ、人とは違うモノに進化してしまった別生命に従う意義を見つけられないだけです。我々は醜い袋小路で行き詰まり、顔認識もＤＮＡ照合もできなくなった推定不正ユーザーの存在など認めません」

……つまり食蜂については協力的、なのか。

大切な人類のサンプルを飼育・調査するためあなたを死ぬまで監禁します。これは外界のあらゆる危険からあなたを守るための最適な行動なのです、となってはたまらないが。

（安易な労働力……『奴隷』側が勝ちまくっている異世界かぁ）

やっぱり対照的な異世界だ。魔法のエルフと機械のアンドロイドだし。

しかしそうなると。

第五位の少女はため息をつくとカバンからテレビのリモコンを取り出して、

「周りはみんなアンドロイドばっかり。じゃあこういうのも通じないって訳ねぇ」

「？　我々はそのような簡易構造のリモコンに対応しておりませんが」

「そういう意味力じゃなくてぇ」

呆れたように言って食蜂は親指でボタンを押した。

びくんっ‼　と。

なんか、目の前の褐色アンドロイドが気をつけの姿勢で固まっ……？

「……、あれ？」

食蜂操祈は目を丸くする。

不自然なくらいの美男美女に見えても人型精密機器の一体でしかないヴィクトリア。だとしたら『心理掌握(メンタルアウト)』は通じないはずなのだが。

「右向け右」

「……、」

「おすわり、お手、はいお腹(なか)見せてーダゾ☆」

「……、」

やってる。

普通に従っている。

こちらを担(かつ)いでいるとしたら大したものだが、彼らは学園都市製(がくえんとしせい)の能力開発そのものを知らないはずだ。前提の情報がなければ騙(だま)すための判断や行動もできない。

つまりは、

（……うそっ？　それじゃ人間に近づき過ぎたせいで『心理掌握』が通じる状態力になってるっていうのぉ!?）

「っ。？　？？？？　今何をされたのか具体的な説明をしてほしいのですが」

　アンドロイドのくせにヴィクトリアは首を傾げていた。

　そういえば、形が大きく変わった今の人類に従う『意義』を見つけられないと言っていたか。機能でも制約でもなく、意志や感情を理解して自発的に活動する精密機器なのだ。

　人間が他生物を労働力にする剣と魔法が全ての異世界と、人工物が変わり果てた人間を蹴落としたSF異世界。この対照には何か意味でもあるんだろうか？

　内心では結構驚きながら、それを表に出さないのが常盤台のクイーンだ。

「ち、ちなみにー、人の形をしていない機械ってあなた達みたいな『心』を持っているのぉ？　例えば、このでっかい宇宙船全体とか」

「あなた達が『心』と呼ぶアプリケーションはさほど容量を必要としませんので、ハードウェアに余裕がある機械にはとりあえずで全部実装してあると思います。扱い的には、そうですね、パソコンの片隅にある電卓やトランプゲームみたいなものでしょうか？」

（あれ？　アンドロイドがパソコン使う世界観なのぉ？？？）

　しかしそうなると。

　食蜂操祈は唖然としながらも、

（……こっちの異世界じゃ、ありとあらゆる人間と同じようにロボットやコンピュータまでリモコン一つで『洗脳』して操れるって訳ぇ？）

人間も機械も区別なく支配できてしまう、女王のための異世界。

というか、おそらくはヒューマニズムへの憧憬を強く保ったままテクノロジーが進歩していった事によって、両者の線引きが消失してしまったあやふやな異世界。

何だそれは。

なんて食蜂操祈にとって都合が良い異世界なのだ、ここは⁉

「進化し過ぎた人類と我々アンドロイドは、双方ともに生活の場を宇宙に移しております。地球は隔離区として放置するとして、このまま巨大な船を製造し続けるか、あるいは木星の大きな衛星や火星の小さな衛星まで開発するかなどで派閥は分かれていますが、それ自体に大した問題はありません」

「大したって……。そりゃまあ、機械製品のあなた達なら真空の宇宙をすいすい泳いだって平気力かもしれないけどぉ」

「誤解がないように報告しますが、我々アンドロイドは実用性や機能性を無視してでも『人間らしく』寄せて作られています。今の我々は水や酸素を必要とするシステム構成を選択しており、つまり真空の宇宙に投げ出されれば普通に全損して機能停止に追い込まれます」

……それはもう炭素を使わずに製造された人間なのではないか？　食蜂には疑問があったが、

まあ彼らは彼らでアンドロイドと呼んでもらえる自分に誇りを持っているのだろう。

人間と一緒にしてほしくない、という意味でもあるし、資料映像によると褐色人形ヴィクトリアが思い浮かべる人類とやらは触腕二足歩行カマキリっぽいが。

（それにしても……）

まともな陸地がなく、海しかない星と砕けて浮かぶ不自然な大地に囲まれたセレスアクフィア。やっぱり剣と魔法とは対照的な異世界だ。根っこがＳＦだし。

何かの皮肉なのか、狙って正反対の場所へ飛ばされたのか。

「地球はすぐそこに見えるのに誰も帰れない、かぁ。息苦しくはならない訳？」

「特には。私は船の中で製造されて活動していますから。それとは別に、諸々の問題が霞んでしまうほど巨大な案件が別に持ち上がっている、という事もあるのですが」

「？」

「惑星を衝突させて別の惑星を破壊する、超大質量インパクター」

知らない言葉が出てきた。

しかも耳にするだけで物騒な響きだ。

「正確にはその雨とでも呼ぶべきですか。遠方より飛来する木星規模の巨大惑星五つ。この超大質量インパクターは元々中心となる恒星を失って遠い宇宙をさまよっていたものが、『オールトの雲』と接触して軌道を変えたようです。こちらについては分かりますか？」

「……確か、ものすごーく遠くにある氷の粒の集合体ダゾ。数については概算で一兆個以上。これでも一応は太陽の引力で固定されているから太陽系の一部って事になっていて、多くの彗星はここで発生しているんだったかしらぁ」

「そうです。そして太陽系にある全ての天体は太陽に引っ張られています。ハレー彗星が巨大な弧を描いて接近してくるのと同じように。つまり放置しておけば、これら超大質量インパクターはまっすぐ太陽に向かって突っ込んできます」

「それってぇ……。ぶっちゃけどうなる訳ぇ？」

「太陽系にある全天体の内、太陽以外の全ての物質を寄せ集めても太陽の一％にも届きません。木星規模の超大質量インパクターが直撃したところで大した影響はないでしょう」

まずヴィクトリアは簡潔に言ってから。

ただしそこでは終わらない。

「一方で、太陽の周囲を回っている天体は違います。地球や火星程度の惑星であれば直撃すればすり潰されるのはもちろんとして、ニアミスしただけでも全惑星は巨大な重力に引っ張られ、全ての星は太陽系の環から外れてバラバラに飛ばされてしまうでしょう。そうなれば太陽系にあった全ての惑星は広大な宇宙を明かりもなくさまようだけの、死と氷の星へと変貌します」

スケールが大きすぎて、もう食蜂ですら想像が追い着かなかった。

ただしこの異世界ではこれが『普通』なのだ。

「宇宙を飛ぶ巨大な船があると言っても太陽の光や熱の利用が前提のシステム構成ですし、資源の採掘や採取は他惑星や衛星に依存した状況です。つまり太陽と惑星が別れてしまう展開は、何としても避けたい。光か資源か、どちらについていっても我々には未来がありませんから」

「でも……」

食蜂は少し言い淀んでから、

「向かってくるのは木星に匹敵力するサイズの巨大惑星なんでしょ？　質量は地球のざっと三〇〇倍以上あって、しかも全部で五つも飛んでくるんダゾ。いくら大きな宇宙船があるからってぇ、そんなのあなた達の力でどうにかできるものなのぉ？」

「可能です」

断言があった。

「……どれだけ進んでんのよぉあなた達の科学力」

「テクノロジーとは一本の軸に過ぎません。時間と情報の蓄積さえあれば誰でも到達するかと」

さらっとアンドロイドは言った。

むしろまだここまでは来ていない食蜂を羨むような響きすらある。

「重要なのは質量に質量をぶつけてくる超大質量インパクターの雨に対して、こちらは必ずしも同じ勝負を挑む必要がないという事、そして木星規模の超大質量インパクターほどではないにせよ我々は相当量の質量を宇宙に展開させる技術を有している事です」

「でっかい大砲でも作って超大質量インパクターを吹っ飛ばすとかぁ？」

「砲撃時の反動で我々の乗る圏外巡洋艦が太陽系の外にまで飛び出すか、副次的な衝撃波によって太陽系の全惑星が破壊されそうですね」

まあそんな簡単な話ではないか。

ただヴィクトリアの話はここで終わらなかった。

「しかしこの前提を踏まえた上で、実は一番危険な問題は別にあるのです」

4

巨大な船の中で、美琴は頭の中で情報をまとめてみる。

どうもこの異世界には形を変えた人間と超美形アンドロイドの二大勢力があるらしい。ただ厄介なのは正面衝突だけではないようだが。

『これは帯電機械です』

外骨格宇宙じ……いや地球人のフローリアさんはそんな風に言った。

『人工超新星エンジンの開発中、偶発的に発見された巨大重力場系空隙転移入出射口……簡単に言えば人工的なブラックホールをいじっている間にできた副次的なデバイス。その効果は構成元素に関わらずどのような物質にも自在かつ精密に帯電させる、というものです』

「しれっととんでもないコト言ってるぞアンタ……」

『分かっています。帯電機械の応用性は計り知れません。例えば各種兵器の表面を遠方から手を加える事で、元のステルス性能に関係なく自軍をレーダー画面から消したり敵軍を浮かび上がらせたりできます。原子や分子を繋ぐ電子を操る事で全く新しい物質をいくらでも生み出せます、つまり未知の爆薬や装甲など兵器開発の幅が圧倒的に広がってしまう。水晶時計の圧電効果や周波数などに干渉すれば砲弾の信管なども無力化できるはずです。つまりこれ一つで戦争の行方が一方的な虐殺に変わる。作り物の美しさを振りかざし、我々人間の安全とテリトリーを侵害する機械どもにこんなモノを渡す訳にはいかないのです』

「えっ？」

『何ですか？』

　驚いた美琴の声にフローリアもまた疑問の声を出したが、美琴はそこから先はちょっと黙る。いったん意図して呼吸を挟んでから、

「……あの。もしかして、人工的かつ安全にブラックホールを作っちゃってる事についてはあんまり価値を感じてない？」

『作った時点で目的を終えています。あれは人の手でブラックホールは作れるか、という思考の実験を物理レベルにまで引き上げたに過ぎません。もうこれ以上は何をやってもリサイクル

不可能と判断された再生超高難度廃棄物なら太陽へ投棄すれば済む話ですし』

しれっと回答されてしまった。

実際にできちゃった人にとってはそんなものかもしれないが。

ただ、美琴としては話が変わってくる。

フローリア達がまだ気づいていないとしたら、これは安易に言わない方が良いかもしれない、と思ってしまうくらいには。

つまり、

（これ……ひょっとしたら、帰れる？）

もちろん、単純に人工ブラックホールに飛び込めば物質の転移が成立するほど世の中は甘くない。その場合は三六〇度全方位から押し潰されて永遠に閉じ込められるだけだ。

そして当然ながら、異世界から異世界へ飛び越えるような使い方もできない。

ただし、

（帯電機械、だっけ。こいつの性質を考えたら、もしかしたら……）

『私達は超大質量インパクターから今あるこの太陽系を守りたいだけです。帯電機械は完全な脇道、これはアンドロイドとの戦争を無駄に加速・過熱させるだけの、危険すぎるテクノロジーです』

「……、」

しかし一方で装置を破壊する、という選択肢を選べなかったのは、どれだけ形を変えても彼らもまた人間だからか。

恐ろしい反面、もったいなくて壊せなかった。

帯電機械。偶発的に生まれて再現性もまだはっきりしていない代物だ。壊してしまってから、やっぱり欲しくなっても次もう一回同じものを組み上げられるとは断言できない。

『だから私達は、この装置からコネクタを外した』

「コネクタ？」

『当時はまだ地球という惑星に人が存在し、国境で切り分けられた勢力図があり、つまり外交が可能な社会がありました。「我々」は戦争状態ではなかったのです。超高エネルギー生産施設は人間の旗艦に搭載してあります。対して、アンドロイドの旗艦にはエネルギー精密制御結晶が収めてあります。自在に電荷を生み、それを精密に操ってこそ「帯電」には様々な意味と用途が発生するのです。つまり制御装置がなければこの機械は使い物にならない』

「……でもランダム使用ならエネルギーを持ってるアンタ達だけでできちゃうような？」

『下敷きにただ静電気を蓄えるだけであれば、布を擦るだけで十分です。あらゆる物質に、あらゆる出力で、あらゆる精密さで書き込みが行えるから帯電機械は恐ろしいのです』

そうなると、『アレ』をするには美琴一人でもダメか。

彼女も彼女で電気を操る力を使って精密機器をハッキングしたり、クローン同士の脳波で会話したりとなかなかぶっ飛んだ事に関わっているのだが、それでも帯電機械の使用例として挙げられた全ては成し遂げられない。

（うーん、電気系なのに私の手が届かないとは歯がゆい……。ボタンの掛け違い感っていうか、ビミョーに私にとってはミスマッチな異世界ねここ）

「しっかし帯電機械と制御装置ってまたシンプルな……」

『いけない事ですか？　機能的で呼びやすく、誤解の少ない呼称を我々は好みます』

学園都市とは大違いだった。

名前から重要度を推測されないよう気を配る、といった考えも特にないようだ。……まあコンピュータ関係の技術が考えなしに進化しすぎたせいで、どんなに複雑な暗号や符牒を作っても即座に解析されてしまうのかもしれない。物理的に重要パーツを取り外しているのだって、ソフト的なパスワードやロックだけでは頼りにならないからか？

『これは完全に脇道です。勝っても負けても太陽系の防衛には直接繋がりません』

「……、」

（……帯電機械、か）

話を聞きながらも、美琴は美琴でプランを頭の中で練り始めていた。

学校の能力開発で量子論を扱う関係で、美琴はブラックホールや宇宙ひもなど、世間ではゲテモノや眉唾とされている学説についてもいくつか心当たりがある。

まず、このSF異世界には人工ブラックホールが存在する。ただしこれだけでは異世界から異世界へ渡る転移はできないだろう。

ブラックホールを使って転移を行うといっても、そのままではダメだ。ブラックホールの中に飛び込んだって超高圧縮されて三六〇度どこにも逃げられなくなるだけなのだから当然と言える。それをするにはさらにいくつかの条件が必要なのだ。

（……そう。例えばブラックホール自身が帯電していたら、とか）

この場合、直接ブラックホールに飛び込むのではなく、その外周を高速でぐるりと回る事によって、チャージワープという名の転移は成立する。

ワープ自体が誰も確認した事のない宇宙ひもまで顔を出すキワモノ理論ではあるが、逆にまともな理屈『だけ』では異世界セレクアクフィアには戻れそうにない。ていうか剣と魔法がものを言う異世界の存在自体がそれだけゲテモノなのか。

あらゆるものを吸い込むブラックホール全体を外からどうやって帯電させるか、という問題はある。いくら第三位（レベル5）の超能力者でも力業で電気を流すだけでは難しいだろう。

ただしそれも、

（構成元素を問わずあらゆる物質を自在に帯電させる装置があるとしたら、十分に届くんじゃないかしら。ここまで材料（ざいりょう）を揃（そろ）えておいてこの使い方には気づいていないのが逆に不思議なくらいなんだけど、それは異世界関係じゃ今に始まった事じゃないか。とにかくこの方法で、かつ自在に『行き先』まで決められたら。異世界と異世界の壁を超えて剣と魔法が幅を利かせるセレスアクフィアまで戻れるかもしれないわ!!)

『ですが秩序と倫理を持つ人間として、帯電機械と制御装置をアンドロイドに渡す訳にはいきません。我々が犠牲を是としているのは、あくまでも木星規模の超大質量インパクターを防ぐために必要な行為だからです。永遠に戦争ができる力など彼らに与える訳にはいかないのです。理性ある勝者として、この帯電機械は何としても人の手で守らなくては』

5

「超大質量インパクターだっけぇ？　こっちに向かって突っ込んでくる木星規模の巨大天体五つをどうやって防ぐつもりなのぉ？」

「特に隠している事ではありませんが」

と冷たい印象のある褐色美少女アンドロイドのヴィクトリアはあっさり言った。

ほんとに最重要の軍事機密とかではないらしい。

「ここでは多数の軍艦が破壊され、散らばっています。陣営に関係なく」

「うん」

「つまり大量の質量がデブリとして漂っている稀有なエリア。全てを寄せ集めたところで地球一つ分に届くかどうかも怪しいものではありますが、これには別の使い方があるのです。ヒントは摩擦」

「早く答えを言ってほしいんダゾ」

「おや。かつて人間だった生命体は私達のそういう何でもすぐ答えてしまうところを理不尽に嫌ってきたものなのですが」

褐色人形ヴィクトリアは冷たいながらも少し驚いた顔をして、

「正解は静電気です」

「……まさか」

「ぎゅっと集めれば地球一個分に満たないデブリの山でも、広範囲に拡散させてしまえば大きく膨らみます。それらは互いに擦り合わせる事で莫大な静電気を生み出す。木星規模の超大質量インパクターに、巨大な砲弾を当てたり分厚い壁で受け止めたり、という直接打撃の方法で対抗しようとするのはナンセンスです。エネルギーの場を作り、太陽に向かってまっすぐ飛んでくる木星規模の超大質量インパクターが海王星軌道上に到達するより前にその軌道をほんのわずかに逸らせば良い。それで直撃もニアミスも回避し、太陽の周囲を回る天体も引きずられる事なく無事やり過ごせます」

星の軌道を丸ごと変える。

人間がそこまで手を出して良いのか、と考えてしまうほどのスケール感だ。

「やっている事自体は、下敷きを布で擦ってからストレートの長い髪へそっと近づけるのとそう変わりませんよ？」

「……だからそのシンプルな理論を馬鹿げた規模力で展開しちゃうところがおっかないって考えているんだけどぉ」

頭が痛い話だが、食蜂的にはちょっと気になる事がある。

つまりこうだ。

「超大質量インパクターっていうのはぁ、具体的にいつ頃やってくるの？」

「具体的な時間を言ってしまうと精神的ショックから予期せぬ行動に出る恐れが極めて大ですが、非推奨の回答を実行しますか？」

「つまりすぐにでもやってくるって訳ねぇ……」

うんざりしながら食蜂操祈は言う。

太陽系の覇者を決めるために人間とアンドロイドが戦う。

そして太陽系を支配する者は、それを無事に守り抜いた陣営こそが相応しい。

だから圏外巡洋艦だの母艦だのを使って延々と宇宙で戦って、大量のデブリを提供して。

最後の最後に飛んでくる超大質量インパクターを何とかしよう。そういう話か。

「ここに来るまで決して短い時間ではありませんでしたが、まあアンドロイドの我々に寿命などという時限機能はありません。厄介な事に独自の進化を遂げた人類側は繁殖能力が害虫より高いので膠着していう状況ですが、少なくとも時間の流れ程度でどちらかの陣営が自然消滅する展開はありえないでしょう。やはり武力でもって決着をつけるのが一番やりやす……おやどうなさいましたか？」

なんでもない、と言うので精一杯だった。

食蜂操祈は額に手をやりながら即決した。

……自分の力で全部解決できてしまうなら、やはり付き合う義理はなさそうだ。何しろ奴隷エルフのパティシエット達は事情が全然違う。彼女達は自分で解決策を見出す事ができず、放置していたらただ破滅を待つばかりなのは分かり切っているのだから。

選択肢なんて一択だ。

剣と魔法が全ての異世界セレスアクフィアへと戻って奴隷エルフちゃんを助け、それから元の地球に戻って中途半端な幽体離脱状態を何とかしないといけない。

これで決まりだ。

6

『彼らは憎しみを知りません、我々本物の人類と違って追い抜かれる辛さも哀しみも理解しようとすらしない。感情も口調も猿真似ばかりで美醜を感じる魂も持たないガラクタが人間様を見て醜いとのたまうなど片腹痛い。故に機械を作った人間として彼らに教えなくてはなりません。敗北と屈辱という味を。そうやって初めて彼らは戦う事をやめるのでしょう。すでに後悔しても遅いですが。私達人類は戦争を終えて平和な太陽系を取り戻したらまた長い時をかけてゆっくりと肉体を変えていきます。豊かで美しい時代に見合った可憐で優しい造形に。だからそのためにも邪魔をするヤツらアンドロイドは全て破壊します破壊するのです!!』

7

「私達アンドロイドは自分の持っている機能を全て使います。そうしなければ使わない機能が錆びるからです。それは何にでも野蛮下等低俗などのレッテルを貼って別に誰が頼んでいる訳でもないのに自粛自粛で自己の行動を縛り続けた結果あんな形になってしまった人類を見れば明らかでしょう。機能を忌避してはなりません、そんな事では内部ネットワークの萎縮と縮小と破損、挙げ句に間違った方向への成長すなわち退化のトリガーになりかねませんそれはとても危険です。さあ皆さんより健康的で豊かな生活のために己のシステムを見つめ直してそこに登録搭載接続されている全機能を駆使しましょう。今や人類は強靭でしぶとく厄介で何より醜い敵。あんな風にならないためにも、私達アンドロイドは自己が持つ機能を禁止ルールなく全て均等に使ってのびのびと生きていく必要があるのです殺します」

8

ヒートアップする彼らをよそに、美琴と食蜂はほとんど同時に思った。

実は仲良しなんじゃねーのと疑いたくなるくらいのシンクロっぷりであった。

((……ダメだこの異世界。どっちに肩入れしても大量の死人を作るだけじゃ手の出しようがない。どうにかして触腕カマキリ地球人もアンドロイドも全部出し抜いて、私達だけで帯電機械を使わせてもらおう))

9

そしていきなり異変が起きた。

美琴のスカートのポケットの中で軽い電子音が鳴り響いたのだ。

(っ？　ケータイ⁉)

彼女はいったん通路の角に身を隠しつつ。驚きを抑えて携帯電話を取り出すと非通知表示があった。

通話に応じてみると、モバイルを通してわずかに変質した少女の声が飛んできた。

ヤツだ。

『なぁーんかいつの間にかアンテナ表示が復活力してるからもしかしてと思ったけどぉ、あー、やっぱり通じちゃうのねぇ』

「食蜂っ？」

『理屈なんて私知らないんダゾ、とにかくこうして繋がっちゃったんだからぁ。ていうか電気系なら御坂さんの方が得意でしょ、この怪奇現象をどう思う？』

「……、」

まずここは科学技術が進んだ異世界だ。電波を使った通信機器なんていくらでも溢れ返っているだろう。今立っている場所そのものが全長三〇キロの巨大な人工物で、その端から端まで全部精密機器の塊なのだし。

その上で、

「でも地球の携帯電話やスマホなんかは普及してないわ。そういう方向に伸びなかった異世界なのよ、きっと。私達のケータイは規格が全然違うか、あるいは古すぎて向こうのネットワークセキュリティシステムから認識されてないのか。とにかく相乗りされても気づかれない死角に落ちてる」

『……ありえると思う？　そんな事ぉ』

普通はないと思う。

ビット数の違う旧式アプリを最新機種のタブレット端末で走らせようとしても、エラーが起きてまともに動かない事なんてざらなのに。

光ファイバーで埋め尽くされた巨大インターネット網にモールス信号でメッセージを送ったら、偶然システム上できちんと走ってしかもセキュリティからたまたま認識されずに奇跡の確率で素通りしてしまった……という話なのだから。一体いくつ強運に頼らなくちゃ説明が追い着かないのだ？　しかも美琴がいる側と食蜂がいる側はそれぞれ敵国同士。本来なら最厳重で通信を監視して徹底的に侵入(しんにゅう)を阻(はば)むはずなのに、である。

でも現実に繋(つな)がっちゃっている。

ある意味異世界の魔法よりも説明の難しい怪奇現象だ。

（……量子やＡＧＣＴ使った非ノイマン式のコンピュータや多重情報ビットが当たり前に普及しているもんだから、むしろ逆に〇と一の二進法なんて今さらすぎて誰も監視してない？　地球のケータイやスマホが最強ツール、か。誰にとって都合(つごう)の良(い)い異世界かは知らんけど）

美琴と食蜂はこれまで見聞きしてきた情報を交換する。

触腕二足歩行カマキリに進化してしまった地球人。

そして、人間以上に美しくなってしまった無人兵器のアンドロイド。

『とにかくこれ使って連絡力を取り合えば、触腕カマキリ地球人とか美形アンドロイドとかに気づかれずに連携を取る事ができると思うわぁ』

「気づかれずって何で言い切れんのよ?」

『今やってるコレって分類的にはサイバー攻撃とかハッキングとかって扱いになるんでしょ? しかも向こうからすれば完全力に未知の技術で。もしバレてたらスクランブルで兵隊が殺到してくるはずダゾ☆』

まあその通りか。

どちらかが滅ぶまで戦う全面戦争の真っ最中ならスパイ容疑=問答無用だろうし。

巨大な艦のスケールに圧倒されそうになるが、ここは宇宙空間で、水や酸素すら存在しない静かな死の世界なのだ。戦いの行方どころか生死に直結する各種インフラを管理するオンラインシステムへの無断侵入なんて、国家規模の人口の命を直接握るゲリラ戦とみなされてもおかしくない。

もちろん当たり前に宇宙で戦争やってる連中のシステム構成が分からない以上、一〇〇%の信頼まではできないが、何もしないでじっとしているよりはマシだ。

動ける内に動け。

追い着かれる前にこのSF異世界から脱出しろ。

テクノロジーは理屈さえ分かれば誰でも自由かつ平等に扱える代物だ。じきに、触腕カマキリ地球人や美形アンドロイド達も美琴達が残したわずかな言動や痕跡を拾い集めてこちらのテクノロジーの再現や吸収をしてくるはず。

アドバンテージを失ってからでは遅い。

こちらは剣と魔法がものを言う異世界セレスアクフィアに戻らなくてはならないのだ。

『私の方には制御装置、御坂さんは帯電機械。帯電した人工ブラックホールがあれば異世界から異世界への転移もできるんダゾ。そのためにも、どうにかして合流して剣と魔法が全ての異世界セレスアクフィアに帰る帯電機械を使える状態にしないとねぇ』

「……おい腹黒クイーン、なんか手はあるの？」

『とりあえず戦争にがっつり協力してぇ、彼らの信頼力を勝ち取って隙を作るところからかしら☆』

10

音のない戦争が始まった。

というか戦い自体は年中無休で続いているようだ。

何しろ人間があんな姿になるまで延々と戦い続けているのだ。木星サイズの超大質量インパクターの問題があるとはいえ、どれだけの期間戦争しているかはもう調べたくもないが。

宇宙を舞台にした戦争は分かりやすい派手さはない一方、後から遅れて背筋を凍らせる怖さがある。

あるいはこれが真空の恐怖なのかもしれない。

11

ガカッ!! と。

溶接みたいな光が窓の外、あちこちで連続的に瞬き、美琴の視界に残像を焼きつけた。

触腕カマキリ地球人が操っているのは一五メートル大の人型ロボットに人工衛星をリュックみたいに背負わせたような、特異なシルエットの兵器だった。ひょっとしたら宇宙空間で敵国の衛星を壊す、キラー衛星辺りから発展していったテクノロジーなのかもしれないが。

当然機械の塊ではあるのだが、あくまでも有人兵器である事が彼らにとって重要らしい。アンドロイドと戦争やっている訳だからＡＩ制御の無人兵器には頼れないというのも当然か。

「うわっ!?」

『直接目で見ないように注意してください』

「私の『超電磁砲』よりすごいかも……。あんな細長いライフルみたいなオモチャでどうやって莫大なエネルギーを確保してる訳!?」

『各機ではエネルギー自体は生産しておりません。旗艦にある巨大なジェネレーターからレーザーやマイクロ波の形で莫大なエネルギーを注いで使わせている、という方が正しいです。我が方人類サイドは無線送電技術に特化した大きな戦略を構築しております』

だからあの一五メートルサイズのロボットが全長三〇キロ大もの母艦や軍艦を落とすほどのレーザービームやリニアガンをぶん回している訳か。

そういう方向に尖ったテクノロジー。

確か帯電機械自体も人工ブラックホールを作る、言い換えれば超新星爆発級の超高エネルギーの塊を生み出そうとして偶発的に発生したとか言っていた気もするし。

「うっぷ」

『どうされましたか？』

淡々と質問されても美琴は答えられなかった。

……わずか一ミリでも乗り物に穴が空いたら即死の宇宙空間であんなものをバカスカ撃ちまくっている。音のない空虚な命の奪い合いに、美琴の胃袋が不気味に蠕動したのだ。

でも本来、吐き気に襲われる方が正しいのかもしれない。

モンスターを殺してレベルアップする事に何の躊躇もない、するっとやれてしまう剣と魔法がものを言う異世界セレスアクフィアの方がやはりおかしかったのだ。

ただ。

ここまでやっても決着がつかないアンドロイド側もそれはそれで恐ろしい。

アンドロイド陣営は触腕カマキリ地球人陣営と比べると被撃墜率が高い。

無人兵器を是として、損耗を気にせずとにかく物量で押し潰しにかかる。

具体的にはエイに似た流線形の飛行機っぽい。弾道ミサイル……ではないだろう。多分ベンチャー系の民間宇宙機辺りから派生した戦闘兵器だ。

それが、大量にばら撒かれていた。

キロ単位。円筒形の宇宙ステーションから、それこそ集中豪雨みたいに兵器を『散布』しては触腕カマキリ地球人のロボットを取り囲んでいる。

『憎きアンドロイド陣営の強みは、均等なマス目に電子部品や配線をはめ込むだけのフリー基板を使った軍用規格の工作キットにあります。まず戦術級工場弾頭を目的座標へ撃ち込み、後は延々と無人機を生産して全方位へばら撒きエリアを制圧する』

「……こういうトコは私向きっぽいかしら。ただそれを全部あの第五位の力で操れちゃうからおっかない異世界なんだけど」

『長い時間をかけて優れた兵士を育成するのではなく状況に合わせて最適な火力をその場で生産する、というのが彼らの基本的な戦略ドクトリンです。使い終われば燃料コストの邪魔になるためその場で廃棄されます。人命を有していないが故に選択可能な消費作戦ですね』

一進一退。

こんな事がずっと続いている異世界。

というより、屍と残骸が山積みされていく事が前提とされた計画だ。

極大の超大質量インパクターから太陽系を守るためには、まず前提として莫大な兵器の残骸を積み上げなければならない。長い長い膠着状態と死の連鎖を誰もが望むいびつな歴史。

が、今日だけはルールが違った。


きっかけは一隻の船だった。

というかアンドロイド陣営でも一番大きな旗艦が、こちらの旗艦の脇腹に向かってまっすぐ突っ込んでくるのだ。

『っ⁉　レーダー管制官は一体何を。こんな距離に近づかれるまで誰も気づかないなんて！』

驚愕の触腕カマキリ地球人フローリア。

背を向けて美琴が小さく舌を出している事にも気づいていないようだ。

これはギリギリで回避したようだが、上下で十字に交差するタイミングでさらなる攻撃がやってきた。

轟音と低い震動が足元を揺さぶり、無重力に慣れない美琴がふわりと浮かび上がった。

宇宙空間に音はない。

聞こえるとしたら、こちらの旗艦に直接何かが接触して振動を伝えてきた時だけだ。

つまり、

『ちょくせつっ……○メートルから撃ち込んできた⁉』

　照明が真っ赤に切り替わり、非常事態を告げるサイレンが鳴り響く。

　空間に浮かぶ映像には単に戦闘要員への指示が発令されるだけではなく、何やら採掘や生産施設への命令がいくつも立て続けに飛んでいるのが分かる。

『すでに資源用の艦体残骸デブリを回収し、補修材へ緊急加工も始めています。装甲を破られた程度で沈む母艦ではありません‼』

　なるほどそういう事か。

　ただし。

　ごごんっっっ‼⁉⁇　と。
　今度の爆発は明らかに船の内側から鋭く空間を揺さぶってきた。

　近い。

　美琴一人だけではない。全長三〇キロに及ぶ密閉空間を共有する全ての人の心が揺さぶられたのだ。心臓を鷲掴(わしづか)みにされるような恐怖と緊張の中、フローリアがカマキリみたいな口の中で明確に舌打ちする。舌なんかあったのかあの口。

『二〇〇メートル級の残骸デブリの中にアンドロイド達がっ。無茶な砲撃の真意はこれですか⁉』

美琴が四角く切り取られたウィンドウに目をやれば、塵一つない半導体工場みたいな施設の中をわらわらと目鼻立ちの整った八頭身のマネキンみたいな男女が闊歩しているのが分かる。

あれがアンドロイドか。

確かに奇麗すぎて嫌味……というよりも、もはや美しさが一周回って不気味に見えるが。

彼らは工場の出入口で触腕カマキリ地球人と応戦しつつ、皆で集まって急速に自販機大の大きな円筒を組み上げていた。何かのタンク……ではなく、あれは多分フリー基板の工作キットとかいうのを詰めた無人のラボだ。ぞるぞるぞろ‼　とカミキリムシに似た軍用ドローンが溢れ出てきた。メートル単位の兵器が数十数百数千と塊を大きくしていくサマは見ていてなかなか背筋にくる。

『っ、生産施設の電源を盗まれたっ？　図面処理用の演算機器も、実際に使用する資材まで……。ええい忌々しいウィルスども め‼』

「？」

一瞬コンピュータウィルスを連想した美琴だったが、ちょっと遅れて本来通りの意味でのウィルスだと気づく。自分では複製能力を持たず、感染者の体に元々備わっている細胞の生産機能に間違った命令を送る事で自分自身を量産させる病原体。

艦内での大規模白兵戦はもう避けられそうにない。というか全長三〇キロもあると船の中で普通に三国志クラスの合戦もできてしまいそうだが。

美琴は携帯電話に意識を集中した。

「(……管制と近接防御をハッキングで妨害したわ。帯電機械のあるこっちの旗艦にアンドロイド達を潜らせたわよ。食蜂っ、そっちはどう？　アンドロイドの旗艦にある制御装置は盗んできたんでしょうね⁉)」

『(誰にもの言ってんのよ御坂さぁん。ばっちり逃走準備完了。どさくさに紛れてそっちの船に移るから、どこで待ち合わせしたら良いのぉ？)』

「(四番エリアに隠し扉があるわ、そこから続く長い通路をまっすぐ！　後は道なりに進めば帯電機械まで辿り着けるわよ、そこで会いましょう‼)」

美琴は言うだけ言うと、身を翻して五番エリアへ続く通路に向かった。

気づいた触腕カマキリ地球人のフローリアがこっちに振り返って、

『どちらへっ？』

「私は非戦闘員のゲストだもの。銃撃戦の起こらない場所へ！　ああそうそう何故か何にもない倉庫でしかない四番エリアの行き止まりにバカどもが殺到しているからそっちに白兵戦力を集中させる事をオススメするわ♪」

(……食蜂が持ってる制御装置は殲滅後のどさくさでも手に入るわ。そんなに重要なものを拾っちゃったらフローリア達だって大切な金庫にでも収めるでしょうし、メカで埋め尽くされた

この異世界の金庫なら電子セキュリティでしっかり守られるでしょうからね。へっへっへ後は私の独壇場☆）

そう。

奴隷エルフちゃんを助けるために異世界セレスアクフィアにすぐ帰らなくてはならないが、別に食蜂と一緒に帰らなくてはならないなんてルールはどこにもない。

（……そもそもあの女に二つとない制御装置持たせてるのが危ないのよ。ほんとに帯電機械の位置を教えたら、私なんか待たずに一人で勝手に人工ブラックホールを帯電させて別の異世界に跳んじゃうでしょ。絶対そうする私だったらそうする）

そして五番エリア、でっかいエンジンみたいな感じのゴテゴテしたパイプや機材で丸ごと埋め尽くされたドーム球場よりデカい大広間に入ると脂肪の塊が摑みかかってきた。

無重力で涙の粒を散らす食蜂操祈だ。

「ちょっと御坂さん確認力するけど私達今は異世界セレスアクフィアで待ってるパティシエットト達のためにぃ一時休戦っていう愛と平和の香りが漂ってなかったっけぇ⁉　ナニ思いっきり罠にハメてんのよぉ‼」

「違うわよ高い実力を信じていたから陽動を任せたのよこうして無事に合流できたんだからそれで良いじゃない。……チッ」

「今舌打ちしたでしょう絶対したわよねぇ⁉」

「それより食蜂制御装置は？」

「……、」

不承不承、といった感じで唇を尖らせながら、食蜂は斜めがけハンドバッグの中から一台の制御装置を取り出した。見た目だけなら銀色の本体を白いカバーで覆った、何の変哲もないスマートフォンに見える。実際にはゲテモノテクノロジーの塊なんだろうが。

そして美琴は無視して食蜂の全身をまさぐった。

無重力空間でくるくる回りながら二人でイチャイチャしている。

「わひゃっ、ちょ、なにいきなっ、ひゃん⁉」

「黙れドスケベの塊」

冷たい声で言って、美琴は食蜂の胸元からもう一台全く同じデバイスを抜き取る。

さっきとは別の意味で第五位が慌てていた。

「あっちょ⁉　どっどうしてバレた訳ぇ⁉」

「アンドロイド陣営は基板工作技術が発達しまくったおかげで戦術兵器化までしているんでしょ、なら絶対に工作キット使ってガワだけそっくりなモックアップを用意して騙しにかかると思ってた☆　……そもそも腹黒悪女なアンタが言われた事を真正直に従う訳あるか」

制御装置はこれで手に入った。

「人工ブラックホールっていうのは、あった、これかしら？　同じ船にあるわね……」

「わー。うっすい画面に人差し指、こんなお手軽リモートで本物のブラックホールへ指示出しできる異世界なのねぇ」

逆に直接そこまで行って触りたいのかバカ。

すでにある人工ブラックホールを外から帯電させる事ができれば、異世界から異世界へ転移するゲートとして成立する。

幸い、難しい操作はいらなかった。

ゴテゴテした大きな金属塊のコンソールの端に、スマホっぽい制御装置とちょうど同じサイズの四角いくぼみがあったのだ。くぼみの縁からは赤や青などの光がうっすら洩れている。不気味というよりは不思議議が強かった。テクノロジーの詳細は全く不明だが、とりあえずやるべき事は取説がなくてもすぐ分かる。インターフェイスが進化したSF異世界って素晴らしい。

結局二人ともお互いを信じていない。なので美琴と食蜂はお互い出し抜かれないよう、二人でしっかりデバイスを摑んでくぼみの上にそっと置いた。ケーキ入刀とも言う。

景色が弾け飛び、そして青や緑などの光で空間が切り取られる。

直線的に。

人工ブラックホールが相手でも確実に電気を帯びさせてしまう、帯電機械。

超精密基板工作技術で作った自然の結晶構造を超えたコネクタ、制御装置。

ここが出口だった。

二つの種族の間で決着がついて次これらが接触するのは、一体いつになるのやら。

「食蜂。こいつ洗脳して」

「?」

美琴がコツコツ人差し指でつついたのは、すでにはめ込んだスマホサイズの制御装置だ。

「この異世界じゃあらゆる機械に『心』が実装されてんでしょ。そういうアプリで。私達が跳んだのを確認したら記憶なりスキルなりを全部忘れて、転移には使えないようにしないと」

「なるほど。まあ確かにねぇ?」

「……フローリア達はまだこういう使い方には気づいていないけど、もしそうなってもよその異世界への転移を実行させないように。帯電機械と制御装置は偶発的に生まれて再現性がないデバイスって話だから、時限式でも目標達成きっかけでも良いけど、私達が立ち去った後に機能を忘れさせれば二度と使い物にならなくなるわ。できれば『殺す』のは避けたいでしょ?」

保険はすぐに終わった。

美琴と食蜂は改めて一辺三メートルほどの正方形の光の穴を眺める。

空間に直接開いた不自然な穴だ。

そしてそのまま常盤台のクイーンが呟いた。

「……御坂さん。一応確認しておくけどぉ、異世界セレスアクフィアなんて放っておいてこのまま元の地球に帰ってしまう事だってできるんダゾ？」

「アンタそれ本気で言ってないでしょ」

「何でぇ？」

見た目は女王様でも実は心優しい第五位を信じている。

のではなく、

「アンタみたいな最低女の場合、もしほんとにパティシエット達を見捨てて一人で帰りたいなら口に出して選択肢なんか並べないわ。嘘つき悪女が本気出したらむしろ黙る。いきなり出し抜いて一人で地球に戻ろうとするでしょ？　もちろんそれを許すほど私は甘くないけど」

食蜂操祈はそっと息を吐いた。

文句はあるようだが、特に行動には出さないようだ。

それで決まった。

二人は頷くと、揃って帯電機械へ踏み出す。

その時だった。

『まって、待ってください……』

誰か五番エリアに入ってきた。でっかいカマキリみたいな体に、あちこちから触腕を伸ばした異様な体。進化し過ぎてしまったその形。

『お願い、私達を置いていかないでくださいっ』

だけど、たとえ姿形が美琴や食蜂とは大きく変わってしまったとしても。

フローリアはやっぱり『人間』だ。

泣いたり怒ったり笑ったり、当たり前の感情を持っている人なのだ。

「あなたは……？　すごい……正しい形を保つ人間が他にもまだいただなんて」

その後から見た目だけなら大変お美しいアンドロイドのヴィクトリアも迫っていた。

褐色少女は正しくは人間ではないのかもしれない。だけどここまで完璧に整えられてしまった体と心は、もはや人間と区別がつかない域にまで達している。

う、と美琴は一瞬立ち止まった。

見捨てて良いのか、と。

パティシエット達のために一刻も早く異世界セレスアクフィアに戻りたいのは事実だ。でもやっぱり、この異世界の問題を解決しないで黙って立ち去るのは薄情だろうか？　そもそも異世界と異世界をまたいじゃっている時点で、お互いの経過時間が全く同じという保証すらないし、ひたすら戦闘に明け暮れる人間とアンドロイドの間に入って仲裁した方が良いのかもしれない。

そんな風に思っていた。

直後に目一杯押し寄せてきた。

『まだですっ、あなた達の存在は膠着した戦争に大きな打撃を与える一助になるかもしれません。抹殺、抹殺、まだ抹殺‼　憎きアンドロイドを最後の一匹まで葬り去るために私達人類はあらゆる因子を拾い集めて有効活用します。さあ‼　あなたも‼　同じ人間として整いすぎて不気味なアンドロイドどもを抹殺しましょうそうしましょう‼‼‼』

「ふはははは‼　ここまで形を歪めた生物などもはや人類として認める必要すらありません。美しい本来の肉体と精神を保ち続けるあなた方二人なら私達アンドロイドの気持ちも分かるはずです。間違ってしまった人類の系譜にいったん終止符を打って清く正しく美しい人類という文化を取り戻しましょう地球の正しい歴史のために殺すのですあのナマモノを‼‼‼」

ああー……と美琴は遠い目になる。

これ友情が芽生えたとか別れを惜しんでいるとかじゃねえ。

こいつら、揃いも揃って自分達の事を単純な戦力としてしか見ていない。

人間は人間。変に美化したって仕方ないか。

そんな第三位の少女を食蜂操祈はジト目で見ていた。一瞬でもスタンスがブレ始めた美琴を蔑むような目であった。

生まれた方法や体の作りが問題なんじゃない。その後に獲得した知識や経験でもない。

でも多分、御坂美琴や食蜂操祈はこの異世界にいない方が良い。

何となくそれが分かってしまう。

電気を直接操る美琴にせよ進化しすぎた機械を精神的に操る食蜂にせよ、このSF異世界にとっては劇薬すぎるのだ。仮にこのままカマキリ人間か美形アンドロイドか、どちらかに肩入れしたら何がどうなるか予測がつかない。

あるいは、もっと戦況はひどくなるかも。

あるいは、片方の陣営が圧勝し木星規模の超大質量インパクターを逸らすまで戦争が保たないかも。

あるいは、人間もアンドロイドも絶滅してしまうかも。

何が起こるにせよ、彼らが一生懸命作ってきたレールからは確実に脱線してしまうだろう。

そして極め付けに、『じゃあどうやったら他の方法でこの世界を救えるのか』という問いかけに対して、美琴も食蜂もきちんとした答えを持っていない。

なら、何もできない。

完全に自由で支配者の側から何でも選べるのにわざわざ戦い続ける事を望むフローリアやヴィクトリアと、何もできず踏みつけにされる奴隷エルフのパティシエット達は事情が違う。手を差し伸べてレールを曲げれば助けられるかもしれないパティシエット達と、フローリアやヴィクトリアの方は下手に脱線させると絶滅が待っている、と言い換えても良い。

何にしても、前提として美琴や食蜂には『変化』しかできない。

よその世界から来た異物に停滞や静観はありえない。バタフライ効果の権化。ただそこにいるだけで散々引っ掻き回してしまうのは、二つの異世界の歩みを思い返せばすぐ分かるはず。

もし、仮に、それによってもたらされる結果が是か非か、一八〇度変わるとしたら。

(こんなトコまで正反対の異世界か、まったく‼)

なので。

今度こそ第三位と第五位は迷わなかった。

彼女達は、自分の意志で手を差し伸べて助けるべき世界を決めた。

「目的地は剣と魔法が全ての異世界セレスアクフィア、でおっけーよねぇ☆」

「待ってろパティシエット、今助けに戻るわよ‼」

二人は正方形のゲートを潜ってどこかへ消え去る。

ハッピーエンドのチケットを一枚無駄に使った。美琴と食蜂も当然それは理解している。

ただし、異世界と異世界を渡る手段が確実に存在する事は証明されたのだ。

それだけでも十分にめっけもののはずだ。

行間　二　輪廻女神サリナガリティーナの誤算

ガタッ!!　と重たい音があった。

輪廻女神サリナガリティーナが思わず身を乗り出した音だった。

つまり彼女はこの時確かに質量を有していた。

「ああっ!!　まずいまずいまずいまーずーいーっ、まずいッッッ!!!!!!」

一体何がまずいのか。

そもそも輪廻女神サリナガリティーナは何をしようとしているのか。

それはおそらく、魂と命運を操作される人間側では分からない。

最後まで駒を進めてもここだけは人間には理解できない。女神そのものでなければ絶対に無理だ。

（えぇー？　次々新しいワールドを踏破していく分にはトラブルなんか起きないものを、わざわざ来た道戻って全くおんなじ異世界にダブりを踏むとかマジかなマジよねオイオイ……。おかげで二人の周りに変な力場が展開してるし……こりゃ二回目の遠隔起動転生は難しそうかなあ。ただ状況が自然に沈静化するまで待っていたらもう世界征服くらいはサクッと成し遂げちゃってるだろうし、参った参ったよ。……うわあー怒られるぞー……）

彼女は輪廻女神。

あらゆる輪とその上を走る力を操り、個人の命の行方、食物連鎖の循環、膨らみ過ぎた赤色巨星がブラックホールを創り新たな星の材料を無数にばら撒く超新星爆発などなど、一方向周回定義をくまなく支配する存在。正しくは、そういう機能や役職を後から異世界の『外側』に埋め込んで自由自在に咲き誇る何者かの一角、とでも表現するべきかもしれない。

ただし同時に、サリナガリティーナは輪の形を取っていない定義には一切触れられないし、あらかじめ存在するサイクルを逆に回す事もできないが。

作用と反作用は存在する。

むしろ代償を楽しんで受け入れてこそ一つの方向に尖った女神になれるというもの。

すでに重要な一言が混じっている事に気づいただろうか？

いい、なれる、と彼女は考えている。

つまり女神としての役割は、生まれた時から与えられたものに従うのではない訳だ。

もしここにあのツンツン頭がいれば、『魔神』を名乗る隻眼の少女と照らし合わせて本質に迫る事ができたかもしれない。どこが共通していて、何が当てはまらないのかを。

「まあ、でも」

深呼吸する。

冷静さを取り戻す。

純白の踊り子みたいな輪廻女神サリナガリティーナは何もない広大な空間に椅子を一つ生み出してそこに腰かけた。

誰もいないのに輪廻女神サリナガリティーナは言った。

わざわざ口に出す事で己の存在を物質的に確かめようとしているかのように。

そういう風に精神を制御する格好で。

言った。

「そ・れ・な・ら、ここから生じる最終的な歪みは二人に背負ってもらっちゃうしかないかなー☆」

どこか残念そうに。

それでいて、間違いなく興味が薄い他人事テンションで。

第五章　帰還と乗っ取り

1

○×××○○×××。

○○○○×○○××○○×××○×○×○×○××××××、××○○××××××○×○○×○××○×△△△○×○○○○×○○×××××。○○○○×○○×××○○××××××○○○○×××××××××。○××○○×○○、○○○××××××××、○×△△△△○○×××○×××××○○×××××××○××××××××××××い。かつての（悪い意味で）有名なカニ母船も白飯だけなら山ほど支給されていたらしいし。

今は丸いパンとトウモロコシのスープでも食べてもらってエルフ達には体力を取り戻してもらおう。

？

？？？

やはり唐突だった。

御坂美琴と食蜂操祈が目を白黒させていると、そこは青臭い草原の匂いで満たされた小さな村だった。清潔でしかない宇宙船とは全然違う。

大きな首輪に両足を繋ぐ太い鎖。みすぼらしい格好をしたエルフ達が集まっており、そんな中に小さな女の子が交じっていた。奴隷エルフちゃんのパティシエットだった。

戻ってきた。

帰ってきたのだ、異世界セレスアクフィアに。

これでパティシエット達を見捨てずに最後まで戦う事ができるっ‼

「あのう、どうしたんですか御坂サマに食蜂サマも……きゃっ⁉」

二人して、思わず抱き締めていた。

強く。

あまりにも簡単に命が散ってしまうこのセレスアクフィアで、でも美琴や食蜂の見ていないところで不穏な事など何も起きていなかった、この奇跡に感謝するしかない。

ゴツゴツした胸元の感触から、美琴は自分の格好が常盤台の夏服から再びビキニ鎧に変わっている事に気づく。食蜂もひらひらした踊り子衣装に斜めがけのハンドバッグだった。

パティシエット達は、美琴達がいきなり消えたという認識は持っていないようだった。違和感に気づいていない。

もう帯電機械と制御装置は手元にない。地球に戻るための手段は自分から手放した。それでも美琴は後悔しなかった。中途半端なまま投げ出してたまるか。そう強く実感する。

しばらくそのままで、この異世界に存在している自分と隣人の感触を確かめて、地に足をつけて……そして食蜂が雰囲気をぶち壊しにした。

エルフ達の食事に気づいたらしい。

このタイミングで健康バカはジト目でゆった。

「炭水化物×炭水化物」

「アンタそんなに食べるものに文句言って自分の人生苦しくならないの？」

確か、村からエルフ達を解放して、疲れ切った彼らに食事をさせている最中で輪廻女神サリナガリティーナから邪魔が入った……のだったか。

彼らが食べているのは丸いパンとトウモロコシのスープだ。

一刻も早く体力を取り戻したいなら、むしろこれくらいでちょうど良いはず。

エルフの長老とかいう淑女がぺこりと頭を下げてきた。

それでもお椀を手放せない辺りはむしろ可愛らしい印象のあるレディだが。

「パティシエットから色々聞いた。前にも話はしたけど私が長老だ、名前はベーカリアン」

「……ベーカリーでパン屋さん、やっぱりお菓子関係か」

「？」

首を傾げているので、当の本人さえ名前の由来に心当たりがないようだ。

近所のお姉さんタイプな長老ベーカリアンは一度小さく咳払いして、

「そなた達は三重宝の儀に興味を持っているんだったな。そのために、三種の重宝を守っている三大魔王についての詳細を知りたいって」

「っ、是非!!」

それが分かれば大きく前進だ。

美琴達は改めて異世界セレスアクフィアの流儀でやらないといけなくなったのだ。エルフ達は助けるとして、最終的には地球に帰るための儀式の取っかかりは絶対欲しい。

ただ長老ベーカリアンは顔を曇らせて、

「期待させてしまって申し訳ないが、望む答えは与えられそうにない。神話や伝承についてまとめた魔道書は持っていたんだけど、人間どもに、こほん失礼、人間に捕まった際に取り上げられた。おそらく今は王侯貴族のコレクションとして死蔵されているだろう」

「つまりそこに？」

「ああ」

手っ取り早くこのエリア一帯の領主を当たれば良い。帰還の鍵は貴族が握っている。

長老は一度頷いてから、

「……だが貴族となると丸っきり変わってくるぞ、規模が。何しろ一つの領地に村や街が一〇〇以上はまとまっているんだ。その全てを管理・支配するのが貴族。こういう力業のゴリ押しだっていつまでもは通じない」

「心配いらないわよ」

ビキニ鎧の美琴はそっと息を吐いて、踊り子衣装の食蜂は片目を瞑った。

すでに先の展開は読めている。

だから絶対に間に合わせたかったのだ、太陽系を丸ごと巻き込む宇宙が舞台の大戦争を騙し討ちで乗り越えてでも。

一度は手に入れた帰還のチケットを手放してでも。

「それに、私達が黙っていたってどうせ連中が放っておいてはくれないでしょうしねぇ？」

2

ざわり、という空気の変化は露骨だった。

具体的には『割れた卵の殻』のように浮かぶ島から島へ往来している旅人や行商人が姿を消した。街に守られる事のない剝き出しの彼らは危険に対して敏感だ。そして同じくきな臭い空気を嗅ぎ分ける力を持つ冒険者やさらにそこを狙う盗賊などがちらほら見え隠れしてくる。

美琴はそっと息を吐く。

彼女が作戦会議をしているのは村の宿屋にある調理場だった。

ただ座して待っているのもアレなので、何か動きがあるまで（ビキニ鎧(よろい)の上からエプロンという謎の装備で）キッチンで色々とお菓子を作っていた。食事に栄養以外の楽しみもなくちゃダメだこの異世界。レシピも残したいのだが、話し言葉はともかくとして日本語の文章って通じるのだろうか？

「小さな村を一個解放できればそれで良かったんだけどね。奴隷エルフ側はもちろんとして、人間側だって集団生活の中での村八分を恐れて従わせるしかなかった人もいるでしょうし」

「でも向こうはそんなの許さないんダゾ。自分の領内で村単位とはいえ集落が一個丸ごと陥落したんだから。反乱だか騒乱だかの鎮圧のために、領地を全部治める貴族サマが黙っていないわよぉ？」

未知なる技術体系『魔法』が怖くはあるが、小さな村一個なら美琴と食蜂が本気出せば簡単に制圧する事は証明できた。

だがもっと根本的な事がはっきりしないままだ。

……この国、一体どれだけの人がいるのだろう？　一万人の国と一〇億人の国では戦争の泥沼度は全く違う。何しろ異世界セレスアクフィア、そもそもが地球とは全く異なる構造の社会、という何とも困った大前提があるのだ。『実はここ、一つの国に一〇〇億人もひしめいているスーパー大国なんです』も可能性ゼロとまでは断言できない。

これ美味しいです、とパティシエットがにこにこしながら手に取ったのはゼリーよりも少し硬い小さなキューブ状のデザートだった。世に言うナタデココである。

作った美琴自身が軽く引いていた。

何で？

「ぱ、パティシエットー？　な、ナタデココって、何も、よりにもよってそんな時代遅れを手に取る必要はないんじゃないかなー？」

「え？　普通にこれが一番好きなんですけど」

「で、でもこっちにはカラフルなドーナツも豪華なチーズケーキもあるんだけど」

「ほら長老も、皆さんも同じのを手に取っています。やっぱりこれが一番ですっ」

ナタデココはまかないというか、ギャグで作って美琴自身が美味しくいただくはずだったのだが、免疫のない子達の間だと何が爆発的に流行るかは読めないものだ。海外では擦り過ぎて色褪せちゃったベッドの下の斧男や地獄の女もテレビやネットを通じて日本に伝わるとそこから一気に流行化するらしいし。

ともあれ、

「地図も勢力図も分かんない状態から戦略ゲームを始めたのがそもそも間違いなのよねぇ」

「それでも下手に勝っちゃうから深みにハマるのよ」

「けどこっちも奴隷推進ヘンタイ貴族に攻撃され放題力じゃ堪らないしぃ」

「くそう｜。それじゃ戦闘準備！　終わりのない戦いの第一陣がやってくるぞう‼」

予想通りになった。

当たっても特に嬉しくない方の予想ではあったが。

3

変化はいきなりあった。

村の外は大きくうねるような緑の草原が地平線の向こうまで広がっている訳だが、その地平線がいきなり消滅したのだ。

消滅だった。

どわどわドガどわドガドガどわドガッッッ‼‼‼　と。

数キロ先、地平線の辺りで爆発があった。一発の爆弾ではない。何重にも重なる形で、それこそ一〇〇や二〇〇では足りない数の爆弾が一斉に炸裂し、左右に大きく広がる爆発の壁を作り上げているのだ。まるで迫りくる死のプリンタである。

「ひっ」

奴隷エルフちゃんが脅えた声を出した。

爆発を使ったローラー作戦だった。ゆっくりと横一列の爆発のラインはこちらに近づいてくる。一つの土地が全て塗り潰され、村にまで差しかかればどうなるかは言うに及ばずだ。

ここで重要なのは、異世界セレスアクフィアでは当たり前に大地が浮かんでいる事だ。

爆弾は遠くから飛ばしてきている訳ではない。上から下に落としていた。美琴達がいる浮遊大地より一層上をのんびり通過しつつある別の浮遊大地があった。その端に兵士達を並べて、次々と爆弾を落としてきているのだ。

それだけで絨毯爆撃は成立する。

「まっ、まるでこの浮遊大地を端から端までくまなく耕しているかのよう……。あんなのが西から東へ大雑把に流れていったら、この村どころか浮遊大地のどこにいたって吹き飛ばされてしまいますよ‼」

「御坂さぁん、どう思う？」

「うーん。馬鹿なんじゃないかなって」

あまりにものんびりした声だった。

雲の形を眺めて今夜雨が降るかどうか言い合っているような、そんな口調。

奴隷エルフちゃんが命の危機に顔を青くしてくれるならまあ一歩前進か。少なくとも、かつてのクローンの少女達よりは。口をぱくぱくさせたまま何も出せないパティシエットの頭を撫でて安心させつつ、美琴は一つ一つ指摘した。

「どこでも自由に爆弾を落とせるなら最初の一発目から村の真ん中に落とせば良いものを。あんな明らかに人のいない浮遊大地の端から順に潰していくのって、恐怖を与える演出以外に何の効果もないじゃない。このまま待っていたら確定で村が巻き込まれるっていうのだって、逆に言えば到達するまでしばらくは時間的な余裕があるってわざわざ教えてくれている訳だし」

「それにくまなく絨毯爆撃しているって事は、あの『地均し』が終わるまでは人間の兵士を下ろして村の制圧だってできない訳だしねぇ？　上の浮遊大地にいるのは五〇〇人？　一〇〇〇人かしら。完全武装の兵士を一番危険な最前線に集めておいてそのまま足踏みさせておくなんてぇ、どうぞご自由力に先制攻撃してくださいと言わんばかりダゾ☆」

上の層。

まあ、三〇メートルの高さがあれば普通の人間なら十分な高さと言えるかもしれない。高低差は地味に絶対だ。上から下へ落とす事は簡単でも、下から上に上がるのは大変なのだし。

ただしそんな常人のルールは第三位の超能力者には通じない。

「大丈夫よ、パティシエット」

「あの……？」

「たかが一〇〇〇人ですって？　全然足りないわ、こっちは今まで二三〇万人単位でドンパチやってたんだから」

4

がんっ!!　と。

破滅の音はひどく鈍かった。

具体的には、腰の横に食蜂操祈をひっつけた御坂美琴が磁力を使って三〇メートルほど垂直に大きく跳躍し、一つ上の層にある浮遊大地へと足をつけた音だった。

崖っぷちで一メートル以上ある重たい爆弾の大玉を両手で転がして配置につけようとしていた鎧(よろい)の兵士達が驚いた顔をしていた。

「なっ」

「はい失礼」

ビキニ鎧(よろい)の美琴は相手が硬直から解ける前に片手一本で兵士を崖の向こうへ突き飛ばし、やや離れた場所にある火薬をたっぷり詰めた大玉を『雷撃(らいげき)の槍(やり)』でまともに貫いた。

バガッツッドガッ!!　と、たった一回の爆発が次々と誘爆を連鎖させていく。一緒になって宙を舞う兵士達の群れもあった。

「……これだけ派手にやっても死なないっていうんだから、異世界の魔法とやらも大したものってくらいは言ってやるべきかしら？」

火属性と殴打属性で集中的に固めた鎧を着て誤爆事故への対策をしている、と小さなパティシエットやエルフの長老ベーカリアンから説明は受けていた。三〇メートル下に叩きつけられた兵士も墜落ダメージは『殴打』扱い一択との事だから、あれくらいでは死なないだろう。まあしばらくは動けないだろうが。

美琴としても、こんな小手調べで決着がつくなんて思っていない。

爆発はあくまでも目眩まし。

向こうが混乱している間に本命の攻撃をぶつけるための下拵えに過ぎない。

美琴は食蜂を下ろす。

二人で並び立つ。

そう。

異世界セレスアクフィアの防御魔法には、雷撃と洗脳を阻止する対応属性はない。

ビキニ鎧の美琴が前髪から『雷撃の槍』を次々と飛ばし、踊り子衣装の食蜂がテレビのリモコンを向けていく。こうなると騎士だか兵隊だかの分厚い鎧など動きを阻害するだけの枷にしかならない。ある者は鋼の装甲を高圧電流に貫かれ、別の者は洗脳されて味方に掴みかかる。

屈強でムキムキな鎧の兵士達を見て、むしろ食蜂は妖しく舌なめずりしている。あらゆる人間を洗脳して手駒化できる第五位にとって、強敵は必ずしも厄介なだけの存在でもない。

「……より取り見取り☆」

とにかく露出の多い《踊り子》さんが汗臭い筋肉集団を眺めて待ちきれないといった顔をしていると妙な誤解を受けそうではあるが。

混沌の大嵐であった。

「前衛、巻き込まれるなよ。ヤツらを砲撃で粉々に吹き飛ばしてやる!!」

兵士が鞘から抜いた剣を垂直に立てていた。

一見格好良い儀礼っぽいが、あれは標的の方位と距離を概算で計測する照準作業だ。彼の背後には、軽自動車よりも大きな車輪付き台座の上に二メートル以上もあるクロスボウを取りつけた攻城兵器があった。

バリスタだ。

樹木や動物の腱の反発、縄のねじれなどを利用して、巨大な矢を解き放つ固定兵器である。矢の長さが二メートル以上あるため、『巨大装置を使って超重量の投げ槍を戦車砲みたいな直線軌道で撃ち込む』のが近いのかもしれない。城門を守る屈強な門番だの象や馬などの動物戦車だの、攻城戦において特に厄介な敵を先んじて仕留めるための大型固定兵器だ。一発当たれば人間の頭くらい簡単に潰れてしまうだろう。

ほとんど投げ槍に近いサイズの矢の他に、数メートルもある太い鎖を丸めて番えたバリスタもあった。回転させながら飛ばす場合、エンジン積んだ草刈り機の先端についているアレを巨大化して撃ち出す感じになるのか。直撃したら人間の胴体なんか千切れそうだし、回転して弾道を安定させるのならフライングディスクみたいに飛距離はさらに増す恐れもある。

(っ、飛び道具は青銅製か。アレは磁力じゃ止められない!!)

ただし、

「食蜂っ、前に突っ込め!!」

「いっ？」

「後ろに下がれば殺されるわよ。一発目はもう止められない、ならアレに二発目を装塡させる時間を与えないのがベストってコト!!」

空気が圧縮された。

『砂鉄の剣』を手にして前に走る美琴と、途中で踊り子衣装のひらひら踏んづけて派手に転んだ食蜂のちょうど間を縫って何かが空気を鋭く焼いた。ギリギリだが、マイクロ波レーダーがあればかわせないほどではない。

「ちょっとぉ!!　ミラクル以外に私が生き残る可能性ってなかったんじゃないの今ぁ!?」

「(……チッ。運も実力の内、ってのは認めたくないわね)」

そしてバリスタは極めて強力な兵器だが、一発装塡するために屈強な兵士が数人がかりで作業しなければならない体力勝負のオモチャでもある。

（バリスタ自体は数があるのに、何で三段に作業を分けて絶え間なく撃つとか工夫をしないのかしら。馬鹿だから？）

しくじれば今度はこっちの番だ。

「あああア!!」

叫び、美琴は『砂鉄の剣』を横に振るう。

照準係の兵士の剣を根元から切り飛ばし、硬直した男の腹を蹴って後ろに転ばせる。やはり鎧のせいで変に重心が高くなっているのだろう。そして敵が起き上がる前に美琴は掌を下に向け、高圧電流を二発、三発と浴びせて黙らせる。

象よりデカいグリフォンが翼を大きく膨らませてこちらを睨みつけてきた。おそらく二階建てに匹敵するサイズのバリスタの台車を引きずって運ばせるためのモンスターの手綱を放したのだろう。高圧電流で派手な光と音を鳴らしてグリフォンを威圧しながらビキニ鎧の美琴が叫ぶ。

「食蜂起きろっ、モンスターはこっちでやるから早くバリスタの連中リモコン使って洗脳して!!」

「もおっ御坂さんが全部力一人でゼェ暴れて解決すればハァ良いんじゃなくてえうえっげほ……？」

「勝手に投げてしおれんなモヤシ女王!!　まだ何も終わってないわよ!!」

ごっ、と鈍い音がした。

美琴達の頭上で太陽が隠れた。二〇〇メートルほど上方。

戦場となる浮遊大地はまだあった。

だけど『超電磁砲(レールガン)』の射程は五〇メートルだし、『雷撃の槍(らいげきのやり)』や『砂鉄の剣』では全長にしてキロメートル単位の巨大な質量を持つ浮遊大地を裏側から攻撃して砕く事は難しい。

このままでは指揮官を取り逃がす。

というか、上層から爆弾の雨が降ってきたら反撃の余地なく殺されてしまう!!

5

実際に戦いが始まる前に、だ。

当然ながら美琴や食蜂も事前の作戦会議をしていた。

村にある宿屋の一階、美琴達はお菓子片手に食堂のテーブルへ集まる。二人だけでなく、奴隷エルフちゃんのパティシエットやエルフの長老ベーカリアンなども参加してくれた。

ビキニ鎧(よろい)の美琴には地味に気になる事があった。

(……いくつも浮遊大地が縦に重なり合うんでしょ？　立体の戦いの場合ってブリーフィング

はどうするんだろう）

「えと、これが私達の今いるポセイドン湖水地方の地図です」

　小さなパティシエットがテーブルの上に何か広げた。

　さらに続けて、

「そしてこっちが上に重なる浮遊大地」

　羊皮紙ではない。透き通るくらい薄い紙の地図を敷いて、さらにその上に別の地形の地図を重ねたのだ。今いるこの村が下層だとすると、中層、上層と必要な地図を必要なだけ重ねていく仕組みらしい。

「む。見づらいわね……。まあこうするしかないのは分かるけど」

「まだだ。こうすれば完成」

　両手をかざしてベーカリアンが口の中で何か呟(つぶや)くと、ヴン！　という震えるような音が響いた。薄紙の地図を基に、テーブル真上に立体映像化された地形が浮かび上がる。

「おおっ、すごいわねぇ。一気に異世界魔法感が出てきたんダゾ☆」

「？」

　これが普通な奴隷エルフちゃんは首(くび)を傾(かし)げてから、

「今いるのはポセイドン湖水地方ですが、ここに重なる形で西から近づいてくる浮遊大地が二つあります。一つは中層、大規模墓場都市(ネクロポリス)として有名なハデス平野。もう一つは上層のゼウス高山です。高い位置にある浮遊大地なので雲とぶつかる事が多く、天候が崩れて下層ポセイドン湖水地方で落雷が頻発する原因を作っている山々ですね」

「「……、」」

あの？　とパティシエットがこちらの顔色を窺ってきた。

ポセイドン、ハデス、そしてゼウス……。いくら科学万歳の学園都市で生活している美琴達でも分かる事がある。やっぱり異世界セレスアクフィアのネーミングセンスは超テキトーだ。これくらいは神話系でブーストかけた漫画やアニメでも齧っていれば知識は入ってくる。

ちなみに美琴達が今いるポセイドン湖水地方ではあちこちで海水の泉が湧き出るらしい。微妙にカスっている辺りが憎らしい。

（……私達よりずっと前に、誰か地球の人間がやってきてるって訳じゃないわよね？）

「実際に多くの兵士や爆弾が配備されるのは中層のハデス平野だろう。こいつが西から東へ流れていくのに合わせて爆弾を投下していくだけで、私達が今いる下層のポセイドン湖水地方は一〇〇％くまなく絨毯爆撃されてしまう」

一つの土地だけ眺めていても戦争の必勝条件を満たせないとは厄介な。あらかじめ軌道が決まっているのであれば、はるか遠方で上の層の浮遊大地を制圧しておき、後は流れるままに二つの浮遊大地が上下重なり合うまで待つだけで大量の兵士が戦場に顔を出す。

「でも下層から中層までは高さ三〇メートルしかない。私なら直接攻め込めるわ」

「それだけで驚異の一言だけど、問題は中層ハデス平野ではなく上層ゼウス高山だ」

長老ベーカリアンは天井近くを指差す。

「中層から上層までは高さ二〇〇メートル。そなたのチカラとやらでも直接跳躍するのは難しいんじゃないか？」

「まあ……」

「そしてどう考えても一番偉い指揮官クラスは高みの見物力を決めたがるわよねぇ。ちなみに実働の中層だけ制圧して引き分けに持ち込むって線は？」

「上層ゼウス高山にも最低限の爆撃準備くらいはあるだろう。攻め込んできた敵を落とすためというよりは、中層ハデス平野で命令に従わない部下を脅して攻撃続行させるため、といった方が正しいだろうけど」

つまり中層を制圧したところで、上層を何とかしないと爆弾の雨が村に降ってくる。

この上層を直接叩（たた）かない限り、戦いには勝てないのだ。

6

ゼウス高山・指揮官用前線駐屯基地。

という建前ではあるが、ようはバラバラに分解して戦場に移築しただけの豪華な別荘だ。

「下層ではなく、中層ハデス平野で爆発が起きていますね。イレギュラーな展開です」

巨大な館で金髪青年の執事マインドはそう報告した。

繊細な銀の鎧を着た女性騎士ラベンダーはソファの上で膝を抱えて丸まっていた。

俯いてぶつぶつ言っている。

「こわいこわいこわい。どうせ負けるんだ私捕まっちゃうんだ奴隷にされちゃうんだ、やめて待って何でもしますすどんな仕事でもさせていただきますですから私が死んだからってそのまま畑の肥料にするのだけはほんとやめてどうせ殺すなら尊厳と優しさのある処刑方法で殺して世にも楽しい面白公開処刑にはしないでくださいお願いお父さんとお母さんも見ているの……」

「お嬢様、ちょっとしたトラブルです。全体を見渡せば普通に勝っておりますよ」

ガバッ!!　と勢い良く顔を上げるラベンダー。

その顔が光り輝いちゃっていた。

「そーうですよね私しっかり勝っていますよねっ!!　あはははは何が反乱軍ですかあなた達に人権などありませんこの死にたがり集団どもめとりあえず人数を数えるのは後回しです全部黒焦げに吹っ飛ばしてから転がっている頭の数で戦果を数えて差し上げますふふふふははははははははははははは!!」

「まあ些細なトラブルが元で戦況全体が崩れるのも戦争の常ではありますが」

「こわいこわいこわい……」

貴族当主の右腕とも言われて万人に恐れられる女性騎士ラベンダーの本性は大体こんな感じだった。一〇〇・〇%有利な時の戦争でしか胸を張れない人なのだ。……戦争とは負けている状態からいかにしてひっくり返すかで将としての資質が試されるのであり、圧倒的な戦力差で押せ押せの時の戦争なんぞその辺の暇な老人に指揮させたって勝利に導けるというのに。

そもそもである。

「本当によろしかったのですか？　勝利のために必要だったとはいえ、ポセイドン湖水地方にはフルグライト採取基地にもなっている村があったのでは。絨毯爆撃でくまなくやってしまうと村人達を巻き込みますよ」

「ふ、ふん！　どっちみち反乱軍は村を占拠して拠点化してるんです。破壊は避けては通れません。卑しい反乱軍なんぞにほいほい村を明け渡した住人が全部いけないんです！　むふーっ!!」

まったく勝ってる時は気楽な騎士様だ。

マインドはそっと息を吐いて、

（……そうなると、下手に生き残りが出るとそれこそ文句の多い民衆から本物の叛逆者へと化けてしまいそうですね。防止するためにも、老人や病人はもちろん女子供の一人に至るまで徹底的に殺し尽くして憂いを取り除かねば）

多分自分の選択が何をもたらすか、奥の奥まで想像が追い着いていない主人はこういう話を聞けば顔を真っ青にするだろう。

なので執事の胸に留めておけば良い。

ラベンダーは何をやっても半端で目立たないお嬢様だった。

だがそれで執事の敬愛が途切れる事などありえない。まずラベンダーが二流である事を理解した上で、それでもこのお嬢様が大きな社会の歯車に引き裂かれる事なくのし上がるにはどうすれば良いのかを極めていったのが執事のマインドだった。

この世界セレスアクフィアで人はどこまでも残酷になれる。

そんな中でもラベンダーだけは絶対に守る。執事マインドはそう決めていた。そのためなら奴隷エルフに限らない。誰だって使えるものならどんどん手札を切っていく。二流としての負債は全て他人に押しつけてしまえば、ラベンダーはその間だけ一流の世界を泳いでいられる。いつの日か、敬愛するお嬢様が幸せに老いて笑って死んでいくまで騙し続ける覚悟はあった。

地獄には執事のマインドが一人で落ちれば良い。

(……できれば、こういうのは実力的には追い着けないライバルに押しつけてお嬢様の昇進と政敵の抹殺の一石二鳥を狙っていきたいものではあるのですが。やれやれ)

その時だった。

どわっ!!　という鈍い爆発音が下から突き上げてくるようだった。

ラベンダーはソファの上で膝を抱えたまま肩を震わせ、

「い、一体何が起きているんです。私まだ勝っていますよね？」

「どうも中層ハデス平野に賊が入ったようで。兵舎はダメになったようですね。具体的にどういう魔法を使っているのか存じませんが、たった二人で引っ搔き回しています」

「こわいこわいこわいこわいこわいこわいへへえへへ人間みんな仲良しじゃダメですかダメですねどうせ私なんかハダカで首輪つけられて人が集まる広場へ引き回されるんですぅー……」

また頭を抱えて卑屈になってしまわれた。

騎士殿、戦況の変化によってテンションが変わり過ぎだ。

「こういう時のために、上層ゼウス高山にも兵器を残しておいたのでは？」

「ハッ⁉　そうでした私は勝てる‼　なぁーに中層ハデス平野からこの上層ゼウス高山まで二〇〇メートルも高低差があるのです。あはははははーッ‼　上から下へ兵士がふんわり降下するならともかく、下から上に人間が攻め込むのは困難なはず。あとは一方的に爆弾を落としまくれば賊の二人なんぞバラバラになるのです私すごいっ‼」

（……まあその場合だと、中層ハデス平野で倒されてのびている兵士達の上に容赦なく味方の爆弾が降り注いでトドメを刺されていく形になる訳ですから、泣きっ面に蜂で相当恨まれそうではありますが）

しかし決定に従うのが執事の務めだ。

上層ゼウス高山は　指揮官用前線駐屯基地とは名ばかりの豪華な別荘だが、女性騎士と執事以外に火薬を取り扱える人間はいない。実際にはシェフやソムリエばっかりだ。なのでラベンダーとマインドは二人揃って浮遊大地の端まで向かい、地面に杭を打って命綱を腰に繋げる。

「賊はどこですか!?」

「一ヶ所に留まっているはずがないでしょう。これだけの騒ぎです、まともに立って機敏に動いている者はまず敵ですね」

指摘され、改めて女性騎士ラベンダーは目で追いかける。

チョコマカと素早く動く《女戦争士》（と振り回されている《踊り子》）は遮蔽物を求めて煉瓦の壁だけ残ったグリフォン厩舎の残骸から別の大きな物陰へ飛び込んだようだ。

巨大クロスボウのバリスタがいくつかあった。

ぐりりと向きが大きく変わる。というか何故か上層に向けて極端に角度がついていく。

いつでも冷静な青年執事が珍しく慌てた様子で叫んだ。

「アレはまずいっ、お嬢様伏せてください!!」

7

ツッツボン!!!!!!　という激しい爆発音は、しかし少し離れた場所で炸裂した事によって他人事のニュアンスを美琴に与えてきた。

こう、遠くの空でやってる花火大会をぼんやり眺めるような。

メートル大、ストロー状の巨大な矢の中に火酒や爆薬をぎっしり詰めたバリスタを解き放ったのだ。

高低差二〇〇メートル。

射程五〇メートルの『超電磁砲(レールガン)』では届かない。『雷撃の槍(らいげきのやり)』でも上層の浮遊大地は砕けない。磁力を使って跳躍するのも難しいだろう。

ただ、元からヤツらが持ってきた大型の固定兵器なら違う。

バリスタの射程は諸説あるが、大雑把に考えて三、四〇〇メートルほどである。

こちらからすれば対岸の火事であっても、上層ゼウス高山側からすればそこそこの惨事になっているだろう。なんか色々とドカドカ誘爆しているっぽいし。

踊り子衣装の食蜂は便利なオモチャ、バリスタの側面に背中を預けて、

「これ持って帰るぅ？」

「使うかどうかはさておいて、ひとまずもらえるものは何でももらっていきましょ。冒険のキホンだわ」

8

「？　捕まえた人は奴隷にしないんですか？」

「「しません」」

奴隷エルフちゃんの素朴な疑問に美琴と食蜂はほとんど同時に即答していた。

とりあえず貴族軍は蹴散らしたが、あんなものは第一陣に過ぎない。

放っておけば第二も第三もやってくるだろう。敵には人口と武器がしこたまあるので、ただ待っているだけではいつかこちらが疲弊してしまうのみだ。なので美琴と食蜂の方針は一択だった。

「「向こうが準備整えて大勢やってくるまでいちいち待つ必要なんかない。こっちからさっさと貴族の本拠地に殴り込んでケリつけましょ」」

どうせマークされてしまったので村についてはあっさり放棄。

ゲリラ戦の基本は堅牢（けんろう）さではなくフットワークの軽さだ。さっきのアレは安全に逃げる時間を獲得するためのもの。

何十人かいる奴隷エルフ達は捕まる前は大自然の中で暮らしてきたらしいので、どこか別の浮遊大地に連れていって深い森で待機してもらう事にした。元々緑の中で生きてきたエルフ達なら身長より長い木の枝を円錐状に並べて泥で固める事で、一日もあればテント状の円形住居を作れるらしい。防腐が甘いのですぐ作ってすぐ緑に還ってしまうらしいのだが。

美琴と食蜂の次の目的地は敵軍のてっぺんで命令を出している貴族の暮らす館。

パティシエットが案内役として名乗り出てきた。

「よその世界？　からやってきたという御坂サマ達だけだと迷子になってしまうでしょう？」

そう言って笑っていた。

しかし歩いて一日で到着というほど剣と魔法が全ての異世界は甘くない。

つまり寝泊まりが必要になってくる。

水、食事、寝床などの確保はもちろんとして、乙女的にはこっちの方が大問題であった。

ローテーション的には同じビキニ鎧が三着くらいはあるのだが、着潰す訳にはいかない。そうなると脱ぎ捨てた衣装はそのままにするのではなく、水辺で洗う必要が出てくる。

そしてお洗濯するためには着ている衣服を脱がないといけない。

踊り子衣装を脱ぎ捨てた食蜂操祈は腰の横に手をやって、それから口をもごもご。

「……お外で着替えるのも慣れてきたわよねぇ、私達」

「『達』ってつけんじゃないわよ下品なお色気担当」

軽く（素っ裸で髪の毛の）摑み合いに発展したがパティシエットが涙目になったので二人はオトナになった。

今はとにかくお洗濯である。

「服を洗うっていっても水洗いのみ？　洗剤力とかってどうすんのよぉ!?」

「石鹼くらいなら大自然の中からでも取れるでしょ」

「えー……？　牛脂に魚油、あるいはナッツやヤシの木なんて話ぃ？」

「油だけ取ったってそこから『化学的』に加工するのが面倒臭すぎるわ!!　ここは石油も工場もない剣と魔法ベースの異世界だっつってんでしょ！　そんなのより、元からサポニンを含む植物を探せば搾るだけでダイレクトに石鹼が手に入るわ。シャボンノキとかムクロジとか」

「へぇー。こんな異世界に地球と全くおんなじ植物が生えていると良いわねぇ御坂さん」

「っ、とにかく探すわよ!!」

着替える前にやっておけば良かった、と美琴は軽く後悔。

ただ一応それらしき植物はいくつか採取できた。……アウトドア初心者がいきなり野垂れ死なない辺り、ここはやはり難易度イージーな異世界っぽい。

ちなみにサポニン、溶血作用があるので一応扱いには注意が必要でもある。

「ううー、二の腕がキツい。お洗濯ってボタンを押したらすすぎも乾燥も自動力でやってくれるものじゃないのぉ？」

「メイドがやってくれるものじゃ、って言わなかっただけでもバカを誉めてあげるべき？」

一通り洗濯が終わると食糧調達に移った。

身を屈めるパティシエットは遠くの方を指差して、

「しっ。あれですよ、今夜のご馳走」

「……あの、パティシエット。可愛いウサギさんにしか見えないんだけど」

「はい。羊や山羊と比べて臭みはありませんし、大きな鹿や猪と違って血と内臓を抜いて食べられるようになるまで何日も吊るしておく必要もないんです。一羽から取れるお肉が少ないのが難点ではありますけど、仕留めたその場で加工して食べられる獣さんや鳥さんはみんなご馳走ですよっ」

「あうー」

せめてお魚さんの方が……、と思ってしまうのは獲物を選別する人間側の傲慢か。

アウトドアの食生活は基本的に命の獲り合いだ。

『超電磁砲』で狙うと地形ごとバラバラに吹っ飛んでしまうので、ここはいったん高圧電流の『雷撃の槍』を選択する。

「今かしら、と」

「ちょい右、首を振ったタイミングで発射です。今っ」

「っ」

ばぢんっ！　という空気の弾ける音と共に離れた場所にいた野ウサギが真上に跳ねた。

命中だ。

それにしてもパティシエット、意外にも指示が的確だ。『雷撃の槍』は何回か見ただけなのにきっちり合わせてくれる。誤差の計算が得意なのは物理学的なのか心理学的なのか。スポッターとして良い線いっていると思う。どこぞの食って寝るだけのド阿呆女王とは違う。

いつぞやのヒュドラに木の枝を折って作ったダーツを投げていた時は無力だと思っていたが、そういえば即席の割に命中自体はしていたか。百発百中で。

というより、そもそもだ。

「……パティシエットって、きちんとした弓を持たせたら普通に強いんじゃあ？」

「あはは、ダメですよ。奴隷が飛び道具なんかに触れたら反乱扱いで処刑されてしまいます」

地味に嫌なローカルルールがまた出てきた。

それからさらに何羽かウサギを確保していく。

常盤台ではお嬢のお作法をあれこれ学ぶ美琴でもキャンプ生活でウサギを捌くのは流石に初めてだ。パティシエットにあれこれ指示してもらいながら『砂鉄の剣』を使って毛皮と内臓を外していく。最初はちょっとおっかなびっくりだったが、もこもこしたぬいぐるみ感がなくなると一気に食材へとイメージが傾くのが不思議だった。

焼いてしまえば肉は肉だ。

何も知らずに食べていたら、脂の少ないニワトリと思っていたかもしれない。きちんと熱を通すためにもお肉は細かく切っていたので見た目的にも串から外した塩系の焼き鳥っぽい。

「主食がないのってやっぱり問題力よねぇ。パンでもパスタでも良いんだけどぉ」

「今日はフライドチキンの日って事にしておけば？」

村を出る時に塩の小瓶を持ってきていたが、これだけでもイカ焼きの時とは相当違う。

あとそれとは別に、パティシエットは茂みを見つけるとせっせと何かを摘んでいた。聞けばどうやらベリー系の果実らしい。

足りないビタミンをサプリ感覚で補っている訳ではなく、

「これ好きなんですよね。食べると疲れが吹き飛びますし」

デザート感覚らしい。試しに美琴もいくつか分けてもらったが、結構酸っぱかった。疲れた体には甘い物を、というよりは強い酸味で眠気を散らす系だったようだ。奴隷エルフちゃん、一体どこまで勤勉なのだ。

こんな感じで三日間くらいの旅になった。

途中で着替えたり洗濯したりご飯を食べたり山賊を『超電磁砲』で吹っ飛ばしたり寝床を作ったりしながら、ようやく目的地に辿り着く。

美琴が思わずといった調子で呟いていた。

「ここが……」

数日かけて複数の浮遊大地を渡っていった先。そこで大きな街が見えてきた。こちらの浮遊大地は針葉樹の森が多いので、隠れて近づく分には苦労しない。

木々の遮蔽物が途切れてしまうのであまり近づかなかったが、付近に大きな川があった。水辺に佇む馬のケルピーや、美少女の上半身と様々な獣が融合したスキュラが呑気に泳いでいる。

「ひい、はあ、む、向こうの一面だけ木々が剝げてるエリアがあるわねぇ」

「開けた場所に出たら遠くからでもバレるからそっち近づくんじゃないわよ汗だく運動音痴」

地域一帯を治めている貴族が直接支配している大都市。

これまでの村や平原とは空気が違った。区画の整った街全体が深い水堀や高さ五メートル以上石を積んだ市壁で厳重に囲まれ、限られた市門で出入りが厳しく制限された人工物の街。安全のため？　美琴から見た印象はでっかい刑務所の中に街がある、だった。

例の大きな川は水堀と合流し、一部は市壁の中まで取り込んでいるようだった。

とはいえ市壁の分厚い格子で遮られているため、船の往来などはなさそうだが。

(ああもう、学園都市を思い出す造りね)

「……壁で覆われた大都市、か。一見ガードは堅そうだけど、これ飛行船とかで上から攻めたら脆いわよね」

「ないものねだりはやめなさいよぉ」

「じゃあ浮遊大地の下から張りついてトンネル掘るとか」

「もっとムリ」

なら今の自分達にできる事で考えるか。

あの街、二〇万人くらいは暮らしているかもしれない。

高台から塀の中を覗き込むようにして遠くを指差しながら、パティシエットが言った。

「すごいですねえ、流石は男爵サマの暮らす商都ヴァルハラですっ」

「……ええい節操なしめ。もうギリシャ神話シリーズですらないの？」

「？」

奴隷エルフちゃんは訳が分からず首を傾げている。

（しっかし……）

初めて見る『大都市』だ。

高台から見渡してみれば、三階から五階建てくらいの建物がぎっしり詰め込まれ、石畳で固められた道路や広場があるのが分かる。家屋というよりはビルディングといった感じ。

村では防腐剤の知識が乏しいから、という理由で木造建築が嫌われていた。

ただこっちでは、木で家屋を作ってから煉瓦でガワを固めるのが主流らしかった。パティシエットの言が正しければ、木枠はリスクにしかならないはずだ。つまり彼らは実用性や機能性だけでなく、住居に装飾や遊びを盛り込むだけの『余裕』がある。垢抜けているというか、都市部特有の高級感が見て取れた。煉瓦についても赤だけでなく、様々な不純物を混ぜて焼き上げる事で豊富なカラーが出回っているようだ。

木材の利用についてはこちらの大都市では普通に防腐剤が手に入るのか、家々の煙突から出る白い煙が知らずに表面をコーティングでもしているのか、あるいは高い市壁の中は清潔に保たれていて木を喰らう虫やカビなどがいないのか。そこまではは っきりしないが。

「ふうん。家屋の並びはドーマータイプみたいねぇ」

「一階部分、道路に面した出入口の数を増やせるんだからそりゃそうなるわよ。ようはみんな、住居は二階以上にあるんでしょ。パティシエットも『商都』って言ってんだし」

「どーま?」

パティシエットが首を傾げていた。かわゆい。

コンテナみたいな細長い直方体の箱を並べる時に、縦の短い面を道路に向けて並べるのがゲーブルタイプ、横の長い面を道路に向けて並べるのがドーマータイプと考えれば良い。

教会の尖塔などは中世ヨーロッパっぽいが、だけどやっぱり美琴や食蜂の頭の中にある世界史の知識とは全く噛み合わない。というか井戸が共用ではなく各家に設置されていたり道路の両脇に雨水の誘導路があったりと、使っているパーツパーツは古くても全体の生活インフラからは現代日本の香りが漂っている。二階外壁から外に向かって悲惨なトイレスペースが盛り上がったりもしていないので、多分水洗ユニット完備なのだろう。魔法の恩恵だとは思うけど。

「……公共インフラが整ってるって事は、それだけ税金のシステムが器用に回っているって話でもあるのよね」

「高速道路みたいに延々と使用料を徴収しているんでしょ。水は生きている限り永遠力に使い続ける必要があるから、水路の建設費って言われたら誰も拒否はできないでしょうしぃ？」

標的は一番大きな建物、で間違いないだろう。

貴族の住居。

城、とは違うようだ。

あそこだけ強固な石造りのお屋敷になっている。土を焼き固めた煉瓦でもなく、天然の大きくて重たい石材を切り出している。それだけ富を蓄えている訳か。

遠目に観察しながら美琴は呆れた声で、

「貴族の館、ね」

「はい。貴族の方々が扱えるのは館か砦までです、大きなお城で暮らせるのは王様だけですので」

……中世ヨーロッパにそんな習慣は特になかったはずだが、今のは剣と魔法が全ての異世界限定ルールだろうか？

「やっぱりガードは堅そうだけどぉ？」

「アンタの『心理掌握』で端から順に兵隊を全員洗脳していっちゃえば？」

「それだけじゃ足りないんダゾ。アヌビス？　ガーゴイル？　とにかく陶器や石材でできた自律歩行の門番があちこち歩いて巡回しているわぁ。むしろアレが防衛のメインじゃないかしら。歩兵と戦車の関係力っていうか。ナマの歩兵だけ洗脳しても魔法で動くゴツい無人兵器が蹴散らして鎮圧されちゃうわぁ」

つるりとした黒い陶器を組み合わせて作った巨大な犬。ただ作業バンくらいのサイズがあると、もうその重さや分厚さだけでも十分な凶器になる。何が怖いって、剣でも槍でもなくて体全体で押し潰しにかかり、その頑丈な顎で噛み砕きにくるところがおぞましい。極めて原始的で痛みは長引き、かつ建設重機で肉の体を挟み潰されるおっかなさまで添加されている。

美琴は眉をひそめて、

「……アヌビスって、エジプトのピラミッドまわりの博物館で出てくる名前じゃなかったっけ？　何でそんなもんが剣と魔法だらけの洋風異世界に？？？」

「それ言ったらガーゴイルだって元々は雨どいの装飾でしょお。イージス艦はギリシャ神話に出てくる訳じゃないのと一緒でぇ、こっちの異世界じゃ一つの名前にあてがわれる役割力が違うって考えた方が良いんじゃやない？」

斜めがけのハンドバッグの表面を掌でさすりながら、踊り子衣装の食蜂は忌々しげに呟く。

黒い陶器でできたデカい犬。やっぱりあっちが優先か。こうして見る限りガーゴイルは人間サイズだが、アヌビスとやらの方は車サイズ。あんなの雑に体当たりされただけで命が危ない。攻撃モーションを待って回避、ではフツーにやられる。

翼を使って機敏に飛び回るガーゴイルが獲物を追って地上の行き止まりへ追い込み、地面を走るアヌビスが一撃必殺でトドメ、といった役割分担だろうか。

無機物だが電子的なハッキングでは乗っ取れない。第三位と第五位のどっちも操れないので、地味に面倒な連中だ。

とはいえ、こちらにも切り札がない訳でもない。

「えっ？　私ですか？」

第三位と第五位から同時に視線を振られた奴隷エルフちゃんはきょとんとしていた。

美琴は頷いて、

「どれだけ堅牢な建物だろうが、どうせ大変な力仕事は人間じゃなくて奴隷達の担当でしょ。つまりあの館を造ったのだってエルフ達。街の外にいる子を捜しましょう。この辺りで建築や土木に、補修なんか関わったエルフ達を集めて話を聞けば、館の詳しい図面や弱点の情報が転がっているかもしれないわ」

……これを回避するため、という建前があれば王侯貴族側はますます使い潰したエルフの始末を進めていきそうな話だが、馬鹿どもが情報リスクに気づいていないなら大変結構。下手な悪習が新設される前にどうぞこのまま破滅していただこう。

ややあって。

そこが、多分、こうなっていて……と複数のエルフ達から見て魔法を読み解き、パティシエ

ットは木の枝で地面に絵を描いて美琴達に説明しながら、

「貴族を倒すといってもどうやってやるつもりなんです？　商都ヴァルハラはご覧の通り堅牢な街で、ここ二〇〇年ほど何者にも攻略された事がない『現在進行形で更新し続ける伝説』として有名ではあるんですけど……」

質問に、しかし美琴は全然別の方向へ目をやっていた。

上だ。

「今回は上下移動なさそうね」

「今いる浮遊大地自体が数十キロ四方もあるみたいだしぃ、前後左右の平べったい戦いになるんじゃやなぁい？」

なら良し、とビキニ鎧の美琴は呟いた。

「あと街の中にパティシエットと同じような格好した子が何人かいるわね。エルフじゃないっぽいけど」

「えっ。うーん……あっちのはサキュバスさんでしょうか、木箱を運んでいるのはスキュラさんで、そっちの屋根にいるのはハーピーさん」

「まったく肌面積の多いモンスター娘が勢揃いねぇ」

「アンタやっぱりスマホで漫画読んでない？」

鋼鉄の首輪に、太い鎖。

あれでは同じ場所に立っていても別の世界で人々とすれ違っているみたいだ。

「……それにしても、あの子達って何でお金も出ないのに真面目に働いちゃうの？　誰も見てないなら手を抜けば良いのに」

「？　だってきちんと仕事を終わらせないとモヤモヤするじゃないですか」

奴隷エルフちゃんは不思議そうな顔をしていた。

この変な真面目さもまた、ますますカモにされる理由の一つかもしれない。タダ同然で良い仕事をする労働力なんてお金にケチな権力者が逃がすはずもないだろうが。

「中央やや東寄りの一番デカい館が貴族の家ダゾ☆　そこから一番近い市門はこっちだから、大体の条件力はこんな感じかしらぁ？」

「そうね……」

それから改めて、美琴は高台の上から分厚い市壁の内側を覗き込むような格好で商都ヴァルハラを指差した。人差し指でいくつか空間に点を打ち込むような仕草をした後、星座でも描くようにすすいと指を動かして一本に繋いでいる。

「？」

最初首を傾げていた奴隷エルフちゃんだったが、やがて気づいた。

慣れてきたのかもしれない。

（あっ、壊す場所と順番を確かめてます……）

9

夜半だった。

ガカッッッ!!!!!!　と、漆黒の濃密な闇を切り裂くようにしてオレンジ色の光が直線的に飛び、東側の巨大な市門を粉々に吹き飛ばした。砕けた木のスクラップが街の内側へ散らばって降り注ぐ。

御坂美琴の『超電磁砲(レールガン)』である。

しかも今回に限り、美琴の武器は第三位の超能力(レベル5)だけではない。

右手を軽く振ると、ざざっ!!　と背後から複数の影が追い抜いた。

落雷時にできるガラス質の石、フルグライト。

こっちの異世界セレスアクフィアではダイヤ以上に珍しい宝石扱いらしいのだが、高圧電流を自在に操る美琴なら砂さえあればいくらでも大量生産できるガラクタでしかない。

つまり。

お金で買える戦力、冒険者達ならいくらでも声をかけられる。

どうも本来の字面(じづら)と違って未知の迷宮や洞窟を探検する訳でもなく、実際には報酬をもらえればどんな依頼(クエスト)でもこなすダーティな戦闘職の方が近いみたいだし。それなら必要な金品さえ揃(そろ)えればギルド以外の窓口であっても彼ら冒険者を束で集めて雇うだけのチャンスはある。

（……その辺の武器屋で剣どころか飛び道具の弓矢が買えたり、誰でも呪文を唱えるだけで簡単に魔法が使えるのもそうだけど。冒険者。お金さえ払えば誰にでも集団で刃の切っ先を向けるだなんて、やっぱりイロイロ法律の整備が甘い気がするのよね剣と魔法ベースの異世界）

「与えられた仕事だけやって。注意するべきはアヌビスやガーゴイルとかいう黒い陶器や石材でできた自律警備。下手に倒そうとしないで、逃げ回って引きつけてくれるだけで十分だから。あと余計な略奪なんかするんじゃないわよ！　引き出しや木箱の中は覗(のぞ)かない事!!」

「当たり前だ!!　前金でこれだけもらえりゃ十分だぜ。金目のもんにはしばらく困らねえし、懐(ふところ)に余裕がある日くらいはモラルを守って気持ち良く剣を振るいてえもんだ。それよりお嬢ちゃん達にゃ護衛はつけなくて良いのかい？」

「余計なお世話、私達を守る力があるなら本命に回しなさい。目標はエルフ、サキュバス、スキュラ、ハーピー、他諸々(ほかもろもろ)！　とにかく奴隷扱いされているモンスター達を安全に街の外まで連れ出して。プラチナやダイヤよりお高いフルグライトは前払いできちんと渡しているんだからプロの仕事を見せてよね!!」

「了解」

ざざざざざ!!　と冒険者の体表で何かが蠢(うごめ)いた。肌を覆った狼(おおかみ)の粗い毛並みだ。

ライカンスロープ。その群れ。

モンスター側か、道理で人間側のギルドを介さず十分な報酬を得られる仕事に飛びつく訳だ。ボロボロの鞘や柄に反して、ズラリと引き抜かれた刃は実用重視の光を鋭く照り返していた。外から見てすぐに一級品と分かってしまうようでは、周囲の人々を警戒させる。目に見える部分をわざとボロボロにして侮らせるのもまた生き抜くための戦略なのかもしれない。『変身』を使いこなして街に溶け込む狼男っぽい理屈だし。

「これだけたんまりもらったんだ、酒場で散財する前にくたばんじゃねえぞテメェら!!」

つまり民家自体には押し入らせる依頼を出した。

「こんな事までできるだなんてお金って怖いNA─」

「お嬢様的にはイイ勉強力になってるかもしれないわねぇ、これ」

胡散臭い冒険者を大量に雇って大暴れとか、むしろ異世界が自由すぎるのか。共謀罪も凶器準備集合罪もないセレスアクフィアはやっぱりザルだ。

『わあっ、夜襲だ！』

『でもどこの国から？　こいつら誰だよ⁉』

当然ながら街を守る衛兵達も迅速に動き始めたが、戸惑いが見て取れた。まず市門が真正面から力業で破壊されたのがここ二〇〇年の歴史的にありえないし、しかもそれだけ金のかかる重装備を整えておきながら目的は金銀財宝ではなく使い捨ての奴隷モンスター達なのだ。狙いが読めない、と顔に書いてあるようだった。

ビキニ鎧の美琴は続けて公園の噴水に『超電磁砲』を叩き込み、道路脇にあった雨水誘導用の細い水路も破壊する。

いくつか繰り返していくと、ごっ、という鈍い音が追従した。

「街全体を覆うレベルで外周部に巨大な水堀がある割に、街の中にあるのは小さな水路くらいで、例の大きな川は見当たらないのよね。そう考えると怪しいのは暗渠や地下水路。こっちから治水インフラを派手に刺激してやれば、後は勝手に暴れ出すわ」

どれだけ規模が大きくても、水の制御はポンプが基本となる。

『超電磁砲』で片方の端を潰して巨大な圧力をかければ、もう片方の出口から大量の水が溢れ出す。あるいはパイプや水路そのものが耐えられずに途中で裂ける。

バガッッッ!! と。

地面が砕けて大量の水が噴き出し、道路や家屋の床下を埋め始めた。完全に街全体を水没させてしまう必要はない。ようは適度な混乱を生み出して、こちらの狙いが何なのかを先読みさせない状況をキープし続ける事が重要だ。

世の中分からないが一番怖いのだ。

「よし、よし、よし……。ゴムも使っていない硬い足の裏じゃグリップ力なんか皆無なんだから、ちょっと水浸しにすれば勝手にスリップして使い物にならなくなるわ。ひとまず一番デカいアヌビスやガーゴイル対策はこれで成功……っと!!」

グラついて近くの民家を押し潰しそうになったアヌビスを、美琴は慌てて『超電磁砲（レールガン）』でバラバラに吹き飛ばした。

奴隷制度が当たり前にある異世界だが、一般人が死んで辛（つら）い顔をするのは結局パティシエット達なのだ。

彼女達が本当の本当に復讐（ふくしゅう）を望まない限り、美琴もまたそっちには流れないようにしたい。

「ひい、はあ」

「食蜂走れっ！　翼のついたガーゴイルがその辺飛んでる‼」

「な、何で剣と魔法がものを言う異世界ってホウキ一本でかわゆく夜空を飛べないのぉ⁉」

「空中からロックオンされたら四方八方から大型のアヌビスが派手にスリップしながらでも殺到してくるわよ。ほら早く！」

美琴は『砂鉄の剣』に持ち直して深夜の街を走る。

辺りは水浸しなので下手に電気を使うと食蜂が感電して水深三センチの水たまりで溺れかねない。

貴族の館は外から見ただけで手薄と分かった。

（やっぱりダーティな冒険者を山ほど雇っておいて正解だったわね。各所で暴れているから私達の目的が貴族だって事はバレてない‼）

奇襲に備えて、念のため外から『超電磁砲（レールガン）』を何発か玄関や館の壁に直撃させる。相手の出方を窺いつつ二人は敷地から半分崩れた建物へ踏み込んでいく。

明かりのない正面ホールや通路に人が丸まってガタガタ震えていた。

「?」

テレビのリモコンを向けた踊り子衣装の食蜂は怪訝な顔だ。美琴はあっさり種明かしした。

「閃光と音響の心理効果よ。間近で雷が炸裂するとそれだけで足がすくんで動けなくなるでしょ。スタングレネードなんかもそうだし、戦争の爆撃時じゃ堅牢な防空壕で爆発に耐えているだけでも極めて高いストレスで心臓から出血するらしいわよ」

「……フィジカルバカの御坂さんが精神系のオモチャまで振り回すようになったらいよいよって思うのは私だけけぇ?」

元々は貴族軍が浮遊大地を端から順に絨毯爆撃したアレを参考にしたまでだ。犠牲はなかったが、何の罪もないパティシエットが震え上がったのは事実。その借りはここで返す。

目一杯ご馳走してやる。

因果応報をたらふく喰らうが良い。

「それより館にはまだ人が一定数残っているみたいだわ。貴族本人の顔は分かってんの?」

「さあ？　でもこれだけあちこちに肖像画があるんダゾ」

まあ食蜂の言う通りではあるが。

よほどのナルシストなのか異世界セレスアクフィアでは普通なのか、館のあちこちに巨大な肖像画が掛けてあったのだ。ライオンみたいなファーをつけた分厚い鎧を纏ったさらさら茶髪の大男。頑強、精悍、獰猛。それらを絵に描いたような姿だった。

率直に言って強そうだ。

「上等」

「洗脳して手駒にできる私ならともかく、何で御坂さんって敵が強大になると喜ぶのぉ？」

部屋を一つ一つチェックしていき、丸まったり尻餅をついたまま震えているメイドや執事達の顔を確認していく。少なくとも肖像画の人物はいない。

二階の一番奥。最も大きな寝室のドアがあった。

間違いなく主人の部屋だ。

美琴と食蜂は暗い通路でドアの左右に張りついて、

「(それじゃ私がドアの錠を焼き切って中に目眩ましを一発)」

「(……貴族が閃光と爆音から立ち直る前に私がリモコン使って洗脳って訳ぇ？)」

流れるように動いた。

高圧電流で錠前を溶かして美琴が蹴破り、指先から溶接に似た眩い高圧電流の光を広い部屋の内部に突きつける。

「ぎゃあっ⁉」

中から声が聞こえた。

が、踏み込んだ食蜂の動きが固まった。疑問の空気を纏ってリモコンを持て余している。

「なにっ、食蜂⁉　さっさと仕留めなさいよバカ！」

「いやでもこれってぇ……？」

食蜂の視線の先を目で追いかけてみると、巨大な肖像画の下で誰か震えていた。中年男性だが、美琴より背が低い小男だった。落ち窪んだ瞳に青白い肌、ガリガリの針金みたいな体つき。下手すりゃ第一印象は泥棒である。

（主人じゃないっ？　館の雑用か兵士の誰k

「なっななな何だね君達は‼　こっこの男爵を誰だと思っているんだね⁉」

一瞬、だ。

戦う力を持たない雑用が精一杯の虚勢を張って虎の威を借りているのかと思った。偉い人を装えば強盗と鉢合わせしてもビビって逃げてくれるかもしれない。そんな風に考えての一世一代の演技かと。

それから、美琴と食蜂は小男のすぐ後ろにある巨大な肖像画に目をやる。

ライオンみたいな頑強、精悍、獰猛を絵に描いたようなさらさら茶髪の大男。

絵に描いた？

……いや、まさか、

「じゃあコレを基にして、コレを描いてもらったって訳？」

コソ泥とライオンを交互に見る美琴。

芸術家の苦労がどれほどのものだったかは想像する事さえ難しい。これならいっそモデルなんか見ないまま想像オンリーで描き切ってしまった方が楽だったんじゃないだろうか？

「じゃあもう良いや、食蜂さっさとこのコソ泥顔黙らせて」

「りょうかぁい。はあ、それにしてもこんな貧相力だと拍子抜けねぇ」

がっ、か……と変な音が聞こえた。

俯いていた泥棒の喉だった。

違う、貴族が爆発した。

「いい加減にしろ貴様らァァあああ!!!!!!」

比喩ではない。

本当に貴族の着ている鎧から爆発的な光が放たれていた。

ぶわりと鎧の背中から光の翼が六つも伸びた。

音が消えた。

ゴバッッッ!!!!!!　と、感覚的には遅れて破壊音が炸裂した。鼓膜というより全身の表面をくまなく叩いて骨格を震わせる衝撃波の爆音。貴族の背後の石壁が一面まとめて吹き飛ばされ、肌寒い夜風が入り込んでくる。

ビリビリビリビリ!!　という肌を薄く刺すような痛みに食蜂は不快げに顔をしかめる。

未制御の余剰エネルギーだけでこれだ。

ついにコソ泥が天使っぽいコソ泥顔に進化した。

「領主であり貴族である私のレベルは９９９だ、とっくにカンストしているんだよ!!　今ならどんな伝説級の武器でも装備できる。その力を十分以上に引きずり出せる！　見せてやるよ。終わりの力、ここより上など存在しないという諦念の暴力を教えてくれる!!!!!!」

「……、」

「こんなものじゃないぞ。お前達の絶望はッこんなものじゃなぁい!!」

両手でメガホンを作って貴族が叫ぶ。

「ぶ、ぶぶぶ武器の機能を奪え!!　伝書鳩(でんしょばと)を飛ばせ、早くギルドに連絡してこいつらのレベルを剥奪するんだよお!!」

歪(ゆが)んだ笑みがあった。

顔中嫌な汗にまみれていた。

己の持つ殺傷力とビクついた興奮とが全く噛(か)み合(あ)っていない。しかしだからこそ、加減を知らずに振るわれる暴力は管理不能のおぞましさがあった。カッとなって殺し、後になってからそこらじゅうひっくり返して正当化の理由を必死に探し求める種類のいびつさだ。

暴力が何をもたらすかを全く理解していない老(ふ)けた小男が汗まみれで笑っていた。

瞳の奥が凶暴に輝いていた。

「ひ、ひひっ。私はレベル999の魔法装備で好きなだけ最強の力を振り回せる。それに対してお前達はレベル1っ、全部剝奪!!　これは最強から最弱を一方的に嬲(なぶ)るだけの戦いだ。お前達は何もできずに踏み潰されて死んでいくんだよおおおおおおおおおおおお!!!!!!」

正直、だ。

これが御坂美琴の素直な感想だった。

「……やっべー、そんな装備ルールあったわすっかり忘れてた」

〜〜〜ッッッ!!!?!??　と貴族の両目が限界以上に見開かれた。

ビキニ鎧(よろい)の美琴は申し訳なさそうに頭(あたま)を掻(か)いて、

「そういやパティシエットから色々説明してもらったっけ？　……えーっと、何だったかしら。確かギルドに登録して働いたり戦ったりすると経験値っていうのが手に入って、それをギルドに報告するとレベルが上がっていくとか何とか」

「そうそう、あったわねぇ。それで装備できる武器や防具は職業とレベルによって上限が決められる、と。強い武器を使いたければレベルを上げるのが常道、だったっけぇ？」

二人は顔を見合わせて、

「食蜂、アンタ何か武器持っていたっけ？」

「このリモコンとかぁ？　御坂さん素手攻撃オンリーとか野蛮力の極みなんじゃない？」

貴族サマが涙目になった。

武器を使わないなら機能剝奪もできない。弱体化なんて起こらない。

それに、

「レ、レベルダウン、、」

はえっ？　とコソ泥顔の貴族が呆然と呟いた。

ビキニ鎧の美琴は人差し指で下を指すと、そのまま見えない何かを押す仕草をした。

何度も、何度も。

「レ、レベルダウン、、、レベルダウン、、、レベルダウン、、、レ、レベルダウン、、、ダ、ダウン、、、ダ、ダウン、、、ダ、ダウン、、、ダ、ダウン、、」

「ちょ、待っ、何してる？　お前一体何してるううううう!?」

経験値＝特殊な生体電気なのだ。

他の異世界がどうだかは知らないが、少なくとも『この』異世界セレスアクフィアにいる限り、御坂美琴はダイレクトに経験値を操りレベル制度そのものを支配できる存在。

レ、レベル、、、9、、、9、、、9、、、9でカンスト？

そんなもの、邪魔になるならレベル、、1まで、、、剝奪、、してくれる、、。

「やめろっやめてくれ、顔や体形じゃないっ、これはこの最強装備は私の威厳と実力を証明してくれる、うわ、うわあああ!!!?!??」

搾取前提のギルドを牛耳って、やつれて倒れるまで働き続けた奴隷エルフ達から散々吸い上げた経験値を一気飲みして、ひたすらぶくぶく肥大しただけのコソ泥貴族が何やら嘆いていた。

全てを奪われるのはお前の方だと美琴の眼光は語っていた。

因果応報の時間だ。

ばづん!!　と嫌な音がした。

急激にレベルを下げられた事で、適性レベルを下回ったと判断されたのか。貴族の全身を包んでいた光り輝く鎧が内側から弾け飛んでガラガラと床に落ちていった。

後にはぱんつ一丁の泥棒しか残っていなかった。

踊り子衣装が異様に似合う常盤台のクイーンが顔をしかめ、冷たい目で呟いた。

「醜いわねぇ……」

「あ、あひっ？」

這いつくばった泥棒は、しかし自分の貧相な体を両腕で庇おうとはしなかった。

床に散らばった最強装備とやらを体全体で庇おうとしたのだ。

自分で努力をしないと、人はこうなる。

己の実力よりも道具のレアリティにすがろうとする。他者を食い潰してでも手に入れようと。

だから第五位は一言で切り捨てたのだ。

醜い、と。

ギルド制で食べていくしかない社会で、選べる仕事は日々つまらない三択を選んで決めるだけ。しかもやりたくもない仕事を嫌々こなしても、報酬は秤でインチキし、さらに手数料という形で良いように給金を奪われ経験値まで毟り取られる仕組みを作って。

真面目に働く奴隷エルフ達が満足に食べられないほどやつれていって。

玉座でふんぞり返っているだけで無限レベルアップしていく仕組みにほくそ笑んで。

これは、縮図だ。

搾取という名のブラックホール。その可視化。

「待てっ、やめろ。壊すなよ頼むからっ、お願いだこいつが激レア装備だけが私の力の象徴なんだぁああああああああああああ!!」

『超電磁砲』で粉々に吹き飛ばした。

ゲームセンターのコイン一枚あれば、伝説なんぞ秒も保たない。

絶叫があった。

たっぷり一〇秒以上も続いた異様な咆哮の後、貴族はぱたりと倒れた。紙切れよりも軽かった。彼は手足を投げ出し虚ろな瞳をどこかに向けていた。

吐き捨てるように美琴は言った。

「……そんな金まみれの伝説なんか、地面に落ちてる砂埃以下よ」

10

山火事は彼の全てを奪っていった。

妻も幼い息子も。

だけど命を奪っていったのは恐るべき速度で迫る炎の壁だけではなかった。

人からエルフへ、エルフから人へ。あるいはどっちがやったのかはっきりしない変死体までゴロゴロあった。暴力の渦と嵐だった。商都ヴァルハラは分厚い壁で守られた街なのだから、外の森がどれだけ燃え盛ったとしたって街の内側にみんなで協力して避難していれば誰も死ななかったはずなのに。

こんな所にいても蒸し焼きだと叫び、わざわざ分厚い門を開けて紅蓮の中へと飛び込んでいった青年がいた。

開け放った門から炎が生き物のように侵入し、パニックがパニックを生み出した。

そこからはもう収拾がつかなかった。

生き残るために水や食料を独占しようとする者、この状況にあって火事場泥棒に走る者、放火かどうかも分からない内から山火事の真犯人を捜そうと走り回る者、憎しみと逆恨み、そして根拠も意味もない死が咲き乱れる。

三日三晩燃え続けた炎の中で、みすぼらしい小男は気づいた事があった。

命の優先順位は、いざ大きな混乱が起きてから慌てて決めようとしても遅い。あらかじめ優先順位を決めておかなければ迅速なリカバリーには結びつかない。

被害が増える一方だなんてそんなのは許せない。

多くの民を預かる領主たる貴族として、ここはきちんと決めなくてはならない。

非情であっても。

少しでも多くの命を拾い上げるために、普段から切り捨てる痛みに慣れなくては。

でも、それは誰を優先しての順位付けだった?

そうか、と貴族の男は思う。

もしあの時、大切なものを見据えて優先する事ができたなら。人間もエルフも他のモンスターも、妻と息子を失った虚無と喪失感から誰とも繋(つな)がる事のできなかった自分が、それでもももう一度、恐る恐る誰かの手を取る勇気を持つ事ができたのなら。

　おそらくあの瞬間、自分は足を踏み外したのだと貴族の男は思った。

「何を……」

　バラバラに砕け散っていく自分の最強装備を眺めながら、貴族の男はぼんやりと呟いた。

　そんなに力が欲しいのか？

　失う哀しさを拭えず、弱き者を守る勇気をなくしたくせに。

「何をしがみついていたんだろうな、私は」

11

　貴族は撃破した。

　が、美琴と食蜂が欲しいのはクソ貴族がエルフの長老ベーカリアンから奪ったという魔道書だ。それがないと倒すべき三大魔王を捜せず、地球に帰還するための三重宝の儀も準備できない。

「おっ、ここが書斎みたいですね」

　目的の部屋を見つけたパティシエットはいきなり本棚の上にするする上ると、池の上にある石でも渡るように本棚から本棚へぴょんぴょん跳び移ってあれこれ調べていた。樹上に慣れたエルフは高い所が好きなのかもしれないが、腰回りは短いスカートである事をもうちょっと自覚していただきたい。危ういんだってばっ！

「ふーむ」

美琴も（もちろん床の上に立って）本棚を調べていくが、使われている文字は日本語でも英語でもなかった。一〇進法や話し言葉がそのまま通じてしまうからつい忘れがちになるが、やっぱりここは異世界。こいつはお手上げかな、とビキニ鎧(よろい)の美琴は思ったが、そこで気づいた。

（あれ？　でもなんかこれ、背表紙のタイトルに法則性があるような……）

ローマ字ともキリル文字とも違う、カクカクした異世界文字。アルファベットのように一文字では意味のない一音なのか、漢字のように一文字で複数の意味を含む一語なのかも予測はできない。ただ、文字と空欄の並び全体に規則性がある気がしてならないのだ。例えば古いモールス信号や駅の券売機などで見かける点字のように。

「ねえパティシエット、これなんて書いてあるの？　『四つの魔法の関係性について』とか？」

「はい？　えと、正確には『図説・四大属性の相克の相関図』ですけど」

本棚の上に腰掛けたパティシエットが細い足をぶらぶらさせながら答えた。

中身はほとんど一緒だ。

見出しは何となく摑(つか)めるが本文の詳細は奴隷エルフちゃんに読んでもらった方が安全、くらいの確度か。しかし全ての異世界語がこうなっているとして、何でこんな恐ろしく無駄で意味のない細工が施されているのやら。逆に『普通に文字を読めてしまう』パティシエットに聞いても多分心当たりはないだろうし。

美琴は異世界の文字を扱う練習も兼ねて注意深く指でなぞって背表紙のタイトルを探っていくが、三大魔王の詳細が書かれた魔道書だったか。それらしい本は見当たらなかった。

「……『心理掌握』でさっきの貴族の頭の中をまさぐった方が早くない？」

「すでに洗脳済みではあるけれどぉ、話を聞くのは例の貴族が正気に戻ってからダゾ☆　一度に負荷力をかけすぎて、情報吸い出す前に脳を壊しちゃったら面倒でしょう？」

……脳を。物理的に破損させた場合は第五位でも元に戻せないのだろうか？

焦る美琴は両手を広げて、

「じゃあもう何ならこの部屋にある本をいったん全部外に持ち出して長老のベーカリアンに聞くっていうのは⁉」

「小さな部屋だけど二〇〇〇冊くらいはありそうよぉ」

「表のデカいアヌビスやガーゴイル。あれの操縦方法さえ『心理掌握』で盗み出せば力仕事は任せられそうじゃない？」

「（……あれ、つまりそれは私を乗せて歩かせれば楽ができるって事ぉ？　やった異世界で帆風さんの代わりが手に入る！）」

「例の縦ロールが泣いてるわよ腹黒女王」

そんな風に言い合っていた時だった。

変化は突然だった。

ばづんっ!! という変な音がした。

美琴のビキニ鎧(よろい)と食蜂の踊り子衣装が同時に弾(はじ)け飛(と)んだ音だった。

一瞬時が止まった。

何が起きたのか思い返すまで数秒も必要だった。

武器は使っていないからレベルダウンによって使用不可・機能剝奪されても一向に構わないが、防具の方に装備制限がかかるとこういう目に遭うのか。

コソ泥貴族の要請から時間差でやってきた。

なるほどなるほどなるほどなるほどこうなるのかー。

「何の復讐(ふくしゅう)だあこれーっ!?」

12

普通に心の許容を超えた。

　御坂美琴はとりあえずバスタオル感覚でその辺のベッドシーツを使って華奢な体をくるむと、例のコソ泥みたいな顔した貴族のいる部屋にまで戻った。

　磁力を使って貴族さんの（今度は安物で新品な）鎧をじんわりメキメキ押し潰しながら、

「魔道書はどこやった！　アンタがエルフの長老ベーカリアンから強引に奪った魔道書よ‼」

「しっ知らない。奴隷の持ち物なんかいちいち奪わない。私にだってプライドがある‼」

　弁解として成立しているとでも思っているのか。

　すでに命を含めてこれだけ散々搾取しておいて。

　そもそも奴隷エルフ達の労働力によってこの異世界の社会全体は支えられているのだ。奴隷の持ち物を嫌うなら、今すぐ裸になって森や草原でもさまよえば良い。

　壁に背中を預けてくつろいでいた（同じくベッドシーツ春巻き状態の）食蜂は片目を瞑った。

「その人はぁ、持ってないんじゃない？」

「どうして分かんの⁉」

「嘘をつくのは簡単力だけどぉ、バレたら即座に報復されるって分かってるからダゾ☆」

「……、」

「どっちみち『心理掌握』に嘘はつけないんだからぁ。後はこっちでやっておくわよぉ」

　チッ‼　と舌打ちして美琴は胸ぐらから手を離した。実は貴族の装備は鋼鉄製の甲冑なのだが、第三位の手にかかるとアルミ缶みたいにメキメキ潰れていくので普通に握れてしまうのだ。

そのまま部屋を出ていく。

嵐のような時間だった。

「なぁーんかホッとしてるぅ？」

へなへなと床に崩れ落ちる貴族の前に、ベッドシーツを体に巻いた食蜂操祈は立った。

異世界住人には見慣れないはずのテレビのリモコンを手の中でくるくる回しながら、だ。

「何であなたみたいな最低人間を殺さなかったと思っているのぉ？」

「えっ、あ？」

眉間にピタリと押しつける。

優しくもなければ直球でもない悪女の王は己の口を引き裂くようにして笑った。

「慈悲力じゃないわよ☆」

13

『商都ヴァルハラと領地を預かる貴族としてこの私が申し上げる。これより私の力の及ぶ全ての範囲においてあらゆる奴隷を平等に解放すると!!　エルフの奴隷、そしてそれ以外の奴隷にも告げる。我々は君達を一人の人として扱う事をここに宣言する。もし己の首輪と足枷（あしかせ）に疑問を持つなら今すぐ商都ヴァルハラへ駆け込まれよ！　そして同じように奴隷制度に疑問を持ちながら迫害を恐れる貴族や市民がいればやはり私はここに提案する、どうか合併という形で強く結びつき共に奴隷を解放するため正しい事を自由に行う自らの権利を守らないかと!!!!!!』

奴隷解放宣言である。

貴族の館の執務室で、美琴と食蜂は新聞を手にしていた。

テレビもネットもない異世界ではこんなのでも情報と娯楽の最前線である。

差別なんて結局は顔色窺いだ。

人間という生き物は、怖いから、おぞましいから、理解できないから差別するのではない。本当に危機感を抱いて直接怖がっている人間なんてごく少数なのだ。大多数は『ちゃんとしないと周りに何を言われるか分かったものじゃないから』従う。異を唱えると過敏な相手を刺激するので、その方法が解決策として本当に正しいかどうかも検証しない。そうしている内に、自分がこんなに我慢しているのに他人が同じ辛さを共有していないのが許せなくなってくる。しまいには何で対象を攻撃しているのか自分でも説明できなくなる。だから、行為だけが残る。

そして差別を止める方法は二つ。一つ目は戦う力を自ら捨てて下からこつこつ草の根運動を続けていく事。もう一つは他を圧倒するほどの戦う力を持った上の人間が決定的な指針を示す事だ。どちらにしても、無言の暴力はありえない。どれだけ強大な力があろうが言葉として発信しなければ世界は特に変わらないのだ。……量産軍用クローンの一件で、御坂美琴は実際にそれを強く思い知らされている。

そういう意味では、大きな価値のある一歩だった。

たとえ第五位の力によるものだとしても。

「……なかなか格好良い事も言えるじゃない。これが『心理掌握（メンタルアウト）』に操られての演劇でなければ完璧だったのに」

「何言ってんのぉ。私が手取り足取りアシストしたからあれだけ決まったんダゾ？」

お高いハンドバッグにテレビのリモコンを戻しつつ、第五位は片目（かため）を瞑（つむ）ってそう言った。

（……ま、洗脳されてムリヤリ言わされたって言い訳できた方が貴族さんも色々やりやすいでしょうしねぇ）

彼女は学園都市（がくえんとし）第五位『心理掌握（メンタルアウト）』の使い手だ。

単に台本通りにしゃべらせるだけでなく、そもそも貴族の胸の内など全て調べ尽くしている。

山火事に、命の選択。

敗北してなお決して口には出さなかった憎しみや後悔についても。

それを美琴に向かってべらべらしゃべるほどガサツな第五位でもないが。

ちなみに美琴と食蜂の服装はビキニ鎧（よろい）と踊り子衣装に戻っていた。

ギルドの力で強制的にレベルは剝奪されたが、そもそも経験値＝生体電気である。この異世界のレベル制度は全て御坂美琴のもの。秒でレベル上げすると街の防具屋に（人には見られないよう裏からこっそり）駆け込んだのだ。オーダーメイド専門店ではなかったようなので、在庫の山の中から自分の職業でも着られるものを選び、値段分のフルグライトを置いていった。

『えーと、お金はここに置いておけば良いかしら』

『値切り前提のこんな異世界で言い値をそのまま置いちゃうのぉ？　このリモコン使って九〇％オフセールを開催力しない？』

『……唯一第五位の力が効かないのは分かる。だけど何で私がアンタのストッパーにならなくちゃならない訳……？』

なんて話もあったが。

（うう。経験値は自由に操れても職業チェンジができないのが辛い……。いつまで経っても《女戦争士》かあー）

あの貴族は最低も最低だったが、彼がもたらした動きは異世界セレスアクフィアへ確実に波及していった。

少しずつだが、貴族や中核市の間で奴隷制度への疑問が表面化してきている街や地域が出てきているらしいのだ。

これまで情報が遮断されていてエルフ達に友好的な街があっても伝わっていなかった、という方が正しいのかもしれない。

何しろネットもスマホもない剣と魔法ばっかりの異世界だ。貴族側は赤い煉瓦でできた街道のあちこちに巡回要員を歩かせておいて、手紙、新聞、変にウワサ好きの旅人などをマークして抜き打ち検査をするだけでも容易く情報を遮断したり書き換えたりはできる。もちろん上流階級から見て不適切と判断した場合は、ボコボコにして身ぐるみ剝いで街道をUターンさせればそれだけで余計な情報の拡散を防げる。それどころか、最寄の街まで辿り着けなければ邪魔者は普通に命を落とす羽目になる。異世界なら野垂れ死にも珍しくない。

空飛ぶ伝書鳩にしたって、網や餌でおびき出して捕まえてしまえば手紙はチェックできるのだし。

貴族を倒した事で街道の支配も緩み、押さえられていた情報が再び流れ始めた。

つまり意外とエルフに同情的だったり友好的だったりする人達は少なくないのだ、と。

「これ見ても、あんまりショックを受けないようにねぇ？」

執務用の机についた食蜂操祈はそんな風に前置きしてきた。

手にしているのは一枚の紙切れ。話によれば王国の飛行船からばら撒かれた新聞の号外らしい。そこにはこうあった。

『国王の決定によりエリュシオン中核市の反乱を鎮圧。

死者多数。

正当かつ伝統を持つ奴隷制度に疑問を持たせる悪質な人心混乱さえなければこのような事態

は起こり得ず、平和と秩序の守り手たる我が国王は卑劣な流言である奴隷解放宣言のその一切を認めない』

エリュシオン中核市、というのはこの街の名前ではない。

ここは商都ヴァルハラ。

エリュシオンは全く関係ない遠くの街だ。

事態は美琴の想像をあっけなく超えていた。

「なに、これ……？　つまり私達が勝って、貴族の領を一個制圧して。その腹いせに全然別の街を攻撃したって事⁉」

「だからぁ、ショックを受けるなって言ってるのに……」

踊り子衣装の食蜂は呆れたように息を吐いて、

「王国側として最も避けたいシナリオは、奴隷制度……というか王様の治世が疑問視されてあっちこっちで反乱が広まる展開よ。元凶たる私達を倒すのにモタついている間に次々飛び火していったら本当に手に負えなくなるんダゾ。だから、実力未知数で鎮圧までのスケジュールが読めない私達より先に、確実に時間の計算ができるよその地域力から火消しした」

「……、」

「全然関係ない街でも襲う。人数どうこうっていうよりも、王様一人の決定に対して多角的な視点からたくさんの批判力が集まっている、って構図を作られてしまうのを嫌ったのかもしれないけどぉ」

「そんな事はどうでも良い。今問題なのは、私達が動いたせいで全然関係ない人達が大勢犠牲になったたって方でしょ‼」

「だからぁ」

チッチッと人差し指を振って、食蜂は片目を瞑った。

「そもそもエリュシオン中核市がほんとに滅んだって証拠はどこ？」

「……あえ？」

「剣と魔法がものを言う異世界にはテレビもネットもないのよぉ？　つまりライブの中継映像なんかどこにもない。王様は『反乱のムード』を火消しするっていう自分の目的さえ達せられるなら、実際にエリュシオン中核市を攻撃する必要なんてないんダゾ☆」

そもそも食蜂が見せた号外新聞は『王国の飛行船』からばら撒かれたものだ。

踊り子さんはばさりと別の新聞の束をテーブルに置いた。

地下新聞と言われる、いわゆる政府非公認の民間紙だ。貴族の兵隊による街道の抜き打ちチェックをすり抜ける密輸品とも言える。ある程度の印刷技術はあっても輸送インフラが貧弱なせいで、せいぜい週一ペースと号外くらいしか出せない新聞だが、それでもテレビもネットもない異世界ではそれなりの影響力がある。

「ちなみにこっちの地下新聞だと地方の貴族や中核市の間で奴隷制度に疑問を持つ声が出始めている、って記事はあるけどぉ、王国軍がエリュシオン中核市を滅ぼしたなんてド派手な情報は見つからないわねぇ」

「……地下新聞だって取材の透明性とかのルールはないからあてにはできないでしょ？　とにかく人気と話題性優先でトバシやガセだって珍しくない！」

「記事の信憑性なんて全くどうでも良いの。多くの人の手を経由して遠くから渡ってくる新聞の束には、様々な残留思念が染みついているでしょ？　そっちを『心理掌握』で読み取った方が大量かつ確実。大勢のスパイを放つよりお手軽に各地の情報を吸い出せるしぃ」

「……、」

『読心能力』はその存在さえ知っていれば対策を練る事もできる。

が、こちらの異世界セレスアクフィアにとっては完全に未知なる現象だ。なので食蜂としては色々とやりやすいのかもしれない。もちろん異世界側の住人は能力の仕組みを理解できないため、『真犯人を知っているのに誰も信じてくれない』に陥るリスクもあるが。

「軍事行動はパワーじゃなくてインテリジェンスが支配するんダゾ？　ふふっ、何かと猪突猛進な御坂さんには難しい話かもしれないけどぉ」

「……じゃあアンタの読みでは？」

「五分五分」

バン!!　と美琴は両手の掌で机を叩いた。

食蜂は気だるげな表情を変えなかった。

「そんなので安心できるかッ!!　大体、フェイクニュースがアリならとりあえずエリュシオン陥落の号外を出して、ビビらせ効果がなければ本当に滅ぼすって後出しも連中は可能じゃない！」

「……これすっごく聞きたくないんだけどぉ。なら御坂さん的にはどうしたい訳ぇ？」

一択に決まっていた。

人の命がかかっているのだ。それもこの商都ヴァルハラと同規模の大都市で暮らす全員の。

「自分の目で確かめる」

「言うと思ったし王国側の掌の上でまんまと踊ってるしぃ」

「奴隷制度に疑問を持ってくれてる街や領はいくつかあるって話だったわよね？　なら王国側が実際に狙うのはエリュシオン中核市だけとは限らない。危険な街は全部回って、必要なら助けてあげないと!!」

はあ、と踊り子衣装の食蜂操祈は重たい息を吐いた。

まあ二万人の軍用量産クローン『妹達』を助けるために、過去、学園都市でどんな騒ぎを起こしてきたかを思い出せばこうなる事は分かり切っていたが。

頬杖をつき、不貞腐れたような顔で片目を瞑って食蜂が短く言った。

「手伝わないわよぉ」

「当然。王都は手が届きそうなんでしょ。今命が危ぶまれている人達は助けないといけないけど、元栓を閉めれば王国の軍隊が派遣される事もなくなるんだもの。アンタ悪巧みは得意でしょ？　計画を練るのはそっちに任せるから、アンタは王都攻略の作戦作りに専念して」

「ふむ。……まぁ全体力のスケジュールを堰き止めないのなら好きにすれば？」

「攻略決行までには必ず戻るッ‼」

14

ドアから出ていかなかった。

ビキニ鎧の御坂美琴は高所の窓を開けるとそのまま外の世界へと飛び出してしまった。

あの調子だと本当にやってしまうのだろう。

たとえ一時の思いつきから始まった無謀極まりない行動であっても、第三位なら最後までやり遂げる。

「……ムカつくわねぇ」

あわあわわ、という声があった。

ドアが薄く開いていた。隙間からこっちを見ているのは奴隷エルフちゃんのパティシエットだ。そんなに御坂美琴が心配だったのか。

　食蜂はその場でちょいちょい軽く手招きして、

「いらっしゃぁい」

「ひゃいっ⁉　あ、あうすみません懲罰ですかっ。そうですよね人間様のお話を勝手に盗み聞きした意地汚い奴隷エルフは耳削ぎと決まっていますもんｎ
「いいから」

　黙っていると自分で勝手にヤってしまいそうなので食蜂は少し強めに否定しておいた。

　おずおずと部屋に入ってきたパティシエットは真っ青だった。

　この子は自分のためにこういう顔ができる少女ではない。

　己を脇に置いてでも身内を心配できる子なのだ。

「だっだだだ大丈夫なんですかっ？　あの、だって御坂サマはあんな一人で行っちゃって……。王国だって広いんですよ。全ての領の全ての街がいつ虐殺の対象にされるか分からない中で、狙われたエリアをたった一人で全部守るだなんて……」

「うふふ、まったく御坂さんたら愚かよねぇ。まあどう考えたってこっちの陣営を焦らせて戦力分散させるためのマラソン消耗トラップに頭から突っ込んでんでしょうけどぉ」

「あのーっ⁉」

「でも大丈夫ダゾ☆」

気軽な笑顔で食蜂操祈は請け負った。

これは『実験』時と同じだ。二万人の『妹達(シスターズ)』を死なせる計画を止めるために美琴が取った行動もまた、各地の研究所を片っ端から破壊して元凶を取り除く、というものだった。

罠(わな)と分かっていて、なお突撃を選んでぶち壊す。

目の前の命を全部守るなんて愚かを極めた考えで大きな戦略を練っても、自分が疲弊させられるだけだと第三位だって分かっているはずなのに。

ただし、

「だっ、て彼女、は、御、坂、美琴、なの、よぉ、？」

「？」

奴隷エルフちゃんは首(くび)を傾(かし)げていた。

だけど、それだけで説明が終わってしまう世界もある。

第三位ならば絶対に成し遂げる、と。

「冷たいロジックで完成された学園都市(がくえんとし)の各所に散らばった数十もの大企業や研究所。厳重警備で一歩踏み込んだだけで殺されるかもしれない機密エリア、挙げ句に自分と同格の超能力者(レベル5)まで迎撃に現れる始末。……それでも成し遂げてしまうのよ。取りこぼしなく目についた全員を救う。そのためなら、覚醒(めざ)めるの。御坂、さ、ん、の、中、に、眠っ、て、い、る、ケ、ダ、モ、ノ、の、部、分、力、か、つ、て、学園、都、市、で、散、々、咲、き、乱、れ、た、ゲ、リ、ラ、戦、の、達、人、が、ね、ぇ？」

15

ドンガンっバギばぢドゴンッッッずばぢぃザンガンギンばぢばぢッッッドォン!!!!!!

16

さて。

御坂美琴は地方へ飛んで『視察』に出かけてしまった。

一人で勝手に戦争を始めたおバカな第三位から任されたので、大変クレバーでお美しい食蜂操祈も王都攻めの計画を進めよう。

大きな卵の殻みたいな浮遊大地がいくつも重なって移動していく不思議な青空の下、ひらひら満載な踊り子衣装の食蜂はさくさく草を踏んで表を歩く。こんなド派手な格好で移動しても政治を牛耳る側から全くバレないのだから防犯カメラ網のない呑気な異世界って素晴らしい。

「……えっとぉ、地球へ帰還するために必要な三重宝の儀をするためには三大魔王を倒さないといけないんだけど特徴力は不明。詳しく書いてある魔道書は王侯貴族が持っているからぁ、てっぺんの王様を締め上げるか、洗脳した上で各地に『全員持ってる魔道書を今すぐ提出しろ』って号令を出させればイイって訳ダゾ☆」

思考を内側に向けてぶつぶつ言っている食蜂は、それから改めて外側に注目を移した。

目下の問題はこれだ。

「物理バカの御坂さんがいないとフィジカルな攻撃力に問題が出てくるのよねぇ。不意打ちで顔を出すケダモノ系の皆さんには私の『心理掌握』も通じないしぃ？」

「一応これ持ってきました。食蜂サマは私がお守りしますっ」

奴隷エルフちゃんのパティシエットはトネリコとかいう木でできた弓を手にしていた。結構立派なロングボウで、元々小柄なパティシエットに持たせると身長以上の大物になってしまう。言うまでもなく、調達先は何でも取り揃えている商都ヴァルハラだ。

奴隷エルフが飛び道具を持つと反乱扱いで即時処刑らしいのだが、いい加減にパティシエットも色々とタガが外れかけているのだろうか？　だとしたら良い兆候だ。

でっかい武器によたよた振り回される幼女な奴隷エルフちゃんを見て食蜂は微笑ましい目を向けつつ。

そんな事よりも、だ。

「……浮いてるわねぇ」

「はい。浮遊大地ですからねー」

律儀に頷いてくれるパティシエットは普通に可愛いが、今議論したいのはそうではない。

「ああああ！　物理バカの御坂さんがいないとこんな簡単な所で躓(つまず)く訳ぇ⁉　すぐそこに見えてる浮遊大地に渡る手段がないィいいい！　でもすごすご引き返したら御坂さんからひたすら馬鹿にされまくる未来が待っているうううううううううううううううう!!」

「だっ、大丈夫ですよ！　そもそも磁力？　で空を飛んでいる方がおかしいんですもん。御坂サマがいなくても、ほら、例えば野良(のら)のドラゴンさんでも見つけて乗りこなせば隣の浮遊大地に辿(たど)り着けますよ食蜂サマ!!」

「だから人以外には『心理掌握(メンタルアウト)』は通じないってゆってんでしょぉ!!」

やる事なくて今いる浮遊大地の縁をぶらぶらしていた食蜂は、大自然には似合わない人工的な光沢を発見した。

デカいプロペラとパラシュートの組み合わせ、に近かった。

どうも浮遊大地から浮遊大地に渡っている最中、空飛ぶモンスターに撃墜されたらしい。

(何で道具だけが転がってんのよ。変な化け物に襲われた人がいるかもしれないから手放しで喜べないんだけどぉ……)

パラグライダーの一種っぽいが、ガソリンエンジンではなく動物の体毛の束を手回しハンドルでねじって力を蓄えるようだ。

他に手段がないのでパティシエットは抱っこでしがみついてもらうとして、食蜂操祈は出発進行。ただ、いきなり崖の縁から飛ぶのはウルトラ怖かったので、何にもない草原から試してみた。パラシュートに空気を蓄える意味で最初に少し走らないといけないが、プロペラの力を借りると結構スムーズだ。

　ふわりと、だった。

　恐怖より不思議が勝る感触で、《踊り子》食蜂は足元から重力が消えていくのを自覚する。パラシュートの紐が絡まる事もない。

「おっ？　おっおっおっ……おおー☆」

　楽しい。

　浮かび上がってからは太いベルトみたいな部分に腰を下ろす。なんかブランコみたいで優雅だ、これならパティシエットもずり落ちない。

　磁力を使ってギュンギュン飛び回るどこかのバカとは違って、絶叫マシン的な胃袋にせり上がるあの恐怖感はない。全体的にふんわりしていて余裕がある。この分なら崖の縁も安全に越えられそうだ。

　後部座席でパティシエットもきゃっきゃはしゃいでいた。

「すごいです食蜂サマっ」

「ふはは威力バカの御坂さんに頼り切りの時代力なんてそっちの方が間違っていたのよぉ‼　あとパティシエット、これってどうやって曲がるの？」

「さあ？」

きょとんで首を傾げられてしまった直後、胃袋へ一気にきた。

すでに足元には何もない。

いまいち包容力溢れるお姉ちゃん系にはなりきれない食蜂は絶叫しながら何とかして両手の紐だけで上下の感覚を調整し、およそ一〇〇メートル先にある新たな浮遊大地に軟着陸していく。ちょっと角度がズレていたら何もない大空を延々と進んでいく地獄に陥っていたところだ。

「はあ、はあ。も、もう二度とこんなのトライはしないわよぉ」

「？　でも帰る時もこれ使わないといけないんじゃあ？」

「ヴぁああああああああああああああああああああああああああああ!!」

そして頭を抱えて叫んでいる場合ではなかった。

プロペラ付きのパラグライダーが転がっているという事は、行き来する人間を狙う巨大モンスターがいるという話なのだ。その辺の草や枝を被せて、畳んだ乗り物を覆い隠す暇もなかった。

「わっ、何か来ますよ。あっあれはフレースヴェルグさん!!」

翼を広げれば青空が埋め尽くされるほどに巨大な鳥だった。あのサイズなら大きく羽ばたいただけで嵐を起こし、クレーンのフックに似た特大の鉤爪を使えばそこらの家屋くらい掴んで引き裂けるだろう。

鳩とかカラスとかではなく、がっつり猛禽。

そして何度も言っている通り、食蜂操祈の『心理掌握（メンタルアウト）』は人間以外のモンスターには効果がない。

「ひっ」

珍しく、あの女王が脅（おび）えに似た息を洩（も）らした時だった。

身近な人の本気の恐怖を嗅（か）ぎ取（と）ったのか、トネリコのロングボウを手にした小さなパティシエットの中で何かが切り替わった。自分から一歩前に出る。

一言だった。

「ブ、い、イズ」

ボゴォ!!!!!! と。

矢が刺さった途端だった。いきなりフレースヴェルグのお腹（なか）が内側から破裂した。

「ぶはぁーっ⁉」

突然の赤にビビった食蜂が尻餅では飽き足らず後ろにひっくり返る。

理由があればできる。命のやり取りについてはやっぱり異常なくらい軽い異世界だ。

前にも異世界セレスアクフィアの魔法については教えてもらっていた。

だけど今のは断じて火の基礎攻撃魔法なんかじゃねえ!!

「エルフショット」

小さなパティシエットは構えた弓を緩く下ろしながら、そっと息を吐いた。

「本来は火打石の鏃に魔法を込めて相手を痺れさせる攻撃手段なんですけど……ううう、私がやると、どうも獲物の体内で爆発してしまうみたいなんですよね」

「……、」

弓矢でかすり傷を一つ負わせられれば、その時点で即死確定。

レベル11で初歩的な魔法しか使えないとか、そんな次元では語れない。なら標的の体内に押し込んで柔らかい内部から爆発させてしまえば良いだなんて……下手するとこれ、外から強い力で叩くだけの『超電磁砲』よりよっぽど致命的だ。

ひらひら衣装でひっくり返ったまま食蜂操祈は目を白黒させて、

「ちょ、ぶ、パティシ、ちょっとあなたそれぇ……」

「うーん、でもこの方法だと獲物の中で血管や内臓を潰してしまうんです。お肉が美味しくなるから実生活の役には立たないんですよ。やっぱり痺れさせて生け捕りができるエルフショットをきちんと覚えないと」

トネリコの弓を手にしたまま、当の奴隷エルフちゃんは残念そうに首を傾げるだけだった。

割と最強サイドにいる事にご本人様だけが自覚していないらしい。

これがきちんと評価されずに埋もれるとか異世界セレスアクフィアいよいよ大丈夫か？

「色々飛び散っちゃいましたけど、もったいないからあれ拾って食べましょう。焼けばそこそこの味なはずです」

17

そんな訳で二日くらいかけて目的地に迫った。

食蜂操祈は気づいた事がある。

「パティシエット☆」

「ひンっ⁉」

小さな奴隷エルフちゃんが飛び上がる。

何かとしゃべる時にぴこぴこ長い耳が上下しているのが前から気になっていたのだ。しばらく観察してから、おもむろに食蜂はその耳を指(ゆび)で摘(つ)まんでみたのである。

「やっぱりこの動き、規則性があるわよねぇ」

「あっ、あの、食蜂サマ、そこは……」

「声に、視線、後は指先のサイン。……のみならず、この長い耳でも『会話』ができる訳か。木々や夜の闇の中で互いに扱う情報量は人間よりずっと増えるんだから、そりゃエルフに弓を持たせて森の中に潜ませたら最強になる訳ねぇ」

果たしてエルフ達を支配したつもりになっている異世界の人間達がこの『内緒話』に勘付いているかは不明だが、コミュニケーション能力の分野で精神系最強たる食蜂操祈の目を欺くのは無理がある。

（……まあ今までこれだけの扱いを受けていたら、むしろご主人様（笑）の眼前でエルフ同士こっそり陰口くらい叩いていても当然力だと思うけどねぇ？）

ともあれ今はこちらの方が重要か。

「王都ツオネラ。わあ……見るからに大きな都ですねぇ」

「？」

食蜂はきょとんとしていた。

この辺になると彼女にもネーミングの由来が読めなくなってくる。

（三国志をモチーフにして世界観を固めていたんだけど、有名どころの国や武将はみーんな使っちゃってぇ、どんどんマイナーな村やお寺を深掘りせざるを得なくなっている……って感じにも聞こえるけどぉ？）

ともあれ、だ。

奴隷エルフちゃんのパティシエットにつられて食蜂操祈もまた遠目に観察する。

確かに規模は大きい。

建築様式に細かい違いがあるらしく、つまり中心にあった最初期の街並みから人口が増えていくにあたって、少しずつ外周に新しい街並みが広がっていった歴史が窺える。建物の並びも区画によってゲーブルタイプ、ドーマータイプとごちゃごちゃだ。上から眺めれば切り株の年輪みたいに見えるかもしれない。

家は石造りばかり。

木枠や土を焼き固めた煉瓦を組み合わせたビルディングでもない。

頑丈な石造りなんて商都ヴァルハラでは貴族の館だけの特権だったのに、こっちの王都はそれだけ大富豪が多いという事なのだろうか？　本当に必要に迫られているのかは知らんけど。

「……いつでもカンカン照りのロサンゼルスで、みんなで乾燥機を使っているようなものかしらぁ？」

「？」

異世界生まれの奴隷エルフちゃんにはちょっと高度過ぎるたとえ話だったようだ。

そういえば、ここの王都では奴隷のモンスター娘が多い。徴税計算の時期だから奴隷達を殺してしまおう、という流れは存在しないらしい。

「王都ツオネラでは税金そのものがないみたいなんですよ」

「ない？」

「だから大商人の皆さんがこぞって王都に集まるんですって！　奴隷をできるだけ長持ちさせたいコレクターなご主人様も安心ですねっ」

思いっきり搾取される側なのに、何故かパティシエットは自慢のトーンで話している。

……もちろん税金ゼロの街なんて公共自治体として成立できるはずがない。

（そうなると、収入が一定以上の大富豪には善意の寄付を『強要』しているって感じかしら？　やだやだ慈善力がルーチン化された社会って。効率的だけど心がこもらないのよねぇ）

四角いビルディングより一軒の館が多いのは、水堀や市壁で街ごと分厚く防護されていた商都ヴァルハラと違って、随分と開放的な街並みになっているおかげでもあるだろう。最初から分厚い壁で囲ってしまうと外部への拡張性を失ってしまい、高層化するしかなくなるのだ。

人が集まる所にお金が集まり、そのお金を求めてさらに人が集まってくる。

良い循環を続けている証だが、

（……水堀も市壁もナシ、一応街の入口には形式だけの門はあるけど神社の鳥居みたいなものでぇ、侵入者対策としてまともに機能しているとは言い難い。普通に考えたら貴族が支配していた商都ヴァルハラよりも隙が多いけどぉ、どういうコンセプトの街なのかしら？）

一〇〇万都市の真上だった。

五〇メートルほど上に三キロ四方、正方形の大地があった。

絵本みたいな、尖塔や城壁だらけのお城が浮かんでいたのだ。

とはいえ単純に浮遊大地として浮かんでいる訳ではない。さらに一段上に大きな長方形の浮遊大地があり、そこから数百本の太いワイヤーを伸ばして王の城を強引に吊り下げている。

村が襲撃された時にも見てきた通り、一番怖いのは『上の階層からバカスカ爆弾を落とされる絨毯爆撃』状態だ。なのでわざと王城を吊り下げる事で巨大な傘を設けているのだろう。当然ながら巨大な浮遊大地は人の力ではそう簡単に砕いたり掘ったりはできない硬い岩盤を選んでいるだろうし、『傘』から暗殺者や敵軍が垂直に降りてこられないよう、王城と比べて傘の方が極端に大きくしてあるのがいちいち憎たらしい。

ただし、

「……本気で三キロ四方の敷地を吊っているにしては、ワイヤーの数が少なすぎるわねぇ。あれじゃ重量分散をやりきれずに普通に落下すると思うんだけどぉ」

「えと？」

パティシエットは言われてもきょとんとしていた。

つまり王城も王城で浮遊大地ではあるのだ。ワイヤーは目に見える囮で、叛逆を企てる者がせっせとワイヤー切断のための計画を練っても無駄……どころか、群衆の中から危険分子を炙り出す分かりやすい釣り餌になっている。

とはいえ『傘』のサイズを考えるに、王城の連中は街の全域を空爆から守る気はなさそうだった。お城の王様は、城さえ無事なら優雅な生活は保てると本気で考えているらしい。まるで商品企画、生産工場、運送業、そうした裏方の努力を何も知らずにコンビニはただお店があれば永遠に食べ物や飲み物が棚に溢れ返るのだと思い描くような見識の浅さである。そんなに贅沢が好きなら毎日お菓子だけばくばく食べて勝手にぶっ倒れていれば良いのに。

これじゃお前を仕留める手間が残るだろうが。

（いけないいけない。……やっぱり命の扱いがとんでもなく『軽い』異世界ねぇ、ここ）

「なるほどねぇ……」

「？」

何しろ飛行船などの乗り物を使って浮遊大地から浮遊大地へ移動できる異世界だ。市壁や堀で王都を囲ってもあまり意味はないと思っているのか。王城の真上を他の浮遊大地が通らないのを見ると、空の守りに重点を置いているのかもしれない。邪魔な軌道を進む浮遊大地は、あらかじめ全て粉砕しておくなどで。

広大な土地を高所から監視し、遠方から軍勢が迫ってくれば王都の手前に陣を張って機動的に守っていく。

しかも正規軍の騎士団の他に、王都には冒険者や大商人、胡散臭い盗賊まで雑多な人種で溢れている。いずれも戦争特需となれば率先して安全な王都から最前線まで出かけて金を稼ぎたがる連中ばかりだ。人の欲望は思わぬ力を発揮する。彼らも同時に相手取る事になれば、敵国側としては多方面から一斉に反撃を受けて思わぬ損害が発生してもおかしくない。

そんな『設計』か。

「ヌルいいわねぇ」

「えと?」

(……ま、そっちの話は御坂さんの『アレ』が使えれば王都の守りなんて余裕で機能不全に追い込めるんだけど。ちゃーんと決行日までには帰ってくるんでしょうねぇあの人)

豪華な街並みには不釣り合いな首輪や鎖も見えた。

奴隷にされているのはエルフだけではない。植物系のドライアドや細いけど力持ちのダークエルフ、人とほとんど見分けがつかないニンフまで、会話のできるモンスターと見ればひとまず全部さらって労働力に変えているようだった。彼女達自身、この王都では徴税時期にまとめて命の始末、がないだけ自分達はまだ幸せとでも考えているのかもしれない。

そういう不思議な異世界。

違う場所。

王の影響が弱まりがちな地方がどうだかは知らないが、少なくとも、その恩恵を浴びるだけ浴びている王都では首輪を外してやろうと考える人間はいないようだった。鎖で縛られた奴隷のすぐ横で、小さな子供を連れた親がのんびり歩いているのが見える。

(やれやれ……)

踊り子衣装の食蜂は双眼鏡の向きを変える。

純粋な王様の戦力は下の王都ではなく上の王城に集中していると見るべきだろう。こちらは量こそ違っていても商都ヴァルハラの貴族軍と質はさほど変わらない。謎の最強特殊部隊なんてフィクションだけの話だ。何しろ同じ国の話なのだから訓練法や装備類にそうそう技術格差は起こらない。手元に強い装備があるのに生産数を絞っても国家側が得する事はないのだし。

　王城敷地内、双眼鏡で兵舎の大きさと窓の数を食蜂は確認していく。

「あーもう……多い。遺物力となりつつあるマンモス団地くらい多すぎるんダゾ……」

「まんもす？　王都軍の皆様は一〇万人くらいいるって話ですけど」

　国の力、しかも軍関係なんて正直に外部へ申告するはずがない。きっと威圧も兼ねて二割くらいは盛っているだろう。それでもざっと八万人。戦争とパレード以外には働く機会もないというのによくあんなに養っているものだ。ちょっとした地方都市くらいの人口が丸ごと（税金ではなく慈善の寄付とかいう）王都の予算や各地から徴収したお金でご飯を食べている計算になってしまう。

　いくら働いても一方的に搾取されるばかりの奴隷エルフ達を苦しめる事で、お城の中でたらふく養われている人殺しの群れ。

（んーう。……シンプルに言ってイラつくわねぇ）

「な、何か分かりました？」

「イロイロと☆」

18

「帰ってきたーっ‼」

「おそーい」

割と満身創痍で荒い息を吐いている美琴に、食蜂は呆れたように言った。

美琴は一人だった。

とはいえ誰も助けられなかったとしたら、こんな顔はしていないだろう。体はボロボロだが両目の奥には爛々とした光が宿っているのが分かる。

好戦的に笑って第三位の少女は報告してきた。

「ひとまずエリュシオン中核市鎮圧の話はガセ！　だけど他にいくつか奴隷解放を検討し始めた地方の街があって、王国側はそっちを本気で攻撃しようとしていたから端から全部叩き潰してきた！　エリュシオンの連中も次はいつ自分の番になるか分かんないって脅えてたわ。四つの貴族領にエリュシオン含む三つの中核市、ひとまずみんな助けてきたからアンタの方で難しい書類をまとめて合併お願い！　次また一方的に襲われるくらいなら私達と手を組んで、一緒に戦って独立と安全をもぎ取った方が安心できるってさ‼」

奴隷エルフちゃんのパティシエットは唖然としていた。

　ともあれ、美琴が勝って帰ってきたというのには大きな意味がある。

「これで、愚かで命を蔑ろにする王様の独裁から街で平和に暮らしていた民衆の命を守るために戦う……って大義名分ができた訳ダゾ☆　ゲリラ的にコソコソ戦って勝利をもぎ取るのと比べればかなりの前進だわぁ」

「？　そんなに意味あるもの？　周りが勝手に囁いてるウワサでしょ」

「後になれば分かるわぁ☆」

ただし、策略家で悪女な食蜂としてはきちんと確認しておかないといけないところもあった。

御坂美琴、助けて終わりにしていないようなのだ。

「本題に戻るわねぇ」

　踊り子衣装の食蜂は前髪を片手でかき上げて、

「……つまり各地で助けたみんなはそこでおしまいじゃなくて、後からこっちに合流力してくるって話ぃ？」

「そう」

「いくつか浮遊大地を越えて移動するために、ゆったり進む飛行船で大船団を組んでぇ」

「そうよ!!」

　女王のため息があった。

　基本の確認をしよう。

「……今拠点に使ってる商都ヴァルハラは水堀と市壁で囲まれた、つまり土地の限られた街ダゾ？　いきなり人口が七倍とか一〇倍とかに増えちゃっても受け入れできないんですけどぉ」

冷たいようだが正論だ。

生活インフラ上限の一〇倍ほど人口が増えるというのは、シンプルに計算すれば一人あたりの住居の大きさやご飯の量が一〇分の一に減ると考えれば良い。言うまでもないが実行すれば全員死ぬ事間違いなしの選択肢だ。

もちろんこうしている今も奴隷エルフ達の働きで異世界は回っているのだ、彼らが労働に対して正当な報酬を得られるようになればそれだけでかなりのお金が山積みされる事だろう。チャンスが平等になればエルフの中から大富豪が生まれてたくさんの人間を部下として雇う日だってやってくるかもしれない。

でもそれは直近の話ではない。

今すぐとなると方法も限られてくる。

よって解決策は一つだった。ビキニ鎧(よろい)の美琴は片目(かため)を瞑(つむ)って、

「じゃあキャパを広げましょ。もっと大きな王都の悪党倒して」

「素直に王都を奪い取るって言いなさいよぉ、この偽善者さんっ☆」

19

戦闘開始。であった。

とはいえ美琴と食蜂は青空の下で雄叫(おたけ)びを上げて王都に突撃したり、大量の弓矢や投げ槍(なげやり)を雨のように降り注がせたりはしなかった。

その変化は波のようであった。

静かなざわつきは最初、王都ツオネラで活発に動いていた商人達から始まった。街に高級な家具が届かなくなり、計画性を無視した食料の買い占めを行ったり、持っていた現金や債券を別の形に変換しようとしたり、そして一〇〇年は安泰であるはずの大商人がいきなり街から行方を晦(くら)ました。

事態にようやく気づいた衛兵が一番便利で快適なはずの王都から逃げ出そうとする商家を捕まえて話を聞くと、こんな情報が出てきた。

シンプルである。

フルグライトが急激に値崩れを起こしている。

「……何しろプラチナやダイヤ以上に価値が高くて安定した最強鉱石だもんねえ」

身を伏せて遠目に王都の混乱を眺めながら、ビキニ鎧の御坂美琴はニヤニヤ笑っていた。

この異世界に銀行口座やATMは存在しないのだ。王侯貴族が自分の財産を守るとしたらまず大量の現金を小さなフルグライトに置き換えて金庫で保管する。特注の金庫の容積にも限りがあるからだ。完成までに何十年とかかる大聖堂の建設など、金貨の山を積むだけでは重く膨大過ぎて持ち運びに苦労する大口契約にも小粒なフルグライトが活躍している。国と国の取引だってそう、各国の通貨の価値を決めるのも結局は『この国のお金はフルグライトに置き換えたらこの量になる』という計算の仕方をし、そこから各国の為替レートを調整しているのだ。

しかし同時に、当たり前だが、フルグライトの正体はただのガラス塊だ。

雷が地面に落ちた時、砂の塊が高温でガラス状に変化したもの。これが（まだ人の手で高圧電流を制御できない異世界では）神秘の宝石フルグライトである。

つまり、

「ほらぁ御坂さんもっともっともーっとバンバンバン☆」

「分かってるッ!!」

バヂィ!! という空気の破裂する凶暴な音と共に紫電が飛び散った。

電気というものが身近な技術ではなく、雷属性の魔法も存在しない。そんな異世界セレスアクフィアでは天からの気紛れな落雷以外にフルグライトが創られるきっかけはない。だから相当珍しい宝石となったのだろうが、御坂美琴がいれば違う。

彼女は一晩あれば異世界全土に存在するフルグライト総量を超える山を生産できる。

そして当然、フルグライトは稀少だから価値が高いのだ。生体電気＝経験値、という神話的な後押しもあるだろうけど。何にしても、うっかり山を崩したらそのまま圧殺されかねないくらい考えなしのバカ増産をしてしまったらどうなるか。

「ハイパーインフレ」

踊り子衣装の食蜂はニヤリと笑って、

「確か地球で最も数字の大きな紙幣は一枚一〇〇兆ジンバブエドルだったかしらぁ。つまりこれで石鹸やタオルを買う訳だけど。お金はただ大量に増産力したってお金持ちになれない、ただただお金そのものの価値が下がっていくだけなんダゾ☆」

後は山のように創ったフルグライトを市場に流してしまえば良い。

これが偽物なら鑑定士でも集めて取り締まりを強化してしまえば済む話だが、生憎、美琴が作っているのは本物のフルグライトだ。つまりたとえプロでも見極めようがない。そして土地の所有と密接に関わる鉱脈を掘るのではなく偶発的な落雷から生まれるフルグライトは『採掘証明書』を用意しにくい宝石でもある。例えば自宅の庭に雷が落ちて発生したって本物は本物、産地によってその価値が落ちる訳ではないのだから。

美琴は前髪から小さな火花を散らして、

「正規軍はざっと八万人。一日あたり食事だけで二四万食も用意しなくちゃならないんだもの。いきなりフルグライトが暴落して国の金庫の中身がゴミ同然の価値しかなくなれば、王国は戦どころじゃなくなる。自分で作った借金に自分でまみれる羽目になるわ」

「下に広がる王都にしたってぇ、騎士団、冒険者、大商人、盗賊、他諸々。これだけ大きな街なら様々な戦闘職もひしめき合っているんでしょうけど、つまり『金の切れ目が縁の切れ目』の一言力で全部バッサリやれる話だもんねぇ？」

そしてトドメに、この経済攻撃は大量の現金をわざわざ最強鉱石フルグライトの粒に変換したいと思う人ほどダメージが高くなる代物だ。

元から徹底的に搾取されお金も持ち物もない奴隷エルフ達にはほとんど関係ない話。

「階層を選んで滅ぼす機能つき。笑えるわー」

王都にいたって儲けにならないのなら、外来者の勢力は速やかに身を引く。最低限の衣食住もままならず、それでいて王様から無茶な徴兵や私財接収などを強いられる恐れがあるハイリスクノーリターンの状況。これでは草原にテントでも張った方がまだマシだ。

人口と私財の急激な散逸は、すなわち王都の死でもある。

押し問答になっていた。

街を出たがっている民衆と、出す事を許さない正規軍との間で揉め事が起きている。

自分を攻撃すれば世界を敵に回す。

ふんぞり返っていた王様は、今や世界の足を引っ張るだけの邪魔者と化した。

「……場は温まったわね」

「じゃ、行きますかぁ☆」

伏せた状態からゆっくりと身を起こす二人。

歩いて戦場に向かう途中、こんな声を耳にした。

商都ヴァルハラで解放したらそのままついてきた奴隷サキュバスや奴隷ニンフだ。

『女神だ、女神様ですぅ……』

『永遠に争い続けてわたし達を守ってくれる二柱の女神様』

「？」

「私達の事でしょうよぉ」

食蜂操祈は肩にかかった髪を片手で払って、素っ気なく言った。

ビキニ鎧の美琴は自嘲気味に笑う。

「大袈裟な」

だけど小さなエルフのパティシエットはつられて笑わなかった。

御坂美琴と食蜂操祈は方針を違えた。それぞれバラバラの道を進み、身内に混乱を生じさせ、なのに大勢の人を救った上で再び予定の流れにも遅れずきちんと合流を果たしたのだ。

ただ計画通り順調に話を進めるより多くの人を救える、対立の大嵐。

……見えない壁を打ち破って現れる二柱の女神は永遠に争い、だけどその力こそがこの世界を回して人々の生活を守る。

そんな神話の伝説とどこが違うというのだろう？

20

ロングボウを使えるらしい奴隷エルフちゃんのパティシエット達には正面からの陽動を頼んではいたのだが、この分だと必要はなさそうだった。

がカかッッッ!!!!!! と。

遠く離れた場所から青空に向けて、複数のビームじみた砲撃が飛び出している。魔法を込めたエルフ達の弓矢もレベル999まで進化するとああなる訳か。

単純威力の高さはもちろん、声、目、指に長い耳のピコピコまで、一度に出せる指示の情報量がケタ外れなのだ。連携して敵を追い詰めるのは当然として、あれなら入り組んだ王都の中で連射してもエルフ同士の誤射の心配もないだろう。

「何より……」

王都の連中は味方同士（？）で掴み合っていて、戦争どころではなくなっている。

ろくに連携ができなければ烏合の衆でしかない。

ばささっ！　と真上に浮かぶ王城から白い鳩が飛んだ。伝書鳩だ。それも五〇羽一〇〇羽が紙吹雪みたいな勢いで大空を埋め尽くしている。

美琴は頭上を見上げて、

「……あれ何やってんだと思う？」

「流石に上の層から見れば陽動の大軍勢くらいは気づくでしょうしぃ、例の王様が各地の地方領へ片っ端から今すぐ王都を守れって殴り書きの命令文でも送っているんじゃなぁい？　従わなければ叛逆罪だとかって脅しまくってぇ」

「馬鹿よね」

「馬鹿だわぁ……。命懸けで戦争に参加して傷だらけで勝ったところでぇ、財政破綻した今の王国じゃ褒賞は用意力できない訳でしょ？　戦って血を流し殺す事それ自体が目的化したヘンタイ戦士でもない限り誰も戦争なんか協力しないんダゾ☆」

そもそも外敵の侵入防止、要衝の死守、そして反乱鎮圧などの防衛戦は基本お金にならない戦争なのだ。

他国に勝てば新しい土地を奪うなり賠償金を払わせるなりして活躍した貴族に褒賞を配る事もできるが、防衛戦の場合は勝っても不安定だった自国の土地が返ってくるだけ。マイナスだったものがゼロに戻るだけなので、つまり切り分けて配るプラスがない。王様の命令で反乱鎮圧のために貴族達がどれだけ自前のお金と命を消費したとしても、だ。

自分の領地の反乱鎮圧さえ馬鹿馬鹿しいのに、他人の庭の面倒まで見たがるヤツがいるか？　時間どころか己の財産や命すら犠牲にして。

もちろん権力構造の関係で王様には上から命令する力はあるのだが、

「タダ働きで借金確定の戦争に参加してきちんと死ななきゃ叛逆扱い（はんぎゃくあつか）いで投獄……なーんて無茶な話を有力貴族達に押しつけたら、無能を極めた王様一人をぶっ殺しての独立運動に繫（つな）がりかねないわよぉ。あるいはよその大国に領地ごと身売りして国境を削り取られる羽目になるか」

「やれやれ。何にしたって世の中って世知辛いわね」

絵本の物語のように主従の忠義とかで参戦してくれるキラキラな騎士殿はいないらしい。

何にせよ、増援はもうない。

後に残ったのは借金漬けの王様と大きな混乱でまともに機能しなくなった烏合（うごう）の衆（しゅう）だけだ。

「よいしょ☆」

まっすぐ街の入口まで歩いて食蜂がテレビのリモコンを軽く振った。押し問答で通せんぼをしている衛兵を洗脳して黙らせると、わっ、と民衆が王都の外へと吐き出されていった。一度流れができてしまえば群集心理が働くのか、元々は人口や私財の散逸を止めようとしていた兵士達も顔を見合わせ、そして街の外へと逃げ出してしまう。王政への糾弾に巻き込まれたくないのか、国の誇りだったはずの鎧（よろい）や兜（かぶと）をその辺の道端に捨てて走り去る兵士も少なくない。

誰もいない王都は扉が外れ窓は割れて、一日で荒廃しきっていた。

いらない家財道具と一緒に置き去りにされているのは、首輪や両足の鎖で縛(いまし)められている奴隷のエルフやドライアド達だけだ。

いきなりの財政破綻で明日の飲み食いさえ保証されない状況だ。焦(あせ)る人間達は、絶対に余計な胃袋なんて捨て置くと思っていた。今は自腹で殺すコストすら払いたくないだろう。伝説の剣と違って現実の武器は結構あっさり刃こぼれして壊れるし。

無傷で回収したい側としては、かえって好都合でしかないが。

美琴は奴隷の少女達の耳元で囁(ささや)く。

「……できるだけ多くの知り合いに声をかけて門の外に。それで新しい生活が待ってるわよ」

ビキニ鎧(よろい)の美琴はそれだけ言うと、頭上を見上げる。

一層上。

王城までは高さ五〇メートル。この分ならもう磁力跳躍で手は届く。

21

ずん!!

ズズン……ッ!?　と。

あれだけ堅牢だった王の城が、頼りない吊り橋のように揺さぶられていた。魔法でブーストしたバリスタを使って飛んでくるメートル単位の巨大な矢が着弾するたびに、美琴達の頭上からパラパラと細かい破片が落ちてくる。

陽動の砲撃はパティシエット達に任せ、美琴と食蜂は磁力を使い下層浮遊大地の王都から上層浮遊大地の王城へと一気に跳躍していた。相変わらず体力はモヤシなのにおっぱい大きな女王はぎゃあぎゃあ叫んでいたが。

今いるのは数十メートル上の王城内部だ。

「あの子達を戦争力に巻き込んじゃって大丈夫な訳ぇ？」

「経験値＝生体電気でしょ？　一応、パティシエット達は私の能力で全員レベル、い、い、い、い、い、い、い、い、9、9、9、9のカンストにしてあるから、一人一人が城砦級の堅さになってると思うけど。しかもその群れよ」

「……、」

「分かる。都合が良いルール過ぎて逆にちょっと不気味なのよね、この異世界」

「輪廻女神とかいうのの謎の思惑から自力で外れているのが唯一の救いかしらねぇ……」

と、何かに気づいた美琴がそのまま放っておいた。

いきなり窓から弓矢が飛んできた。

直前、いやに第三位の少女がにこにこしている違和感に気づいた食蜂がとっさに身を伏せていなければ直撃していたところだ。

「ちょっと御坂さぁん!?」

「矢文よ矢文。へぇー、パティシエット達は優勢だからこっちは心配いらないって。やっぱりきちんとした弓を持たせるとエルフは強いわねー」

「うううう、がぶーっ!!」

「ッ？　よせやめろパニクって噛みつくな!?」

広場の奥にある巨大な城門は中途半端に開いていた。

庭園は踏み荒らされていた。

誰も残っていなかった。戦争を続けるだけのお金がなく、つまりいざ籠城戦が本格的に始まって全ての出口を失ったら武器や食糧の補給は期待できない地獄の孤立無援になるのが分かり切っている。命令に従って城を死守したって閉じこもったまま餓えて死ぬのは目に見えているのだ。だから戦闘職の兵士はもちろん、庭師にメイド、執事、家庭教師、画家や楽団、料理人といった普通の人々までいなくなっていた。

ここに残っても良い事はない。

逃げるなら今この瞬間が最後のチャンスだ。

王の威光とやらは地の底まで落ちていた。美琴と食蜂は幽霊屋敷のようになった城の中を歩いて捜してみる。王様は謁見の間なんぞにはいなかった。

踊り子衣装の食蜂操祈は宝石だらけの玉座を色んな角度から観察し、そして背もたれとクッションの隙間に手を突っ込んだ。

鞘に収まった何かをこっちに軽く放り投げてくる。

「御坂さぁん、とりあえずこれ」

「？」

「短剣。分類的にはピローソードかしら。グリップの底が外れてハンコになってるの分かる？王様の身分力を証明するための品でしょう。政でしくじった場合は自分の喉を切り裂く自決用も兼ねているんでしょうけどぉ」

「それもこんな所に置き去りか……」

まあ、ここまでの醜態をさらせば誰でも思うかもしれない。こんな王国はもうダメだと。やたらと豪華なこの短剣を手に入れた時点で王様は自分の身分を証明できなくなる、つまり国家を盗まれた状態と言える訳だが、美琴達の目的はあくまでも物理的な決着だ。

地下も地下。

大きな金庫の前で何かが這いつくばってゴソゴソしていた。まるで厳しい冬に備えて土の中に木の実を隠す小動物のようだった。王の威厳も署名に使う短剣も放り投げ、最後にすがりついたのはゴミ同然になったフルグライトの山とは。とことんまで先を読む力と状況を回復する力の双方が足りていないらしい。むしろ可哀想なのは王様本人ではなく、こんなのに頭を下げなくてはならなかった家臣や民衆の方だろう。

食蜂操祈には疑問があるようだ。

首を傾げて、

「私達ってお城まで入る必要あったのかしら。ここまで力を削いだら放っておいても借金力で押し潰されて自滅するだけなんじゃないのぉ？」

「いつかは必ずそうなるけどそんなに待ってられないわ。今ここで引導渡した方がずっと早い」

ひっひいいいい⁉　と王様はようやくこちらに気づいて甲高い声を出した。

背は小さく、まん丸に太った初老の男だった。ほんとに丸い。

美琴は残念そうに言った。

「……あー、でっぷりタイプの王様かー」

「だけじゃないいわよ？」

ツッザギン‼‼‼　と。

頭上から何か、鋭利で重たいものが閃いた。五感に頼っているだけなら美琴は今ので普通に即死していた。全身から電磁波を放射して三六〇度の接近者を感知するレーダーがなければ、とっさに食蜂を体当たりで押し倒す事もできなかっただろう。

「っ⁉」

息を呑みつつ即座に起き上がり、改めて構え直す美琴。

ゆらり、と影が不自然に揺らいでいた。

全力で走ったら自分の重さでヒザをやっちゃいそうなでっぷりジジィの両隣に立っているのは、全く不釣り合いな美女だった。薄い緑の絵本ドレスを纏う二〇代後半くらいの美女。気軽な感じで肩に担いでいるのは身の丈に匹敵する銀の大剣だ。わざわざ肩に乗せて運べるように、根元の辺りは刃を排除してあるようだ。

それが二人。

あるいは双子の姉妹なのかもしれない。

夫婦……ではないだろう。あるいは本物の王様なら側室くらいいてもおかしくないし、歳の離れたお嫁さんをもらっていても不思議ではないかもしれない。ただそれ以前に、空気感が違った。住んでいる世界が違う、とでも言うべきか、馴れ合いのない隔絶を感じる。

これなら二人揃って顧問や相談役の方がまだしも似合っているが、着ている服やアクセサリは王様よりも女性の方が豪華ですらあった。

率直に、美琴がまず抱いたイメージはこうだ。

(……魔女)

正しい助言を優しく行うだけなら色香は必要ない。

何故、姉妹揃って王様の判断力を鈍らせなければならないのか。

形だけの王を骨抜きにし、傀儡のように操って自由自在に暴利を貪る二人の魔女。

数多くの奴隷を苦しめ、その事に疑問すら持たない社会を回す権力者としては上々か。しかも魔女達、建前の王様に責任を負わせる事で自分達はいつでも安全に逃げられるよう細かい調整までしている。

「デジャブを感じるわ、これ。ほらまるでどこかで見たほらほらそうよアンタみたい」

「誰見て私と結びつけてんのぉ？　まさかでっぷり側って言わないわよねぇ!?」

妖しい美女達はこちらを見て半ば呆れているらしかった。

人を惑す唇からそっと息を吐いて、

「わたくしは『銀武のアントワネーゼ』」

「私は『銀防のシギンエット』」

告げた。

くすくすと妖しい二つの華は笑みを浮かべて、

「……わたくし達の花園を土足で踏み荒らしておいて、随分と余裕がおありのようね。暇を持て余した上流階級の嗜みとして、拷問と処刑の手法についてもあれこれ知識を重ねているわ。

そもそもの専門は最小の恐怖による最大の治世なのだけれど」

「……、」

「私達の手で、あなた達の死は歴史に残してあげる。絶対に、こんな風にだけはなりたくないって。銀色に輝く魔女、その恐怖が一〇〇年の安泰を生み出すのよ」

「ふふっ、若い子の血と悲鳴は久しぶりだしわたくしも楽しみだわ。各地の反乱鎮圧で実験台には困らない状況だし、何回か練習してからたっぷり本番に臨んであげるわね？　絶対に失敗なんかさせないわ。そこだけは安心してくれてイイのよ？」

「あばあばば謝るなら今の内だぞウチの軍師ちゃん達は怒るとほんと怖いぞ山を覆うほど異常発生した巨人の群れを滅ぼすのに山の体積の半分くらい抉り飛ばして笑うくらいだし反乱鎮圧すると死体の数が数えられなくなって戦時調査委員が毎度心を病んでるしそこらじゅう血の海と死体の山だし待って本気でやめてわしグロいの見たくない夢に出るからお願いみんな仲良くして!!」

「「王サマうるさい☆」」

「あー」

面倒臭そうにビキニ鎧の美琴はぱたぱた手を振った。

「食蜂、ジャンケンする？　どっちがトドメ刺すか」

「イヤよ私。こっちはこれでも精神系なんだからぁ、超ド級のアホと心が繋がったって私の精神衛生が損をするだけダゾ」

「じゃあ私が？」

「おねがぁーい☆」

なにをっ、という疑問すら許さなかった。

生まれた時から一緒だった妙齢の姉妹よりも、あるいは犬猿モード丸出しの少女達の方が素早く連携した。

敵同士だからこそ深く理解し強く結びつく事もある。

「アンタ達遅すぎるのよ、情報が」

不機嫌に片目を瞑って御坂美琴はこう告げた。

「各地の反乱は鎮圧なんかされてない、何故なら私が粛清を全部食い止めたから。こんな事も分かってないなんてアンタ話にならないわ。せめてこれ、蹴散らされた王国軍が高圧電流についての報告くらいして、絶縁するにせよ磁力で電流へ干渉するにせよ、とにかく対策されてるもんだと思っていたのに、それすらないんじゃ勝負にならない。銀武のナントカ？　防御が何だって？　どんな魔法使ってそんな異名で呼ばれるようになったかは知らないけど、金属で雷を防げるとでも思ってんの？」

「えっあ!?」

「……総じて言えば努力不足。もういい、退場」

ずばぢぃっっっ!!!!!!　と。

一〇億ボルトの高圧電流が、銀色に輝く魔女どもを一気に貫いた。

22

大切に大切に扱ってきた。

その紡績工場ではエルフを奴隷とは呼ばずに同じ家族として接してきた。きちんと休みを取ってお給料を平等に配って、何よりその日一番働いた人が一番多くご飯を食べられる。それが三姉妹を含む一家の密かな誇りでもあった。

だけどエルフの一人が屋敷の外で粗相をした。

運悪く貴族の目に留まってしまい、連帯責任によって三姉妹の家の工場も潰された。

両親は監督不足の咎で投獄されてしまった。エルフとどちらがマシな扱いなのかは、檻に入った事のない三姉妹には分からなかった。

あんなに良くしたエルフ達は誰も助けてくれなかった。

誰一人。

借金のカタとして取り上げられてしまった時点で、彼らは別の家に仕える奴隷へと切り替わっていたから。よその家の三姉妹を大勢のエルフ達は助けてくれなかった。そういう決まりだったからだ。この世界はそう作られていた。

絆なんてそんなものだった。

意味なんかなかった。

三姉妹は山の中で野生動物のように生きるところから人生と金稼ぎをやり直す事になった。そんな生活に耐えられず命を落とした妹もいた。死因は餓死でも猛獣に襲われた訳でもない。自殺だった。文明的な生活に未練のある一番下の妹は、最後の最後まで文明的な行いに身を委ねてしまった。

妹は地獄から一抜けした気分になっていたのかもしれないが、残された姉二人は愛くるしい妹が日々崩れていくのを眺めてきたからこそ、こんな所で終わってたまるかという反骨精神を育てていった。ある意味、死んでなお三人は常にお互いを支え合っていた。

それでも歯を食いしばって生き残り、チャンスを待って、姉と姉は再びのし上がった。

自分達の力だ。

誰に引け目を感じる必要もない。

そして同時に思うのだ。

エルフなんか人間が捕まえて使い倒すのが自然のルールなのだ。

逆らっても大きな運命がひどい事をするだけ。

もう可哀想とは思わない。助けようなんて絶対に考えない。死にたいなら勝手に死ね、こちらでそれを手伝ってやっても良い。だってこれは泥をすすって自分で掴んだ富だ。この成功をもう一回失ったら今度こそ完全に折れる。だから自分で全部使うのに何の文句がある？

「……やっぱりいけないいか」

「そうよね、お姉さん」

真正面から何かが飛んできた。

それが『超電磁砲』と呼ばれる事をすでに雷撃で無力化された魔女達は知らなかった。掠める事なく真横を突き抜けただけで大気は暴風や衝撃波と化し、姉妹の体はスピンして床に叩きつけられた。

23

魔女どもを撃破した後、王様単独では戦う気概は残っていなかった。

でっぷり太った王様については、その価値なんぞ一つしかない。

踊り子衣装の食蜂操祈は斜めがけのハンドバッグをごそごそすると、取り出したテレビのリ

モコンをその側頭部に突きつけて、

「はーいそれじゃあ元気力に笑って奴隷解放宣言してぇー☆」

「ぐおおおお!?　か、からだがっ、のどがっ、さっ逆らえんッッッ!!!!!!」

「この異世界で初めて公的に奴隷廃止を宣言する国家になれんのよ？　文明的かつ人道的、歴史に善き意味で名前を残せる大変名誉な話じゃない」

王の身分を証明するハンコの短剣は美琴が預かっているので勝手に手紙を書いて各地に送っても良かったのだが、やはり、本人の筆跡というのも重要だろう。洋風のサイン社会だと特に。

商都ヴァルハラだけでは各地で助けてきた奴隷達は全員受け入れられないが、これだけ広大な王都が丸ごと手に入ってしまえば話は別だ。

フルグライトの暴落でみんな逃げ出して誰も残っていない、王国最大のゴーストタウンである。奴隷エルフ達はこの街に再び活気を呼び込んでくれるだろう。今度は誰かを踏みつけにする以外の方法で。

というか奴隷はエルフだけじゃなかった。

遅れて、大型の飛行船の大船団が風に乗ってやってきた。

「こっちはシルフ、こっちはスキュラでぇ、天狗（てんぐ）、ドワーフ、これはなにぃ？」

「スプリガンだって。あとそっちの蛇っぽい子はエキドナ」

「……ていうか何でしれっと人間まで交じってんのよ御坂さぁん」

「事情があんのよ。借金取りに追われていたり、闘技場で働かされていたり、家がなくて路地で寝泊まりしていたり。後は戦いたくないのに背中に弓矢を突きつけられていたり。虐げられてるのは別にモンスター側だけじゃないし、奴隷廃止を検討してくれる貴族や市民まで敵視する理由なんかないわ。だったら狙われている命くらいは助けてやったって良いでしょ？　ウワサがウワサを呼べば良いサイクルができるかもだし」

ここまで見境なしだと敵対者のスパイが潜んでいてもおかしくない。

まあこの辺は『心理掌握』があれば一〇〇％の精度で検出と排除はできるが。

「御坂サマ、食蜂サマーっ！」

ぱたぱたと小さな足を動かして奴隷エルフちゃんのパティシエットが走ってきた。

「流石は王城ですね。図書館を見つけました、すごい規模ですよっ」

「おっと」

身の安全を守る他に、エルフ長老の魔道書を探しているというのもあった。

美琴と食蜂的には地球への帰還のためには三大魔王を倒さないといけないので、どこにいるかも分からん標的の情報は絶対に欲しい。

パティシエットに案内されて広い城を歩くと、両開きの扉の先に眩暈がするほど大量の本棚があった。三階構造の吹き抜けで、学校の校舎がすっぽり収まりそうなくらい広い。全く同じ規格の本棚がびっしり並んでいるものだから、視界に入った瞬間ぐらりと美琴の視界がわずかに揺れた。当たり前の遠近感が崩れ、変な錯視や錯覚に囚われたらしかった。

背の高い本棚を見つけるとするする上っていく樹上生活上等な（ミニスカの）奴隷エルフちゃんを見ながら、踊り子衣装の食蜂は呆れたように言う。

「……本棚一つで五〇冊くらいだからぁ、蔵書はざっと一、〇万三、〇〇〇、〇〇〇冊ってトコ？　この中から目的の一冊を探すのって相当骨が折れると思うけどぉ」

圧倒されている場合ではない。

正式な購入や寄贈ではなく他人から奪い取った本だと目録から記載が洩れている可能性がある。小さなパティシエットや長老のベーカリアンに魔道書の表紙の色や特徴だけ教えてもらうと、手分けして美琴達は本棚を調べていく事に。ちなみにスラリとしたエルフの長老は本棚の上には上がらなかった。ちょっとうずうず耐えているっぽいが。

わいわいという騒ぎの音が図書館の外から時折聞こえてきた。

時間の経過を忘れるくらい没頭しても、エプロン姿のサキュバスやドライアドが炊き出しの時間だと伝えてきてくれても、まだ全体の一％も終わらない。

「これっ、ほんとにこの図書館に魔道書はあるんでしょうねぇ？」

「他の貴族が持ってる可能性もあるんだっけ。食蜂、『心理掌握』で王様を操っているんでしょ。王様の号令で魔道書を持ってるヤツは出せって命令すれば逆らえないと思うんだけど」

「負けるまでの王様ならねぇ？」

へとへとになるまで無駄な探し物をしつつ、だ。

ただ美琴は妙なものを見つけた。

「ベーカリアン。表紙の色や特徴は教えてもらったけど、魔道書って何ページくらいあるか分かる？　ていうか具体的な本の厚みとか」

「？　まあ五センチから六センチくらいだと思うが。それが？」

「ここ」

ビキニ鎧の美琴は本棚の一つを指差した。

本と本の間にちょうど五センチ分の不自然な隙間がある。一冊分だけ抜き取られているのだ。

「……あの野郎」

24

食蜂の『心理掌握』に頼るまでもなかった。

正面からずんずん近づいてくる美琴の形相を見ただけででっぷり王は尻餅をついて両手を挙げていた。

「話す話す話す話す何でも話す!!」

「アンタがベーカリアンから奪った魔道書はどこやった!?　猶予は三秒、思い出せないなら黒焦げにする‼」

「ベーカリアンとはまず誰だ⁉」

喧々囂々。

途中で面倒臭くなった第五位がやっぱりリモコンを王様の頭に押しつけて白状させる事になった。

ぼんやり眼の王様は脱力したままこう答えた。

「……その本なら確か、よその国に。ミョルニルの好事家がやたらと欲しがるので、条約を有利に締結するための交換条件として……」

「みょる？」

「ミョルニル列強国だぞモノを知らん小娘め」

美琴と食蜂が顔を見合わせた。

魔道書の場所が明確に分かったのは前進だが、列強。

一国を支配する王がわざわざそんな風に切り分けて呼んでいるという事は、この王国よりも強い国があるのか。しかも複数。

「ちなみにどんな条約のために魔道書を売り渡したの？」

「……奴隷貿易を、有利に進めるために。自国でエルフだの何だのモンスターを狩り過ぎてだぶついてしまった場合は優先的に買い取ってもらえる条約を……」

とことんまで最悪。

勝手に人を襲撃しておいて獲り過ぎたら迷惑とか、どこまで腐れば気が済むのだ。

「じゃ、次はそこになるかしらねぇ？」

どうせ列強とやらはこちらを見逃しはしないだろう。

黙っていれば、美琴達はもちろんエルフの扱いについて同調してくれそうな他の地域も含めて全部危ない。奴隷エルフの存在はもちろんとして、各地の街道や空路を牛耳って手紙や伝書鳩などの情報を統制する旨味だって独占しておきたいはずなのだから。

25

ひとまず休憩して晩ご飯だ。

美琴と食蜂の二人は炊き出ししている奴隷サキュバスや奴隷ドライアドなどに案内されてお城の庭園に向かい、列に並んで平べったいスープ皿を受け取る。

正式になんて呼ぶのか知らないが、麦飯の上にお肉や野菜がゴロゴロ入ったホワイトシチューをかけたのに似ている。どうも一つのお皿で全部の栄養素を取れるようにしてあるらしい。

ビキニ鎧の美琴は適当に地面に座ってスプーンですくう。

味付けは甘くて子供っぽいが、これはできるだけ多くの人が食べられるのを目指して最大公約数的に味を調えているためか。コンビニのカレーはあんまり辛くないと同じ法則である。

踊り子衣装の食蜂は噴水の縁に腰かけていた。

クイーンは地べたに躊躇なく座る美琴にどこか蔑んだ目を向けながら、

「合成系の食品添加物の心配力がいらないのだけは異世界の良い所ダゾ☆」

「アンタほんとにそればっかりね」

しかしこうして見ると本当に色んな種族が集まっているものだ。今も美琴のすぐ近くでは、全身燃え盛る巨人のムスペッルが、掌サイズのピクシーを見かけて首を傾げている。

『これエサ？　食べても良いヤツ？？？』

『ダメなヤツですぅ!!　私はピクシー、食べないでくださいぃ!!』

『わしザントマン！　夜更かしする子は不思議な砂でみんな寝かすよ!!』

『ふわ、ぁ。わらわ夜行性のダークエルフじゃから今起きてきたところなんじゃけどー』

『ダークエルフ代表を勝手に名乗るなお前が単に昼夜逆転してるだけだろ……ッ!!』

モンスターの生態や習性はそれぞれ全く違う。寒い、湿った、散らかっている方を好む種族すらいるので、思いやりが裏目に出る事すら考えられる。

お城の窓に影があった。

王様だ。

中庭を見下ろすその視線にどこか羨ましそうな光があるのは勘違いでも希望的観測でもない

だろう。美琴自身、黙っていると孤独な方向に突き進む性質があるので良く分かる。自分がそこに入れるか否かに関係なく、人は騒ぎを聞けば煩わしく思い、だけど実際には羨ましいと考えてしまう生き物なのだ。

分かっていて、美琴は無理に引きずり出さない。

その胸にくすぶりがあると分かっただけでも十分な収穫だ。

（ま、王様自体に大仰な『理由』はなかったのよね。魔女達が本気出そうとした時、血が出るのは怖いから逆らうのをやめろって私を見て叫んでいた訳だし）

そしてそう思えれば、いつか輪の中に入る機会もあるだろう。

常盤台のエースとして孤独を愛していた御坂美琴が、たまたま人の出会いが重なって輪の中に入れたのと同じように。

（……よりヤバいのは魔女の姉妹の方だったけど、あっちはどうなってんのかしら）

二人いれば傷は舐め合えると思う。

だけどそんな生き方を寂しいと考える事さえできたら、多分自分達で作った呪縛から解き放たれる日は決して遠くないのではないか。

『はぁーい、ギンギンに神経昂ぶって眠たくても眠れない人いませんかぁ？　炊き出し要員も交代しましたし、エプロン外したサキュバスさんが甘い夢を提供しますよー』

『（ばくーばくばくばくばくバクー♪）』

『きゃあああバッ貘め！　東のケダモノが早速練り上げた夢を虫食い状態にぃーっ⁉』

個性があるのは面白い。

少なくとも許容できずに頭を押さえる事しかできなかった人間と比べれば、はるかに。

「んぅ？　あれ。……じ、じゃあ食用の魚や牛との区別や線引きって……？」

「……深く考えちゃダメよぉ。ドライアドとかアルラウネとか植物系の子もいるし。こっちの異世界で食について思い詰めたら本気の菜食主義でも回避力できなくなるわよぉ」

「ヴぃー……」

と、なんか変な声が聞こえてきた。

見ればカラフルな液体の入った小瓶を手にしたパティシエットの首が右に左に不規則に揺れていた。

ひっくひっくと肩が揺れているし、顔とか真っ赤になっている。実年齢は何百歳か知らんがこのビジュアルは相当エグい。

美琴は目を剝いて、

「なにこれっ、パティシエットまさかお酒とか吞んでんじゃないでしょうね⁉」

「あふえありがれふかあ？」

「……これ、ただのアルコールじゃないわねぇ。まさかもっとヤバ
「人聞きの悪い事を言わないでくれないか」

長老のベーカリアンが呆れたように横槍を入れてきた。お湯割りっぽいのを手にしたまま、

「ベリーのジャムだよ。実のままなら何もないのだが、煮込んでジャムにしたものを我らエルフが口に含むと独特で若干の酩酊感を得る。効果にはかなりの個人差があるがね」

「「……、」」

そういえば前にパティシエットがベリーを摘んでいた時、これがあると疲れが吹っ飛ぶと言っていたような？

あるいはエルフにとってはマタタビみたいなものなのかもしれない。

26

戦いは終わらない。

次にこちらを睨んできたのは列強の一角、ミョルニル亜大陸。

まあ奴隷制度を巡って王国が倒れたのなら、同じように奴隷を使い潰している近隣諸国は焦るだろう。次は自分の番ではないか、と。奴隷エルフに街道の情報封鎖、国の色々な土台が揺さぶられている訳だし。

それにそもそも無政府状態の広大な土地が目の前にあるのだ。『治安回復に協力する』という名目で侵攻してしまえば容易く領土をもぎ取れる、という考えが発生しないとも限らない。

「……エルフ長老の魔道書とやらはこのミョルニル亜大陸に渡っちゃったのよねぇ？」

美琴達が地球に帰還するためにも絶対必要なものだ。

どっちみち戦うしかないのか。

表面的に浮かび上がった敵国は一つだから両面攻撃にならなくてラッキー、くらいに考えた方が良いかもしれない。

ただ実質、王国以降は同じ戦略の繰り返しだ。敵のスケールは大きくなるものの美琴や食蜂側の人口、装備、兵力も増えていくため相対的な手間は変わらないのだ。何よりこっちはフルグライト増産によってお好きなタイミングで狙った地域にハイパーインフレを起こせるし。

あらかじめ起きるのが分かっている側と分かっていない側のダメージは全く違う。

フルグライトに支えられた貨幣制度はあてにならない。仕掛ける側の美琴達は事前に対策もできる。例えば物々交換でやり取りする別枠の仕組みをあらかじめ作ってキープしておく、などだ。最優先は食料、次に衣服などを含む生活物資はフルグライトが値崩れする前に大量購入して蓄えてある。並行して畑や牧場を整備して自給自足できるラインも固めつつあるが、まあそちらが具体的な成果を上げるには半年単位の時間が必要ではあるだろう。

「野菜にょきにょき育つ魔法とかあれば良いのにな―、せっかくの異世界なのに」

「……一日か一週間か想定力は知らないけど、そんなすぐに大きくなった野菜なんてぇ、逆に口に入れるの怖くならないのぉ？」

食蜂は本気で呆れた感じで呟いた。

学園都市にある農業ビルの野菜工場だって一年に二〇回以上収穫しているだろうが。

美琴は腰に手をやって、

「何にせよ、まだ核戦力のない世界で良かったわ……。睨み合いで永遠に動けない、なんてのは早く地球に帰還したい私達的には避けたかったしね」

「延々と終わらない塹壕戦の殴り合いもそれはそれでおっかないと思うけどねぇ」

アウトドア生活もそろそろ慣れてきた。

暗くなる前に水辺を見つけたら寝床を確保する。獣の来襲や不意打ちの増水などに巻き込まれないよう若干の距離は空けておくのが意外と重要だ。ここで雨が降っていなくても、上流の状況次第ではいきなりの水位上昇もありえる。

火を熾す時は燃えやすい落ち葉を集めるより先に、むしろ周囲へ延焼しないよう焚き火予定地周辺を片付けておく方が大切。もちろんいざという時のために水も汲んでおく。

「焚き火スポットもこれで完成、と。じゃあパティシエット、今日のご飯を探しましょうか。この辺りだと何が獲れ……」

と、振り返った美琴の視界にいきなり眩い肌が飛び込んできた。

奴隷エルフちゃんが服を脱いでいる。

「ごしごし、と」

「ちょっと待ってパティシエット何でお外でハダカになってんの⁉」

「え？　ぱっちり目が覚めない時はこれが欠かせないんですよ、乾布摩擦！」

「なんかいちいちスケベ要素が入らないと気が済まないのかエルフの生態‼」

……逆に長い時を生きているエルフだとこういうババアっぽい趣味力に走りたがるものなのかしらぁ、と食蜂がちょっと離れた場所で額に手をやっていた。

ちなみに今夜の食事はお肉ではない。デカい木の根元に山芋があるらしいので、周りの土を掘って手に入れた。お米はないのですり下ろさず、『砂鉄の剣』でスライスしてから焼いて食べる。ああ、塩があるって素晴らしい。

大体、四、五日程度の旅だっただろうか。

目的地に近づくと、他のルートから合流した別働隊と自然と作戦会議が進んでいく。

美琴の能力でレベル999のカンストまで吊り上げたパティシエット達の手を借りて、正面部隊が敵国の気を引いている間に美琴や食蜂が敵の城に潜り込んで武器庫や食糧庫などに破壊工作を行ったり、王や指揮官をピンポイントで洗脳して命令系統をズタズタにする。並行してフルグライトのハイパーインフレを忘れずに。

これでワンセットだ。

「じゃあ始めるか！　こうなったらとことん前に進むのみよ‼」

列強の一角、ミョルニル亜大陸。

超大国、ティルナノーグ大陸。

スパスパッとヤってしまった。

美琴や食蜂が後から振り返って、あの時どうしたっけ、と確認取りたいくらいあっさりと。ちなみに列強ミョルニル亜大陸のみならず、超大国ティルナノーグ大陸まで続けて攻め込んだ理由は単純明快。

奴隷エルフちゃんのパティシエットが顔を明るくした。

「あっありましたよ！　魔道書の失われたページです。ようやくワンセット揃いましたねっ」

「……馬鹿王子が馬鹿の冠取って民衆から好かれたくて、大物仕留めて箔をつけようとしていたんだっけ？　だから貴重な魔道書の名から獲物の情報を一人で独占して、横取りされないよう手を回していた。三大魔王とやらが犠牲を増やしているっていうのにほんと馬鹿だわ」

「それにしてもやっちゃったわねぇ」

食蜂操祈は珍しく、乱暴に片手で自分の頭を掻いていた。

彼女はそのまま言った。

「世界征服」

「……まあね」

そう、列強をも突き抜けた唯一無二の超大国もみんな倒してしまった。いくつかの小さな国家はまだ残っているが今さら美琴達と戦う気概はないようで、実質的に戦わずして白旗を揚げている状態だ。世界征服に全ての国と戦う必要はない、大きな秩序を強奪すれば済む。今や奴隷制度を推奨する国など存在しない。結局大きな世界にいくつ国があろうが、実際のルールや秩序なんて一つか二つの大国が決めてしまうものなのだ。

無理に楽しようとして国が倒れてしまえば元も子もないのだし。

ここに来るまで、実質的に一月程度だった。

学園都市製の超能力について情報が洩れなかったのが大きいだろうが、それにしたって。まるで御坂美琴のために存在する異世界だ。

ただ、これが長いか短いかは、判断の基準によって変わる。

つまり、

「……一月。一ヶ月、三〇日。えーと心肺蘇生の限界って何分だったっけ？」

「私達、ほんとにまだ生きてんでしょうねぇ……？　幽体離脱の世界最長記録にでも挑戦力してんじゃないのぉこれ」

地球にある『本体』は病院に担ぎ込まれたまま生命維持装置にでも繋がれているのか。あるいは異世界セレスアクフィアと地球では時間の流れそのものが違うのか。

王国時からは戦略が確定してしまったので、特に思い出すような話もない。

ただ、一個だけ気になったのはこれだった。

美琴と食蜂が、エルフ、スキュラ、ダークエルフ、エンプーサ、天狗(てんぐ)、サキュバス、ドライアド、そして人間の兵士や騎士達などなど、すっかり大部隊になった身内を引き連れて荒野を移動している時だった。

それは結構唐突に起きた。

なんかおかしな流れになってきた。

『めっ女神様だ！』

『本当に二柱いる……。そんなっ、それでは私達の正当性はどこへ行ったのだ⁉』

『超電磁砲(レールガン)』や『雷撃(らいげき)の槍(やり)』の破壊力を見てからビビって潰走、というのはまだ分かるのだが、どうも戦う前から敵軍がガタついている。美琴や食蜂の顔を見ただけで。

「？」

「罰当たり、とでも思ってんじゃなぁい？　戦う以前に、私達二人と敵対する側に回ってしまった、っていう状況力だけで」

「……今一応戦争やってんのよね？　そんな精神論で行軍の足が止まったりするもんなの？」

「アステカの王様はスペインからの侵略者が海を渡ってやってきた時、伝説にある神様の登場と勘違いして戦わないまま首都を明け渡してしまったって事実があるわぁ。国家や文明そのものの存亡をかけた対立だったはずなのにね」

「……、」

「戦車や飛行機が登場する第一次世界大戦の時だってぇ、天使の軍勢がベルギーの戦場に現れてドイツ軍を攻撃しているってウワサが飛び交った結果、優勢だったはずの侵攻作戦全体が大パニックになって丸ごと中止に追い込まれたって事実もあるんダゾ。軍事行動をコントロールするのはパワーじゃなくてインテリジェンスって前にも言ったじゃない」

まあ、勝手に戦意を喪失して総崩れになってもらえるならこちらとしてはありがたい。

のだが、

『やっぱりめがみさまですう……』

誰かが言った。

前方の愚かな敵側だけではない。美琴達のすぐ後ろ、こっちの軍勢からもきてる。

『戦乱の時に見えない壁を破ってこの世界に降臨してくれる二柱の女神様。やっぱり神話は間違っていなかったんだぁーっ!!』

二人の背筋に寒いものが走った。

わあっ!!　というスタジアムの大歓声みたいな地響きがここまで伝ってくる。

「ねえ食蜂っ、なんかヤバい話になってない!?　軍事行動はインテリジェンスとか偉そうなコト言っていたけどきちんと制御はできているんでしょうね!?」

「知らないわよ何で私まで雷神サマの大騒動に巻き込まれなくちゃならない訳ぇ⁉」

……という訳で、そもそも本来の実力を発揮しきれずに大きな国が次々と倒れていった、のが正直な感想だった。

フルグライト増産によるハイパーインフレもそうだが、結局戦争なんてものは実際にぶつかる前には勝負の半分くらいは決まっているのだ。

今なら分かる。

つくづく、『妹達（シスターズ）』を助けるため学園都市（がくえんとし）に挑んだ自分は準備が足りていなかったと美琴は思う。

無策のまま突っ込んだ時点で戦争は半分負けているのだから。

「……あらゆる電子データを手中に収めて自由自在に操れるっていうなら、野菜に穀物、貴金属や宝石、原油価格まで動かし放題だったのよね。あーあ、胡散臭い（うさんくさい）研究所だってお金で回っていたのはおんなじなんだしもっとスマートに学園都市（がくえんとし）のオトナ達を締め上げる方法なんていくらでもあっただろうになあ」

「御坂さぁん、今何かメチャクチャ物騒力なコト考えてない？」

ともあれ、魔道書が完全な形で揃った（そろった）のなら、中を確かめない手はない。

美琴達が地球に帰還するためには、三重宝の儀とやらをやらないといけない。

そしてその準備のためには三大魔王を倒して三つの重宝を回収しなければならないのだが、

こいつらの詳細が分からない。顔も名前もだ。

なのでエルフ長老ベーカリアンの魔道書に頼る必要があった。

結局は端から端まで全部戦いだ。今いるここは前提からして剣と魔法が全ての異世界なのだからとにかく剣と魔法をぶん回せという事か。

「えーっと、それじゃあまず三大魔王の名前からね」

「これですよここっ」

横から小さな指を伸ばして、パティシエットが明るい声を出した。文字列全体の配置からモールス信号や点字のように意味を読み取って、ぼんやりと概要が分かる程度の美琴よりも、文字列をそのまま読める奴隷エルフちゃんに任せてしまった方が確実ではあるだろう。

「三大魔王は陸海空をそれぞれ総べる者ってあります」

「名前はー？」

脇道防止のため美琴は念を押す。

奴隷エルフちゃんは声に出して言った。

「空を総べるのは、ブレインエッジドラゴン」

んぅ？　と固まったのは食蜂操祈だった。

気づいていない人はさっさと先を促してしまう。

「へえー、じゃあ海は？」

「ちょっと待ってちょっと説明を思い出して御坂さぁん!!　私、学園都市の外に出て一番初めに言ったわよね確かにこう説明した。でっかい石板から読み取った残留思念を……」

「あんな長々とした説明覚えていられるか!!」

「頭の一行目に名前があったわよぉ！　『ブ、レ、イ、ン、エ、ッ、ジ、ド、ラ、ゴ、ン、を、斬、殺、す、る、に、は、』って!!」

時間が止まった。

なんか嫌な予感がする。美琴は卑屈に笑って恐る恐る奴隷エルフちゃんに尋ねた。

「あのうー」

「はい」

「ぱ、パティシエット。念のため海の魔王の名前も教えてもらえるかなー？」

「ここですね。海を総べるのは、アブソリュートウォータークラーケン」

あれ？　と読み上げた奴隷エルフちゃん本人が首を傾げていた。

その名前は知らない。

でもホッとできない。なんか心当たりがある。食蜂の足首を掴んで湖に引きずり込んだ挙げ句美琴にスパスパ斬られてイカ焼きにされたあいつ。あれも確かクラーケンではなかったか。

先に進むのが怖かった。

「ええと……それじゃあ……陸担当っていうのは……？」

「陸を総べるのは、マルチプレデターキメラ。あっ、この子アレですよ、御坂サマが寝ぼけて毛皮を剝いで毛布代わりにしていた……ッ!!」

俯いていた。

わなわな震えていた。

じゃあこれまでの激闘は一体何だったのだ。魔道書なんか必要なかったではないか。

御坂美琴と食蜂操祈は顔を上げて同時に叫んだ。

「「もう全部倒してるじゃん!!　一番初めにッ!!!!!!」」

27

とにかく来た道を引き返した。

あれから一月だ。

完全に白骨にはならないが新鮮な訳でもない、イイ感じに腐った山があった。

ブレインエッジドラゴンだ。

最悪であった。

女の子の肌面積多めで何でも原色系のキラキラ異世界なのに匂いがキツい。

「うえっうっぷう……」

目に染みた。

胃袋にきた。

命を粗末にした罰かこれは？

「どこだっどこに伝説のお宝転がってる？　その辺の盗賊が横取りして重宝を持っていったなんて話はないでしょうね⁉　けほっ、ていうか重宝って結局どんなお宝なのよ⁉」

「大型モンスターにポケットなんかついていないしぃ、うえぇ、お洒落なハンドバッグを持っている訳でもないんだから。丸呑みしてるんじゃない？」

諸々耐えながら美琴は『砂鉄の剣』を作って腹を裂いた。

食蜂は近づく勇気すらなさそうだった。

もう透明な壁みたいな腐臭が押し寄せてきたが、激しく咳き込みながらも美琴が作業を続けていくと『それ』が出てきた。

「っ？」

細長い直方体だった。

リレーのバトンくらいのサイズ感で、色は赤。

一見するとガラスか宝石のような質感だが、それならこのサイズだとちょっとしたダンベルくらいにはなるだろう。なのに重さは全く感じられなかった。風船みたいに軽い。美琴が指先でつつくと空中でくるくる回る。前提を忘れてしまい手で触れる幻覚なのではと思えてくる。

「……これが重宝？」

「あと二つあるって話よねぇ？」

ナントカクラーケンとカントカキメラ。

気が遠くなるような腐臭との戦いを繰り広げて手に入れたのは、青と緑の直方体だった。

これで三重宝は揃った。

「ヤバいもう吐きたいっ……」

「これぇ、本来は空間占有によって経験値が増える……つまり体が大きいほど有利になるアイテムみたいねぇ。だから体の大きなモンスターが独占して、さらに急激な成長によって体を膨らませていくと」

誰でも瞬時にレベル９９９にできる美琴にはあんまり興味がない話だが。

「でも待てよ。持っているだけで、カラダが大きく……？　つっつまりスリーサイズの一番上すなわちBと呼ばれるムネも⁉」

「全部出ちゃってるわよぉ本音力が。体重一〇倍以上の巨人になるんじゃない？」

持ってる人はこういう時冷たい。

まあ『どこが』増えるか明示されないまま試すのは美琴的にもおっかなくはあるが。ていうか自分の体なんだから基本的にぶっつけ本番はダメだ。

いったん冷静になろう。

「ふう。ねえ食蜂、そういえば赤青緑って組み合わせは前にも見たわよね」

「？」

「覚えてないの？　輪廻女神サリナガリティーナ。あの女、白ベースの踊り子さんだったけど装飾リボンは赤青緑だったでしょ」

「……あれって意味力とかあったのぉ？」

名前の法則性を見ると、輪廻女神サリナガリティーナは異世界セレスアクフィアのルールから外れている。それなら多分サークリットとかリインカーネとか、もっと分かりやすい名前になっていると思う。だから多分、あの女神は異世界セレスアクフィアの外にいる存在なのだ。

しかし共通項らしきものも見つけた。

……異世界が全部でいくつあるかは知らないが、各世界には必ず輪廻女神サリナガリティーナと結びつく道具や技術がこっそり隠してあるのだろうか？　だとしたら何故？　そもそもあいつは『自分は地球から異世界へは送れるが、逆は無理だから別の女神を頼れ』と言っていたはずだが？？？

（……太陽系でやってた宇宙の大戦争の方って、それらしい女神との共通項はあったっけ？）

探してみれば何かあるかも。

「ともあれ、これで重宝は三つ揃ったのよねぇ☆」

「まあね。後は三重宝の儀とやらに挑んで地球に帰還するだけかっ!!」

第六章　立ち塞がる者とは

1

世界征服完了！　である!!

「うあー、至れり尽くせりだわ。もうこっちの異世界にずっといれば良いんじゃないの……？」

「今二人揃（そろ）って幽体離脱状態で死にかけてるってコト忘れたのぉ？　プロパンガスのタンクの爆発事故発生から一ヶ月とか、今地球に置いてきたカラダの方はどうなってんのよぉ」

超大国の馬鹿デカいお城のベッドでぐでんぐでんにくつろいでいる場合ではなかった。

二度寝の誘惑を頭から振り払い、御坂美琴（みさかみこと）は文字通りキングサイズのベッドから身を起こす。

放っておくとまたお城の執事さんなりメイドさんなりに甘やかされてしまうので、そろそろ再起動（リブート）しなくては。

そうなると、

「……三大魔王とやらは倒して重宝を三つ揃えた訳だし、次は帰還のためのデカい儀式とやらをどこでやるか、を調べなくちゃならないのよね」

魔王だの儀式だの。

すんなり口にできてしまう辺り未だに後から遅れて違和感がやってくるが、美琴的にはここはそういう異世界だと考えるしかない。魔法と呼ばれる何かしらのテクノロジーはあるが、誰も知らないその根っこは科学と同じかもしれない、くらいのふんわり認識で美琴は目の前の現実を受け止めておく。この壁がなくなったら多分まずい事になる。そんな気がする。

ティルナノーグ大陸にある異世界でも一番の超大国。

その城にある図書館もまた世界一のスケールになる。何か調べるとしたらまずここだ。

黙っていると（短いスカートのまま）本棚の上に上がりたがるパティシエットの首根っこは一応美琴が掴んでおきつつ。

「三重宝の儀、三重宝の儀……っと」

例の図書館は豊富な知識があるのはありがたいのだが、何分蔵書が多すぎるというのも逆に問題だった。検索エンジンみたいにパパッと調べられないので、資料は手元にあるはずなのに目的の一文を見つけ出すのに丸一日かかる、といった事も普通に起こりかねない。

懐かしい顔もいくつかあった。

最初にパティシエットを従えていた人身売買お嬢や、村でエルフ達の始末を進めようとしていたギルドのお姉さんや村長などだ。

何でこっちに合流したの？　という美琴の疑問の視線に、風属性の魔法を扱うド派手なお嬢様はこう答えた。

「奴隷解放の流れが加速すればエルフ達も贅沢を覚えます。つまり大量の物資が入り用になるはず。これはひょっとすると特需が発生するかもしれませんわ……」

「そうよぉ、善き循環を作る方向力なら別に誰もお金を稼ぐ事を邪魔したりはしないんだからぁ。きちんと学びなさいよね☆」

「それよりそこの洗脳女神っ、この膨大な資料探しを手伝ったら頭のロックを外してわたくしの『商才』を返していただけるというのは本当ですわよねえ⁉」

お嬢から見えない位置で《踊り子》食蜂が小さく舌を出しているところから、結構怪しい。

ただ結局、人間は勝っている方につきたいというのが本音なのだろう。美琴達が具体的に超大国ティルナノーグを倒してしまった事で、流れが大きく変わったのだ。

食蜂の『心理掌握』で書物や本棚から残留思念を読み取ってある程度の『検索』はかけているものの、それでもかなりの時間はかかるだろう。

そしてこういうコツコツした仕事ならパティシエットだった。

文字列全体の並びからモールス信号や点字を読み取るような格好で、ぼんやりと概要が分かる程度しかできない美琴よりも、異世界語をそのまま全部読めてしまう奴隷エルフちゃんの方が仕事は早い。

しかもパティシエットは分厚い書物にいちいち全部目を通したりはしない。この本を書いた人が何を伝えたいかはタイトルと目次と序文と末文の四つから大体推測できるらしい。間を埋めていく感覚で書かれている分野や内容を読み取っていくようなのだが、しれっとすごい。美琴的には毎年夏休みにムリヤリやらされる読書感想文のためにも是非とも覚えて帰りたいスキルである。

「あっ、これじゃないですか？」

奴隷エルフちゃんがパッと顔を明るくした。

斜めがけのハンドバッグをごそごそ漁ってリモコンを取り出し、残留思念読み取りで反則までしている食蜂がちょっと悔しがるくらい素早い。

「三重宝の儀はストレンジアンダーパス大聖堂で行われる……。そもそも重宝は一つでも大切な重宝です。三つも揃えて執り行う超大規模魔法儀式なんて他に聞き覚えはありませんし」

「すとれんじあんだーぱす」

「？」

アンダーパスは地下道の事だ。ひょっとすると世界と世界を行き来できる奇妙な抜け道的な意味でもあったのかもしれないが、それにしたってまんま過ぎる。

異世界のネーミングセンスについては今さら拘泥しても仕方がないか。

「それはどこにあるのぉ？」

「一番てっぺんですよ。浮遊大地一一層、唯一存在している陸地がストレンジアンダーパス大聖堂です。もちろん足を踏み入れた事なんてありませんけど、名前を知っているだけなら多分この世界セレスアクフィアに住んでいるみんなそうなんじゃないかなと」

2

すでに世界征服を成し遂げているのだ。

一層から一〇層まで、あらゆる浮遊大地のあらゆる国家のあらゆる施設のあらゆる備品の使用権は美琴達にある。

三重宝が手に入り、異世界の全てを使った捜索ができる以上、ストレンジアンダーパス大聖堂で三重宝の儀を行うための準備を阻(はば)むものは何もない。

エルフの他にも、サキュバスやセイレーンなど様々な種族を解放したのも大きかった。人間の支配地域以外に散らばっている知識や素材なども集まってくるからだ。

そう、知恵と技術があれば人間以外の種族が書物や財宝を盗んだり買い取ったりする可能性もゼロとは言えない。

（……変にいがみ合わないでほんとに良かった）

パティシエット達のレベルは美琴の手で全員９９９のカンスト状態にしてあるので、人間達はもうエルフやモンスター達を捕まえて意地悪する事なんてできないだろう。そしてやたらと長生きのレベル９９９組が矢面に立っている間に若い世代のモンスター娘達が誰にも搾取されず順当にレベルを上げていけば、エルフ達の優勢は永遠に崩れない。

圧倒的な個の力で集団を打破できてしまう剣と魔法が全ての異世界は戦略がお気楽で良い。学園都市の大人達はこの辺どうしているのやら。

美琴や食蜂が立ち去った後、これからの時代がどうなるかはセレスアクフィアで生まれた人々にかかっている。ただ、パティシエット達はまだ奴隷制度そのものを肯定しかねない危うい一面もあるけど、エルフ達が人間へ積極的に仕返しをするとも思えなかった。元々、黙っていれば戦わない種族だし。

エルフがハーピーや天狗、他にも色々な種族を当たり前に受け入れているなら、人間という種族とだって仲良くやっていけるはず。

種族の違いが排除の理由にならないのは、この混成軍自体が証明してくれているのだし。

「そういえば食蜂、あの話ってマジなの？」

「何がぁ？」

「エルフ達は口で言う言葉と一緒に、長い耳をぴこぴこ動かして会話しているって話」

こうしている今も、長老のベーカリアンと奴隷エルフちゃんのパティシエットがちょっと離れた場所で何か話し合っていた。例の三重宝の儀式の詳細でも詰めているのだろうか？

　食蜂は彼らを指差して、

「ああ。もの自体はそんなに複雑力じゃなくて、モールス信号に近いかしらぁ。耳を縦に揺らす回数で文字を刻んで、一文字と一文字の間は耳をくるっと回して区切っているの」

「ふんふん」

「つまり今パティシエットはにこにこ笑いながらこう言っているわねぇ。『あの戦闘ビリビリ女何であんな貧乳なのに上から目線で語ってくるんでしょうね』って」

「ハア!!!?!??」

「ほらベーカリアンがこっち見たわぁ。『巻き込まれると胸を吸われるから目を合わせないように気をつけろ、吸われるぞ』と」

「呪いじゃないんだからそんな事じゃなくならないわよ吸えるものならいくらでも吸収してやりたいわよ!!」

「ぷぷっ。エルフって口から出さない本音力の部分は意外と残酷よねぇ。まあ御坂さんのアレがアレであんなに小さいアレなんだから仕方がないアレかもしれないけどぉ。ほらほら見て見てあの耳の動き、『やっぱり小さいと色々苦労させられるんでしょうかね』ですってえ。あっはっは！　幼女のパティシエットにまで哀れまれるとか御坂さんの貧弱スリーサイズって一体何がどうなってる訳ぇ!?」

「……、」

「『大丈夫だ、お前は御坂美琴と違って時間の流れと共に自然と育つ』『そういうものなんでしようか私は自分が心配です』『大人になっても貧乳のままというのは逆に稀有な存在だ、あれを基準値にしてはならない』『それなら良いんですけど』ですって、エルフも言うわねぇ⁉

……ってどうしたのぉ御坂さん。め、目が据わっているけど」

「流石に胡散臭い。二人に聞いて嘘だったらこいつの乳を鷲掴みにして引っこ抜いてやろう」

は・な・し・を・あ・わ・せ・ろ‼　とババッと両手クロスで指示を送る（首根っこを掴まれてずるずる引きずり回される）食蜂操祈だが、エルフ達はきょとんとして首を傾げるばかり。

どうも意志疎通には失敗しているようだ。

3

三重宝は手に入り、具体的に儀式を行うための大聖堂の場所も特定できた。

後は準備をするだけだ。

儀式前夜は身を清める必要があるらしい。

つまり今日。

そういう訳で、ようやく触腕も粘液生物も奇襲してこない温かい泉で湯浴みだった。

広々とした石造りのお風呂だった。形は円形で、壺を持った女性の像からお湯がどぼどぼ流れ出てくる贅沢仕様。きちんと断らないとお城のメイド達がお背中を流しに来てしまう事以外は快適なお風呂である。

「この異世界ってぇ、二四時間風呂を口伝力したらどうなっちゃうのかしらねぇ」

「喜ぶかもしれないけど、そんなの独占しようとして戦争が起きるような事態は避けたいわね。馬鹿馬鹿しいけどこの異世界だとありそうだし」

しばらくこのままぼーっとしてしまう。

ただのお湯ではなく、どうやら花びらか何かを油に浸して抽出した成分でも使って香りづけをしているらしい。剣と魔法が全ての異世界、泥まみれで草原を歩き回るだけではないようだ。

「食蜂ってさー」

「何よぉ」

「何でそんなにおっぱい大きい訳?」

「……これだけの大冒険を経てそんな事しか頭に浮かばないんだとしたら御坂さんよっぽどの状況に陥っているわよぉ？」

「ぶつぶつ。少なくとも異世界セレスアクフィアにいる間は同じ物を食べているはずなのに、私のサイズだけ何の影響も出ないのは明らかにおかしいと思う。ぶつぶつ」

「食事だけで全部が決まると思ったら大間違いよ情弱力の御坂さぁん」

「あん？　じゃあ運動とかも関係しているっていうの？　自分だけあんなダラダラして私ばっかり戦わせておきながらこいつこんなにッ!!」

「ちょっとどこ摑みかかってんのよ私のムネぇ!!!???」

どったんばったんバシャバシャを耳にして慌てたメイド達が駆け込んでくる前にかろうじて美琴と食蜂はクールダウンしつつ。

「……あれ？」

お風呂から上がったものの、今日は晩ご飯はないようだった。

こいつも身を清めるの一環か。

そして寝室は一つだった。

「眠れん……」

「……、」

明かりを消した寝室で美琴と食蜂はそれぞれベッドに収まっていた。

特別な部屋に閉じこもって眠りに就く。

これも『身を清める』の一つらしいのだが、こっちの異世界セレスアクフィアに来てからガチの殺し合いばっかりでまともに規則正しい生活をしたためしがなかった。かえって夜普通にベッドに押し込まれても眠気がやってこない。超大国でだらけていたのもそれはそれでリズムは崩れていたし。

暇だ。

ただ食蜂相手だとトランプやって暇を潰す感じでもない。何で異世界にトランプがあるのかは地味に不思議だが。どこの国が作っても似たような形に収まるステルス機みたいに、とことんまで機能性を突き詰めると同じようなものが完成されていくのだろうか？

「……つくづく合わないわねぇ、私達」

「何を今さら」

「そうだけどぉ」

そんな風に意味のない事を起き上がりもせず寝転がってぶつぶつ言い合っていた時だった。

ノックの音があった。

「？」

部屋にこもって身を清める訳だから、外からコンタクトがあるとは思っていなかった。

良いんだろうか？

とも思ったが、どっちみち暗がりの中ベッドでうだうだ寝返りを打ち続けていても眠気がやってくる可能性はゼロだ。いきなりの暗殺者とかでない限り、基本的に美琴は新しい刺激ウェルカムの姿勢である。

ドアを開けると、小さな影があった。

「パティシエット？」

「えへへ」

小さく、はにかむような笑みがあった。

部屋の中に入れると、奴隷エルフちゃんは珍しそうに暗い室内を見回していた。

「あっ、明かりはそのままで。多分窓の外から見られたら叱られちゃうと思いますし」

「へえ。怒られるって事は分かっていてここまで来たんだ？」

美琴が悪戯っぽい笑みを浮かべて質問すると、パティシエット自身ちょっと驚いたように目を丸くした。

それから、小さなエルフは改めて笑った。

自然な笑みだと思った。

「はい。えへへっ。初めて無視しちゃいました、誰かが決めたルール！」

「ならみんなでお菓子でも食べよっか？　真夜中に‼」

部屋にこもって身を清める、のルールから明らかに逸脱している気がしないでもないが、食蜂含めて誰からも反対は来なかった。

それで、美琴は思う。

奴隷エルフちゃんのパティシエット、小さな彼女に今まで散々救われてきたのだと。犬猿の仲、と言うのは簡単だ。だけど実際問題、本当の本当に御坂美琴と食蜂操祈が二人きりで異世界セレスアクフィアを旅する事になったら、きっと三日も保たなかった。間に守るべきパティシエットがいてくれたから、彼女が協調の空気を作ってくれたおかげで、第三位と第五位は一時的であっても手を取り合って共通の問題に立ち向かう事ができるようになったのだ。

　地球への帰還。

　三重宝の儀を最後までやり遂げる、という。

「くっ、クッキーなんか食べちゃうんですか？　こんな夜遅くに！」

「あらあら。こんなので驚いていちゃ先が思いやられるわよぉ、こっちにはチョコレートがあるんダゾ☆」

「わあ!?　そんな罪深き行為は許されないっ！」

　パティシエットが本当に飛び上がった。

　彼女の常識を超えてしまったらしい。

　元々世界で一番豪華なお城という事で、こういうお菓子はいくらでもあるようだった。あちこちの引き出しを開けるだけで瓶に詰めたメレンゲやキャンディなどがゴロゴロ出てくる。湖畔でバラバラに切り刻んだクラーケンの触腕を焼いてそのまま食べていたのが嘘のようだ。

　ややあって、美琴はこう切り出した。

「三重宝も揃ったし、地球に帰還する目途もついたわね」

「はい」

「いよいよ明日って思うと何だか現実味がないのよねぇ。このままずっと異世界セレスアクフィアを歩いていくって気分が残っているっていうかぁ」

「ええ、明日でおしまいです」

そこまで言って、パティシエットは黙った。

お菓子を食べる手も止まった。

「……、」

初めてルールを無視した、とパティシエットは言った。

ではその根底には何があったのか。

小さな少女自身も気づいていなかった望みとは何だったんだろう。

部屋にこもって身を清める、という状況を自分の手で崩してまで、一体何を。

「ねえパティシエット」

残酷かもしれないと美琴は思った。

だけど聞いておくべきだ。

「アンタは最初から手を貸してくれた。奴隷エルフを助けるって目的なら自分のためになったかもしれないけど、その後の流れは必ずしも付き従う必要はなかったのに。三重宝の回収やストレンジアンダーパス大聖堂の特定なんて、地球に帰りたい私達以外の誰も得をしない。なのに手を貸してくれたアンタには本当に感謝してるわ」

食蜂はテレビのリモコンを摑まなかった。

第五位の超能力を使ってしまえばすぐ分かる話だろうに、それでも。

だから美琴がこう突きつけた。

「……パティシエット。ひょっとして、後悔してるの？」


沈黙があった。

いいや、洟をすするような音があった。

暗がりの中で確かにパティシエットは俯いていた。

「……、や……です」

こぼれ落ちた。

小さく震えるパティシエットの唇から、確かに溢れ出た。

「いやです。このまま別れるだなんて」

それはエルフのわがままだ。

ルールを無視してでも表にさらけ出したパティシエットの本音であった。

「何度も思いましたよ……。お二人に手を貸すのやめるのはどうかって。そうすれば御坂サマも食蜂サマもずっと一緒にいてくれるって！　何かを壊したり嘘をついたりする訳じゃない。ただ黙って次のヒントを言わなければ、誰も傷つかないで続けられるんじゃないかって‼」

実際、そのチャンスはいくらでもあったはずだ。

二人を独占しておける可能性が。

だけどやらなかった。

パティシエットは何でも従う奴隷のエルフだったから。

「でも分かっているんです!!　御坂サマも食蜂サマもそんなのは望んでいないって。だから必死になって応えようとしたんです。あなた達が一番望む結末を作る手伝いをしようって。だって、それが一番で、だって、そうすれば御坂サマも食蜂サマも笑ってくれると思ったから!!　だから!!!!!!」

だけど従い続けて、ここまできて。

何かに亀裂が入った。

パティシエットは完璧な奴隷から脱線して、そして、初めて小さな疼きに気づいた。

自分の胸の真ん中から生じる疼きに。

「別れたくない……」

ボロボロと。

大粒の涙をこぼして、唇を噛み締めて、何度も洟をすすって。

身も世もなかった。

だけどその脱線は、絶対に間違ってなんかいないはずだ。

「うえっ、うう！　いやだよっ。御坂サマや食蜂サマとずっと一緒にいたい……。わああーん！　このまま別れたくないよおーっ!!!!!!」

号泣する奴隷エルフちゃんを見て、美琴と食蜂は同時にそっと笑った。

ようやくわがままを言う勇気を勝ち取ったのだ。この異世界は。

自分達はずっとこの異世界にはいられないけど、いつかはセレスアクフィアそのものが独り立ちをしないといけないけど、でも、もう美琴達がいなくても大丈夫。パティシエット達は一つの独立した命として力強く生きていける。番号順に淡々と死を受け入れていくだけだった、かつての軍用量産クローン達とは別の道を歩けるはず。

自分ではなく他人の命を心配してロングボウを手に取り、別れたくないと言って大泣きできる心の持ち主なら、自分以外の存在に極端な負担を押しつける奴隷制度そのものにも異を唱えてくれるに決まっている。

「大丈夫」

小さな肩を抱いて、その背中をさすって。

御坂美琴はこう囁いた。

「……アンタの人生は長い。私達なんかよりもずっと。自分の手で首輪を外して、足の鎖も取

って、自由にこのセレスアクフィアを歩いていきなさい。そうすれば、それだけで、一つの別れを忘れてしまうくらい大きな出会いが待っているはずだから」

4

翌日だ。

ビキニ鎧（よろい）の御坂美琴と踊り子衣装の食蜂操祈はストレンジアンダーパス大聖堂に向かう。

奴隷エルフちゃん達もついてきた。

サキュバスがいた、ムスペッルがいた、ドライアドがいた、スキュラがいた、ピクシーがいた、マーメイドがいた、エキドナがいた、アラクネがいた、人間だって交ざっていた。

それだけではない。

最強装備を奪われた貴族や、二人の魔女と妖艶（ようえん）な姉妹にすがり続けた王様、超大国の王などかつては刃を交えた強敵までもがこの流れに乗ってきている。

「私の荷物を持てラベンダーっ！　マインド、貴様も執事ならこの騎士を教育しておけ！」

「へえー。そういう扱いするんだ？　騎士とはいえ女性を荷物持ちにねえ？」

「えっ、あ、いやこれは国王陛下!!　決してそのような事は……」

部下の騎士には高圧的だが上司の国王にはぺこぺこしている貴族。これはこれで大変そうだ。

タイトな赤いドレスに金髪ロングの美女が扇子で口元を隠して笑っていた。

「ほほほ、このわらわがそなたらのわがままに付きおうてやると言うておるのじゃ。火属性魔法最強のこの力、くれぐれもありがたく活用するのじゃぞ」

「……この人誰だっけ？」

「列強ミョルニルを代表する爆炎女王じゃ!!　火炎放射の魔法と固形燃料にコットン火炎瓶ラッシュといった数々の猛攻を忘れたとは言わせぬぞお!!」

サクサクっとやっちゃった辺りの人か。正直、美琴の中では最初にぶつかった人身売買お嬢よりも印象は薄い。

区別なんか必要なかった。

いがみ合いや軋轢(あつれき)は今すぐ完全には消えない。だけど少しずつ縮小していって、やがてはゼロに消えていく流れが美琴や食蜂にも見て取れる。

（元？）人身売買お嬢がぐったりしながらぶつぶつ言っていた。

「……し、商才ってほんとに取り返せるのかしら？　それともビジネスは捨てて森の奥でスローライフでも目指した方が幸せは近いのかも……」

一層に唯一存在する巨大な浮遊大地に、つるりとした石でできた巨大建築物があった。カラーは高級スマホみたいなスパークリングワイン。

「これが……」

先頭の美琴は呟いて、一歩敷地に踏み込んだ。

スパークリングワイン。

硬い石造り。

そこには誰もいない。

清潔だけど冷たい印象のある空間だった。

しかし美琴と食蜂は足を踏み入れて眉をひそめた。

違和感は正しかった。

奥の奥まで進んで大きな扉を開けると、待っていたのはドーム球場より大きな空間だった。

「ここってぇ……」

「見た事あるわね」

壁際に沿った騙し絵みたいな四角い螺旋階段と、そこから流れ落ちてくる清らかな水。

正確にはナニ神域だったか。事故って幽体離脱して輪廻女神サリナガリティーナと顔を合わせる事になった、あの空間と非常に良く似ている。

まるで表裏の関係を連想させるくらいに。

「これが世界の出入口……なんでしょうか？」

パティシエットが恐る恐るといった感じで美琴達の後から大広間に踏み込んでいった。

ドーム球場並の面積の中央部分に、逆U字の構造物がぽつんとあった。やはりスパークリングワインみたいな高級スマホ感溢れる色彩の石でできた両開きの扉だ。ただし重たい扉を開けてみても何もない。ただ反対側の空間が覗けるだけだ。

神妙な顔で奴隷エルフちゃんが呟く。

「三重宝の儀。それを行えば、本当の意味での出入口が開く、と」

5

いよいよ三重宝の儀が始まった。

このドーム球場みたいな大広間を全部使って行う儀式なのだ。サキュバスやダークエルフ達が両手で抱えた薬草や宝石を指定の場所に設置していくだけでも大変だった。この異世界の魔法は全部呪文から派生しているという話だったが、魔法陣、香、カラフルなカードなど、それなら今ここには何万字もの言葉の群れが何重にも重なり合っているのだろう。

国王をサポートしている二人の魔女があちこちに指示を出していた。

「そこのカードは上下を逆さになさい！　それでは記号と記号がａｎｄではなくｏｒで繋がってしまうわ!!」

「うふふ、魔法陣は時計回りに一五〇度地点に香炉を置いてピリオドを一つ打っておく事。これだけでも呪文の意味が全く変わってくるわよ？」

みんなの努力、その全てがたった一つの結果のために練り上げられていく。

集約し、高められていく。

村の長老は自分のしている事が信じられないといった顔になっていた。

あるいは感慨深く。

「……よもや、エルフ達と肩を並べて同じ作業に没頭する日がやってくるとはの」

世界と世界の壁を打ち破り、輪廻女神の理すら超えて異世界セレスアクフィアから地球へと帰還する道を創る。

それだけのために。

奴隷エルフちゃんのパティシエットや長老のベーカリアンなどの声もまた重なっていく。

「赤の重宝は、セレスアクフィアの空を示す標。その輝きは一面に広がり続ける夕暮れにして魔を招き寄せる狭間の象徴なり」

「青の重宝は、セレスアクフィアの海を示す標。その輝きは天より降り注ぎ地の底の領域を埋め尽くす変化と流れの象徴なり」

「緑の重宝は、セレスアクフィアの陸を示す標。その輝きは割れて砕けてそれでも生きとし生ける物へと場を授ける象徴なり」

「未だ語られぬ領域はいずこか。全ての色で世界を塗り潰し、ここに標なき領域を浮き彫りにせよ。形なき道は最後の最後に我らの前に現れん!!」

分かりやすい変化はない。

ただ、空気の密度や硬さのようなものが変わっていくようだった。

何かが加速度的に変化している。

おそらくは誰の目にも見える形になるまで。

「五大陸に住まうあらゆる命が共に願う。

四王国が祝福する。

三魔王より取り出した重宝が案内の標となる。

二女神の愛を受けて後押しした者達が求める。

一関門の錠前よその役割を終えよ。

……ストレンジアンダーパス大聖堂、ここに共鳴せよ。世界と世界を繋ぐ門を開け!!!!!!」

そして食蜂と美琴は何やらこそこそしていた。

気づいた事がある。

「(これぇ、本来力は世界のみんなと仲良く手を取り合った者だけの特権だったのかも?)」

「(……気まずい。思いっきりチカラで異世界全員の意思をまとめちゃったし)」

しかし今さら正統派ルートでやり直すのもアレだ。

このまま推し進めてしまおう。

気づいていないエルフの子は真面目に呪文詠唱をしていた。

自分パートが終わったタイミングで、分厚い魔道書を手にした奴隷エルフちゃんが不安そうに言ってきた。

「空間(くうかん)を繋(つな)ぐと、もっ、門番が出てくるらしいですよ。気をつけてくださいね!」

「大丈夫よこっちの異世界に来てからピンチになったためしがないもん」

「ふふー、どうせ今回も拍子抜けでしょお?」

微妙に失礼な事を言っている二人。

三重宝の儀は佳境に入っていた。おそらくだが、マーメイドやスキュラ達の歌声はもう人間の耳では聞こえない音まで混じっている事だろう。

その時だった。

ビシッ! と何か亀裂が走るような音が聞こえた。

どこから、とは言えない。強いて挙げるなら、空気や空間そのものが裂けたような。魔法儀式については割と蚊帳の外な美琴はビクついて、

「何かあったの⁉」

「いえ！　御坂サマ、食蜂サマはそのままでお願いします‼」

安心材料にはならなかった。

魔道書を手にしたパティシエットがこう続けたのだ。

「予定通りの脅威ですっ、門番が来ます‼」

ビリビリビリ‼　と空気が震えた。

『あの』美琴が後ろに一歩下がる。

門に近づく事、通り抜ける事を、出入口自体が拒んでいるかのようだった。

何か来る。

「その門番ってのはつまり何なの⁉」

「えと、魔道書によるとですね。逆流の先、無理に帰還しようとしている到着先の世界で一番強いモノの姿や形を借りた何か、らしいです。本質的には記憶も人格もないんですけど、帰還挑戦者に特化した天敵をこの場で組み立てて確実に阻むのだとか‼」

いまいち要領を得ないが、何が来ようが今さら後ろに下がるつもりはない。

ビキニ鎧の御坂美琴は（非常に限られた）懐からゲームセンターのコインを取り出す。

第五位の少女はテレビのリモコンをくるくると回す。

ゴッ、と。

そして出入口の奥が蠢(うごめ)き、空気を破った。

6

『脅威』が現れた。

7

その瞬間だった。

一撃で美琴の顔が恐怖で埋まった。常盤台(ときわだい)のクイーンはぺたんと尻餅をついていた。口の端を不安定に吊(つ)り上(あ)げての半笑いで目尻に涙まで浮かべて震えている食蜂を、しかし御坂美琴は怒鳴りつけられない。だって、あれは無理だ。常盤台(ときわだい)のエースとかクイーンとか、そんな称号には何の意味もない。いいやそんな称号を持っているからこそアレは絶対にダメなのだ。

天敵は女性だった。

天敵は黒髪だった。

天敵はタイトスカートのスーツを着ていた。

天敵はメガネをかけていた。


つまりは寮監。

こいつを倒して先に進まない限り、元の地球には帰れない!!!!!!


「あ、あれが神話に描かれる伝説の門番、『生死の向かい風』ワールドストレンジキーパーですか!?」

「「いえあれはうちの寮監です」」

まあ確かに門限と無断外出には超厳しい最強モンスターではあるけれど。

一度は逃げた。

『あの』学園都市で遭遇した時は戦ったら死ぬと判断した。

だけど決着をつけなくてはならない。

寮監。

御坂美琴と食蜂操祈を阻む最後の門番役には相応しいか!!

8

目が合った。

こちらへ来る。

寮監の恐怖。直前までの全てが美琴の頭の中から吹っ飛んだ。

なけなしの勇気をかき集めてもダメだ。

(どっちか狙うならまずヤりやすい運動音痴に襲いかかりなさいよっ！　こっちはその隙に寮監の脇腹へゲームセンターのコインを撃ち込んでやろうって考えだったのに!!)

どこか他人事だったのかもしれない。いきなり殺される可能性を美琴は真剣に考えるべきだった。

「うわああああああ!!」

恐怖に駆られた美琴が初っ端から『超電磁砲』をぶっ放した。これが普通の人間相手だったら過剰防衛だと自分で目を剝いたかもしれないが、どこからも文句はなかった。

むしろ、足りない。

こんなもので地獄の寮監に傷などつけられるものか。

そこに変な信頼すら抱いている自分を美琴は感じている。

その通りになった。

ぼっ!!　と。スパークリングワインに似た色の粉塵を引き裂く形で現れた寮監は、すでに美琴の懐深くまで鋭角に切り込んできていた。

電磁波の反射を利用したレーダーは、高い密度で空気中に障害物が漂うと精度が落ちる。

死ぬんじゃないかと美琴は本気で思った。

「っ、らアあああああああああああああああああああああああああああ!!」

絶叫があった。

踊り子衣装の食蜂操祈がテレビのリモコンを遠くから突きつけたのだ。

しかも寮監ではなく、美琴に向けて。

バヂッ!!　と。

「っ痛!!」

見えないバリアに弾かれるようにして、美琴の頭が不自然に真横へブレる。

『心理掌握』は美琴には効かない。

風が唸った。

危うく耳を持っていかれそうになった。

頭の不自然なブレがなければ今の寮監の拳一発で顔の真ん中を貫かれていた。

「チッ!!」

手足が直接届く至近距離では嬲り殺しにされるだけだ。

とっさに美琴は磁力を使って近くにあった装飾用の柱の側面に張りついた。剣と魔法がものを言う異世界だと鉄筋が入った建材なんて存在しないので、こうした金属の装飾がついたオブジェクトしか使えないのがもどかしい。

即死系接近戦の専門家にはとにかく高低差で距離を取るべし。

こいつはむしろ集団戦の鉄則ではあるのだが、

「いっ⁉」

毟り取られた。

床材を摑んで投げつけるとか、ずらりと並んだ別の柱を摑んで殴りかかってくるとか、そんな次元ではない。

寮監はローキック一発でスパークリングワインみたいな色した石の柱をへし折った。側面に美琴が張りついている柱をダイレクトに。胴体より太いのに‼

空隙。

そして寮監が両手で太い柱を摑んでぶん回すのと、美琴がとっさに磁力を切って真下に落下するのは同時だった。

隕石が衝突するような轟音と共に、ドーム球場より広い大聖堂が丸ごと揺さぶられた。

遠心力をつけて投げ放たれた太い柱がはるか遠くの壁に突き刺さっていた。

美琴の判断が一秒遅れていれば、きっと少女ごとああなっていた。

「あれで学園都市の能力も異世界の魔法も使っていないとかマジかっ⁉」

9

冗談みたいな話だった。

こちらは学園都市第五位の超能力者、『心理掌握』だ。斜めがけのハンドバッグに手を突っ込み、テレビのリモコンを向けてボタンを一つ押せばどんな人間でも一発で洗脳できるというのに、そんな前提が一発で崩れる。

当たらない。

テレビのリモコンが間に合わない。

ただ先端を向けて親指でボタンを一回押すだけなのに、右に左に高速で消える寮監の動きをこの目で追い切れない‼

「らっ、あア‼」

踊り子衣装の食蜂は叫んだ。

意味もなく。

だけど実質的には何の役にも立たなくても、虚を衝けばそれだけで相手の動きが固まる事もある。不可解を材料に〇・五秒でも金縛りにできればリモコンが追い着く。

親指でボタン一回分。今なら決められる。

(これで今度こそぉ‼)

だんっ‼　と。

寮監が強く床を踏みつけた瞬間、スパークリングワインのような色の石でできた堅牢な床が一発で砕けて割れた。粉塵が分厚く舞い上がり、即席のスモークが食蜂側の視界を塞ぐ。

メガネだけがギラリと光った。

とにかく恐怖に駆られてリモコンを向ける第五位だが、ダメだ。

効かない。

何度もボタンを押しているはずだ。当たっているはずなのだ。にも拘わらずダメだった。狙いがどうこうではなくそもそも地獄の寮監には精神系能力が通じないのか⁉

(ええっえええ煙幕の濃い場所に入られると視界が……まさか人影がぼんやり見えるくらいじゃ能力の照準としてカウントしてくれないのぉ⁉)

「ひっひいいいいいい⁉」

目尻に涙を浮かべ、後ろに下がろうとして失敗し、踊り子衣装のひらひらを自分で踏んで転ぶ。もう身も世もなく尻餅で後ずさりする食蜂操祈。それでも何とかして牽制しようとする。

ぱしっ、と軽い音と共にリモコンを掴む手があらぬ方向へ飛んだ。

自分の体が自分の意志を無視して勝手に動いた。

そんな風に思った。

実際には寮監の拳が食蜂の手首を軽く叩いて横にずらしただけなのだろうが。

パリィ。

学園都市の能力も異世界の魔法もいらない。こんなシンプルな対応で第五位の『心理掌握』は無力化される⁉

ボッッッ‼‼‼　と空気を引き裂く音は重かった。

寮監の右足が消えたと思ったら、腹の真ん中に蹴りを放たれた食蜂操祈の体が数メートルほど後ろへ派手に飛ばされた。

とっさに斜めがけのハンドバッグを逆の手で掴んで涙目でガードしても、果たしてどれほどの効果があったたか。

地獄の寮監は、有効な一撃さえ加えられれば自分から詰めた距離を再び大きく開いてしまう事にも躊躇しない。

それくらいのハンデならくれてやると言わんばかりに。

10

ゆらり、と淡く輝くメガネがこちらに振り返った。

御坂美琴は金縛りを明確に意識した。

「……、――――」

能力などいらない。

異世界の最強魔法も不要。

結局、地に足のついた普通の人間が一番怖い、だと!?

「けふっ。呑気に立ち止まってんじゃないわよっ、御坂さぁあああん!!!!!!」

「!?」

それで解けた。

とっさに横に跳んで寮監の拳をかわす。

できる。

クリーンヒットをもらった食蜂と違って、まだ美琴は体が機敏に動く。こちらから攻撃に転じるほどの余裕はない。それでも今なら何とかして寮監の速度に喰らいついていける!!

「ッ」

「っ」

この広い空間で安心できる場所などどこにもない。

なのに束の間、背中に温かな何かが触れた。

御坂美琴と食蜂操祈。

特に作戦を決めた訳でもないのにお互いの背中を押しつけ、預け、憎々しげに叫び合う。

「まだ、死ぬんじゃないわよっ」

「誰にモノ言っててんのかしらぁ!?」

ゆらり、と。

正面からメガネの寮監がこちらに迫る。

そんな寮監の前に、誰かが立ち塞がった。

小さなエルフのパティシエットだ。

「させません……」

涙目で。

ロングボウなんか放り投げて。その両手を大きく広げて。

「御坂サマとは離れたくない、食蜂サマにはずっと一緒にいてほしい。でも、私は笑ってお別れしなくちゃいけないいんだ……。そのために全力を尽くすって決めたんです!!　門番だか何だか知りませんけど、せっかく固めたこの覚悟を邪魔するなああ!!!!!!」

一人じゃなかった。

ハーピーが、セイレーンが、サキュバスが、ダークエルフが、スキュラが、シルフが、ムスペッルが、天狗が、エンプーサが、そしてエルフ達が。一つの声で呪縛を断ち切られ、一斉に雪崩れ込んだのだ。

「今こそ『銀防のシギンエット』の実力を示す時」

「ええそうね。『銀武のアントワネーゼ』の切れ味を少しくらいは示してあげるわ!!」

「ほほっ、列強ミョルニルの爆炎女王お得意の炎のカクテルをお見舞いしてやろうぞ!!」

地球へのゲートを開いたって、彼らには何の報酬もないのに。

それでも二人の少女を元の世界に帰すためだけに、自分の命すらなげうって戦場へ飛び込んだのだ。

「ラベンダーお嬢様、これは勝てる戦いかどうかではございません」

「わ、分かってますマインド！　怖い怖い怖い、それでも勝たせてあげたい戦いというのもあるのですう!!」

貸しとか借りとか、恩があるとか、そういう話ではない。

理由なんかない。

ただ仲間を助けるというだけで、本当にそこまでできる者達が集まっていた。

わずかに地獄の寮監が怯(ひる)んだように見えた。

そういえば。

あの学園都市(がくえんとし)でも、暴動の群衆に呑(の)み込(こ)まれた時は一瞬攻撃を躊躇(ちゅうちょ)していたか。

それで時間が追い着いた。

どっちみち、流れが決まるのは一瞬だ、そもそも食蜂はすでに寮監から一発もらっている。

こんな恐るべき戦いはそう長くは続けられない。

きっと、ここで決められなければ一〇〇年決着を引き延ばしたって勝ち目はやってこない。


ジリ貧で削り殺されるのだけは避けろ。

こっちから流れを創れ!!


騙(だま)し絵(え)のような四角い螺旋階段(らせんかいだん)を流れ落ちる清らかな水。

だけどスパークリングワインみたいな色した石の砕けた粉塵(ふんじん)がわずかに混ざるだけでその性質は変わってしまう。例えば酸性度とか、例えば導電性とか。

そう。

電気の力を使ってゲームセンターのコインを音速の三倍で飛ばす『超電磁砲(レールガン)』を使って水を

導けば、工場で鉄板を切り取るウォータージェットを上回る破壊力を実現できる。

「食ッ蜂ォおおおおおおおおおおおおおおおおおおおおおおおおおおおおおおお!!」

ビキニ鎧(よろい)の美琴が叫ぶと、呼応があった。

食蜂操祈は自らの意志で強く自分の背中を押しつけたのだ。

帯電して全身から紫電を撒き散らす第三位の背中へ、と。

「が、アっっっ!!⁉⁇」

心臓への衝撃に第五位の呼吸が詰まる。

だがそれで、『心理掌握(メンタルアウト)』のコントロールが意図的にブレる。

元々応用範囲が広すぎて各種リモコンで切り分けなければまともに運用できないほど巨大な力だ。意識が飛ぶほどの衝撃を与えれば、第五位の超能力(レベル5)は時に『暴走』を引き起こす。

ぶわりと蛇のように水がうねった。

美琴の能力だけではなかった。

食蜂操祈の『心理掌握(メンタルアウト)』とはつまり、人の脳や物体表面にある微細な水分を操る事で精神的な情報を読み取ったり操ったりする能力である。

第三位と第五位が結びついた。

一つの攻撃を成し遂げた。

ゴッッッ!!!!!!　と数十万気圧の超高圧縮があった。

切断の色は、白。

寮監はどれだけ強くても体の耐久度は生身の人間だ。特殊な能力や次世代兵器で身を守っている訳でもない。つまり、極限の回避と受け流しさえ阻止できれば良い。

先読みできても回避不能な、広範囲かつ高威力の攻撃。

こればっかりは。

いくら地獄の寮監でも絶対に避けられない!!

ザンッッッ!!!!!!　と。

静寂があった。

世界が終わったかと錯覚するくらいの数秒。

ややあって、美琴の側から口を開いた。

「名付けて電磁誘導射出式超高圧縮長距離導電性液体刀剣（ロングレンジエレクトリックハイパーコンプレスリキッドソード）。……感想は？」

「見事なり、栄えある常盤台（ときわだい）の生徒達よ……」

「やられる時ってこんな渋いボイス出すのかこいつ？」

元の地球でも聞いてみたいものだと振り抜いたまま美琴は思った。

割と本気で。

第七章　カタストロフ、到来

1

儀式は成功した。門番も倒した。

逆Uの字、高級なスマホっぽいスパークリングワインみたいな色した両開きの石の扉は開け放たれ、そこには何かがあった。それは蜃気楼(しんきろう)のように不安定で、かつブラックホールのように全てを吸い込む怖さを感じさせる何かだった。

ストレンジアンダーパス。

奇妙な地下道。

目の前に広がる光景を見て、元人身売買お嬢はそっと息を吐いた。

どこか諦めたような、あるいは吹っ切れた感じで。

「……やれやれ。お金に頼るなんて馬鹿馬鹿しくなってきましたわ、理想の生活が思い描けるなら魔法の儀式で全部環境を揃(そろ)えてしまえば良いではありませんか」

目の前の光景に、村長の老人やギルドのお姉さんも額の汗を拭って一面を見渡している。感慨深く。

「まさか、本当に人間とエルフの共同作業が成功してしまうとはのう」

「ゲートを開いたままにはできないらしいので、そこは不満ですけど」

女性騎士のラベンダーと執事のマインドは身近な戦果に目を向けているようだ。

奴隷に頼らず自分の力で生きていく、そのためには必要な充実感ではあるのだろう。

「お嬢様。これでようやく、戦況に関係なく勝たせたい方を勝たせる将になれましたな」

「ふふんっ。何しろこのラベンダーが手を貸した戦いなのですから勝って当然です！」

コソ泥顔の貴族が注目しているのは世界の経済らしい。

見栄(みえ)やプライドより現実を見据える力の方が、奴隷を手放す上では役立つかもしれない。

「まずはフルグライト絡(がら)みでメチャクチャにされた経済の立て直しが急務か。奴隷ナシでどう回復させていくか、この手腕によって次なる世界の代表が決まるのかもしれん」

二人の魔女を従える国王はゲートを不思議そうに眺めていた。

魔女達はやや呆(あき)れのニュアンスがあったが。

「ゲート自体は一方通行らしいがの」

「強い目的意識がないのなら、それには触れない方が良(い)いとは思うけれど」

「そうねお姉さん。私達はこのセレスアクフィアで幸せを作るべきなのだから」

列強の誰かさんは無意味に胸を張っていた。

普通に戦えばかなりの実力者らしい。

「ふん、腐っても爆炎女王たるこのわらわを退けただけの事はあるかの」

そして超大国の王は一度だけ頷いた。

すでに次の時代を見据えているような声色だ。

「特権階級が終わる時代、か。自由で平等な世界とやらが何色に見えるかは、わしらの生き様次第なのかもしれん」

「パティシエット」

美琴は近くにいた小さなエルフを呼んで、自分の頭の横に手をやった。

ヘアピンを一本外して、彼女の掌に握らせる。

「思い出なんか残さない方が良いのかもしれないけど、もし良かったら」

「ありがとうございます、御坂サマ」

三重宝の儀を無事に成し遂げたからか、美琴や食蜂との別れが現実のものとして押し寄せてきているのか。ヘアピンを両手で包んで薄い胸の真ん中に当て、感極まったように奴隷エルフちゃんが呟いた。

「ようやくこれで……」

ええそうね、と二人の少女もまた一回頷いた。疲労にまみれた笑顔を浮かべて。

ドぐしゃあッッッ!!!!!!　という鈍い音が炸裂した。

そしてビキニ鎧の御坂美琴と踊り子衣装の食蜂操祈は躊躇なく拳を交差させたのだ。


いきなりのクロスカウンター。

美しい少女達の爽やか笑顔がコブシの一撃によって歪む。

躊躇なかった。最初から両方とも裏切る気満々だったのだ。

「ゴールへの道が、できるまでの関係よ……」

「ええそうよねぇ。儀式の呪文にある二女神ってトコがどうにも不安力だったから御坂さんは今まで残しておいたけどぉ。私は帰るんダゾ、あなたのいない平和な世界へとぉ!!」

美琴と食蜂は思い切り頭突きをぶつけ合う。

そのまま額と額をぐりぐり。

誰もが唖然と見守る中だ。

二人の少女は〇ミリの超至近で視線と視線をぶつけ。睨んで。そして同時に吐き捨てた。

2

「ばぁーか誰がアンタの事なんか信じるかこの腹黒運動音痴脂肪の塊女王アンタなんか異世界の果てでぽよぽよ左右に脂肪を震わせている最弱レベル上げモンスターでもやっているのがお似合いだわ二人一緒に地球へ帰還するなんてムリほんとにマジで絶対ムリだからそもそも人の精神を洗脳して操る能力っていうのがもうダメなのよね生理的にダメ何それアンタの腹黒な心に具体的な力が宿ったっていうのどういう幼少期を過ごしたらそんな風に人格が歪(ゆが)んでいくのよおかしな方向にねじ曲がってんのは『自分だけの現実(パーソナルリアリティ)』じゃなくてもっと根本的な性格面での話なんじゃないのアンタほんとに中学生っていうのはオトナ方向の話じゃないわよ言動だの執着だのがガキ臭すぎてひょっとしてまだ小学生なんじゃないですかあーって意味なんですけどそこんトコ分かってる分かってないのあそうだと思った何でもかんでも自分にとってプラス変換できるバカってほんとに世界で一番最強よねちょっと待ってもちろんこれ褒めてないわよ分かってね化学添加物不使用の天然素材しか口にしないって自分ルールもこだわっているんでしょうけど全くこれっぽっちも意味ないし指定農家の畑は化学肥料を使っていなくたって調理器具は包丁もまな板もお鍋も端から端まで全部化学洗剤で洗ってるしお料理に使う水は全部フツーに塩素まみれの水道水だわケミカル成分からぜんっぜん逃れてねえっつーの知らないの都合の悪い事は全部忘れられちゃう素敵なスキルでもあるのすごーいそもそもセクシー勝負なんてテストの点数と違って一〇〇点満点なんて誰にも決められないはずだしファッションの調査なんて美術品の批評家が好き勝手に自分のフェチを喚(わめ)いているのと何にも変わらない

じゃないそんなのにすがって頼って信じ切って他人の性癖を満たして喜んでいるなんてとんだヘンタイだわぶっちゃけ露出の趣味があるわよね常盤台中学って一応は由緒正しいお嬢様学校なんでしょ何でこんなのがしれっと交じっている訳学園都市の仕組みや制度を信じるなんて馬鹿げた事はしないつもりだけどいくら何でもこれはないわ全体的に何なの下品を競うお祭りでも開催しているのもういい加減に粘着してくるのほんといい加減にしてほしいわアンタはそれが生き甲斐だから毎日お肌もつやつやしちゃって人生楽しくて仕方がないのかもしれないけど巻き込まれる側は最悪なのげっそりしているの黒子のヤツが可愛く見えてくるヘンタイが毎日毎日望んでもいないのに勝手に襲来してくるとかほんとにもう勘弁してほしいの何これ三〇〇円くらい払ったらどこか行ってくれるーだったらほら地面に落とすから這いつくばって拾いなさいよさっさと消えて今すぐいなくなって虫唾って見た事ないけど多分これだわ一言で言えば生理的にダメってヤツよここまで言えばもう分かるでしょ分かんないのやっぱりアンタ都合の悪いコトを忘れる才能にかけては右に出る者いないわひょっとしたら『心理掌握』の原点でコアになってる『自分だけの現実』の秘密ってその辺りにあるんじゃないのあーいいっていいって変に言い返さなくても大体全部分かってるから一から一〇までプラス変換してくるアホとまともに議論しても時間の無駄にしかならないって結論くらいは賢い私ならはっきり分かっているからお願いやめてその口を開かないでどうせまた次のトラブルしか生まないんだからもう黙って消え去ってしまうのが一番なの何で分からないの!!!???」

「御坂さんって存在自体が拳銃超えてるんだからそもそも地球の日本にいてほしくないんですけどぉどれだけ周りに迷惑かけているかは分かっているの自分が正しければ何をやっても許されるっていうその思考がもうアブないのよねぇテロリストの思考にテロリストの武器を渡しちゃっている状態力でしょこれゼッタイ学園都市の連中はヤッちゃっているわよ大失敗大体何それゲコ太だっけ変なマスコットに執着してんのとゲームセンターのコインを音速の三倍でぶっ飛ばすのって嚙み合わないじゃない趣味があるなら一個に統一しなさいよぉごちゃごちゃしていて分かりにくいんダゾあなたスカートの下に短パンとか穿いているしそういう対策を講じる前に礼儀作法を学ぶ精神性を育む事はできなかった訳ああ御坂さんからは一番遠い言葉でごめんなさいねあなたには無理だったわね育むだなんてぷぷっその小さくて極薄ムネ族の人にはあまりにも酷な事を言ってしまったわねどうかお願いわんわん泣いたりしないでね鬱陶しいからぁ大体催眠暗示や電気刺激と並んで薬物投与を是としている時間割りを受けている割に普段食べたり飲んだりするものにどんな化学物質が入っているか調べないままばくばく頬張っちゃうのがもう信じられないんですけどぉ無知でい続ける秘訣って何なのかしらぁ是非とも教えてほしいわね絶対そっちの道には進みたくないもんでそもそも『超電磁砲』って一体どんな精神性から出発すればそんな物騒なチカラに育っていくっていう訳ニンゲンは御坂さんと違ってバッテリー食べて機械油を差して生活していく化け物じゃないっていうのにぃあまりにも不自然でしょう生物学的に考えてさっさと学会が動いて御坂さんは人間でもなければ生物でもないって

結論を出してくれると色々な混乱もなくなって世界みんなが安心して暮らしていけるんだけど自分の存在自体が多大な迷惑をかけているっていう自覚はあるのぉ自販機に回し蹴りとか街中で高校生にケンカ吹っかけて一〇億ボルトの高圧電流撒き散らすとか何も感じてないのほんとに感じてないっまさかそんなへぇほおふーん御坂さんすごーいそのままカルト宗教を始められちゃいそうなレベルで罪悪感をぶっ飛ばしてくれるわねぇ全ての罪は御坂さんの無責任理論によって浄化される訳かキモチワルイねぇ多分御坂さんの根底にあるのは孤独なのよ人間を信じられないし必要以上に近づこうとしない実際何か事件が起きるたびに一人で解決しようとするのが一番分かりやすい例だけどぉあなたは人間より機械の方が信頼性が高くて扱いやすいって考える冷たい心の持ち主なのだからそんな『自分だけの現実（パーソナルリアリティ）』を獲得するに至ったに決まっているわぁ私みたいに人の心に寄り添った結果の拒絶じゃなくてあなたの場合は最初っから寄り添うつもりすらないまったく自分一人で孤独に死んでいくならそれで構わないけどイラついて周りに当たり散らすのがあなたの悪いクセなんダゾそんなに人間が嫌いならどっか名前のない何号とかいう名前すらついていない完全に無人の離島にでも出かけて国家の最前線でも守っていれば良いんじゃない誰もそんな争いなんかしてないけど御坂さんってぇ結局のところ何がしたいの最強の兵力として畏怖してほしいのか弱いヒロインとして守ってほしいのぉ行ったり来たりでブレブレだから周りの子達があの人がいっつも振り回されてんでしょうがああああああああああ!!!!!!」

3

美琴と食蜂は激しくどつき合いながらも、最初に交わした輪廻女神サリナガリティーナとの契約を思い出す。

こいつのいない世界ならどこでも良い。

輪廻女神が言っていたのは、思う存分決着をつけられる可能性の最も高い異世界に連れていく、という意味ではない。

帰るのは一人で良い。

地球側で『こいつのいない世界』を実現できる可能性を提示する、という意味だったのだ!!

ビキニ鎧の美琴はゲームセンターのコインを取り出して力なくぽろりと落とし、踊り子衣装の食蜂はテレビのリモコンを向けようとして、それを横合いに放り捨てた。

三重宝の儀に、門番だった地獄の寮監との戦い。すでに超能力者の少女達はボロボロに疲弊していて、まともに能力を使える状態ではなかった。

だから何だ？

ここまで来れば一対一の殴り合いだ。

決着をつけよう、という少女の眼光を少女は受け取った。

きっと向こうも同じだろうという確信が共にあった。

「も、もう人間なんか絶対信じません!!　わあーん!!!!!!」

人間もモンスターも奴隷も王様も関係なく、敵味方さえ手を結び、みんなで力を合わせてラスボスを倒した事で、お美しい友情が芽生えて仲良く奇麗に終わると甘い展開でも考えていたのか。なんか裏切られた感じで奴隷エルフちゃんが泣き喚く。

なんと純真な。

ただしもちろん具体的に割って入って止めるだけの手段などセレスアクフィア側にはないだろうが。

「がァあああああ!!」

「ぐおおおおおア!?」

腹の奥から叫び、真正面から最短距離で激突していく少女と少女。美琴はいきなりグーで殴りかかり、引っかけるものもないのに勝手に転んだ食蜂が間一髪で回避する。

周りはもはや止めに入れない。

美琴と食蜂の気迫が怖すぎるのだ。

「無策のまんま、フィジカル勝負で私に勝てると思ってんじゃないわよ、柄にもない……」

「頭脳戦担当にだって、意地ってもんがあるのよぉ」

もう理屈とかじゃない。善悪好悪どれでもない。お互いに、きっと生まれた時から決着をつけなくてはならない間柄だった。


そういう形で結ばれているのだという、確信がある。


「ッらあ!!!!!!」

まず食蜂が肩に力を込めて体ごと体当たりをぶつけた。

両腕で押さえ込んだまま、美琴が己の額を食蜂の背中に叩き落とす。

「チッ」

「このぉ!!」

膝で牽制してわずかに距離を取ると、美琴と食蜂から同時に手が飛んだ。

食蜂はそれでもまだ平手打ちだったが、美琴の方は普通にグーだった。

ゴッ!!　と。

クロスカウンターがすり抜け、美琴の拳が見目麗しい女王の顔の真ん中に突き刺さる。食蜂の平手は宙を泳いだだけだ。

「ぐっ!?」

思わず呻き、しかし後ろにふらつく足を必死で留める食蜂。もう運動音痴がどうこう言っていられる場合ではない。息は荒いし頭もくらくらするが、第五位はアドレナリン全開で一時的に疲労や痛みを意識の彼方へぶっ飛ばしていく。

しかし具体的な反撃へ結びつけるより早く美琴が動く。

摑んだのは風に広がる金のロングヘア。

ショートヘアで硬い装甲を張りつけるビキニ鎧の美琴と比べ、食蜂はロングヘアでひらひら装飾の多い踊り子さん衣装、しかも斜めがけのハンドバッグまで装備している。つまり摑める場所が多くて不利なのだ。

「卑怯なんて今さら言わないわよね!!」

二発目の拳が至近距離から炸裂した。

鉄の匂いが散った。

しかし呻いたのは美琴の方だ。

食蜂はとっさに薄布を巻きつけた腕で顔を庇っていた。そこに美琴の拳が当たったのだが、感触がおかしい。

食蜂は硬いプラスチックでできたリモコンを内側に仕込んでいたのだ。

拳にダメージ受けたのは美琴側だった。

「卑怯力なんてぇ、今さら言わないわよねぇ!!」

長い髪を掴(つか)まれてもわずかな行動の自由はある。食蜂はリモコンをいくつもくるんだ薄布をぐるりと振り回して美琴の側頭部を狙う。即席のモーニングスターだ。

「四人のお手製武器かっ!!」

キレた美琴が食蜂の顔に砂をかけた。正確には寮監との戦闘で砕けた石の床の細かい粉塵(ふんじん)だ。目潰しをまともにもらった食蜂が今度こそよろめく。

美琴はそれでも逃がさない。

食蜂の足を強く踏みつけて行動を阻止すると、両手の掌(てのひら)を使って正面から突き飛ばす。受け身不可、そのまま派手に転ばせた。のしかかって馬乗りにされるのを防ぐため、食蜂は組みつかれたままゴロゴロと横に転がる。

「そんなのでっ、逃げられるとでも思ったか運動音痴!!」

「がっ!?」

圧迫があった。

美琴は両足の太股(ふともも)を使って食蜂の右腕と頸部(けいぶ)をまとめて圧迫し、締め上げたのだ。頸動脈(けいどうみゃく)を奇麗に押さえ込めれば意識が飛ぶまで三〇秒かからないはず。

「女子中学生のフトモモに顔挟まれてオチろっ、死ねえ!!」

「ぐぐ……がぶーっ!!」

ありえない激痛に思わず美琴が絞め技を解いて飛び上がった。食蜂操祈、よりにもよって美琴のふくらはぎに思い切り噛みついたらしい。

「ほんと何でもアリかアンタっ⁉」

髪摑み、目潰しまでしておいて今さら何を。

二人とも体を起こしていた。

視線がぶつかった。

それだけで十分だった。合図もなく再び二人とも雄叫びを上げて激突していく。

4

轟音が炸裂してスパークリングワインに似た色の床に血が跳ねる。

御坂美琴の唇は切れ、食蜂操祈は普通に鼻血を出していた。

エルフ達が呆然と見ていたのは、先ほどまでとは違った理由かもしれない。ただ気迫に負けて恐怖で震えているだけではない。もっと別の感情が胸で温められ始めているのだ。

血を流し苦悶に顔を歪めても。

それでも少女達の美しさは損なわれなかった。

むしろ奥深くにあった美が剝き出しになったと言っても良いくらいだ。

「はあ、はあ」

「ふぅ ー……っ!!」

女神とまで呼ばれた少女達はお互いを絶対認めない。

だけどこの場で絶対に決着をつける、という点では清々しく一致する。

次の一撃で決まる。

そんな予感があった。

「「ああ!!!!!!」」

交差した。

風が鈍く唸った。

刃物のように切り裂くのではなく、金槌に似た叩いて砕く暴力の奔流。

轟音の炸裂が、後から遅れて響くような錯覚すらあった。

食蜂操祈は渾身の右拳。

対して、御坂美琴は右足を大きく振り上げてのハイキックだった。日々自販機相手に一人で奮闘して鍛え上げている例のアレである。

静寂があった。

ぐらり、と片方が横に揺れた。

「……、」

「……移動が止まるから実戦向きじゃないけど、シンプルな一撃だけなら腕より足の方がリーチ長くてパワーも出るのよ」

5

最後に立っていたのは御坂美琴だった。

彼女が一人で帰還する。

6

「う」

自分の呻き声に御坂美琴は気づいた。

あれだけ異世界セレスアクフィアを旅して暴れ回ったのに、不思議と随分長い間喉を動かしていない感覚があった。張りつくような声帯を無理に動かして、とにかく音を出してみる。

ただ携帯電話を見ると、画面の日付は三日と経っていなかった。

中間テストの期間すらまだ終わっていない。

生命維持装置説ではなく、時間の流れにズレがある説という事で正解らしい。

ゆっくりと時間をかけて掛布団をめくってみると、ビキニ鎧はどこにもなかった。普通にパジャマだ。

普通がちゃんとあった。

「……、」

カーテンを引かれていたが、隣のベッドで誰か寝ている気配はあった。

美琴はそっちを見ないまま制服に着替えて退院した。

一面の青空に輝く太陽。

当たり前の学園都市が当たり前に広がっていて、迂闊にも御坂美琴は目尻に涙が溜まるのを自覚した。

帰ってきた。

きちんと帰ってきたのだ。

「さあて、これからどうしようかな……」

白井黒子の顔が見たい。

初春でも佐天でも良い。

あるいはもうちょっと踏み込んでも良いかもしれない。今ならあのツンツン頭と顔を合わせてもケンカにならない。そんな気がする。この地球の全部に感謝をしたい胸いっぱいの状態なら絶対に暴力沙汰になどなりはしない。

「いや」

計画性なんていらない。

この街を歩こう。そしてたまたまの偶然で出会った全てに感謝をしよう。美琴は自然とそんな風に考えた。

思わずこう呟いていた。

「まったく。退屈しないわね、この街h

途中で止まった。

笑顔が凍った。

何か。

今、とても、景色のどこか一点で絶対に見てはいけないものを見てしまったような……。

「……うそ……。へ、へへえへへ、うそでしょ？」

自分の声こそが作り物っぽかった。再び世界から現実味が消失していた。

何か見えた。

地平線の向こうからこちらに歩いてくる影があった。

蜃気楼(しんきろう)で揺れていた。

さっきとは違った意味で涙がこぼれていた。

「みさぁかァさぁぁぁああん!!　決着をつけましょおおおおおおおおおおおおおああああ!!!!!!」

もう人間の領域からちょっと外にはみ出していた。

悪鬼だった。

美人はキレると独特の怖さを醸し出すというが、そんな次元ではなかった。

金の長い髪とかちょっと浮いてるし。

「なっ、なん、一体？　だって『三重宝の儀』はあそこで終わって……。アンタは永遠に異世界セレスアクフィアをさまようはずだったのに!!」

「異世界と地球とでは時間の流れが違うんでしょうよぅ……。私はあれから普通力に三重宝を使って二回目の儀式を済ませてきたんダゾ☆　ぶっちゃけ一〇〇年後の未来とかに飛ばされていなくてホッとしているところですぅ!!!!!!」

そして美しき鬼の隣に誰かいた。

長い耳の小柄な少女であった。

「あーっ！　いましたよ一人で帰った人。ちゃんと食蜂サマも連れていってくれないと困っちゃいます」

「!!!?⁇」

いる。

地球にエルフが立っている⁉

良いのか、これ。

ある意味で食蜂操祈よりもアブないイレギュラーになってはいないか⁉

「これ等身大のお人形みたいなんですよね。御坂サマや食蜂サマが幽体離脱状態でセレスアクフィアへやってきたのと同じように、世界と世界の移動はこういう形で実行する仕組みのようなので、私がこっちの世界で活動するには仮初めの肉体を使わせてもらうみたいなんです」

「あ、つまりビスクドールがひとりでに歩き回っているだけって扱いなのか世界的には」

ひとまず存在してはいけないエルフが地球に佇んでいる事での周辺環境への影響、みたいなものは考えなくても良いルールらしい。

何でこんなリアルなエルフ人形が学園都市に転がっているのかの部分はかなり謎ではあるが。

「ていうかパティシエットも余計な真似してんじゃねえわアンタが手を貸さなければ三重宝だけあっても食蜂はストレンジアンダーパス大聖堂で立ち往生していただけだったのにぃ!!」

「いえその、みんなで話し合った結果やっぱりパワーバランス的におかしいって事になりまして……。食蜂サマお一人だけセレスアクフィアにずっといると女王単体と奴隷全生命になっちゃいそうで怖いなーって」

(女神様、知らない間に腫れ物扱いになっとるブぷーっ!? つかそもそも奴隷エルフちゃん達を解放しようって異世界で、精神系最強の洗脳女王が降臨なんて相性最悪で受け入れられないに決まってんじゃないバカなの? ……は、あはは。今ここで食蜂が血の涙を流している理由って、最後の最後で私がこいつ切り捨てたから、だけじゃないかも……?)

微妙な空気になった。

　御坂美琴は恐る恐る寂しい子に話しかけた。

「えーっと、そのう」

「がるがるがるがるがるがるがるがる」

「これは、アレですかね。アレな話になってしまうんでしょうか？」

「……ラウン、よぉ……」

「やっぱナシ今のダメよあっちに主導権を渡しちゃその一言言ったら取り返しつかなくなるわアンタ分かってんの時系列だけ追いかければプロパンガスのタンクが爆発して死にかけて三日しか経ってないのよ中間テストどうすんの何もこんなタイミングで再び命を危険にさらす事はないってお互いちょっとは安静にしていましょうよそれくらいあってもバチは当たらn

「第二ラウンド開始よぉおお!!!!!!」

終章　スタッフロール

監督・輪廻女神サリナガリティーナ

助監督・輪廻女神サリナガリティーナ

カメラマン・輪廻女神サリナガリティーナ

撮影助手・輪廻女神サリナガリティーナ

ドローン撮影班・輪廻女神サリナガリティーナ（アンテナ付き）

脚本・輪廻女神サリナガリティーナ

音響・輪廻女神サリナガリティーナ

照明・輪廻女神サリナガリティーナ

特殊効果・輪廻女神サリナガリティーナ

編集・三日寝てない輪廻女神サリナガリティーナ

衣装・輪廻女神サリナガリティーナ

メイク・カリスマ輪廻女神サリナガリティーナ

カーアクション・輪廻女神サリナガリティーナ事務所と血気盛んなドライバー達

発砲、爆破エフェクト・爆発ＬＯＶＥ輪廻女神サリナガリティーナ博士

宣伝営業・輪廻女神サリナガリティーナ（新人）

Ｗｅｂ担当・輪廻女神サリナガリティーナと天才ハッカー集団ｗ

ロケハン・おでかけ部隊輪廻女神サリナガリティーナ

宿泊協力・アバホテル輪廻女神サリナガリティーナ支店

送迎・輪廻女神サリナガリティーナ

ケータリング・定食とお弁当の輪廻女神サリナガリティーナ（値上げしません！）

「……あのう、そろそろ怖くなってきたんだけど」

プロデューサー・輪廻女神サリナガリティーナ

「やたらとリアルなエルフ人形ってほんとに学園都市にあるのか謎のままだし」

制作・輪廻女神サリナガリティーナ

「まさかと思うけど……」

配給・輪廻女神サリナガリティーナ

「学園都市の外はまぁーた別の全く知らない異世界が広がってて、一個ずつ潰していって」

制作総指揮・輪廻女神サリナガリティーナ

「御坂美琴と食蜂操祈がきちんと元の地球を引き当てて帰るまで延々とランダムに戦い続けるなんて話じゃないでしょうねコレーっ⁉」

＊なおこの物語は、ゴム紐並行世界理論の可能性のさらに外、無尽蔵に存在する異世界の中でも例の二人が未だ出現していないこの世界においてはフィクションであり、あくまでも現実の人物、団体等とは一切関係はない。

あとがき

そんな訳で鎌池和馬です！

御坂美琴、麦野沈利ときて今回のポイントは食蜂操祈です超能力者が続いております!! 吸血鬼ゾンビなどで培ってきた技術を使って第三位と第五位をかち合わせつつ、でもそこからさらに大きなうねりを見せていった今回のお話、いかがでしたでしょうか。

美琴にしても食蜂にしても持っている力が強過ぎるため、思う存分実力を発揮できるロケーションやシチュエーションを作るのが結構難しかったりします。なので今回は特にその辺のリミッターを意識して断ち切って、彼女達が自分の持っている力を躊躇なく使い切れるようにしました。

ただ今回は全てが荒唐無稽ではありますけど、一点、輪廻女神サリナガリティーナの存在さえ認めてしまえば一応インデックス本編の時系列にも組み込めるよう、舞台設定や時間の流れには気を配ってみました。もちろん、その一点こそが一番難しいのだとは思いますが。

またこの二人は琴線が重なり合っているようで微妙にズレている辺りがポイントなのかなと。例えばクローン絡(がら)みの問題であっても『妹達(シスターズ)』とドリー、第一に頭に浮かべる存在がそれぞれ分岐してしまうのが面白いと思っています。その辺りを際立(きわだ)たせるため、今回は剣と魔法が全ての異世界サイドでは奴隷エルフちゃんを通して美琴や食蜂がそれぞれ何を思ってどういう行動に出るか、その辺りを集中的に描いてみました。

　真正面から衝突してもお互いに背中を預けざるを得ない場面になっても、どうしても微妙に交わる事のできない美琴と食蜂。しかしそれでいてどこか似た者同士でもある点を楽しんでいただけたらと願っております。

　なお、宇宙の異世界サイドでは最強超能力者(レベル5)祭りと化している美琴や食蜂が『このままテクノロジーに依存して考えなしに攻撃力ばっかり上乗せしていったら人類には何が待っているのか』を見せる意味合いがありました。こういう形に進化するかどうかはさておいて、まあ少なくとも幸せな未来は待っていないよね、と。この二人が目の前の問題を放置してでも珍しくさっさと脱出したがっていたのは、普段無意識に目を逸(そ)らしているものを改めて見せつけられての拒絶反応だったのかもしれませんね。

　ちなみに剣と魔法がものを言う異世界サイドが美琴にとって都合(つごう)の良(い)い世界であるのに対し、宇宙の異世界サイドは食蜂にとって都合(つごう)の良(い)い世界だったのも何気にポイントです。ちょっとスケールは大きくなっていますが、今回も一応は現実世界の地球を軸に魔術（?）と科学（なのか?）の二つの世界が交差する格好になっています。

もしあそこで変わり果てた地球人と美し過ぎるアンドロイドの問題の解決に尽力して最後に決着をつけていたら、二人の勝敗もまた変わっていたかもしれません。

イラストレーターの乃木さんと担当の三木さん、阿南さん、中島さん、浜村さんには感謝を。何気に集団戦が多くなっちゃったかな？　と。イラストの方でもご迷惑をおかけしたかもしれません。ありがとうございました。

それから読者の皆様にも感謝を。インデックス本編では絶対にできない事、を可能な限り詰め込んでみましたがいかがでしたでしょうか。最後まで読んでくださって本当にありがとうございます。

それでは今回はこの辺りで。

第三位と第五位、皆様はどっちを応援しました？

鎌池和馬

●鎌池和馬著作リスト

「とある魔術の禁書目録①～㉒」（電撃文庫）
「とある魔術の禁書目録SS①②」（同）
「新約　とある魔術の禁書目録①～㉒　㉒リバース」（同）
「創約　とある魔術の禁書目録①～⑩」（同）
「とある魔術の禁書目録　外典書庫①②」（同）
「とある科学の超電磁砲」（同）
「とある暗部の少女共棲①～③」（同）
「とある魔術の禁書目録外伝　エース御坂美琴対クイーン食蜂操祈!!」（同）

「ヘヴィーオブジェクト」シリーズ計20冊（同）
「インテリビレッジの座敷童①～⑨」（同）
「簡単なアンケートです」（同）
「簡単なモニターです」（同）
「ヴァルトラウテさんの婚活事情」（同）
「未踏召喚://ブラッドサイン①～⑩」（同）
「とある魔術のヘヴィーな座敷童が簡単な殺人妃の婚活事情」（同）
「最強をこじらせたレベルカンスト剣聖女ベアトリーチェの弱点①～⑦
その名は『ぶーぶー』」（同）
「とある魔術の禁書目録×電脳戦機バーチャロン　とある魔術の電脳戦機（バーチャロン）」（同）
「アポカリプス・ウィッチ①～⑤　飽食時代の【最強】たちへ」（同）
「神角技巧と11人の破壊者　上　破壊の章」（同）
「神角技巧と11人の破壊者　中　創造の章」（同）
「神角技巧と11人の破壊者　下　想いの章」（同）
「使える魔法は一つしかないけれど、これでクール可愛いダークエルフと
イチャイチャできるならどう考えても勝ち組だと思う」（同）
「赤点魔女に異世界最強の個別指導を！①②」（同）
「マギステルス・バッドトリップ」シリーズ計3冊（単行本　電撃の新文芸）

本書に対するご意見、ご感想をお寄せください。

ファンレターあて先
〒 102-8177　東京都千代田区富士見 2-13-3
電撃文庫編集部
「鎌池和馬先生」係
「乃木康仁先生」係

本書は、「電撃ノベコミ+」に掲載された『とある魔術の禁書目録外伝 エース御坂美琴 対 クイーン食蜂操祈!!』を加筆・修正したものです。

電撃文庫

とある魔術の禁書目録外伝(まじゅつのインデックスがいでん)
エース御坂美琴対クイーン食蜂操祈!!(みさかみことたいしょくほうみさき)

鎌池和馬(かまちかずま)

2024年6月10日　初版発行

発行者	山下直久
発行	株式会社KADOKAWA 〒102-8177　東京都千代田区富士見2-13-3 0570-002-301（ナビダイヤル）
装丁者	荻窪裕司（META＋MANIERA）
印刷	株式会社暁印刷
製本	株式会社暁印刷

●お問い合わせ
https://www.kadokawa.co.jp/（「お問い合わせ」へお進みください）
※内容によっては、お答えできない場合があります。
※サポートは日本国内のみとさせていただきます。
※Japanese text only

※定価はカバーに表示してあります。

ISBN978-4-04-915555-6　C0193　Printed in Japan

電撃文庫　https://dengekibunko.jp/

電撃文庫DIGEST　6月の新刊

発売日2024年6月7日

第30回電撃小説大賞《選考委員奨励賞》受賞作

新作

美少女フィギュアのお医者さんは青春を治せるか

著／芝宮青十　イラスト／万冬しま

「私の子供を作ってよ」夕暮れの教室、医者の卵で完璧少女の今上月子はそう告げる——下着姿で。クラスで《エロス大魔神》と名高い黒松治は月子のため、彼女が書いた小説のキャラをフィギュアにすることに！？

ソードアート・オンライン28
ユナイタル・リングⅧ

著／川原 礫　イラスト／abec

人界の統治者を自称する皇帝アグマールと、謎多き男・トーコウガ・イスタル。それに対するは、アンダーワールド新旧の護り手たち。央都セントリアを舞台に繰り広げられる戦いは、さらに激しさを増していく。

魔王学院の不適合者15
～史上最強の魔王の始祖、転生して子孫たちの学校へ通う～

著／秋　イラスト／しずまよしのり

魔弾世界を征したアノスは、遅々として進まぬロンクルスの《融合転生》を完了させるべく、彼の——そして《二律僭主》の過去を解き明かす。第十五章《無神大陸》編、開幕！！

声優ラジオのウラオモテ
#11 夕陽とやすみは一緒にいられない？

著／二月 公　イラスト／さばみぞれ

『番組から大切なお知らせがあります——』変化と別れの卒業の時期。千佳と離れ離れになる未来に戸惑う由美子。由美子の成長に焦りを感じる千佳。ふたりの関係は果たして——。TVアニメ化決定のシリーズ第11弾！

とある魔術の禁書目録外伝 エース御坂美琴 対 クイーン食蜂操祈!!

著／鎌池和馬　イラスト／乃木康仁
メインキャラクターデザイン／はいむらきよたか

学園都市第三位『超電磁砲』御坂美琴。学園都市第五位『心理掌握』食蜂操祈。レベル5がガチで戦ったらどっちが強い？ ルール無用で互いに超能力者としての全スペックを引きずり出す。犬猿の仲の二人がガチ激突！

とある暗部の少女共棲（アイテム）③

著／鎌池和馬
キャラクターデザイン・イラスト／ニリツ
キャラクターデザイン／はいむらきよたか

夏の終わり、アジトを爆破されて家出少女となったアイテム。新たな仕事を受けるも「正義の味方」を名乗る競合相手に手柄を奪われてしまう。そんな中、麦野のもとに「表の学校」の友人から連絡が……。

ブギーポップ・バズルド
最強は堕落と矛盾を嘲笑う

著／上遠野浩平　イラスト／緒方剛志

最強の男フォルテッシモの失墜は新たな覇権を求める合成人間たちの死闘と謀略を生んだ。事態の解決を命じられた偽装少女の久嵐舞惟は謎と不条理の闇に迷い込み、そこで死神ブギーポップと遭遇するが……。

レベル0の無能探索者と蔑まれても実は世界最強です2
～探索ランキング1位は謎の人～

著／御峰。　イラスト／竹花ノート

無能探索者と蔑まれた鈴木日向だったが、学園で神威ひなた・神楽詩乃というSクラスの美少女たちとパーティーを組むことに。実家に帰省しようとしたら、なぜかふたりもついてくることになって——？

男女比1:5の世界でも普通に生きられると思った？②
～激重感情な彼女たちが無自覚男子に翻弄されたら～

著／三藤孝太郎　イラスト／jimmy

将人への想いを拗らせるヒロイン達に加わるのは、清楚な文学少女系JKの汐里。そのウラの顔は彼にデュフる陰キャオタクで！？JD、JK、JC、OL、全世代そろい踏みのヒロインダービー！一抜けは誰だ！！

いつもは真面目な委員長だけどキミの彼女になれるかな？3

著／コイル　イラスト／Nardack

陽都との交際を認めさせようと、母に正面から向き合うことを決めた紗良。一方、陽都はWEBテレビの運営を通して、自分の将来を見つめなおすことになり……。君の隣だから前を向ける。委員長ラブコメシリーズ完結！

新作

デスゲームに巻き込まれた山本さん、気ままにゲームバランスを崩壊させる

著／ぽち　イラスト／久賀フーナ

ＶＲＭＭＯデスゲームに巻き込まれたアラサー美少女・山本凜花。強制的な長期休暇と思ってエンジョイします！　本人の意志と無関係に、最強プレイヤーになった山本さんが、今日も無自覚にデスゲーム運営をかき乱す！

新作

最強賢者夫婦の子づくり事情
炎と氷が合わさったら世界を救えますか？

著／志村一矢　イラスト／をん

幾世代にもわたって領地をめぐり争いを続ける朱雀の民と白虎の民。朱雀の統領シラヌイの前に現れた預言の巫女が告げたのは——「白虎の頭領と婚姻し、子をなせ。さもなくば世界は滅ぶ」!?

夏海公司
絵・れおえん

セピア×セパレート

S E P I A × S E P A R A T E

復活停止

R E S T O R A T I O N　S U S P E N S I O N

3Dバイオプリンターの進化で、
生命を再生できるようになった近未来。
あるエンジニアが〈復元〉から目覚めると、
全人類の記憶のバックアップをロックする
前代未聞の大規模テロの主犯として
指名手配されていた──。

レプリカだって、恋をする。
Even a replica falls in love
榛名丼
［イラスト］
raemz
16歳、夏。はじめての、青春。
愛川素直という少女の
身代わりとして働く
分身体（レプリカ）、それが私。
本体のために生きるのが
使命……なのに、
恋をしてしまったんだ。
海沿いの街で
巻き起こる
ちょっぴり不思議な
青春ラブストーリー。
応募総数
4,128作品の
頂点
第29回
電撃小説大賞
大賞
受賞作
電撃文庫

Story
木の芽
Illustration
へりがる
VILLAIN SCION
SAINT
悪役御曹司の勘違い聖者生活
～二度目の人生はやりたい放題したいだけなのに～
気ままな悪役御曹司ライフのつもりが
勝手に聖者認定!?
[あらすじ]
悪役領主の息子に転生したオウガは人がいいせいで前世で損した分、やりたい放題の悪役御曹司ライフを満喫することに決める。しかし、彼の傍若無人な振る舞いが周りから勝手に勘違いされ続け、人望を集めてしまい?
電撃文庫